W0221595

Fantasy

Herausgegeben von Wolfgang Jeschke

Von Caroline Janice Cherryh erschienen in der Reihe
HEYNE SCIENCE FICTION & FANTASY:

Brüder der Erde · 06/3648
auch in: Chroniken der Zukunft,
hrsg. von Wolfgang Jeschke, Band 1 · 06/1001
Weltenjäger · 06/3772
Der Stolz der Chanur · 06/4039
Der Biß der Schlange · 06/4081
Die letzten Städte der Erde · 06/4174
Stein der Träume · 06/4231

DIE MORGAINE-TRILOGIE

Das Tor vor Ivrel · 06/3629
Der Quell von Shiuan · 06/3732
Die Feuer von Azeroth · 06/3921
Alle drei Romane in einem Band als illustrierte Sonderausgabe unter dem Titel:
Tore ins Chaos · 06/4204

DIE DUNCAN-TRILOGIE
(auch ZYKLUS DER STERBENDEN SONNEN)

Kesrith – die sterbende Sonne · 06/3857
Shon'jir – die sterbende Sonne · 06/3936
Kutath – die sterbende Sonne · 06/3948

DER DOWNBELOW-ZYKLUS

Pells Stern · 06/4038
Kauffahrers Glück · 06/4040
40000 in Gehenna (in Vorb.)

Darüber hinaus:

Kassandra
in: SF Story Reader 13
hrsg. von Wolfgang Jeschke · 06/3685
und in: Science Fiction Jubiläumsband
25 Jahre Heyne Science Fiction & Fantasy 1960–1985,
Das Lesebuch
hrsg. von Wolfgang Jeschke · 06/4000
Hestia
in: Heyne SF Jahresband 1982,
hrsg. von Wolfgang Jeschke · 06/3870

C. J. CHERRYH

Der Engel mit dem Schwert

Roman

Deutsche Erstausgabe

Fantasy

WILHELM HEYNE VERLAG
MÜNCHEN

HEYNE SCIENCE FICTION & FANTASY
Band 06/4526

Titel der amerikanischen Originalausgabe
ANGEL WITH THE SWORD
Deutsche Übersetzung von Thomas Schichtel
Das Umschlagbild schuf Dieter Rottermund
Die Karten S. 406 bis S. 413 zeichnete Erhard Ringer
Die Illustrationen sind von John Stewart

Redaktion: Irene Bonhorst

Printed in Germany 1988
Umschlaggestaltung: Atelier Ingrid Schütz, München
Satz: Schaber, Wels
Druck und Bindung: Ebner Ulm

ISBN 3-453-02789-2

1

Auf der ganzen Welt fand man jetzt mehr als hundert Städte; damit war es ein gutes Stück besser geworden im Vergleich zu der Situation, die die Vorfahren einmal hinterlassen hatten. Da war die Heptapolis der Chattalen zu nennen, entlang des Schwarzen Meeres aufgereiht wie eine Perlenkette; und das wohlhabende Flußland von Nev Hettek war zu erwähnen, dessen Boote den großen Det hinab bis zum Sundance-Meer tuckerten. Man fand Siedlungen nahe den seltsamen Ruinen von Nex. Wo immer Menschen in ihrer Beharrlichkeit festen Fuß faßten, gedieh auch der Handel; und die Welt, die auf den Karten Merovin genannt wurde, kam im Rahmen ihrer Möglichkeiten gut zurecht. Die Menschen, die auf ihr lebten, schwankten zwischen der Gewißheit, daß die außerplanetarische Menschheit kein Interesse mehr an ihnen hatte, und der ewigen Hoffnung, daß die nichtmenschlichen Sharrh nichts mit Merovin anzufangen wußten, weder jetzt noch später. Ganz sicher beabsichtigten die Sharrh nicht, den verstreuten Bewohnern Merovins das Verlassen ihres Planeten und den Aufbruch ins All zu erlauben.

So blieb diese Welt, die von ihren Bewohnern nur in religiösem Zusammenhang Merovin genannt wurde, sich selbst überlassen, diese hundert Städte, das Vermächtnis von Menschen, die zu stur waren, um ihre Welt zu verlassen, als sich Menschen und Sharr vertraglich auf die Beseitigung der Kolonie einigten; das Erbe von Kolonisten, die schlau genug waren, um sich vor den Suchteams zu verbergen, und zäh genug, um die Säuberung zu überleben, die die Techs aus ihren Reihen entfernte. Danach ignorierten die Sharrh die Bewohner Merovins (obwohl Gerüchte besagten, daß auf dem Planeten auch Sharrh lebten, die ihrerseits den Vertrag nicht gehalten hatten). Tumult und Aufregung klangen ab; die menschlichen Flüchtlinge kamen wieder aus den Bergen herunter, bauten die Ruinen wieder zu ganzen Häusern auf und zeugten Nachkommen. Und zwanzig Generationen dieser Nachkommen verfluchten sie als absolute Dummköpfe.

Zwanzig Generationen von Nachkommen erbauten die hundert Städte und lebten darin; und sie wußten tief im Herzen, daß es der Menschheit andernorts im Universum wesentlich besser ging als irgendwo auf Merovin. Die Sterne leuchteten wie ein unerreichbares Paradies am Himmel, und die Merovinier lebten und starben unter ihnen in dem Wissen, daß der Himmel so weit war, wie ihr eigenes Leben begrenzt. Dank den Vorfahren, den Dummköpfen.

Zwar *bot* Merovin durchaus Wunder. Selbst die mißmutigste und verzweifeltste Seele gestand ein, daß manche Orte eine gewisse Erhabenheit ausstrahlten, wie die Nebelberge und das grün wogende Sundance-Meer, auch die sagenhafte Juwelenwüste oder (dabei schauderte den Merovinern) die fernen Sharrh-Ruinen von Kevogi und Nex. Ein Mond stand am Himmel, um Romantiker zu inspirieren – »*der* Mond« wurde er genannt –, und zwei weitere Möndchen, von den Merovinern »Hunde« genannt, die den Mond über das Firmament jagten. Man fand Städte wie Susain, wo Bergwerke Wohlstand erzeugten. Man fand Handelszentren wie Kasparl, das von Fremden wimmelte, die über die Flüsse kamen oder mit Karawanen. Merovin besaß freundliche Fleckchen.

Aber die ganze Welt bot mit ihren einhundert Städten keinen schlimmeren Ort als Merovingen mit den tausend Brücken, Merovingen, das sechshundertfünfzig Jahre alt war und immer noch mit seinem eigenen Verfall beschäftigt.

Von allen Fehlgriffen der Vorfahren war Merovingen der verhängnisvollste. Die erste Stadt des Planeten. Der Raumhafen – nun, die Vorfahren wußten ja, was sie *da-*

von gehabt hatten. Und in ihrer unübertrefflichen Weisheit hatten sie Merovingen am Det errichtet, in Erwartung der Handelsgüter, die auf billigen Frachtkähnen den Fluß herabkamen, um über den Raumhafen den Planeten zu verlassen.

Nun, der Handel kam wirklich den Det herab, obwohl der Raumhafen von Gras und Gebüsch überwuchert wurde. Aber das Erdbeben, das das unglückliche Soghon weiter flußabwärts einebnete (eine Stadt, die einmal als Merovingens zentrale Verbindungsstelle mit dem Innenland geplant worden war), verlagerte auch den Lauf des Det, so daß er den größten Teil Merovingens überschwemmte. Die Stadt wurde verzweifelt auf Verpfählungen gestellt und mit einem Brückennetz versehen, und man baute sie immer weiter aus, flußaufwärts und seitwärts auf den überfluteten Ruinen früherer Häuser, trotz des Fiebers und obwohl der Fluß immer mehr anstieg (oder Merovingens Fundamente unerbittlich sanken; es war strittig, woran es nun wirklich lag). Merovingen lebte, was sein Unglück war, und es ging der Stadt gerade noch gut genug, daß sie nicht starb.

Sie wirkte aus der Ferne wie ein Wunder, sah aus wie ein Pier aus grauen Planken, ganz mit Türmen überbaut, einer phantastischen Fülle hölzerner Türme mit Fenstern, die den Eindruck vermittelten, es handele sich um ein Bauwerk. (Das stimmte auch fast, so dicht gedrängt, wie die Stadt über den Kanälen aufragte, die andere Arten von Transportwegen ersetzt hatten.) Sie besaß wirklich tausend Brücken – ein verwegenes dreistöckiges Netz von Stegen und Luftbrücken, von Brükken, die Balkone miteinander verbanden, Brücken, die Brücken miteinander verbanden, Treppen, die von einer Ebene zur nächsten führten, so daß Häuser und Geschäfte und Manufakturen sich um den letzten Rest Sonnenlicht drängten, abgesehen von Dachböden und Türmen, *die* Wohngegend, wenn man schon verdammt war, in Merovingen zu leben. Die Türme fingen die

Winde ein (und die Stürme), während die Einwohner der untersten Bereiche in ständiger Bereitschaft lebten, mit ihren Habseligkeiten auszuziehen, sobald die Flut kam. Und das Ganze knarrte und ächzte unter den Winden oder dem Druck der Flut, die in den flachen Hafen und die Kanäle eindrang, oder auch (wie man fürchtete) deshalb, weil die ganze Masse der Stadt wieder ein Stück weit abgesunken war. So sah das obere Merovingen aus.

Unter der Stadt bewegte sich eine Halbwelt von Kähnen und Kahnführern, Skips und Stangenbooten, Fahrzeugen aller Art, die das Kanalnetz und die größtenteils unkontrollierten Überhänge der Brücken Merovingens passieren konnten. Dort unten in der wäßrigen Tiefe der Stadt lag die tiefste Ebene, bestehend aus den Fundamenten der Gebäude im letzten Stadium erfolgreicher Abstützung, bevor auch sie versanken und ein Teil der Verstrebungen unter dem Schlamm wurden. Hier fand man kleine Nischen mit Geschäften und Tavernen, Zuflucht der Verzweifelten, deren Knochen eines Tages zu den unteren Verstrebungen gehören würden. Es war eine Gegend, in der man verschwinden konnte. Menschenleben waren hier unbeständig, flüchtig wie die Boote, die gleich schwarzen Gespenstern zwischen den Brückenpfeilern hindurchhuschten, über irgendeinen Fleck Sonnenlicht hinweg, der bis ganz zum Himmel hinauf offen lag, die dann wieder verschwunden waren, still und unaufspürbar in diesem Labyrinth. Ein Leben konnte hier verlöschen, eine Leiche ins Wasser rutschen, ohne daß es jemand merkte. Oder wenn es doch jemand tat, so konnte er nirgendwo eine Klage einreichen. Zwar gab es einen Gouverneur, Iosef Alexandr Kalugin mit Namen, aber bis zu ihm kam niemand durch. Meistens lief es so, daß irgendwo weiter oben ein reicher Jemand saß, zusammen mit weiteren reichen Irgendwers, die viele Tode kaufen konnten und sich nichts aus einem zusätzlichen machten.

Merovingen lebte so recht und schlecht, wie der ganze Planet. Das herrliche Bild der Stadt würdigte man am besten aus der Ferne – sagen wir, von der im Wind liegenden Seite der gegenwärtigen Bucht aus. Oder vom Meer jenseits des Randes aus. Sobald man näher heran kam, konnte man riechen, wie die Stadt verfaulte, das alte Merovingen, das an seinem Irrgarten aus Brükken baute, erfüllt von der Verachtung der späten Merovinger für jegliches planvolle Vorgehen. Die Stadt eiterte auf ihrem flachen Seitenarm vor sich hin, auf ihrem gescheiterten Hafen, gepriesen seien die Vorfahren für ihre Voraussicht. Die Stadt stank. Sie war die Zuflucht von Piraten, Zuflucht der Verzweifelten und der Ausgestoßenen anderer Städte.

Aber die Mehrzahl der Unglücklichen war einfach hier geboren.

Altair Jones war eine davon. Sie stakte ihren zusammengeflickten Skip über die schwarzen Wasserstraßen von Merovingen, unter den Brücken der Stadt hindurch und über die seltenen offenen Kanäle, und sie transportierte dabei, was immer sie an kleinen Frachten in ihrem Boot unterbringen konnte, das zum größten Teil aus Material bestand, welches früher einmal als Decksplanken der alten *Det Star* gedient hatte, bis deren Kessel explodierten und die zweiundfünfzig Besatzungsmitglieder und achthundertneun Passagiere zu ihrer Belohnung oder Bestrafung schickten. Altair Jones war eine schlaksige, langgliedrige Siebzehnjährige – oder auch Sechzehnjährige; sie hatte es vergessen. Und ihre Mutter hatte ihr nichts hinterlassen als ein lädiertes Boot, die Kleider am Leib und einen Adventistennamen, der ihr in einer überwiegend revenantistischen Stadt keine großen Dienste leistete.

Barfuß, in zerlumpter Kniehose und mit einer Kanalfahrermütze, die auf schwarzem Haar tief über ein dunkles, sonnengebräuntes Gesicht gezogen war, konnte sie nicht mehr als der Junge gelten, den sie gespielt hatte, bis sie runder geworden war; aber wenn man ihr in die Augen blickte, merkte man, daß es die Augen einer Frau waren, die einem Löcher in Boot und Fässer schlagen würde, falls man ihr Grund dazu gab, und das noch Jahre nach dem betreffenden Ereignis und ganz unerwartet, während man an Bord fest schlief. Man fand auf dem Fluß leichtere Beute als Jones. Diesen Eindruck gewannen die Leute schnell. Man behandelte Jones geschäftsmäßig; dann war man wenigstens sicher, daß die eigene Fracht ihr Ziel erreichen konnte, wenn man ein oder zwei Fässer zu befördern hatte. Und falls man ein ehrlicher Kanalschiffer war, dann bat man Jones ohne weiteres, einmal auf das eigene Boot achtzugeben, während man etwas an Land erledigte, und niemand machte sich dann an dem Fahrzeug zu schaffen. Wenn Jones an Land ging und ihren Skip unter Bewachung zurückließ, nahm sie ein Messer und einen Faßhaken mit, beides einfaches Handwerkszeug, aber Flußratten und Kanalschiffer hatten so eine Art, den letzteren einzusetzen, daß den Stadtmenschen auf den Brükken schauderte und die Schlägertypen auf den labyrinthischen Fußwegen sich einen Überfall zweimal überlegten. Kanalschiffer waren nie eine reiche Beute, aber der Ruf *Obacht hey!* rief jede Wasserratte in Hörweite auf, sich ins Gewühl zu stürzen, Haken und Messer gezückt.

Nun war es nicht so, daß nicht auch unter Kanalschiffern Schurken und Halsabschneider zu finden gewesen wären! Man fand sie, und es kam vor, daß Leichen leise in die Bucht des Det glitten und Boote ausgeraubt wurden, besonders kleine Boote von Kanalschiffern, die keinen Partner hatten und irgendwann auf einem Seitenarm feststellen mußten, daß ihnen an beiden Enden der Rückzug abgeschnitten war. Aber Jones war dafür zu vorsichtig. Sie führte ihren Skip meist ohne Einsatz des altertümlichen kleinen Motors, der ohnehin bestenfalls stoßweise arbeitete. Sie gebrauchte Stange und Haken, um sich ihren Weg durch dichten Tagesverkehr zu bahnen, mit flinker Verlagerung der nackten Füße und mit Stößen der Stange, die sie rasch durch enge Winkel führten. Aber nachts ging sie kein Risiko ein; dann überließ sie die versteckten Nischen den Vereinigungen und Banden, die dort das Sagen hatten, und machte für die Nacht normalerweise an der Oberstadtbrücke fest, wo immer sie einen Fleck am Rande der anderen Kanalleute fand, am Rande dieser unansehnlichen mitternächtlichen Ansammlung morscher Wasserfahrzeuge, von denen einige echte Fischerboote waren, die vor der Mündung des Det und außerhalb des Hafens fischten und auf einer Versorgungsfahrt hier übernachten mußten. Überwiegend waren es jedoch Kanalboote, einige Katzenboote oder gemietete Stangenboote oder kleine Kähne, dazu zahlreiche Skips wie der von Jones.

Altair fischte selbst ein wenig in ihren Mußestunden – Aale zumeist; das Kanalwasser war schädlich, aber im Hafen war das Wasser noch gesund. Wenn die Geschäfte nur zögernd liefen und nach Stürmen, wenn das Meer brodelnd in den Toten Hafen stieg, in den Sumpf und die Hafenebene, dann trieb sie den lahmen Motor vorsichtig hinaus und um den ausgewaschenen Rand herum, entzündete auf dem Strand ein Feuer aus Treibholz, um ihr Gebiet abzustecken, fischte und durchkämmte den Sundance-Kieselstrand nach dem, was die Flut heranschwemmte, wobei es sich manchmal um Netze handelte oder auch um Leinen, hin und wieder ein Stück Planke oder eine seltene Muschel, mit der man feilschen konnte, oder ein Stück Segeltuch, das man eintauschen oder verkaufen konnte.

Und regelmäßig – es war das einzige regelmäßige Geschäft, dem sie nachging – stakte sie zur Hintertür dieser oder jener Taverne, wo sie dann ein paar Fässer erstand; es ging die Stufen am Kanalufer hinauf, dann ein

Klopfen, und der Schankgehilfe kettete die Fässer los und verkaufte sie für die wenigen Pennys, die Altair besaß; sie verkaufte sie dann weiter an den alten Hafiz, den Brauer, weiter oben am Kanal, und transportierte eine Fracht aus Bier und Whisky zurück. So lief der Handel ab; er brachte nicht viel ein und wurde zu später Stunde abgewickelt, aber er ergänzte die Flußaale um Brot.

Und hin und wieder wickelte Altair über Moghis Taverne an der Fischmarkttreppe – Moghi war ihr erster und bester Kunde – ein anderes Geschäft ab, ein paar Fässer sehr guten Weinbrandes, die sie zusammen mit dem Leergut den Kanal hinauf zu Hafiz brachte. Wie Moghi zu *dem* Zeug kam, war eine gute Frage, denn es kam von weit oben am Det hierher, oder sogar aus den Chattalen. Aber Hafiz hatte seine Kunden in der Oberstadt, und wenn dieser gute Weinbrand den Kanal *hinabging,* dann kam eine große Ladung von Hafiz bestem Bier wieder *herauf,* und von beiden Seiten erntete Altair dabei richtiges Geld.

Diese Nacht versprach eine der geschilderten zu werden, da ein Flußboot aus Nev Hettek in den Dethafen geschleppt worden war, was bedeutete, daß illegale Waren in das Merovingen unter den Brücken sickerten, wie es auch bedeutete, daß gute Waren in der Oberstadt erhältlich sein würden. Altair Jones witterte mögliche Geschäfte.

Und so kam sie in der Stille der Nacht, stakte lässig an der Versammlung von Kähnen an der Oberstadtbrücke vorbei, als suchte sie einen Liegeplatz. Aber dann fuhr sie auf dem Großen Kanal weiter, zwischen den Pfeilern der Fischmarkttreppe hindurch, die in Windungen vom dreistöckigen Brückensystem des oberen Merovingen herabführte. Die hohen Brettergebäude führten immer weiter hinauf, Ebene um Ebene; Stege überspannten ihre Zwischenräume, alle silbergrau im Mondlicht. Und die Fischmarktbrücke überspannte den Kanal. Sie ruhte auf stabilen Pfeilern, die wie ein nasser schwarzer Wald neben einem der wenigen soliden Felsstücke in ganz Merovingen standen. Und mitten in diesem Gewirr lagen die rückseitigen Veranden eines Gebrauchtwarenladens, eines Gewürzlagers, einer Bäckerei und von Moghis heruntergekommener Taverne, wo das Licht einer Verandalampe auf dem Wasser tanzte und zum Näherkommen einlud, trotz der verriegelten Fenster, der geschlossenen Fensterläden und der ebenfalls geschlossenen Tür.

Dort, an dieser Ecke von Moghis Veranda, griff Altair nach einem passenden Pfeiler und schlang die Halteleine herum. Die Strömung drückte den Skip an die Leiter, die zu Moghis Veranda hinaufführte, eine unauffällige und wackelige Konstruktion aus zusammengenagelten Brettern. Aber als Altair Fußgetrappel auf Brettern vernahm, das das Klatschen und Plätschern des Kanalwassers übertönte, hielt sie inne, die Hand schon auf der Leiter; mit ihren scharfen Augen erkannte sie, als sie forschend nach oben blickte und sich dort umsah, eine Bewegung im Mondlicht, dort oben im Netz der Treppen und entlang der untersten Ebene der dreistökkigen Brücke.

Männer in Umhängen. Altair erstarrte, drückte den Skip fest gegen den Pfeiler, und duckte sich tief neben die von der Lampe beleuchtete Veranda, denn man fand mehr als nur eine Art von Gesindel, das sich auf den Brücken des nächtlichen Merovingen herumdrückte. Altair zog den Schirm ihrer Mütze tief herunter, damit ihre Augen im Schatten lagen und nicht unter dem Licht von Moghis Verandalaterne aufschimmerten. Sie hielt die Leine fest, damit das Boot nicht herumschwang und an die Veranda stieß. Altair zitterte vor Kälte und durch die Anspannung der Arme.

Es war vielleicht ein halbes Dutzend dort draußen auf der Brücke, alle in dunklen Umhängen, nicht allzuweit von Altair entfernt. Sie hörte das Gemurmel der Stimmen, als sie sich dem Geländer näherten. Sie führten nichts Gutes im Schilde, soviel war sicher. Manchmal verhandelten Schmuggler mit Moghi über Geschäfte, die sie geheimhalten wollten – das war schon eine Sorte von Problemen für sich. Aber diese Männer wirkten anders in ihren Umhängen und Kapuzen und der Art, wie sie sich über irgendeine Last beugten, die sie gemeinsam zum Geländer trugen.

Etwas Bleiches schimmerte hin und wieder zwischen ihnen auf; dann wurde es als Mensch erkennbar, der auf einmal durch die nächtliche Luft flog und so heftig im schwarzen Wasser aufschlug, daß Altair davon bespritzt wurde. Sie atmete tief ein und kauerte sich dicht an den Pfeiler, während Gelächter zu ihr herabwehte. Ihre gespannten Muskeln zitterten wieder, und die Strömung versuchte, das Boot hin und her zu bewegen, aber sie verhinderte das mit dem stetigen Zug ihrer Arme.

»Siehst du ihn noch?« hörte sie schwach jemanden dort oben sagen.

»Nein«, sagte ein anderer, »der ist erledigt.«

Dann entfernten sich die Gestalten, zuckende Schatten zwischen den Geländerpfosten, und der dumpfe Tritt lederbeschuhter Füße verschwand über die Fischmarkttreppe nach oben. Die Geräusche wurden leiser. Die Probleme verließen den Fluß und stiegen in das obere Merovingen auf, von wo sie vielleicht ursprünglich gekommen waren. Und nichts regte sich bei Moghi.

Altair ließ den Pfeiler los; der Skip stieß in der Wasserbewegung immer wieder dagegen, und Altair fummelte mit kalten Fingern am Haltetau. Keine Fässer heute, bei den Vorfahren! Moghis Verandatür würde sich jetzt keinen Spalt breit öffnen, egal, wer klopfte, wenn man dahinter etwas von dem Geschehen mitbekommen hatte; aber es standen noch mehr Türen zur Verfügung, aus denen sich Moghis Gorillas eventuell hervorwagten, falls sie etwas hörten, und Altair wollte sich nicht gezwungen sehen, Erklärungen abzugeben.

MOGHIZ
The finest FOODE & DRINK on the GRAND
OGHI

Sie riß die Leine los und rollte sie zusammen; sie wollte schnellstens von hier weg.

Etwas platschte, ein Geräusch, das nicht zur Bewegung der Wellen paßte. Altair blickte mit zusammengekniffenen Augen nach draußen. Eine Störung durchbrach das Wellenmuster nahe den Pfeilern, auf denen der südliche Vorsprung der hohen Brücke ruhte. Eine optische Täuschung – nein, da war es wieder, und da noch einmal. Was oder wen auch immer sie hineingeworfen hatten, es oder er war geschwommen. Altair erstarrte, blieb völlig reglos und schwankte mit der Strömung, die auch den Schwimmer bewegte und zusammen mit ihrem losgemachten Boot in dieselbe Richtung trug, vorbei am Fischmarkt und durch den wechselnden Schimmer des Mondes und Moghis reflektierter Verandabeleuchtung. Die schwarzen Pfeiler der hohen Brücke zogen vorüber. Ein sich kräuselnder Fleck tauchte auf und verschwand wieder auf dem schwarzglänzenden Wasser, dort, wo es Moghis Verandalaterne widerspiegelte.

Dort kämpfte jemand. Altair fand den Tod nicht anziehend. Aber ein Kampf ums Leben – das verdiente wenigstens ein Publikum. Verdiente Neugier oder auch so etwas wie menschliches Mitgefühl.

Ein weißer Schimmer, dann ein Platschen in der Dunkelheit. Keine Wellenbewegung. Das Geräusch des Wassers, das an den Pfeilern plätscherte, war nicht im Takt mit diesem Geräusch. Altair streckte so leise, wie sie konnte, die Stange aus und sondierte damit das Wasser in mittlerer Tiefe.

Eine Hand durchstieß die Oberfläche. Und wieder, dicht neben dem Boot, und Finger griffen an einem Pfeiler hinauf und glitten wieder zurück, als sie keinen Halt fanden.

Altair kniete sich auf die Latten im ansteigenden Bug und sondierte mit der Stange neben dem Pfeiler, ohne es richtig zu wollen. Was Leute in den Kanal warfen, war *deren* Sache. Aber dieser einsame Kampf war so beharrlich, so fürchterlich, dort unten im Bauch des alten Det. Der alte Det hatte etwas gefressen, was er nicht gut schlucken konnte; und als Wasserratte stand Altair auf der Seite dieses Bissens und nicht auf der des gierigen, schwarzen alten Det.

Gib ihm eine Chance, stocher ihn auf, laß ihn kämpfen!

Dummkopf! flüsterte eine andere Stimme in ihrem Schädel. Vielleicht wurden sie beobachtet. Da waren schließlich die Brücken. Die Mörder waren dorthin gegangen, in die Oberstadt. Vielleicht blickten sie gerade in diesem Augenblick auf sie herab.

Möglicherweise wurden sie noch von anderen beobachtet. Von Moghis Leuten. Oder Flußanwohnern, die Informationen an noch schlimmere Stellen *verkauften*, die vielleicht sogar eine Seele verkaufen würden, da sie gelernt hatten, welchen relativen Wert Seelen und Brot am Fluß hatten.

Die Stange traf auf etwas Nachgiebiges, tief unten am Grund. Etwas zog tief im Wasser an ihr, packte sie, kletterte an ihr hinauf ...

Altair holte Luft und stieß die Stange fest gegen den felsigen Grund, schob das Boot zurück, aber dieses Etwas folgte der Stange, hing schwer an ihr. Das Wasser klatschte an den Bug; eine weiße Hand tauchte auf und umklammerte den Bootsrand direkt neben Altairs Knien. Sie zog den Faßhaken aus dem Gürtel und sah in stummem Schrecken zu, wie die Finger wieder den Halt verloren und abglitten.

Wenn sie den Haken in diese Hand schlug, konnte sie ihn vielleicht festhalten. Und fürs Leben verkrüppeln. Der Haken war der sichere Weg. Dieses mitleiderregende Greifen konnte ein Trick sein, eine Falle; ein ertrinkender Mann konnte sie in das schwarze Wasser ziehen und sie beide töten.

Die Finger glitten ab. Altair packte mit der bloßen Hand nach dieser untergehenden Hand und zog daran, ließ den Faßhaken los und packte mit beiden Händen zu, stützte sich mit den nackten Füßen ab und zerrte den Mann ins Boot, stand dann auf und balancierte das hecklastige Boot gegen das Eigengewicht aus. Der schlaffe Körper eines Mannes kam über den Bootsrand, ein Arm, Kopf und Schulter, bis sie nicht mehr weiterziehen konnte.

Der Mann war hellhäutig und hatte helle Haare, war jung und wohlgestaltet, wie er da in unsicherer Lage am Bug ihres Skips hing – eine immense Verschwendung, ihn an die Fische und Aale zu verfüttern, selbst wenn er wirklich der war, wofür sie ihn hielt, irgendein armer Schuldner oder jemand, der mit den Banden in Konflikt geraten war. Am ehesten noch ein Bandenmitglied, und es wäre das Gescheiteste gewesen, ihn wieder zu den Fischen und Pfeilern hinabgleiten zu lassen.

Aber Altair blieb in dieser Haltung, mit der sie sich abstützte, und holte mehrmals tief Luft, hielt das rutschige Handgelenk fest, während das Boot hüpfte und schaukelte. Dann trat Altair auf die Hand des Mannes, kniete sich auf seinen Rücken und zog seinen anderen Arm aus dem Wasser, bevor er wieder ganz abrutschen konnte. Jetzt hatte sie beide Arme.

Ziehen.

Verdammt. Verdammt. Verdammter Dummkopf!

Sie wollte keine Mörderin sein oder sich an einem Mord beteiligen. Und indem sie nicht einfach an ihm vorbeigefahren war, hatte sie sich selbst dem Entscheidungszwang ausgesetzt.

Sie fiel heftig auf die Bodenlatten, *plumps,* holte sich blaue Flecken am Hinterteil und zerrte den Mann ganz auf den Bootsrand hinauf, bis dorthin, wo es weh tat, was reichte, damit er an Bord blieb und sie ihn loslassen konnte, und insgesamt war das schon genug Wohltätigkeit gegenüber einem Fremden. Aber sie holte Luft und arbeitete sich nach vorn, brachte damit das Boot zum Schaukeln, kniete sich über seinen Rücken und fischte mit aller Kraft ein Bein von ihm aus dem Wasser, stemmte und zerrte ihn ins Boot, bis er wie ein schlaffes, durchnäßtes Knäuel auf den Latten lag.

Damit war er kein Hemmschuh mehr für den Skip. Das Boot drehte sich langsam, stieß an einen Pfeiler, drehte sich weiter, ein langsamer Wechsel des Blickfeldes zwischen den Balken hindurch. Altair beugte sich über den Fremden, hatte schon blaue Flecken an den Knien, setzte sich rittlings auf dieses menschliche Stück Treibgut und lehnte sich mit voller Kraft auf seinen Rücken, drückte das Wasser aus ihm heraus, drückte und drückte und drückte, eins, zwei, während er krampfartig das Wasser heraushustete, in die Bilge hinein. Der Skip trieb dahin, stieß immer wieder an, und jeder Stoß war für Altair wie ein baluer Fleck auf etwas, das ihr mehr bedeutete als dieses halb ertrunkene, hoffnungslose Nichts. Sie fluchte vor jedem Atemzug. Verdammter Idiot! Schlägt mein Boot kaputt! Verdammt sollst du sein dafür, daß du in meinen Kanal gefallen bist! Nicht meine Schuld. Gib sie *ihnen!* Was habe ich nur getan, daß ich dir das schulde? (Rumms.) Verdammt!

Für einen Moment befanden sie sich im Mondlicht, als der Skip zwischen die Brücken und Überhänge trieb. Anstoßen und abprallen, anstoßen und abprallen. Altair ließ den Skip treiben und sich drehen und bearbeitete weiter den Mann, fand noch keine Gelegenheit, damit aufzuhören. Verdammt, verdammt, verdammt ... »Mensch, atme doch endlich!«

Er atmete tatsächlich. Sie spürte, wie er würgte und wieder stockte, wie das Wasser herauskam. Und sie drückte weiter auf ihn und schimpfte ihn aus und keuchte und fluchte, bis er fiebrige Bewegungen mit den Händen machte und das Boot in den Strudel vor dem Ventani-Pier schoß. Altair fuhr mit dem Rhythmus des Pumpens fort, denn er mußte einfach zuviel brechen, um regelmäßig atmen zu können. Sie drückte und stieß ihn, wenn er würgte, bis er sich erbrach und wieder einen halbflüssigen Atemzug die Kehle hinunterbekam.

Mit einem Krachen stieß das Boot seitlich an die Balken des Piers, ein Stoß, bei dem Altairs Zähne zusammenknallten. Der alte Det war lebhaft, wenn die Gezeiten wechselten. Drücken und loslassen. Drücken und loslassen, bis das Keuchen leiser wurde und sich ihrem eigenen anglich. *Rumms,* noch ein Pfeiler, dann eine schwindelerregende Drehung in das Mondlicht, auf die träumende Ansammlung von Booten zu, die für die Nacht an der Hängebrücke festgemacht hatten.

Altair überließ dem Mann nun selbst das Atmen. Er lag mit der Seite des Gesichts auf den Deckslatten, hatte sich umgedreht in dem Versuch zu atmen, lag jetzt einfach nur da, während seine Seiten schwer arbeiteten, um soviel Luft wie nur möglich zu bekommen. Sein Gesicht war wachsbleich, ein schönes Gesicht, jetzt, wo der erstickte Ausdruck daraus verschwunden war, ein schönes, wie tot wirkendes Gesicht, dessen Profil sich vor den groben Planken des Skips abzeichnete; Altair erkannte plötzlich, daß sie auf dem bestaussehenden nackten Mann saß, den sie je erblickt hatte, während er auf dieselbe Art und Weise starb wie alles Schöne, das der Fluß in seine schwarzen Klauen bekam.

Wenn er schon nicht ertrunken war, dann würde das Fieber ihn vernichten. Er hatte zuviel von dem Wasser geschluckt.

Ihre Mutter war so gestorben. Sie hatte Kätzchen aus den Fluten des alten Det gerettet. Und einmal hatte das Kielwasser eines kleinen Kahns ein Bootsdeck überspült. Niemand hatte das überlebt.

Verdammt. Der auch. Zum Teufel mit allem!

Er atmete. Sie spürte einen Krampf, eine schwache Hebung seines Bauches, aber diesmal machte er auch Anstalten, sich mit den Händen hochzustemmen; er versuchte, sich zu bewegen. Altair rollte sich auf ihrem

Gesäß ab, während er versuchte, weiter hinauf auf die trockene Gräting zu kriechen und seine Knie aus der Bilge zu bekommen; er zog eines auf die Latten, und Altair versuchte zu helfen, konnte aber gegen sein Gewicht nichts ausrichten. Er lag da und keuchte und hustete, probierte es dann weiter, als wäre er der einzige Beteiligte an diesem Geschehen, als spürte er gar nichts, als wüßte er von nichts als dem kalten Wasser zu seinen Füßen und dem festen Holz vor sich. Er bekam das eine Knie hoch, rutschte wieder ab, zog es wieder nach vorn, krümmte die Schultern und zog die Arme unter sich. Sie fuhren jetzt in den Schatten einer Brücke, trieben gefährlich auf eine Ansammlung von Kanalbooten zu, die für die Nacht hier angelegt hatten. Altair richtete sich auf und setzte die Stange ein, machte ein paar Augenblicke lang damit weiter, denn die Strömung des Großen Kanals verlief unnatürlich schräg dort, wo der Zufluß der Schlange neben der Hängebrücke in ihn mündete. Altair wich einem Zusammenstoß aus und stellte sich vor, wie neugierige Augen sie von den entlang des Ufers vertäuten Booten betrachteten, dachte auch an Zuschauer unter den Obdachlosen auf der Brücke, die sie und den nackten Mann sehen konnten, der bleich wie ein Seestern in ihrem Skip lag.

Sie stakte weiter, vorbei an Mantovan, unter seiner Brücke hindurch, vorbei an Delaree und Ramseyhead, dort am Rand des Mondscheins, wo der Große Kanal aufhörte und in das Flußbett mündete. Ein paar große Kähne hatten für die Nacht an den Kais festgemacht und warteten darauf, morgen beladen zu werden.

Sichere Gesellschaft, diese Kähne. Eine ruhige Gesellschaft. Die hohen schwarzen Seiten ragten auf wie Wände, und die Wellen leckten und plätscherten unter dem Zug der Gezeiten. Ein kleiner Skip glitt unbemerkt unter den Kai – hier der vor sich hin dösende Rumpf eines Fangschiffes, dessen Netze wie Gazeschwingen vor dem Nachthimmel erhoben waren; dort ein weiterer

Kahn, und noch einer, ein tiefer freundlicher Wald aus Pfeilern und Haltetauen, die in der Dunkelheit wie Reben wirkten. Da drüben lag ein Schiff der Falkenaer im Hafen, die Masten und die Takelage wie ein Gewebe vor dem niedergehenden Mond aufgerichtet. Es ragte zwischen den kleineren Silhouetten der Küstenschiffe und Det-Kähne hervor. Hier lag die Rimmon-Insel, und die Laternen ihres Anlegeplatzes brannten, während die Türme in Dunkelheit lagen.

Trotz der Nachtkälte lief Altair der Schweiß unter dem zu großen Pullover an den Seiten herab und unter dem Mützenband hervor von den Schläfen. Sie entdeckte eine geeignete Stelle am Rand der mondbeschienenen Wasserfläche und warf die beschwerte Leine um einen Pfeiler, zog sich heran, machte an beiden Seiten sicher fest und setzte sich dann zitternd hin. Sie nahm die Mütze ab und wischte sich mit dem Ärmel den Schweiß weg.

Ihr Fahrgast hatte sich auf die trockenen Latten vorgearbeitet und lag mit ausgebreiteten Gliedern da, einen Fuß noch in der Bilge. Also hatte er noch genug Leben in sich, um Kälte und Nässe unangenehm zu empfinden. Ein Teil von Altair wünschte sich, daß er doch seinen letzten Atemzug getan hätte und nur noch dort läge, um zurück in den Kanal gerollt zu werden, wo er niemandem mehr Sorgen bereiten würde. Ein weiterer Teil von ihr forderte, ihn doch jetzt in aller Stille hinauszuwerfen, während ein dritter kleiner Teil ihres Bewußtseins einfach ruhig abwartete, ob es nicht doch nötig wurde, den Faßhaken in seinen Körper zu schlagen, sobald er zu sich kam. Aber bis dahin war sie nicht gezwungen, zur Mörderin zu werden, obwohl sie darauf vorbereitet war. Schon vor langer Zeit hatte sie beschlossen, daß sie dazu bereit sein mußte, um im unteren Merovingen am Leben zu bleiben.

In dieser Nacht kam es vielleicht dazu. Das Boot bewegte sich und schwankte in den Strömungen, die zwischen den Verpfählungen des Hafens wogten. Altair war hier schon fast außerhalb ihres Gebietes. Fast. Sie befanden sich hinter dem Deich. Jenseits dieses Punktes begannen die tiefen Strömungen. Und jenseits dieses Punktes konnte kein Boot mehr mit der Stange fortbewegt werden, außer unter den Verpfählungen, die an den Rimmonbrücken vorbei hinausführten zum Toten Kai, zur Geisterflotte und zum Sumpf. Altair saß keuchend da und wartete darauf, daß der Schweiß im Wind trocknete, wartete auf irgend etwas, eine Bewegung des Mannes, darauf, daß sie sich wieder erholte – worauf eigentlich, das wußte sie nicht genau.

Der Mann machte fieberhafte kurze Bewegungen, lag immer noch mit offenen Augen da und sah sie vielleicht gar nicht, außer als Schattenklotz.

Also erübrigte sich der Gedanke an den Faßhaken. Der Mann würde noch vor dem Morgen sterben. Sehr wahrscheinlich würde er das, am Schock und an der Kälte. Wie damals das Kätzchen. Wie Mary Gentrys kleines Kind. Ein Körper verriet das, indem er einfach losließ, nachdem er sich aus einem solchen Schockzustand wieder herausgekämpft hatte. Jetzt setzte sicherlich das Fieber ein. Und auch die Kälte würde ihn überwältigen. Der Fluß gab nur sehr wenig wieder her, und vielleicht war auch der Schädel des Mannes gebrochen. Überall auf seinem bleichen Körper hatte er dunkle Flecken, blutige Kratzer, die Schatten von Quetschungen. Ein dunkles Rinnsal sickerte aus einem Bein und lief in die Bilge. Der Mann blinzelte endlich, blinzelte noch einmal, ein schattenhaftes Flattern halb geöffneter Augen.

»Du bist hier auf meinem Boot«, sagte Altair, für den Fall, daß er sich fragte, wo er war. Wieder blinzelte er. Für längere Zeit lag er nur da, und seine einzigen Bewegungen waren dieses Blinzeln und das Atmen. Er zitterte nicht. Und das bedeutete, daß er wirklich im Sterben lag, daß es jetzt nur langsamer ging.

»Ich«, sagte er, »ich ...«

Vielleicht war er bei Sonnenaufgang noch am Leben. Falls ja, hatte er in der heißen Sonne, in ihrer brennenden Hitze eine Chance. Wenn es doch nur nicht noch so lange bis zum Morgen dauern würde! Alles stand gegen ihn. Die Zeit. Das Kanalwasser, das er geschluckt hatte.

»Möchtest du am Leben bleiben?«

»Uhhhn.«

»Verstehst du mich?«

»Uhhhn.«

»Im Unterschlupf liegt eine Decke. Direkt vor dir. Wenn du sie haben willst, schlüpf hinein. Geradeaus.«

Er bewegte eine Hand, einen Arm, als genügte es, in diese Richtung zu greifen. Dann bewegte er den anderen Arm und ein Knie, und so schob er sich ein Stück vor. Wieder ein Stück. Kurze, ruckhafte Bewegungen. Dann brachte er einen festeren Schub zustande, diesmal mit den Armen unter dem Bauch, als hätte er Bauchschmerzen, was eigentlich auch zutreffen mußte. Endlich hielt er an. Altair hob die Stange und stieß ihn damit in die Seite, ganz so, wie sie leblose Dinge in den Kanal schob, damit sie ihr nicht im Weg lagen. »Los!«

Er kroch weiter. Sie hatte es schon nicht mehr geglaubt. Er kroch mit dem ganzen Körper, die Füße ausgenommen, in den Halbdeck-Unterschlupf, und hielt dann an, kümmerte sich überhaupt nicht darum, daß er erfrieren würde, zeigte keine Anzeichen davon. Da hatte sie einen Mann, der zwischen ihren Besitztümern im Sterben lag, mitten in diesem engen Raum, aus dem ein totes Gewicht schwer zu entfernen war, und sie saß hier draußen und klapperte vor Angst mit den Zähnen.

Dummkopf! Wirf ihn ins Wasser! Schenke ihn heute nacht den Fischen, nicht erst morgen! So solltest du vorgehen! Er wird ohnehin sterben. Zu viele Leute könnten euch gesehen haben. Einige davon kennen dich vielleicht. Wenn Moghi von dir und dieser Geschichte vor seiner Tür erfährt ...

Aber nachdem sie sich eine solche Niedertracht ausgiebig vorgestellt hatte, klemmte sie die Arme zwischen die Knie, wiegte sich und überlegte, wiegte sich und überlegte, ohne daß ihre Gedanken konkrete Formen annahmen: Als Nebelgedanken bezeichneten die Revenantisten dergleichen, ein Nachdenken im Leeren, ein Rückgriff auf frühere Leben und frühere Taten, die eine Seele dazu verdammten, auf Merovin zu leben, anstatt zwischen den Sternen; und doppelt verdammten, in Merovingen zu leben; und dreifach verdammten, es in der Hölle des unteren Merovingen zu tun.

Die Revenantisten versprachen wenigstens keine weitere Verschlechterung, ein Gedanke, der Altair jetzt auch nicht aufmuntern konnte. Nebelgedanken führten im Kreis und kehrten schließlich zur Selbsterhaltung zurück. So lautete das Gesetz in der Hölle.

Bis ein Dummkopf sich in die Angelegenheiten anderer Leute einmischte und sich damit eine Menge Karma einhandelte; und sie hatte einen sterbenden Mann in Händen, und sie konnte nichts anderes tun als sitzen und warten oder ihm helfen, denn er besaß nicht mehr die Kraft oder den Verstand, sich in die Decke zu wikkeln, die im Unterschlupf lag.

Altair verstaute den Faßhaken unter einem zusammengerollten Tau und legte ihr Messer daneben. Als erste Regel hatte ihre Mutter aufgestellt: Laß dich niemals auf einen Ringkampf mit einem Mann ein! Du erstichst ihn, verstanden? Und du tust es wirklich, klar? Aber drohe niemals. Tu es einfach. Auch wenn du zwanzig Jahre wartest. Die Welt beherbergt genug Bastarde. Lösch sie aus, wo du sie findest.

Ihre Mutter *hatte* einen Mann getötet. Vielleicht mehr als nur einen, wie sie selbst gesagt hatte. Es geht dich nichts an. Man spricht nicht darüber. Man macht es einfach, wenn es sich ergibt, und wenn man darüber spricht, macht man nur seine Freunde aufmerksam. Wer will das schon? Niemand, der nicht verrückt ist. Und das bist du nicht. Aber der alte Seb mag mich nicht. Ich sage dir, warum. Ich habe seinen Bruder getötet. Gib auf ihn acht! Sollte er dir je in die Quere kommen, erledige ihn tunlichst. Alles andere wäre töricht.

Seb war jetzt tot. Jemand anderes hatte ihn erledigt. Altairs Mutter war eher gestorben. Altair wußte nichts davon, daß sie selbst in irgendeiner Fehde gelegen hätte. Es war dumm, daß sie jetzt eine riskierte! Ihre Mutter hatte ihr nie Vorwürfe gemacht, wenn sie Kätzchen aus dem Det fischte, sondern nur, als sie den Gentry-Jungen aus dem Kanal gezogen hatte, als sie nach den Dankesbezeugungen der anderen Mutter völlig durchnäßt und zitternd auf das Boot zurückgekehrt war (sie war tief getaucht, um den Jungen zu finden, bis auf den dunklen Grund des Det). Hast du Wasser geschluckt, hatte ihre Mutter gefragt, die Augen weiß umrandet vor Zorn. Verdammter Dummkopf! Und sie hatte sie geohrfeigt.

Altair hatte Tage gebraucht, um herauszufinden, daß sie es aus Liebe getan hatte. Sie war damals zwölf gewesen, voller Furcht vor den Launen der Mutter. Aber vielleicht hatten die Revenantisten recht, und es waren alles nur Nebelgedanken, und vielleicht hatte ihre Mutter nur in die eigene Zukunft geblickt. Sie starb später an dem Wasser, im Hochsommer, als es am gefährlichsten war. Sie war gestorben, ohne Altair einige wesentliche Dinge mitzuteilen. Zum Beispiel, wer ihr Vater war. Ob es der Mann war, den die Mutter getötet hatte.

Sie hatte Altair nie gesagt, was eine Frau tun sollte, wenn sie einen Mann im Boot hatte, der sich nicht danebenbenahm und glaubte, er könne ihr etwas wegnehmen. Und Altair hatte auch keine Vorstellung, ob es dumm von ihr war, daß sie nein sagte, wenn Männer ihr Angebote machten. Sie wollte niemanden umbringen. Sie wollte keinen tödlichen Fehler machen. Sie konnte das Richtige nicht vom Falschen unterscheiden – aber sie wußte recht gut, *wie* es war, einen Geliebten zu haben: Auf Booten geschah vieles direkt vor den Augen

Gottes und der Öffentlichkeit, in warmen Nächten, wenn es im Unterschlupf zu heiß war. Aber ihre Mutter hatte nie einen Mann gehabt, den Altair gesehen hatte. Ihre Mutter hatte häßliche Worte ausgestoßen, wenn Männer ihr Einladungen zuriefen. Und Altair Jones tat so, als wäre sie der Sohn Retributions, nicht ihre Tochter, und sie tat so, solange ihre Mutter lebte. Es war auch die Idee ihrer Mutter. Und sie badete nachts und trug weite Kleidung, als die Brüste sichtbar wurden. Einen Teil der Vorsichtsmaßnahmen gab sie auf, als zuviel erkennbar wurde, und das war, als sie zwölf wurde, nach dem Tod ihrer Mutter. Aber Gewohnheiten waren zäh, sehr zäh. Und jetzt handelte sie wie ein Dummkopf, und sie hatte Angst.

Auch fühlte sie sich jetzt auf verworrene Weise schuldig, denn sie wußte nicht genau, ob sie nun Verrat an ihrer Mutter beging oder etwas tat, was Retribution wie die Errettung strampelnder Kätzchen eingeschätzt hätte, die nur durch die Hoffnung motiviert war, daß letztlich noch eines davon überlebte. Du brichst dir das Herz, hätte ihre Mutter kopfschüttelnd gesagt. Das arme Geschöpf ist dahin, Altair.

Und Altair hatte immer nur *Mama* gesagt und nie geäußert, was sie innerlich schmerzte; sie schniefte einfach nur und unterdrückte das Weinen, wenn wieder ein Geschöpf unter ihren Händen starb. Und sie und ihre Mutter blieben auf ihrem Boot allein und konnten nie etwas Lebendes berühren. Altair sah Katzen in den reichen Häusern, wo sie durch die Balkongärten streiften. Einmal fing sie eine wilde Katze, im Jahr nach dem Tod ihrer Mutter, und das Tier war so verrückt, daß es in den Großen Kanal sprang und zum Ufer schwamm. Altair ließ es; sie war von dem Tier ein halbes Dutzend Mal gebissen worden, und die Wunden verschlimmerten sich. Sie hatte sich ausgemalt, wie weich dieses Wesen anzufassen wäre und wie es sich an das Leben auf dem Boot gewöhnte. Es würde Junge bekommen, und sie,

Altair, hatte dann Kätzchen, die sie an reiche Uferbewohner verkaufen konnte, und es würde ihr gutgehen. Aber die Katze war ein Landtier. Und Altairs Hand und der ganze Arm schwollen an. Später hatte sie noch einmal eine Gelegenheit, von einem Stangenbootfahrer eine zahme Katze zu bekommen – er wollte Altair, Altair wollte die Katze. Aber am Ende bekam sie Angst, daß er doch noch erreichte, was er wollte, und sie dann vielleicht umbrachte und beraubte. Wer konnte das schon wissen?

Also gab sie das mit den Katzen auf. Verzichtete mit der Zeit darauf, Risiken einzugehen. Und verzichtete auf Männer.

Bis es Schritt für Schritt und auf unklare Weise dazu kam, daß sie sich zum Narren machte wegen etwas, das den Kanal hinuntertrieb.

Na ja, sagte sie in dieser Nacht zu sich selbst – sie redete manchmal in Gedanken mit sich selbst und sprach dabei mit der Stimme ihrer Mutter –, na ja, jetzt hast du endlich einen Mann auf deinem Boot, nicht wahr? Genau wie damals die verdammten Kätzchen. Oder vielleicht wie diese undankbare Katze. Und du hast dir ein Problem eingehandelt, wie, Altair? Was hast du jetzt vor? Huh? Zuschauen, wie er stirbt?

In seinem gegenwärtigen Zustand kann er mir nichts tun. Hat keine Chance, der verdammte Idiot, ohne daß ich etwas mache.

Also raffte sie sich auf, kroch in den Unterschlupf, zerrte die Decke unter ihm hervor und breitete sie über sie beide, denn sie wußte, was es bedeutete, wenn man die Kälte des Wassers in den Knochen hatte. »Zieh deine Füße an, Dummkopf, sieh zu, daß du ganz hereinkommst!«

Er bewegte sich. Sie versuchte, die Arme um seinen feuchten und kalten Körper zu legen, ohne daß dabei die Decke verrutschte, aber er war zu schwer, um einen Arm unter ihn zu bekommen. Sie bettete seinen Kopf auf ihren Arm und schmiegte sich so eng an ihn, wie es ging. Die Kälte wanderte von ihm zu ihr, und er begann zu zittern, ein fürchterliches Zucken, das ihn minutenlang ununterbrochen schüttelte, bis ihn die letzten Kräfte verließen.

Dann lag er still.

Das ist das Ende, dachte sie. Keine Kraft mehr. Jetzt kommt das Fieber.

Regenkälte, Winterkälte, Wasserkälte – aber man hatte Möglichkeiten, einen Körper warm zu halten. Ihre Mutter hatte es bei ihr getan; Altair selbst hatte sich die kranken Kätzchen fest an die Brust gedrückt in dem Versuch, es ihrer Mutter gleichzutun. Und diesmal war es *nicht* dasselbe wie mit ihrer Mutter und den Kätzchen; aber es war dunkel im Unterschlupf, und er war sauber, bei allen Vorfahren, so sauber, wie der alte Det es überhaupt bei jemandem duldete. Und obendrein lag der Mann im Sterben, würde nie jemandem etwas davon erzählen oder später darüber kichern.

Was sie hier tat, war eher egoistisch als irgend etwas sonst, und sie tat es nur für sich selbst, Dinge, die niemandem weh taten und von denen niemand erfahren würde, da dieser Mann im Sterben lag. Es war fünf Jahre her, daß sie das letzte Mal ein lebendes Wesen berührt, wirklich berührt und gehalten hatte, damals, als ihre Mutter noch lebte. Daher war es eben egoistisch; und vielleicht schob ja jede böse Tat den Jüngsten Tag weiter hinaus, wie auch jede gute Tat ihn näherbrachte. Also glich das, was sie hier tat, um es dem Mann leichter zu machen, vielleicht die Schlechtigkeit ihrer Gedanken aus.

Verdammt, es tat ihm ja nicht weh! Vielleicht half es!

Sie streckte die Arme über dem Kopf aus und schlängelte sich aus dem Pullover, öffnete die Kniehose und strampelte sich von ihr frei, bis sie sich nackt auf ganzer Länge an den Mann schmiegen konnte. Sie empfand es nicht als großen Kitzel, denn er war kalt wie ein mehrere

Tage alter Fisch, aber sie rubbelte ihn, bis ihr die Arme schmerzten, und drückte ihn an sich, gab die Wärme ihrer Anstrengung an ihn weiter, und sie wiederholte es, sobald sie wieder zu Atem kam. Während sie damit beschäftigt war, kam der Mann zu Bewußtsein und zitterte gleich wieder, machte es ihr damit schwer, ihn festzuhalten, aber sie bearbeitete ihn weiter. Es war nichts Sinnliches daran; es war nur ein Kampf, den sie unverdrossen weiterführte; sie scheuerte ihm fast die Haut wund, bis sie sich ausruhen und ihn mit ihrem Schweiß wärmen mußte. Und sie wiederholte die Prozedur, bis sie entweder kalt geworden war wie er oder er so warm wie sie. Sie seufzte schwer, als sie es bemerkte; sie legte die Arme um dieses Stück menschliche Wärme und machte es sich gemütlich, ohne auch nur einen Hauch Schuldbewußtsein zu empfinden.

Später, nachdem sie ihn dem Wasser übergeben hätte, würde sie von ihm träumen, während schon die Fische in seinen Augenhöhlen schwammen und die letzte Erinnerung an das, was er gewesen oder warum er gestorben war, aus seinem Gehirn fraßen. Aber er würde sie deswegen nicht heimsuchen. Ihre Mutter hatte es eine Zeitlang getan, bis sie ihr in einem Traum erschienen war und sie mit freundlicher Stimme ausgeschimpft hatte, wie damals, als Altair über die Kätzchen geweint hatte. Du Dummkopf, Altair! Verdammter Dummkopf! Er stirbt! Der alte Det bekommt schließlich alles. Liebe das Leben und mache dir nichts aus dem Tod, und sei so gut, wie du sein kannst!

Altair holte tief Luft und seufzte schwer, entspannte sich dann noch mehr, innerlich wie äußerlich. Sie entwarf Erinnerungen für ihr Stück Treibgut. Sie dachte ihn sich als Sohn eines reichen Kaufmannes, in harten Zeiten gestrauchelt. Er war den Fluß herabgekommen und hier seinem Unglück begegnet.

Sein Vater und seine Mutter würden Sucher schikken. Aber sie kamen zu spät. Sie würden auf den Märkten ein paar Schmuckstücke von ihm finden, wenn seine Knochen schon auf dem Grund des Hafens lagen, unter den Kielen der fahrenden Schiffe. Sie, Altair, würde am Kai stehen und zuschauen, wie die feinen Fremden ans Ufer kamen, und sie würde das Geheimnis kennen, das sie suchten; sie, eine unbedeutende Kanalratte, würde es ganz für sich behalten und nur zuschauen, wie diese Leute in den guten Kleidern ihre Edelsteine als Belohnung für die Wiederauffindung dieses reichen Mannes aussetzten.

Aber er war ohne jeden Besitz in ihre Hände gefallen, und wenn sie behauptete, daß sie ihn gerettet hatte, konnte sie es nicht beweisen. Also nützte es nichts, wenn sie es sagte; und es war ja ohnehin gefährlich, sich in die Angelegenheiten reicher Kaufleute einzumischen. Wenn die reichen Männer wieder gegangen waren, blieben nur die Schmuggler zurück, die Banditen und die Banden. *Sie* vertraten das Gesetz auf dem Fluß, im Hafen und auf den Kanälen Merovingens. Und die Ansammlung von Knochen dort unten im Schlamm des Det, an denen die Fische pickten, war bereits beträchtlich. Altair hatte nicht den Wunsch, sich dazuzugesellen. Deshalb würde sie den Mund halten.

Das Schiff der reichen Leute würde wieder den Fluß hinaufdampfen, und die Leute darauf, die reichen Verwandten, blieben ohne Trost.

Altair hielt den Mann fest und ließ ihn schlafen, damit das Leben ihn ganz sanft verließ, wie bei den fast ertrunkenen Kätzchen und den Vögeln, die in das Eis des Winters stürzten, ganz leise, mit einem Atemzug. Sie würde ihn am Morgen über Bord rollen, rutsch, platsch. Ihr Geheimnis. Das innigste, geheimste Beinahe-Erlebnis ihres Lebens, als sie *beinahe* den Sohn eines reichen Mannes gerettet und *beinahe* einen Geliebten gehabt hatte.

Irgendwann schlief sie ein, und als sie erwachte, fand sie sich in einem unvertrauten Gewirr männlicher

Gliedmaßen. Ein leises Schnarchen hatte sie geweckt, das jetzt verstummte. Der Mann hatte ihr eine Hand auf die Brust gelegt – und eines ihrer Knie berührte ihn an einer Stelle, die sie verlegen machte. Sie bewegte sich nicht. Er verlagerte ein Bein und kuschelte sich in der sichtlosen Dunkelheit des Unterschlupfes enger an Altair, vergrub den Kopf an ihrer nackten Schulter. Altair lag mit klopfendem Herzen da und überlegte, ob sie aufstehen sollte oder nicht. Und da sie es sich überhaupt überlegen mußte, kam es ihr zu anstrengend vor, einem Mann zu entfliehen, der, nun ja, wenn schon nicht tot, so doch nicht in der Lage war, am Morgen lästig zu werden. Er war lediglich warm und andersartig, und vorübergehend gehörte er ganz ihr, auf eine Weise, wie ihr außer ihrer Mutter noch nie jemand gehört hatte.

Merovingen war einfach entschlossen, einer Frau alles wegzunehmen – Körper, Seele, Leben und Besitz –, wenn sie auch nur ein einziges Mal dumm genug war, jene Linie aufzugeben, daß sie nein sagte – auch dumm genug, jemals etwas herzugeben von ihrem kleinen Ausschnitt der Welt, in dem sie mittels einer Stange, eines Bootshakens und der Gewohnheit eines leichten Schlafes allein bleiben und vor Männern in Sicherheit sein konnte, zumindest solchen, die Unannehmlichkeiten und Mord im Sinn hatten.

So, na ja – ein einziges Mal konnte sie es vielleicht doch anders halten. Vielleicht einige Tage lang, wenn er gesund wurde – falls er wieder gesund wurde –, um ihn dann irgendwo wieder hinauszuwerfen. Alles nur zu ihren Bedingungen. Sie würde es ihm ermöglichen, das für einen Mann wie ihn, hinter dem die Banden her waren, einzig Richtige zu tun, nämlich das erste Schiff zu nehmen, das den Det hinauffuhr, und nicht so schnell wieder auszusteigen.

Weit weg von Merovingen, wo er niemals etwas weitererzählen würde. So daß er ein sicherer Geliebter war.

Sie ließ sich alles durch den Kopf gehen und kam zu diesem Entschluß. Er hatte nichts gegen sie. Er hatte allen Grund, sich zurückzuhalten und es ihr zu ermöglichen, daß sie ihn irgendwohin brachte. Und sollte er doch zu erkennen geben, daß er anderes im Sinn hatte, na, sie würde es schon rechtzeitig bemerken! Sie war gut darin, Absichten zu erkennen. Dann hatte sie noch den Bootshaken für ihn. Oder sie machte seine Feinde ausfindig und übergab ihn an sie, falls er Anstalten traf, die häßliche Seite herauszukehren. Falls er drohte, ihr das Boot zu nehmen.

Jetzt, wo ihre Gedanken schon bis dahin gediehen waren, fielen ihr die verschiedensten Möglichkeiten ein, einen unerwünschten Gast von Bord zu bekommen. Sie konnte warten, bis er schlief, und ihn dann fertigmachen. Oder sie konnte einen Zeitgenossen wie Einauge Mergeser herbeirufen und einen Kampf mit ihm anfangen. Ja, sie konnte sich noch ein Dutzend weitere Listen ausdenken, falls sich die Situation ungünstig entwickelte.

Aber das war ja nicht zu erwarten. Er machte nicht den Eindruck. Er hatte so eine sanfte Art an sich, selbst wenn er schlief. Er würde einige Tage lang dankbar sein in diesem fremden Nirgendwo, in das er wie ein hübsches Stück Treibgut gespült worden war.

Der alte Det hatte ihr ein Geschenk gemacht; das war es!

Ein Liebhaber aus einem früheren Leben?

Nur, wenn die Revenantisten recht hatten.

Sie zweifelte daran.

In diesem Leben bekam man, was man sich nahm. Ihre Mutter hatte sie das gelehrt.

2

Altair erwachte wieder in dieser nahen, unvertrauten Wärme – und ärgerte sich, denn sie hatte nicht vorgehabt, so lange oder so tief zu schlafen. Aber ihr Fahrgast war immer noch warm, ohne sich fiebrig anzufühlen; tatsächlich schwitzte er in gesunder Weise, während sich in der Dunkelheit außerhalb des Unterschlupfes erste Regungen von Aktivität bemerkbar machten – ein Küstenschiff wühlte draußen im Hafen mit seiner Maschine ein Kielwasser auf, während es zum flachen Flußbett und dem Meer dahinter tuckerte.

Die verschwitzte Wärme neben Altair regte sich und schmiegte sich mit einem Seufzer fester an sie – so als wäre er es gewohnt, in den Armen einer Frau zu schlafen. Oder er war wach und wußte verdammt gut, wo seine Hände und sein Gesicht lagen. Altair schlängelte sich seitlich aus dem Unterschlupf und suchte dabei ihre Kleider zusammen; und saß dann draußen, wo der frische Wind ihr die Haut kühlte und das sanfte Schaukeln des Bootes ganz ein Teil dieses seltsamen, noch schwarzen Morgens war, hier unterhalb des Kais.

Sie fuhr sich mit einer Hand durch das Haar und stellte fest, daß es juckte und wohl nicht allzugut aussah. Um ihre Kleider stand es weniger schlecht, denn sie hatte sie vor drei Tagen gewaschen. Aber jetzt war sie verschwitzt und wollte sie daher nicht anziehen. Es machte ihr sonst nichts aus, ein paar Tage lang nicht zu baden; das Wetter war manchmal so kalt, daß man ohnehin nicht gerne badete, und obendrein lebte sie ja auch allein auf ihrem Boot. Sie kultivierte sogar eine gewisse Schmutzigkeit, denn wenn eine Frau zu sauber war, sah sie zu sehr nach Frau aus und lockte damit Probleme verschiedenster Art an. Altair gab aus Verdrossenheit über sich selbst ein spuckendes Geräusch von sich, nicht wegen des Schmutzes, sondern wegen der Torheit, die sie bewegte, sich wegen eines einzigen Tages Gedanken zu machen, um dieses eine Mal – nun, nicht für schmutzig gehalten zu werden. *Er* war nicht schmutzig, sondern völlig glatt rasiert gewesen, wie sie sich erinnerte, bis heute morgen, als sie sein Kinn an ihrer Schulter gespürt hatte ...

(Er war also frisch rasiert zu seiner Ermordung gegangen. Eine Frau? Hatte er sich mit seiner Geliebten getroffen? Aber jene schleichenden Gestalten in ihren schwarzen Kapuzen waren Altair nicht wie empörte Verwandte vorgekommen.)

Offenbar war er pingelig. Falls er irgendwelchen Schmutz am Leibe gehabt hatte, so hatte doch der Kanal nur seinen Fischgestank an ihm zurückgelassen, der im unteren Merovingen als sauber galt. Altair konnte auch so sein wie er – nämlich pingelig, wenn sie wollte.

Sie besaß Seife. Sie fand das kleine Stück aus Lauge und Schweineschmalz und glitt in dem Sicherheit bietenden Zwielicht vor der Dämmerung über den Bootsrand ins Wasser, hüpfte dann im leichten Schwappen der Wellen wassertretend auf und ab. Keine Gefahr, daß sie abgetrieben wurde. Sie schrubbte sich das Haar nicht nur ein-, sondern zwei- und dreimal, wusch sich dann den Körper, während der weiße Schaum unter den Pfeilern auf dem Wasser davontrieb; die Sonne kam jetzt weit genug zum Vorschein, um der abblätternden Farbe an der Bootsseite eine rostige Tönung zu geben.

Und als Altair vom letzten Untertauchen gerade wieder an die Oberfläche kam, blickte sie hinauf in ein bleiches, sehr lebendiges Gesicht, das über den Bootsrand spähte.

Hier war sie also, ein nackter Mann über ihr auf dem Boot und sie selbst in entschieden ungünstiger Position unten im kalten Wasser. »Zurück!« sagte sie mit scharfem und feindseligem Ton. »Zurück!« Sie überlegte, daß sie, wenn er sich als übelgesinnt erweisen sollte, immer noch Möglichkeiten hatte und obendrein das Wasser und den Haken für ihn und dann die Knochen am Grund der Bucht. Sie funkelte ihn an, während sie sich im Wasser auf und ab bewegte. Bespritzte ihn mit Wasser. »Zurück!«

Das weckte anscheinend seine Geister. Er wich eilig ein paar Schritte zum Bug zurück, während sie ihn anfunkelte, die Arme auf dem Bootsrand. Er machte keinen bedrohlichen Eindruck, wirkte eher benommen, wie es gut möglich war bei einem Mann, der an einem frischen Morgen völlig nackt vom Tod zurückgekehrt war.

Sie warf die Seife wieder in den Behälter und warf dem Mann einen harten, mißtrauischen Blick zu, um sicherzustellen, daß er blieb, wo er war. Er hatte sich so schamhaft hingesetzt, wie es die Umstände erlaubten, die Knie hoch und zur Seite gezogen. Altair funkelte ihn noch einmal an, duckte sich, stemmte sich energisch hoch und rutschte über den Bootsrand, brachte dabei einen Schwall Wasser mit an Bord. Sie setzte sich und fummelte nach ihren Kleidern, warf sie sich hastig auf den Schoß und kämpfte sich in den Pullover, ohne eine Pause, um sich das Haar oder die Haut abzutrocknen. Als nächstes folgte schnell die Hose. Sie stand auf und zog sie hoch, war nicht dumm genug, ihm sittsam den Rücken zuzukehren. Sie fixierte ihn mit funkelndem Blick, um ihm zu zeigen, daß sie keinesfalls verlegen und er nur vorläufig auf ihrem Boot willkommen war.

Er starrte sie an. Nicht wie die schmutzigen Kerle, die von den Brücken aus in die Boote starrten, johlten und Beschimpfungen herabriefen und sich dabei ausmalten, sie sähen mehr, als wirklich der Fall war. Dieser Mann betrachtete sie, als wäre eine nackte Frau für ihn ein heiliges und unerwartetes Wunder, während das Boot von der Bugwelle eines vorbeifahrenden Küstenschiffes geschaukelt wurde. Er saß auf die Hände gestützt da und schwankte mit der Bewegung des Bootes.

Er sah so verdammt gut aus. Altairs Herz erfuhr eine seltsame kurze Beschleunigung, und sie empfand Wärme. Und eigenartigerweise fühlte sie sich sicher, nicht verlegen; sie war sehr zufrieden mit dem, was sie getan hatte. Leichtsinnig von ihr, bei den Vorfahren! Normalerweise war sie nicht so leichtsinnig. Aber vielleicht war es nur natürlich, daß verliebte Menschen Risiken eingingen, zum Beispiel, indem sie auf der Flutwelle des Det ritten, obwohl sie Boote umwerfen konnte und die Unfähigen verschlang. Ein solches Gefühl hatte sie jetzt – das Herz klopfte, alles war verändert und ungewiß, und, bei den Vorfahren, lebendig.

»Ich heiße Jones«, sagte sie. »Altair Jones. Dies ist mein Boot.« Und als er nicht darauf reagierte, sagte sie: »Ich habe beschlossen, daß du mein Geliebter sein kannst.«

Er blinzelte und blickte wachsam, und er wich ein Stück weit zurück, bis er mit dem Rücken an den gegenüberliegenden Bootsrand stieß. Einen Herzschlag lang war Altair bestürzt; beim nächsten kam sie sich dumm vor; und beim dritten wußte sie genau, daß sie dumm war. Ein Mann hatte das Recht, nein zu sagen. Sie hatte noch nie gehört, daß es einer tat, es sei denn – er mochte eben Männer. Was ein Jammer gewesen wäre. Er war sehr hübsch. Vielleicht zu hübsch. Sie betrachtete ihn bedauernd.

»Na ja, du mußt nicht«, meinte sie verdrossen. Sie zog die andere, zu große Hose neben dem Unterschlupf hervor, und dazu einen Pullover (sie besaß drei, alle doppelt so groß, wie sie sie gebraucht hätte), und sie warf ihm beides zu. »Versuch es damit.«

Er blinzelte und ließ die Kleidungsstücke auf den Latten liegen.

»Willst du sie in der Bilge liegenlassen, verdammt?«

Er sammelte sie auf, machte aber dann keine weitere Bewegung. Sein Gesicht schimmerte ganz weiß in der zögernden Dämmerung. Sein blondes Haar war trocken geworden und kräuselte sich. Ein weiteres Schiff erwachte tuckernd zum Leben, ein Fischerboot, das beim

Vorbeifahren eine Bugwelle verbreitete; und das Wasser leckte und platschte an den Pfeilern.

»Bist du stumm?«

Er schüttelte den Kopf. Nein.

Sie hockte sich hin und durchwühlte das andere kleine Paket, das sie neben dem Unterschlupf verstaut hatte, öffnete einen Krug und wickelte ein Stück Brot und Käse aus der Verpackung. Reichte ihm beides. Er schüttelte wieder den Kopf.

Idiotin! Alles dermaßen zu überstürzen! Man hat ihm auf den Kopf geschlagen; er hat das viele Wasser geschluckt. Ihm dann anzubieten, seine Geliebte zu werden, während er noch einen angeschlagenen Schädel hatte! Verflucht töricht, Jones. Versuche, dein bißchen Gehirn zu gebrauchen. Wahrscheinlich hält er dich für verrückt. »Ist dir schlecht, huh?«

Ein Nicken.

»Kopfschmerzen?«

Ein Nicken.

»Besitzt du eine Stimme?«

»Was mache ich hier?«

Kein *Wasmachichhier.* Es war so klar und deutlich, wie eine Stimme nur sprechen konnte, eine ruhige, makellose Stimme, die Altair mitsamt ihrer ausgestreckten Hand erstarren ließ.

Sie hörte diese Art von Akzent sonst nur aus der Ferne, den Klang vornehmer Stimmen, der von den Höhen der Brücken herabtrieb, aus dem Inneren von Gebäuden und von den anderen Seiten vergitterter Türen her.

»Ich habe dich aus dem Kanal gefischt; das ist passiert. Du hast eine Beule am Schädel und Wasser geschluckt. Es wird deine Gedärme fressen.« Sie näherte sich ihm und hockte sich hin, reichte ihm mit ausgestrecktem Arm die Flasche, während sie die Zehen auf den Planken anspannte, um sich gegen die Bewegung des Bootes zu stabilisieren. »Trink. Whisky ist das beste Heilmittel, das ich kenne. *Nimm ihn!*«

Er nahm die Flasche und trank einen Schluck, schnitt dabei eine Grimasse. Er trank vorsichtig und schnitt Grimassen, einmal, zweimal, gab dann Altair die Flasche zurück und wischte sich Tränen aus den Augen. »Zieh dir was an«, sagte sie. »Willst du, daß die Leute dich anstarren? Ich muß an meinen Ruf denken.«

Er blinzelte wieder. Vielleicht, überlegte sie, hatte der Schlag auf seinen Kopf seinen Verstand benebelt. Sie gab ihm mit einem Wink zu verstehen, daß er sich bewegen sollte, und in einem Anflug von Reue wegen der Fehler, die sie gemacht hatte, sagte sie: »Hey, ich mache dir etwas Tee, mit Zucker und allem! Der wird dich wärmen!«

Zucker war teuer. Sie hätte sich auf die Zunge beißen können wegen dieses Einfalls, der allem die Krone aufsetzte. Ein Liebhaber war eine Sache; Zucker kostete Geld. Sie besaß einen kleinen Zuckervorrat, den sie über Monate für einen besonderen Bedarf gehortet hatte. Aber sie kam zu dem Entschluß, daß der Mann ganz eindeutig dieser besondere Bedarf war, und vielleicht war es genau das, was er brauchte, um seinem Magen zu helfen und ihm etwas Leben einzuflößen.

Also kramte sie Streichholz und Ölofen hervor, eine alte metallene Ölkanne mit dem Boden einer alten Lampe. Sie baute alles auf den Planken des Gepäckfaches auf und brachte in einer ihr beiden Metallschüsseln vorsichtig Wasser zum Kochen. Sie schüttete Tee hinein; dann (mit einem Zucken) den kostbaren Zucker. Sie konnte sich nicht zurückhalten, selbst einen Schluck zu trinken, dann ging sie hinüber zu ihrem Passagier. »Hier. Verschütte nichts!«

Er hatte sich die weite Kniehose angezogen, geriet jedoch gefährlich ins Wanken, als er sich auf die Knie zu erheben versuchte. Zum Schluß zog er sich den sackartigen Pullover über – seine breiten Schultern und langen Arme paßten fast nicht hinein. Er sank plötzlich wieder auf die nackten Planken und schwankte für einen Moment mit der Bewegung des Bootes. Er nahm jedoch die Schale entgegen und trank mit vorsichtigen Schlucken, jetzt im vollen Licht der Dämmerung. Er war ganz blaß und zerkratzt und hatte Morgenstoppeln auf seinem schönen Gesicht, und er hatte einen geschwollenen Schnitt an der Lippe, wo sie ihn geschlagen haben mußten. Er trank; und Altair saß auf ihrem Hinterteil, hatte die Hände unter dem Pullover auf ihrer warmen Haut liegen und überlegte und überlegte.

Er *war* der Sohn eines reichen Mannes!

Und es gab Leute, die ihn töten wollten und die auf ihre Einmischung vielleicht nicht freundlich reagieren würden. Möglicherweise waren es nur irgendwelche Schläger und somit kein großes Problem; eine zufällige Begegnung und ein Straßenraub, dann ein Mensch mit raschem Wurf in den Kanal befördert. Das war hier in der Gegend nichts Neues, und Schläger und ihresgleichen waren geschützt durch ihre Zahl und ihre Gesichtslosigkeit – bis sie einem Kanalfahrer in die Quere kamen.

Andererseits mußte sie noch weitere Möglichkeiten in Betracht ziehen. Zum Beispiel, daß er persönliche Feinde hatte. Daß es sich hierbei um Probleme in der Oberstadt handelte, Probleme, die Altair Jones und ihr kleines Boot wegspülen konnten wie die Flut des Det, und *ihre* Knochen würden sich dann zu der Knochensammlung am Grund der Bucht gesellen. Probleme eines reichen Mannes.

Liebhaber, wirklich. *Deshalb* fühlte er sich von ihr abgestoßen. Er stand einfach zu hoch für sie, das war es, mehr nicht. Wahrscheinlich hatte er nie in seinem Leben daran gedacht, mit einer Kanalratte das Lager zu teilen. Davon bekam man vielleicht Wanzen. Sie runzelte die Stirn über diesen Gedanken und überlegte sich, daß sie über diese Abweisung nicht *persönlich* beleidigt zu sein brauchte. Sie war siebzehn und er der erste Mann, den sie je gefragt hatte. Sie hatte einfach für den Anfang zu hoch gegriffen, das war es. Eine Frau konnte es immer probieren. Und er war Handelsgut. Das, was sie hier betrachtete, war Geld, bei den Vorfahren; sie hielt das kostbarste Stück Treibgut in Händen, das sie jemals aus dem Det gefischt hatte. Und vielleicht – neugierig besah sie sich diese schöne, verlorene Gestalt, die an ihrem Tee nippte und so fehl am Platz wirkte auf den nackten alten Planken ihres Bootes – vielleicht sorgte *er* dafür, daß sie in der Tiefe versank, noch in derselben Minute, wo er unter seinesgleichen in Sicherheit war. Gutes Aussehen bedeutete nicht zwangsläufig gute Gesinnung. Oder Großzügigkeit. Sein hübsches Gesicht und der besorgte Ausdruck darin verbargen vielleicht die Tatsache, daß er durch und durch ein Schurke war.

Verdammt. Wahrscheinlich wußte er überhaupt nicht, was der Zucker wert war. Wahrscheinlich bekam er täglich haufenweise Zucker serviert.

Es mußte möglich sein herauszufinden, was er wert war und wo. Er war wackelig auf den Beinen, aber nicht so schwach, daß sie sorglos mit ihm umgehen durfte. Tatsächlich erwies er sich sogar als zunehmend stetig in seinen Bewegungen, was Altair veranlaßte, wieder an ihr Messer und den Haken unter dem Lumpenhaufen zu denken, und an Bootshaken und Stange, die sie weit kräftiger schwingen konnte, als sich das eine Landratte vorzustellen vermochte. Und sie hatte noch ein Tütchen mit Blueangel, das sie gegen Fieber benutzte; aber wenn man die ganze Tüte in jemandes Tee schüttete, war er danach nicht mehr in der Verfassung, dagegen zu protestieren, daß er über Bord gerollt wurde, und noch weniger zum Schwimmen fähig.

Nicht, daß sie das tun wollte. Falls er etwas wert war, konnte eine solche Tat bedeuten, daß sie von seinen Feinden belohnt wurde, und Himmel, das wollte sie nicht!

Das nicht, und sie wollte auch kein Geschäft mit den

verdammten Megarys machen, deren Gewerbe sich mit verschwundenen, lebendigen Menschen befaßte, die sie an abgehende Schiffe verkauften und an Sklavenhändler flußaufwärts. Dieses Gewerbe gedieh. Das Gesetz wußte es. Jeder Kanalfahrer wußte es. Aber sie würde nicht einmal eine kranke Katze an Megarys verkaufen.

Womit nicht gesagt war, daß dieser Mann nicht letztlich doch ein Halunke war und alles verdient hatte, was er bekam.

Herrgott, er war so hübsch! Er war so verdammt hübsch. Er blickte von seinem Tee auf, während sie ihn noch betrachtete, und erwischte sie in einem Moment der Unachtsamkeit.

»Hast du eigentlich einen Namen?« wollte sie wissen, wie sie da auf dem Rand des Halbdecks saß und ihr nasses Haar mit den Fingern kämmte.

»Tom«, sagte er.

Da war sicherlich noch mehr als nur Tom. Er hieß sicher Tom Soundso. Irgendein Thomas Soundso, wo er doch ein Oberstädter war; er war also nicht bereit, ihr seinen ganzen Namen zu nennen. Demzufolge vertraute er ihr nicht ganz. In vieler Hinsicht nicht.

»Tom. Ist das alles?« Sie langte nach der leeren Teeschale. »Hast du ein Zuhause?«

Er gab auch darauf keine Antwort. Keine richtige. »Nein.«

»Du lebst bei den Fischen, wie? Du folgst den Gezeiten und ernährst dich von Elritzen und Algen. Na ja, dann zweifle ich nicht daran, daß du wieder hineinfallen wirst, nachdem du meinen Tee ausgetrunken hast und alles.«

Sie hatte das nicht als Drohung gedacht. Aber er zeigte sofort einen wachsamen Blick, als sie *»wieder hineinfallen«* sagte, und sie sah, daß er es als Drohung verstand.

»Sieh mal, sechs Schläger haben dich letzte Nacht in den Kanal geworfen, und ich habe dich herausgefischt, da ich es nicht besser wußte. Wenn du jetzt irgendwohin möchtest, ein besonderes Ziel hast, dann könnte ich dich dorthin bringen.«

»Ich ...« Dann schwieg er lange. Er saß da und starrte vor sich hin, und das Kielwasser eines vorbeifahrenden Bootes schubste den Skip gegen die Pfeiler.

»Wer ist hinter dir her?«

Ein Blinzeln. Mehr nicht. Dann sagte er: »Ich heiße Mondragon. Thomas Mondragon.«

Sie durchforstete ihr Gedächtnis. Sie kannte keinen Mondragon, was entweder bedeutete, daß er log oder daß er von flußaufwärts kam. Aus Soghon. Vielleicht sogar aus dem fernen, feindlichen Nev Hettek. Sicherlich war er kein Bauer. Altair fror, trotz des Pullovers und der dicken Hose. Das Geld schien ihr jetzt ferner als vorher, wobei sie nicht einfach nur an den Weg nach Nev Hettek und zurück dachte. Sie stützte die Hände auf die Knie und holte tief Luft.

»Gibt es einen Fleck, wo du hingehen könntest?«

Schweigen.

»Nun, ich will dir etwas erzählen, Mondragon. Wie du auch heißen magst. Du wickelst dich jetzt besser fest ein. Du kriechst am besten zurück in diesen Unterschlupf und bleibst dort unten, denn es wird hell und ich möchte nicht, daß Leute dich sehen. Und am besten denkst du scharf darüber nach, was ich mit dir machen soll, denn du hast einen Tag dafür, und wenn du es bis zum Morgen nicht weißt, fahre ich hierher in den Hafen zurück und lasse dich aussteigen, und du kannst dir dann selbst den Weg in die Oberstadt suchen.«

»Wohin fahren wir?«

»Nun, irgend jemand wird mittlerweile wach sein. Weißt du, wohin du willst? Kennst du einen Platz da oben auf dem Felsen? Auf der Rimmon-Insel?« Rimmon war ein Hafen für Fremde unter den Reichen. »Hast du Freunde?«

Blinzeln. Eine ganze Weile saß er einfach nur da und

fuhr sich mit einer Hand über den Hinterkopf. Starrte sie an.

»Nun?«

Ganz sicher hatte er seinen Verstand nicht beisammen, dachte sie. Er wirkte benommen. Verloren. Es war zu gut, um gespielt zu sein.

»Noch ein Schlag auf den Kopf, und du bist erledigt«, murrte sie. »Verdammt! Verdammte Scheiße. Sieh mal, Tom Werauchimmer. Verkriech dich da unten und schlaf dich gesund, ja?« Sie stieg aufs Deck, zog am Haltetau und holte es ein, ging dann nach achtern und öffnete die Abdeckung des Motors. Sie kurbelte noch einmal, dann noch einmal, während sie frei unter dem Pier trieben.

»Wohin fahren wir?«

»Kümmere dich nicht darum. Himmel! Fall bloß nicht ins Wasser ...«

Er stand auf den Beinen, und das Boot stieß gegen einen Pfeiler. Er sank auf ein Knie und fing sich wieder, setzte sich dann heftig auf das Hinterteil.

»Wohl eine Gehirnerschütterung«, sagte sie und stellte den Starterzug ein. Erneut kurbelte sie den Motor an, der daraufhin ein hohles Husten von sich gab. Beim vierten Versuch hatte sie Erfolg, indem sie den Starter an die Ansaugleitung hielt. Das Boot grub sich in die Wellen und wühlte eine weiße Brandung auf dem dunklen Wasser auf. Altair löste den Haken von der langen Ruderpinne und befestigte den Haltebolzen, damit das Ruder in Aktion trat, bevor sie wieder an einen Pfeiler stießen. Sie senkte das Ruder ab und richtete den Bolzen ein. »Mach schon, geh in Deckung! Wenn wir jemanden treffen, verstehst du, wenn du mich reden hörst, egal was, dann steckst du deinen blonden Kopf nicht aus dem Unterschlupf hervor!«

Das Boot grub sich seinen Weg durch die Wellen, und es schaukelte leicht in ihrem Plätschern unterhalb der verlassenen Piers. Nur keinen Treibstoff verschwenden.

Altair zog das Ruder weiter herum und hielt ihren Kurs unter den Verpfählungen, die ihr den ruhigsten Weg boten. Mondragon sank auf die Knie und glitt zurück in den Unterschlupf unter Altairs Füßen, verschwand aus ihrem Blickfeld.

»Freut mich, daß du dich bedankst!« sagte sie so laut, daß sie damit den Motor übertönte, während sich das Boot unter den Verpfählungen seinen Weg bahnte und dabei Treibstoff verbrauchte, der fast so teuer war wie der Zucker. »Es freut mich, daß du so dankbar bist! Das ist wirklich nett!«

Einen Moment später packte eine Hand die Deckskante; ein Arm folgte, und dann steckte Mondragon den Kopf hervor. »Danke«, sagte er.

»Du tust am besten, was ich sage.« Es war ganz die Linie ihrer Mutter. Sie brachte es mit fester Stimme vor und mit all der Aufrichtigkeit, die ihre Mutter je benutzt hatte. »Was, wenn diese Schläger dich sehen, hm, und dann hinter mir her sind? Vielleicht erinnerst du dich nicht. Vielleicht brauchst du Zeit, um deine Gedanken wieder in die Reihe zu bringen, wie? In Ordnung. Ich verstecke dich so lange. Du verzehrst meine Lebensmittel und schläfst in meinem Unterschlupf, und daher tust du verdammt noch mal das, was ich dir sage! Verstanden? Nun verschwinde wieder da unten.«

Er ließ sofort los und verschwand.

Altair hielt weiter das Ruder und holte tief und erstaunt Luft.

So. Sie sagte etwas, und dieser reiche Mann, dieser gutaussehende Oberstädter, zog den Kopf ein und tat, wie ihm geheißen. Sie holte erneut Luft, während die Balken in einer verrückten Perspektive über dem im Dämmerlicht liegenden braunen Wasser vorbeizogen. Sie, Altair, war Herr der Lage auf diesem Boot, an diesem Morgen. Sie schwenkte das Ruder herum, als das Boot unter den Neuen Kais hervorkam und auf die Brücken der Rimmon-Insel zuhielt, eine sehr dunkle

Passage zum Becken des Alten Hafens, wo sich die Wasserfläche unter dem Licht der Dämmerung ausbreitete.

Danach war es eine Fahrt im Freien – und an manchen Stellen über Untiefen, wo man auf Grund laufen und dabei sein Boot beschädigen konnte, falls man nicht scharf genug Ausschau hielt und nicht wenigstens im Prinzip etwas über die Strömungen wußte, die im Toten Hafen herrschten. Sie gründlich zu kennen, hing davon ab, daß man den Hafen täglich befuhr, was manche Leute taten – die Hafenleute waren dort draußen, und ihre Flöße mit den Lumpenüberdachungen sahen aus wie kleine schwimmende Inseln. Einige dieser Menschen waren nur noch jämmerliche Gestalten, viele alte Flußleute, die ihre besten Jahre und die Zeit ihres Glücks hinter sich hatten und nur noch weiterlebten bis zum Ende. Andere waren keineswegs alt; manche waren geradezu gefährlich. Die Vorfahren hatten viel Verrücktheit bis in die heutige Generation hinterlassen, verflucht sollten sie sein; und die wirklich Wahnsinnigen suchten die Sümpfe heim und wagten sich zu mehreren bis in die Randgebiete hinaus. Von diesen Leuten starben die Jämmerlichen und gediehen die Gefährlichen, die nicht mehr Skrupel hatten als Schermesserfische, und auch etwa soviel Zurückhaltung, wenn sie Beute erblickten. Die Evolution war hier am Werk. Die *schlauen* Verrückten überlebten am ehesten, und gelegentlich rief der Gouverneur zu einer Säuberung auf, und die Gesetzeshüter und die sportlichsten Oberstädter kamen herunter und suchten die Randgebiete ab, bis sie das gegenwärtige Gesindel herausgejagt hatten.

Natürlich begaben sich die schlauen Verrückten dann auf ihre Flöße. Die meisten entkamen und hielten sich ein paar Tage lang versteckt, um dann wieder zurückzukehren.

Also war man gut beraten, wenn man wachsam blieb,

solange man hier draußen kreuzte, und sich von anderen fernhielt. Wenn man zu dieser Jahreszeit in den Randgebieten Zuflucht suchen mußte, tuckerte man einfach dahin und hielt Ausschau nach einem unbesetzten Plätzchen, einem Ort mit guter Aussicht und einem Stück Strand.

Mondragon streckte seinen Kopf aus der Kajüte.

»Du kannst herauskommen«, sagte Altair, übertönte das leise Tuckern des Motors und das Klatschen des Wassers. »Wenn dich jemand hier draußen sieht, ist es auch nicht verkehrt.« Er blickte zweifelnd nach links, wo das öde Felsufer des Randes nichts anderes zu bieten hatte als flache Ankerplätze und schwimmenden Müll, den sogar die Fische verabscheuten. »Rauhe Gegend«, meinte Altair. »Es ist mir einfach lieber, wenn die Leute sehen, daß ich einen Mann bei mir habe, verstehst du?«

Er packte den Rand des Halbdecks und rutschte aus der Kajüte heraus, lag dann auf Händen und Knien auf dem Deck. Er wirkte immer noch ein wenig benommen.

»Zeig, daß du lebendig bist! Ich fahre das Boot heran, du steigst mit dem Bugtau vorne aus und gibst dem Boot einen Ruck. Bist du stark genug dazu?«

»Wo sind wir?«

»Du bist wirklich nicht von hier, das ist einmal sicher.«

Keine Antwort.

»Dies ist der Rand. Alter Deich, überwiegend natürlichen Ursprungs, aber einen Teil davon haben die Vorfahren gebaut. Dort hinten ...« Sie deutete mit einem Arm auf das offene Wasser hinaus. »Dieser dunkle Fleck auf dem Wasser ist die Geisterflotte. Und weiter hinten, am Ufer dort, das ist der Tote Kai; jenseits davon der Sumpf; und die Ebene im Dunst da draußen, das ist der Alte Hafen.«

Er drehte sich um, um es sich anzusehen, erhob sich dann auf die Knie und stand auf, torkelte hin und her.

Er setzte sich heftig wieder auf die Planken, wedelte wild mit den Armen und packte schnell mit einer Hand wieder das Deck.

»Verdammt, du bist wirklich eine große Hilfe!«

Er wandte sich mit finsterem Blick zu ihr um – *gar* nicht mehr der freundliche, verwirrte Dummkopf. Für einen Moment war sein Gesicht hart und gespannt, und es wirkte irgendwie älter und gefährlicher. Dann entspannte es sich wieder. Der Dummkopf war zurückgekehrt.

»Schwindelig?« fragte sie. Sie unterhielt sich lieber mit dem Dummkopf. Das, was sie einen Augenblick vorher in seinem Gesicht gesehen hatte, war nichts, was sie aufrühren wollte. Was sie dort flackern gesehen hatte, sagte ihr, daß sie selbst ein Dummkopf war, weil sie nicht das Ruder herumschwang und zurück in die Kanäle fuhr, wo sie Zeugen hatte und eine Möglichkeit, diesen Burschen dem Gesetz zu übergeben, wenn schon nichts anderes.

Er nickte, wirkte wie ertrunken, benommen und nachgiebig.

Also wollte er nicht mit dem Tau ans Ufer und vielleicht dort zurückgelassen werden, wenn es ihr in den Sinn kam. Es stand unentschieden. Sie selbst wollte allerdings auch nicht aussteigen. Sie hatte eine Stelle im Blick, steuerte das Boot bis in die Stranduntiefen und schaltete den Motor ab. Sie senkte die Ruderpinne herab und warf den Heckanker hinaus, sprang dann munter vom Halbdeck und lief den Mittelgang hinab, um den Buganker hochzuheben und über Bord zu wuchten.

So lagen sie jetzt vor dem Ufer verankert. Die Idee hatte ihre Vorzüge, wenn man die Umgebung berücksichtigte.

Altair drehte sich um und betrachtete Mondragon, wie er auf dem Deck saß, die Füße auf den Planken im Tiefgang. »Bin mit diesem Boot lange Zeit zurechtgekommen, ohne eine Hilfe zu haben«, erzählte sie fröhlich. »Ist ohnehin sicherer, hier festzumachen. Verrückte laufen am Ufer entlang. Solange es dir so schwindelig ist, hätte ich da Bedenken. Denke nicht gerne daran, daß du eventuell so am Ufer herumwanken würdest, wenn wir schnell wegkommen müßten.«

»Verrückte?«

Sie deutete mit der Hand zu den Felsen hinüber, dem langen Kamm des westlichen Randes. »Dort geht der Rand direkt in den Sumpf über. Hier muß man mit allen Arten von Verrückten rechnen, nicht nur an Land, sondern auch auf dem Wasser. Manche tun einem nichts. Viele schon. Bleib einfach hier sitzen. Ich mache mich an die Arbeit und fische etwas. Falls ich ›Anker hoch!‹ schreie, gehst du in den Bug und ziehst an diesem Seil hier.« Sie stellte die nackten Füße darauf. »Ist das leicht genug für dich? Ich werde dann achtern sein und den anderen hochziehen, und wir werden einen echt guten Grund dafür haben! Wahrscheinlich kommt es nicht dazu. Aber auf diese Weise kommen wir einander auf dem Deck nicht in die Quere. Sollte das passieren, würden wir uns gegenseitig ins Wasser schubsen. Das sind die Decksregeln: Der Stangenführer hat das Wegerecht. Wenn ich mit der Stange hantiere und du mir im Weg bist, wirfst du dich einfach flach hin. Wenn du das verpatzt, könnte es passieren, daß wir das Boot durchlöchern oder ich deinen Schädel treffe, und du brauchst doch keine weitere Beule, oder? Zweite Regel: Du faßt meine Ausrüstung nicht an! Alles liegt genau dort, wo ich es brauche. Ich verwende zwei Befehle: Falls ich ›Deck hey!‹ rufe, wirfst du dich flach hin, wie bei der Sache mit der Stange; dies hier ist ein kleines Boot, und dein Schädel kann hier rasch einen Schlag abbekommen. Falls ich ›Halten!‹ rufe, bedeutet es, daß sich etwas losgerissen hat, und du packst es dann. Auf einem Boot hat man nicht die Zeit, Erklärungen zu geben.« Sie holte Luft. Es spielte auch kaum eine Rolle. Die Idee dabei war, daß er ihr nicht in die Quere kam. Das Hauptproblem bestand darin, mit Mondragon keine übertriebene Aufmerksamkeit zu erwecken. »Wir müssen etwas mit deinem Kopf machen. Habe noch nie dermaßen blondes Haar gesehen. Für jemanden, der dich sucht, scheinst du wie ein Leuchtfeuer.« Sie stieg auf das Halbdeck und durchstöberte den ersten Hängebehälter an der Seite. Sie fand einen Fetzen von einem schwarzen Shibba-Kopftuch, den sie als Handtuch benutzte. Er war sauber. Überwiegend wenigstens. Sie roch daran und warf ihn Mondragon zu. »Wickel dir das um den Kopf! Dann siehst du wie ein richtiger Flößer aus.«

Er schaute verblüfft. »Verdammt, ist der doof!« Sie ging zu ihm, riß ihm den Fetzen aus der Hand und wikkelte ihn ihm selbst wie einen Turban um den Kopf, dabei stand sie ganz dicht bei ihm.

Sie hatte nicht von Anfang an daran gedacht, aber sie tat es, als sie fertig war. Sie wich zurück, sobald sie letzte Hand an das Tuch gelegt hatte, empfand eine unbehagliche Verlegenheit wie in der Nacht – dachte daran, daß er kein Junge war und nicht irgend jemand und daß die einzige Gesellschaft in ihrem ganzen Leben weiblich gewesen war. Er war einfach – anders. Ihn zu berühren fühlte sich anders an; und ihr fiel wieder ein, daß er zusammengezuckt war, als sie ihm ein Angebot gemacht hatte, das ihrer Meinung nach das großzügigste Angebot ihres ganzen Lebens war. Seine Reaktion war nicht einmal etwas so Kalkuliertes wie ein Nein gewesen, sondern die instinktive Reaktion eines benommenen Mannes, vollkommen aufrichtig. Sie ging voll auf ihn los, und er saß einfach nur da. Unternahm überhaupt keinen Versuch, wie man es von einem Mann erwarten sollte, sondern versuchte vielmehr, nichts zu bemerken.

Ich habe nie geglaubt, ich wäre hübsch. Aber ich habe auch nie geglaubt, ich wäre so häßlich. Sie faßte sich an die Nase, dort, wo sie mit der Stange zusammengestoßen war, und zwar heftig, damals, als sie noch ein Mädchen war und versucht hatte, das Boot zu meistern. Als sie während eines Sturms nur mühsam der sicheren Anlegestelle näher kam, als der alte Det zuschlug, damals, als sie zum ersten Mal allein gewesen war und noch nicht so stark wie heute – das war das erstemal, daß sie allein durch einen schweren Sturm stakte, und sie brach sich dabei die Nase. Sie erreichte den Liegeplatz, fast erstickt an dem Blut und halbblind vor Schmerz, aber sie hatte den Liegeplatz erreicht. Die Nase war seitdem ein wenig flach und ein wenig breit. Vielleicht lag es daran. Es war sicher, daß die Stange sie nicht verschönert hatte.

»Warum hilfst du mir?«

Sie wandte sich ihm zu. Suchte nach einer schnellen Antwort und stellte fest, daß das Ganze keinen Sinn ergab. »Hm? Ich hab doch nicht viel getan.«

Er überlegte einen Moment lang. Er zeigte jenen Gesichtsausdruck, der bedeutete, daß die Gedanken weiterliefen. »Wie bin ich an Bord gekommen?«

»Ich habe dich hereingezogen.«

»Du selbst?«

»Wer sonst?« fragte sie. »Du hast versucht, an Bord zu klettern. Ich habe dich dann gepackt und hereingezogen.«

Er schüttelte den Kopf. »Ich erinnere mich nicht daran. Es ist alles weg. Ich erinnere mich noch an das Wasser, und an eine Brücke.«

»Ein halbes Dutzend freundliche Menschen haben dich heruntergeworfen, nackt wie ein Neugeborenes. Du erinnerst dich nicht daran, wie?«

Er schwieg. Dieses Schweigen war eine Lüge. Sie erkannte es an dem leichten Flackern in seinen Augen. Er blickte sich um. »Worauf warten wir?«

»Möchtest du irgendwohin?«

Er schaute sie an.

»Du kannst dich ausruhen«, sagte sie. »Es wird bald

warm in der Sonne. Dann legst du dich dorthin und wärmst deine Kratzer, bis du dich besser fühlst. Keine Eile.« Sie ging hinüber an Steuerbord und holte die Schnüre und Stangen aus ihren Halterungen, sprang dann auf das Halbdeck hinauf und zog den Heckanker fester. Sie hörte, wie Mondragon sich bewegte, blickte sich um und sah, wie er auf das Halbdeck kletterte und dabei gefährlich zum Bootsrand schwankte. Wieder taumelte er. »Deck!« schrie sie instinktiv, und er wankte dort breitbeinig umher, bis sie ihn packte. »Setz dich! Verdammt, du wärst beinahe hingefallen!«

Er griff nach ihrem Arm und setzte sich unsicher auf das Halbdeck. Altair hockte sich auf ihre sicheren nackten Füße, und langsam dämmerten ihr die Tatsachen. Sie wurde sich des leisen Knirschens bewußt, das ihre Zehen erzeugten, des ständigen Wechsels in den Spannungen ihrer Beinmuskulatur. Sie stieß ihn gegen die Knie. »Hey, bleib mit den Füßen unten im Mittelgang, klar? Stell dich nicht auf das Halbdeck, und sei verdammt vorsichtig, wenn du im Mittelgang aufstehst. Du hast Landbeine, den angeschlagenen Kopf gar nicht zu erwähnen, der dir auch keine Hilfe ist. Kleine Boote stampfen ein wenig. Du wirst dich daran gewöhnen. Du trägst alle trockenen Kleider, die ich habe.«

Er schwang die Füße herunter und stellte sie auf die Planken. Blickte dann wieder zu Altair. »Wie sind die sanitären Einrichtungen?«

»Sanitäre was?«

»Klosett.« Und als sie völlig verblüfft blinzelte: »Zum *Pissen!*« schrie er sie an.

»Ich habe diesen Topf da vorne, und es geht auch über die Seite, du kannst es dir aussuchen. Eins von beiden mußt du machen.« Ihr fiel etwas ein. »Pinkel über die Seite; wenn du etwas anderes verrichten mußt, nimm den Eimer. *Ich* schaffe es, aber du würdest sicher ins Wasser fallen, wenn du es andersherum versuchst.«

Er sah sie an und blickte nach vorne und nach achtern

und wieder zurück, als hoffte er auf irgend etwas anderes. Und er blieb sitzen, wo er war.

Er tat ihr ehrlich leid. Sie war irritiert und persönlich beleidigt. Zum Beispiel dadurch, daß er vor ihr zurückgewichen war. Sie langte hinüber und tätschelte seine Hand, fast genauso, wie sie die undankbare Katze berührt hatte, schnell und vorsichtig. »Hey, ich fische vom Heck aus, in Ordnung? Ich sehe nicht hin.«

Er starrte sie an, als dächte er, es müßte doch sicher eine bessere Lösung geben.

»Bist du irgendwie religiös?« fragte sie, als ihr auf einmal der Gedanke kam. Manche Revenantisten besaßen ein extremes Schamgefühl.

»Nein«, sagte er.

»Magst du Männer?«

»Nein!« Das kam mit mehr Nachdruck als das vorherige. Er wirkte verzweifelt.

»Nur mich nicht, wie? Schön. Ich werde nicht über dich herfallen. Du mußt nicht so ein besorgtes Gesicht machen.« Sie tätschelte wieder seine Hand, stand auf, ging hinüber auf das Halbdeck und kauerte sich dort vor den Hängebehälter, wo die übrige Ausrüstung verstaut war, nahm alles sorgfältig heraus, knüpfte Schnüre zusammen und öffnete das Glas mit den Ködern, rümpfte die Nase über den Gestank. Sie hängte einen Köder an einen Haken und warf die Schnur aus.

Sie setzte sich mit gekreuzten Beinen neben dem Gehäuse des Motors ans Heck und betrachtete den Schwimmer und das Wasser und das tanzende Sonnenlicht, genauso wie an tausend Tagen und noch tausend mehr. Bis sie schließlich die leichte Veränderung in der Lage des Bootes spürte, die von Mondragons Bewegungen herrührte; sie spürte das Gleichgewicht und die Eigenschaften des Bootes direkt in der Wirbelsäule und in jedem Nerv. Sie ließ ihn gewähren. Schließlich kam er zum Halbdeck zurück und stieg hinauf. Sie drehte sich um, aber er war vorsichtig und ging gebückt, bereit, sich mit den Händen am Deck abzustützen.

Er suchte Gesellschaft, vermutete sie, als er sich in ihrer Nähe hinsetzte. Das war in Ordnung. Es war angenehm. »Hast du jemals gefischt?« erkundigte sie sich. Es war keine Beschäftigung für Oberstädter, aber es war etwas, was sie gern tat, wenn die Geschäfte nicht gut liefen. Es war das schönste auf der Welt zu beobachten, wie das Wasser tanzte, und darauf zu hoffen, daß der Schwimmer einmal hüpfte. Beim Fischen ging es nur um die Hoffnung. In jedem Augenblick konnte sich das Glück wenden. Ein Fischer mußte Optimist sein. Ein Pessimist würde nie durchhalten.

»Ich ...« Er kam näher und wollte sich gerade hinsetzen und die Beine über die Bootsseite hängen lassen.

»Hey, du erschreckst die Fische! Sieh zu, daß du keinen Schatten auf das Wasser wirfst, ja?«

»Entschuldige.« Er wich zurück, zog die Beine an und umschlang sie mit den langen Armen. Sie drehte sich zu ihm um und warf ihm einen Blick zu, mit dem sie zum Ausdruck bringen wollte, daß sie es nicht unfreundlich meinte. »Ich ...« Er unternahm einen neuen Anlauf. »Ich bin wirklich dankbar«, sagte er. »Für alles.«

Sie zuckte die Achseln. Ihre Gedanken waren plötzlich wieder auf diese Geschichte gelenkt worden, und sie empfand die Welt als kalt. Brücken um Mitternacht und Nichtsnutze in schwarzen Umhängen. Sie sah Mondragon an.

»Es ist nicht so, daß ich ... dich nicht mag«, sagte er. »Nur – ich weiß nicht, was vor sich geht.«

»Du meinst, du weißt nicht, wer dich hineingeworfen hat?«

Das war es *nicht,* was er nicht wußte. Sie las es in seinen Augen, dem raschen, umhersuchenden Blick in die Ferne.

»Wie kam es, daß du dort warst?«

»Ich wollte etwas aus einer Taverne abholen. Du bist

direkt neben meinem Boot ins Wasser gestürzt. Du kamst wieder hoch und suchtest irgend etwas, um dich festzuhalten. Da war ich. Glück gehabt, schätze ich.«

Er verdaute das erst einmal. Seine Augen flackerten. Sie waren grün wie das Meer. Nein, düsterer. Wie das Meer an einem Schlechtwettertag. Dann verschwand die Umwölkung wieder, und Mondragon streckte die Hand nach Altairs Gesicht aus. Sie wich erschrocken zurück.

Er nahm die Hand schnell zurück und schaute unbehaglich drein.

»Hey«, sagte sie. Er hatte sie erschreckt. Ihr Herz klopfte noch. Die Vorfahren wußten, ob er vielleicht so verrückt war wie die Hälfte der Flößer dort draußen. Sie griff an der Angel höher. »Ich denke, ich habe einen!« Es war eine Lüge, die sie aus einer ungemütlichen Situation befreite. Sie zog die Leine ein und begutachtete den herabbaumelnden Schwimmer und den Haken. Der Köder war weg. »Verdammter Schleicher!« Sie stand auf und ging, um einen neuen Köder zu holen.

Sie warf die Angel wieder aus und fischte im Stehen, bis Mondragon sich auf den warmen Planken des Halbdecks ausstreckte und einfach einschlief. Dann setzte sie sich und erinnerte sich, daß sie nicht mehr zu tun brauchte, als ihm einen kräftigen Schubs zu geben. Seine für eine Landratte typische Unsicherheit war nicht gespielt, was auch sonst immer unecht an ihm sein mochte.

Er lag dort ganz unschuldig in der Sonne ausgestreckt. Altair fing einen kleinen Fisch. Sie zerhackte ihn, um einen Köder daraus zu gewinnen, und verbrachte den Rest des Morgens, indem sie mit der schweren Ausrüstung fischte.

Mondragon erwachte, als sie den ersten großen Brokken hereinzog. Er sprang hastig auf, als der Fisch auf dem Halbdeck um sich peitschte und ihn mit Wasser bespritzte.

»Ein bißchen lebhaft!« fauchte sie ihn an, denn er befand sich in Reichweite des Fisches. Er versuchte, ihn zu packen, wurde von den umherschlagenden Flossen erwischt, versuchte es noch einmal. »Das Tau!« rief Altair, und er packte danach und bekam den Fisch unter Kontrolle.

Altair holte den Haken hervor, zog dem Fisch eine Schnur durch die Kiemen und hängte ihn über den Bootsrand. »Hat er deine Hand erwischt?«

Er zeigte ihr die Wunde, an der er gesaugt hatte, ein paar ganz ordentliche Einstiche.

»Du bist wirklich ein Sohn der Vorfahren, wie? Das wird sich entzünden.«

Er sah sie beleidigt an, sagte aber nichts.

»Ich weiß«, sagte sie. »Sie bringen euch da oben in der Stadt nichts über Fische bei, sondern ihr eßt sie einfach. Mein Fehler. Hätte nie gedacht, daß du ihn am Rücken packst. Hinter der Flosse und an dieser Reihe. Wenigstens hatte er keine Zähne. Nun, ich hätte dich nie aufgefordert, einen Rotflosser zu packen. Schlimme Flossen, und obendrein hat er Zähne. Man benutzt Handschuhe, wenn man mit ihm zu tun hat, das ist alles. Dasselbe gilt für Sakramentohechte. Die beißen ganz schön etwas aus einem heraus. Und Todesengel sind genau das, was ihr Name besagt, denn ihr Gift tötet einen schneller, als man sich umdrehen kann. Sie schmecken gut, aber ein Stachel von ihnen kann einen noch töten, drei Tage, nachdem man den Fisch zum Abendessen hatte.«

»Ich weiß das«, sagte er düster; und sie erinnerte sich an Meuchelmörder und Todesengel und an die hohen Brücken, und ihr wurde wieder kalt mitten im Tageslicht. Sie befestigte erneut einen Köder am Haken und warf aus. Ein Schwarm Seevögel landete draußen neben der Geisterflotte, und die Flößer stakten sich langsam darauf zu. Altair beobachtete es, bis der Schwarm die Flucht ergriff.

Als es Mittag wurde, kochte bereits Fisch auf ihrem kleinen Ofen; danach machten sie mit vollen Mägen ein Nickerchen, sie selbst an einer Seite des Halbdecks, er selbst unten im Mittelgang aufrecht sitzend, wo er nach dem Essen eingeschlafen war, den Bauch gefüllt mit einem ordentlichen Schluck von Hafiz' billigem Whisky und Fischen aus dem Toten Hafen.

Altair erwachte von Zeit zu Zeit und beobachtete über den Arm, den sie als Kopfkissen benutzte, das Ufer, das aus nacktem braunen Fels und gelbem Kieselstrand bestand. Und sie betrachtete auch ihren Passagier, dessen einzige Bewegung in der Zwischenzeit darin bestanden hatte, sich seitlich auf die Planken zu legen und seinen Kopf auf einen Arm zu betten. So blieb er auch, zusammengerollt wie ein Baby, einen nackten Fuß anmutig hinter das andere Knie gehakt. Die Sonne schien warm, die Nacht war hart gewesen, und Altair blinzelte und legte den Kopf wieder auf den Arm, zu schläfrig, um etwas anderes zu tun.

Am späten Nachmittag buk sie Pfannkuchen, um ihn zusammen mit kaltem Fisch zu essen; und Mondragon-Werauchimmer kam herauf und schaute ihr bei der Arbeit zu. »Hast du einen Rasierer?« fragte er.

»Ich habe ein gutes Messer«, sagte sie nachdenklich. »Es ist rasiermesserscharf.« Sie hatte den Bootshaken in Reichweite liegen, und es war eine ehrliche Frage: Er hatte mittlerweile ganz beträchtliche Stoppeln. Sie bückte sich und reichte ihm ihr papierdünnes Messer in der Scheide, und es war *nicht* das, mit dem sie Fische köpfte. Er machte ein zweifelndes Gesicht, bis er die Schärfe mit dem Daumen getestet hatte. Dann betrachtete er es mit Respekt.

»Was benutzt du, Wetzstein?«

»Tonsandstein, und sei verdammt vorsichtig damit.« Sie zog den Stein aus der linken Hosentasche und reichte ihn Mondragon.

»Seife?«

»Liegt in dem Behälter, dem ersten, wenn du in den Unterschlupf kriechst. Kleiner schwarzer Behälter. Aber warte erst einmal. Das Abendessen ist gleich fertig.«

»Ich hatte mir eigentlich überlegt, mich für das Essen frisch zu machen.«

»Himmel, du *hattest* doch letzte Nacht ein Bad!«

Er sah sie so sprachlos und beleidigt an, daß sie sofort wieder den Mund zumachte. Er bückte sich und holte die Seife aus dem Behälter. Ein Bad. Nachdem er fast ertrunken war. Mit Seife.

Er ging an die Reling und zog sich den Pullover aus.

»Ich wette, du hoffst, daß ich auch noch saubere Kleider habe!« rief sie höhnisch.

Er drehte sich um. »Ich wünschte es wirklich!« sagte er heftig. Und er wandte sich ab, zog die zu große Hose aus, nahm Messer und Seife in eine Hand und tauchte mit einem flachen Sprung über die Seite ins Wasser.

»Verdammt!« Es war nicht besonders tief an dieser Seite des Bootes. Altair sprang auf und lief hinüber, um nachzuschauen, ob er sich das Genick gebrochen hatte, aber da war er, und er schwamm recht gut. »Siehst du je nach, wo du überhaupt bist?«

»Mit mir ist alles in Ordnung.«

»Verdammt, wenn du mein Messer verlierst, dann sorge ich dafür, daß du es erst wiederfindest, bevor du an Bord kommst!«

Er stand auf, wobei ihm das Wasser bis zur Mitte der Brust reichte, und hielt das Messer hoch. Zusammen mit der Seife. Er rümpfte die Nase. »Brennt da etwas?«

»Verflucht!« schrie sie gellend und lief zurück.

Es war angebrannt. Sie nahm den Pfannkuchen mit dem schwarzen Boden heraus und legte ihn auf den kalten Fisch, machte das Feuer aus, saß dann nur da und starrte die Bescherung an.

Schließlich zog sie den Pullover und die Hose aus und stieg an der anderen Seite aus dem Boot.

Das zweite Bad an einem einzigen Tag. Wenn Mondragon sauber sein konnte, dann konnte sie noch sauberer sein. Sie tauchte wieder auf, achtete darauf, daß das Boot zwischen ihr und Mondragon lag.

»Bist du in Ordnung?« fragte er von seiner Seite her.

»Mir geht es gut. Das Essen ist schon angebrannt. Dann kann es ruhig auch kalt werden.« Sie tauchte wieder unter. Der Grund bestand aus Schwemmsand und fühlte sich fürchterlich an. Sie zog die Füße an, schwamm ein paar Züge weit hinaus, drehte sich um und schwamm zurück.

Mondragon kam um die Ecke des Bootes. »Möchtest du die Seife?«

Sie trat Wasser, ohne sich aufzurichten, schwamm zu seiner ausgestreckten Hand und nahm die Seife. Mondragon kehrte wieder auf seine Seite zurück. Altair schrubbte sich und spuckte und fluchte, und als sie genug für zehn Frauen geschrubbt hatte, legte sie die Seife auf das Halbdeck, schwamm an die Bootsseite, rutschte bäuchlings über den Rand und landete im Mittelgang.

Sie war wieder Herrin auf dem Boot. Mondragon hatte von dort, wo er war, gute Sicht auf sie. Sie lehnte es ab, das zu bemerken oder in seine Richtung zu blikken. Sie stieg auf das Halbdeck, zog Hose und Pullover an, verstaute die Seife, setzte sich und aß, während ihr das Wasser aus dem Haar auf die Schultern tropfte.

Und jetzt mußte *er* zurück an Bord kommen. Sie sah unbarmherzig zu, während er ihr beim Anziehen den Rükken zuwandte und nun seinerseits so tat, als wäre sie nicht anwesend. Er hatte das Messer wieder mit zurückgebracht, wie sie bemerkte. Und als er sich ihr damit näherte, hatte sie für alle Fälle den Faßhaken griffbereit zu ihren Füßen liegen. Sie blickte auf, als er sich setzte, den Tonsandstein aus der Tasche zog und ein wenig Fett aus der Bratpfanne nahm; er machte sich daran, die Klinge zu pflegen, und sie mußte zugeben, daß er dabei Geschick zeigte.

»Du kannst essen«, sagte sie.

»Ich kümmere mich gerade um deinen Besitz!«

»Das kann ich gut selbst erledigen. Iß!«

Aber er arbeitete weiter an dem Messer, und er tat es noch recht lange. Altair beendete ihre Mahlzeit, ging an den Bootsrand und fegte die Gräten ihrer Portion ins Wasser; dann wischte sie den Teller ab, um ihn zu verstauen.

Dann aß auch Mondragon seine Portion und ging anschließend mit der Bratpfanne an den Bootsrand. Tauchte sie ins Wasser.

»Verdammt, was *machst* du denn da?«

Er wandte sich zu ihr um. »Abwaschen. Findet *Waschen* je ...« Er verkniff sich den Rest, bevor er zu weit ging, aber sie verstand ihn gut genug.

»Man spült eine eiserne Bratpfanne nicht, Mondragon. Man wischt sie ab. Das bekommt ihr einfach besser. Und wenn du weiterhin deine Teller im Hafenwasser wäschst, wirst du noch krank. Ebenso, wenn du dich zu oft wäschst. Mir gefällt es auch nicht, schmutzig zu sein, aber es gibt verdammt noch mal einfach keine Stelle, wo man sich waschen kann, Mondragon, nicht, bis es regnet, und dann ist es verdammt noch mal zu kalt!«

Sie schrie ihn an. Als sie bemerkte, daß sie schrie, brach sie mit einem erregten Schnaufen ab.

»Es tut mir leid«, sagte er.

»Hey, du kommst ganz gut zurecht für eine Landratte. Du hast nicht einmal die Seife verloren.«

»Was soll ich mit der Bratpfanne machen?«

»Hier.« Sie nahm sie ihm aus der Hand, wischte sie mit einem Fetzen ab und verstaute sie. »Die erste Erhitzung tötet die Keime ab. Die Bratpfanne kann man noch am ehesten eintunken.«

»Der Pfannkuchen war nicht schlecht.«

»Danke.« Sie schloß den Deckel des zweiten Behälters über dem Geschirr und setzte sich auf den Rand des

Halbdecks, beugte sich nach unten und zog die Whiskyflasche hervor. Sie *brauchte* einen Schluck! Himmel und Vorfahren, dieser Mann konnte einen wirklich durstig machen!

Sie hielt ihm dann die Flasche hin, aus der Überlegung heraus, daß sie vielleicht auch ihn durstig machte. »Für mein Messer.«

Er übergab das Messer und den Tonsandstein, nahm die Flasche und trank.

Die Flasche wanderte mehrere Male hin und her; und Altair seufzte schließlich und warf einen Blick hinein. Noch ein Zoll bernsteingelber Flüssigkeit war darin. »Oh, zum Teufel!« sagte sie und reichte sie wieder Mondragon. Er trank, und sie leerte anschließend die Flasche.

Dann setzte sie sich wieder hin und fischte, eine Beschäftigung, bei der sie Ruhe fand. Jenseits der Wasserfläche schimmerten die Lichter Merovingens, verstreutes Gold über den dunkler werdenden Fluten. Das Wasser leckte und plätscherte und glitzerte, zeigte das gebrochene Spiegelbild des verblassenden Himmels. Der Schwimmer hüpfte ungestört vor sich hin.

Mondragon betrat neben ihr das Deck und setzte sich mit gekreuzten Beinen hin. Schweigend. Betrachtete das Wasser. Erging sich vielleicht in Nebelgedanken darüber, wie der alte Det erfolglos versuchte hatte, ihn zu verschlingen.

»Du hast wirklich Glück«, meinte Altair schließlich, aus ihren Gedanken gerissen. »Wenn man etwas von diesem alten Kanalwasser verschluckt, bekommt man Fieber. Du mußt einen Liter davon verschluckt haben. Ich habe die ganze Nacht darauf gewartet, daß das Fieber ausbricht. Vielleicht hat der Whisky die Keime abgetötet.«

»Die Pillen«, sagte er. »Ich habe eine Menge Pillen gegen das Wasser genommen.«

Sie drehte den Kopf zu ihm um. Pillen. »Du meinst,

du wußtest, daß dich jemand ins Wasser werfen wollte?«

»Nein. Das Wasser in ganz Merovingen. Schlechte Leitungen. Sie sagen, man müßte hier geboren sein, um es trinken zu können.«

»Und du bist nicht hier geboren?«

»Nein.«

»Woher stammst du?«

Schweigen.

Sie zuckte die Achseln. Eine Menge Flußratten und Kanalfahrer besaßen dieselbe Gewohnheit. Man kümmerte sich um seine eigenen Sachen. Sie spürte, daß ein Fisch anbiß, spürte aber keinen Widerstand, als sie an der Angel zog. »Verdammt!« Sie wickelte die Schnur auf, spähte in der zunehmenden Dunkelheit auf den Haken und mußte ihn dann doch erst in die Hand nehmen, um zu entdecken, daß der Köder entfernt worden war. »Der Fisch sollte eigentlich unser Frühstück werden. Ich hatte nicht vor, ihm seines zu schenken.«

»Lebst du allein?«

Diese Frage machte sie nervös. »Gelegentlich. Habe viele Freunde.« Sie blickte in die einsetzende Dunkelheit und seufzte. »Na ja, kein Glück.« Sie sicherte die Ausrüstung und packte sie weg, band sie ordentlich an der Seite fest, nahe dem Geländer des Halbdecks.

Und sie wandte sich zu Mondragon um, betrachtete von ihrem Platz aus, wie er dort saß, auf dem schmalen Deck nicht so weit von ihr entfernt, im letzten sichtbaren Licht. Ihr Herz klopfte wieder heftig, ohne daß sie einen einsichtigen Grund dafür fand. Ist das vernünftig? Wovor habe ich Angst?

Oh, vor nichts. Sechs herumschleichende Gestalten in Schwarz, die Menschen ermorden, und ein Mann in der Dunkelheit auf meinem Boot, das ist doch gar nichts. Wahrscheinlich suchen sie überall nach ihm. Was, wenn sie uns finden?

Er weiß, wer sie sind!

Sie rutschte vom Halbdeck herunter und richtete sich im Mittelgang auf. Mondragon rutschte an die Kante und hängte seine Füße hinunter, nahm sie aber Altair aus dem Weg, als sie sich bückte und eine Decke aus dem Unterschlupf zog. »Ich schlafe auf dem Deck«, sagte sie und verkniff sich den Zusatz: Du würdest hinunterfallen. Aber sie dachte es. Sie stieg auf das Deck und spürte seine Hand an ihrem Knöchel. Er hielt sie nicht fest – berührte sie dort nur, und dann an der Wade, als sie stehenblieb.

»Ich möchte dich nicht aus deinem Bett vertreiben.«

»Sehr schön. Aber du brauchst es, und *ich* werde nicht über die Seite rollen.« Sie schüttelte seine Hand ab und setzte sich, wickelte die Decke um sich. »Ich werde es schon bequem haben.«

Er streckte wieder die Hand aus und legte sie ihr diesmal aufs Knie. »Jones, hör mal – ich hatte nicht vor, dich abzuweisen. Ich bin nur – verdammt, ich bin einfach mitgenommen, Jones, und ich wußte nicht, was ich sagte. Ich habe dich sicher beleidigt. Komm schon. Komm mit in den Unterschlupf!«

»Hier oben ist es sauberer.« Auf einmal lief alles in die Richtung, die sie *letzte* Nacht gewollt hatte; aber es war nicht mehr letzte Nacht und sie nicht mehr halb so verrückt wie gestern, und sie fürchtete sich.

»Komm schon«, sagte er und schaukelte ihr Knie. »Komm schon, Jones.«

Feigling, schalt sie sich. Sie blieb eine geraume Weile einfach sitzen, und auch er saß reglos und machte keine Anstalten zu gehen.

»In Ordnung«, sagte sie und rutschte zum Deckrand. Mondragon streckte eine Hand aus und half ihr – als ob *er* sich auf den Beinen hätte halten können! Sie kniete sich hin und zerrte die Decke mit in den Unterschlupf, und er kam nach ihr herein. Darauf folgte ein großes Durcheinander, als sie die Decken arrangierten, und Altair stieß sich in ihrer Nervosität den Kopf. »Verdammt!« Nichts klappte richtig. Sie legte sich hin, und Mondragon folgte einfach ihrem Beispiel. »Wirst du etwas machen?« fragte sie endlich.

»Soll ich?«

»Verdammt, du Sohn der Vorfahren, du ...!« Sie erhob sich heftig auf die Ellbogen und schlängelte sich aus dem Unterschlupf hinaus, als ob das Boot in Flammen stünde.

Er packte sie, und sie stieß ihn so heftig mit den Ellbogen, daß er einen vernehmlichen Laut ausstieß. Da packte er sie noch fester und bekam ein Knie über ihre Taille, und er hielt ihre Hände fest. »Jones, Jones ...« Und dann arbeitete auch er sich tiefer in den Unterschlupf hinein, und es wurde klar, daß er sich entschlossen hatte.

Wenig später hatte auch sie sich entschlossen, wenigstens, was den gegenwärtigen Augenblick anbetraf; Kleider wurden zur Seite geschoben und Decken durcheinandergebracht. Altair stieß sich erneut den Kopf im Strudel dessen, was Mondragon tat, und wurde davon fast benommen. Sie fiel auf ihn und blieb fluchend liegen, während er sanft die Beule an ihrem Hinterkopf betastete. »O verdammt, Jones, es tut mir leid!«

»Jetzt haben wir zueinander passende Beulen«, meinte sie. Er selbst hatte eine, die sich sehen ließ, wie sie wußte. Sie lag warm und behaglich auf einem atmenden Menschenleib, zum ersten Mal seit Jahren von Armen umschlungen. Und irgendwie lief alles ganz anders und viel besser, als sie erwartet hatte. Er war sauber und bestrebt, ihr nicht weh zu tun. (»Verdammt, Mädchen, ist es dein erstes Mal?« – »Halt den Mund! Nenn mich nicht Mädchen!« Er hielt den Mund. Und ging sehr behutsam mit ihr um; und als es über allen Schmerz hinausging, machte er sie vergessen, daß es je weh getan hatte.) Er lehrte sie Dinge, brachte sie ihr auf seine zärtliche Art bei, sie brauchte sie nicht auf ihre

Weise auszudrücken; irgendwie paßten schöne Worte besser zu dem, was er tat; und was sie erwartet hatte, wurde von dem übertroffen, was mit ihr geschah.

Irgendwie paßte es auch gut zu dem Geschehen, daß sie sich zweimal den Kopf an der eigenen Decke gestoßen hatte. Sie kam sich unbeholfen vor; und sie fügte sich, wie sie auch kommentarlos zweimal an einem Tag gebadet hatte, damit Mondragon nicht auf sie herabsah. Aber das Karma faßte sie an der Hand, und sie machte sich zweimal in derselben Nacht selbst lächerlich. Und landete benommen auf seiner Brust und fühlte dann seine schönen Hände, die den Schmerz von ihr nahmen.

Sie war verliebt. Zumindest für die Nacht.

Du bist nicht bei Verstand, Jones. Du bist wirklich eine Tochter der Vorfahren. Kennst du diesen Mondragon? Hast du irgendeine Vorstellung, warum sechs Leute ihn in den Großen Kanal werfen wollten? Vielleicht hatten sie Grund dazu.

Er *kann* einfach nicht auf der falschen Seite stehen! Falls er ein Mörder oder Dieb oder Verrückter wäre, wüßte ich es inzwischen!

Er mußte dorthin zurückkehren, wohin er gehört. Ich muß ihn hinbringen. Er gehört nicht an einen Ort wie diesen.

Ihr tat das Herz weh. Es verkrampfte sich und tat weh, als wollte ihr ganzes Selbst auf diesen kleinen Raum zusammenschrumpfen. Mondragons Finger bearbeiteten ihre Schultern.

»Jones, stimmt etwas nicht?«

»Es ist alles in Ordnung.« Ihre Schultern waren verspannt. Sie bemerkte, daß Mondragon ihre überspannten Muskeln bearbeitete, und sie versuchte, sich zu entspannen.

»Tut es dir leid?«

»Nein. *Nein!*« Sie holte tief Luft. Das Morgen auf dem Heute ausschütten, so hatte ihre Mutter dergleichen bezeichnet. Verdammter Unsinn. Das Heute war schön. Das Morgen – na ja, das Morgen konnte noch gut zwei Tage auf sich warten lassen. Dann wurde es Zeit, daß sie ihren Verstand benutzte und diesen Mann wieder dorthin brachte, wo er hingehörte. Sie holte Luft und atmete wieder aus. Und kuschelte sich an seine Schulter und versuchte, die Augen zu schließen.

Sie öffnete sie sofort wieder. Manchmal hörte sie vom Rand des Schlafens aus etwas, wenn die Zeit mit ihr spielte und sie Sachen hören ließ, die vielleicht da waren, vielleicht aber auch nicht.

Aber die Wellen besaßen einen eigenen Rhythmus. Er war stets vorhanden. Und das Boot hatte seine Art, sich zu bewegen. Die Welt wiegte sich und bewegte sich fortwährend in einer bestimmten Weise und mit bestimmten Geräuschen; und genau in diesem Moment sammelte sich, ohne daß Altairs Ohren unmißverständlich einen Grund dafür gehört hätten, ein kalter Klumpen Angst in ihrem Bauch. Sie spannte sich und wollte sich aufsetzen; Mondreagons Hand drückte auf ihren Rücken. Sie legte ihm schnell eine Hand auf den Mund. »Ich glaube, ich habe etwas gehört. Ich komme wirklich leicht hinaus. Bleib du hier.«

Sie kroch rückwärts und spürte dabei, wie er Anstalten machte, ihr zu folgen. Sie stieß ihn zurück. »Nein. Halt du dich da raus.« Sie stellte sich vor, wie er in der Dunkelheit herumstolperte. »Ich habe meine eigenen Möglichkeiten.« Sie glitt weiter, spürte den kalten Wind auf der nackten Haut; rutschte bäuchlings hinaus ins Sternenlicht und erhob sich ganz, ganz vorsichtig auf die Hände, um über die Reling zu spähen.

Sie entdeckte ein Floß dort draußen, eine dunkle, amorphe Insel auf dem sternenbeleuchteten Wasser. Altair packte am Eingang zum Unterschlupf das Messer und rutschte auf den Ellbogen durch den Mittelgang, schnitt mit rascher Bewegung das Ankertau durch und drehte sich um. Und auch Mondragon war draußen im

Sternenlicht und hielt sich geduckt, ihrem Beispiel folgend. Sie rutschte eilig zu ihm hinüber. »Behalte den Kopf unten«, flüsterte sie, leiser als das Wasser. »Da draußen ist ein Floß. Das Ding kann sich kaum bewegen, aber es sind mit Sicherheit Verrückte darauf.« Sie befanden sich im tiefsten Teil des Mittelganges; Altair zog ein Handtuch von den Latten und rollte es sich beim Hineinwickeln hin und her, knotete es um die Taille fest, während Mondragon seine Hose packte. Dann richtete sich Altair auf und legte die Hand auf den Decksrand. Mondragon faßte sie am Arm.

»Was hast du vor?«

»Ich werde den Motor anlassen. Kannst du mit mir nach hinten kriechen und das andere Ankertau durchschneiden?«

»Springt das Ding immer an?«

»Fünfzig zu fünfzig«, entgegnete sie. Sie dachte nicht gern daran. Sie drückte ihm das Messer in die Hand. »Schneide das Tau durch. Ich kenne mich mit dem Motor aus.«

Sie schlägelte sich über das Deck, beeilte sich, so sehr sie konnte, kniete sich dann hinter das Gehäuse des Motors, um den Holzdeckel zu öffnen, während Mondragon sich am Tau zu schaffen machte.

Vorsichtig jetzt und ein Schritt nach dem anderen, Präzision beim Anlassen. Der alte Motor war kleinlich; er zog die warme Sonne feuchten Nächten vor.

Die Verrückten erblickten Altair. Die Stangenleute auf dem Floß planschten jetzt vernehmlich. Ein ansteigendes Murmeln in der Dunkelheit löste sich in einzelne Stimmen auf ...

Etwas Kraftstoff hochpumpen, den Schalter einstellen, sich von Gott wünschen, daß sie heute den Kontakt gesäubert und den Abstand überprüft hatte – ihr Vorfahren, errettet einen Dummkopf! Sie erkannte einen weiteren hüpfenden Fleck in der Dunkelheit, ein zweites Floß hinter dem ersten, und da bekam sie es wirklich mit der Angst zu tun. Mondragon kniete jetzt neben ihr. Das Boot war frei und drehte sich, und die hinterhältige Ebbe trug es den Flößen entgegen. Altair wuchtete die Kurbel herum, einmal, zweimal, hielt den Choke fest, damit er nicht seiner Neigung folgte, sich zu weit hineinzusaugen. Sie hörte, wie ein Geheul über dem Wasser ausbrach, und kurbelte erneut, aber, oh, ihr Götter, der Motor machte kein Geräusch. Die Drossel neu einstellen; kurbeln. Ein kurzer Schluckauf. Den Choke herausziehen, bis zu dem abgenutzten Fleck am Stiel; kurbeln. Hicks-hicks.

»Jones ...«

»Hol den verdammten Bootshaken! Dort im Gestell! Beeil dich!« Die Sperre lösen, die Leitung trockenlegen, andernfalls würde sie überschwemmt. Der Geruch von Treibstoff verbreitete sich, während Mondragon zum Stangengestell krabbelte, auf Händen und Füßen jetzt, und das Boot im Drehen stampfte und mit den Wllen hüpfte, und die Flöße ... Gott, o Gott, drei jetzt, eines aus einer anderen Richtung, und sie näherten sich mit Gejohle und Geschrei und Platschen – den Choke festhalten, die Drossel nicht vergessen, wieder herunterregeln, erneut kurbeln – hicks. *Verflixter* Motor! Kurbeln. Das vorderste Floß starrte vor Bootshaken, war stachelig wie ein Seestern, und die Verrückten darauf winkten und erfüllten die Nacht mit Gejohl und Geschrei. Männer sprangen ins Wasser und planschten auf das Boot zu.

Kurbeln, Schluckauf, Husten. Altair ließ den Choke los, brachte die Drossel auf Fahrstellung und verlor sie wieder. Die Flöße bildeten einen Wall aus Stacheln. Mondragon hielt den Bootshaken in beiden Händen. Drossel wieder einrichten. Zurück mit dem Choke. Kurbeln. Doppeltes Husten. Der Motor lief ruhig. Die Drossel zurück in Fahrstellung; die Schraube einstellen – den Riegel der Ruderpinne *hoch,* Dummkopf! Das Ruder war noch unten. Altair riß den Riegel hoch und

stellte das Ruder ein, und sie überblickte forschend das ufernahe Wasser vor ihnen, suchte in der Dunkelheit wild nach Felsen und Sandbänken, während das Boot ein wenig Abstand gewann. Kein Platz, kein verdammter Platz, außer einem Streifen Wasser entlang des Ufers, wo sie vielleicht auf Gestein oder Sand aufliefen und damit völlig hilflos waren.

Sie schwenkte das Boot herum und nahm Kurs dorthin. Wasser spritzte. Mondragon schlug nach etwas im Wasser ... »Nicht mit dem Haken hinein!« schrie Altair. »Nur schlagen! Du könntest die Stange verlieren ... Yi!« Ein Schwimmer kletterte über die Seite. »Achtung Backbord, Backbord, mein Gott, *obacht, Backbord!*«

Er sah es endlich und schwang die Stange gegen den Kopf des Mannes, als dieser gerade auf das Deck stieg. Altair schwenkte das Ruder herum und knirschte mit den Zähnen, als Brandung und die Trägheit des Bootes sie näher an die Flöße führte, als sie wollte. Oder vielleicht waren die Flöße auch dichter am Ufer und konnten in den Untiefen wirksamer staken, und Gott allein wußte, wo unter ihnen jetzt Grund war. »Vorsicht, Vorsicht, *Mondragon, paß auf!*«

Er stand im Begriff, den Haken zu verlieren, denn die Angreifer packten danach und versuchten, ihn damit von den Füßen zu reißen oder einen ihrer Haken in seinen Körper zu schlagen ...

»Sie wollen uns an der Seite festhalten! Mondragon, wechsel die Enden, wechsel die *Enden,* paß auf, daß sie dich nicht mit einem Haken treffen! *Obacht, vorne ...*« Denn sie standen im Begriff, sehr dicht am dritten Floß vorbeizufahren, zu dicht. Mit einem Zeh langte sie nach dem Griff des Wandbehälters zu ihren Füßen und warf den Deckel auf, hielt das Ruder mit einer Hand, beugte sich nach unten und holte die Pistole heraus – zielte direkt in die lebendige Wand, die schräg vor ihr aufragte, und drückte den Abzug. Der Rückschlag schüttelte ihren Arm durch und der Knall ihre Ohren, und die Verrückten kreischten einstimmig auf, als etwas ins Wasser platschte und einer noch lauter brüllte als die übrigen. Stange schlug krachend gegen Stange; Altair blickte nach links, wo Mondragon gerade einen Schlag zu Ende führte, und zielte an ihm vorbei auf die winkenden Arme und Haken. Ein Heulen und Kreischen ertönte; sie hielt die Ruderpinne unterm Arm festgeklemmt und jagte ihren dritten Schuß auf das näherkommende Floß, erzielte damit ein ähnliches Ergebnis. Der rechte Arm tat ihr weh; sie hatte die Ruderpinne unter dem linken und lehnte sich darauf, versuchte, das Boot so weit von dem Floß fernzuhalten, wie es nur ging, versuchte auch, den schmalen Weg zwischen der Reichweite der Stangen und der Gefahr dieses nahen Strandes zu finden.

Eine Hand tauchte am Bootsrand auf, und das Boot reagierte ... »*Mondragon!* Da kommt einer!«

Er entdeckte den Eindringling und führte den Bootshaken mit einer flinken Rückwärtsbewegung, und der Eindringling fiel dorthin zurück, woher er gekommen war. Aber sie waren zu nahe dran, kamen viel zu nahe an die Flöße heran, und Männer strömten vom zweiten Floß, um durch die Untiefen zum Boot zu waten. Altair schoß, und die Brandung der Leiber brach in alle Richtungen auseinander. Schreie.

Ein Arm und ein Kopf schoben sich dicht neben Altair über den Bootsrand. »*Achtern,* Mondragon! *Obacht achtern!*« Sie sparte sich die Kugel für das Floß auf, an dem sie vorbeifuhren. Feuerte dann, um sie vor den Haken zu schützen. Der Mann kletterte neben ihr über die Backbordseite. Schon richtete er sich auf ... »*Mondragon!*«

Aus dem Nichts heraus erschien die Stange, und der Mann stürzte. Die Bootsschraube stieß an ein Hindernis; Altair spürte den leichten Widerstand. Aber das Boot schob sich weiter durch die Wellen und befand sich jetzt neben dem dritten Floß. Haken wurden herübergeworfen und Männer sprangen vom Floß. Altair schoß. Mondragon schrie und Stangen krachten aneinander.

Ein Haken biß ins Holz. *»Obacht Haken!«* schrie Altair und schwenkte das Ruder herum, und das Boot fuhr weiter. Das Wack-wack-wack der Stangen drang scharf und deutlich durch die Schreie und das Motorengeräusch. Altair erspähte offenes Wasser und hielt darauf zu. Sie kam jetzt den Haken sehr nahe. Sie sah wilde Männer mit borstigem Haar, die Augen im Sternenlicht schimmernd und die Münder zum Brüllen geöffnet, und die ganze Masse bewegte sich und griff nach ihr wie ein böser Traum. Einen Schuß hatte sie noch. Einen Schuß. Sie hielt krampfhaft das Ruder fest und schätzte die Entfernung ab.

Das Boot scharrte über Sandboden. Ihr Herz machte einen Sprung. Das Kratzen hörte auf; das Boot fuhr weiter, scharrte wieder über Grund, vergleichsweise leise neben den betäubenden Schreien an Backbord, wo Mondragon die Haken abwehrte, so gut er konnte. Er war blutbedeckt. Er stolperte unter einem Schlag gegen seine Stange, fing sich wieder und holte selbst zu einem harten Schlag aus, der einen Verrückten ins Wasser fegte. Aber noch mehr Schläge kamen als Erwiderung, und dann fuhren sie um die Ecke herum. Mondragon war jetzt außer Reichweite, und die Haken wurden nach Altair geschlagen. Männer sprangen auf das Boot, aber sie kamen zu spät. Das Boot tuckerte weiter, und der Abstand vergrößerte sich, und Altair schwenkte das Ruder, um Kurs in den Hafen hinaus zu nehmen.

Gott, wenn die Verrückten Bogen gehabt hätten! Einer von ihnen hätte eine Schußwaffe haben können. Sie zitterte noch.

Ich habe fünf Menschen getötet. Vielleicht ein Dutzend. Der ganze Arm tat ihr weh. Ihr fiel wieder der Mann ein, der in die Schraube geraten war, und versuchte, die Erinnerung wegzuschieben. Mondragon sah sie an; er saß auf dem Decksrand und hatte den Haken unter der Hand schräg über die Bootsseite und den Decksrand liegen.

Altair stellte das Ruder fest, kauerte sich nieder und öffnete die Munitionsschachtel. Sie öffnete den alten Revolver und rammte fünf neue Patronen hinein. Dann drückte sie die Trommel klickend wieder fest. Ihre Mutter hatte ihr immer gesagt, nie die ganze Trommel abzufeuern. »Du leerst den Revolver niemals, hörst du? Wenn du einen Kampf beendest, tust du verdammt gut daran, noch einen Schuß zu haben!« Man fragte Retribution Jones niemals: ›Warum?‹ Man sagte einfach ›Ja, Mama‹ und folgte. Und Altair hatte ihren Rat befolgt. Ihre Hände zitterten, als sie die Waffe weglegte; Retributions schlanke, sonnengebräunte Finger hatten den alten Revolver stets gehandhabt, als wäre er ein metallenes Teil von ihnen. Doch Altair zitterte am ganzen Körper. Sie spürte beinahe, wie ihre Mutter ihr deswegen eine Ohrfeige gab, konnte den Schlag fast am Ohr *fühlen.* Sie holte Luft und kam wieder zu sich, und sie erinnerte sich daran, daß sie halbnackt auf dem Deck saß und daß der Motor lief und kostbaren Treibstoff verbrauchte.

Verdammt, verdammt. Es war jetzt nicht die Zeit, um den Hafen zu befahren; wenn sie schon Treibstoff verbrauchten, dann, um *durch* den Hafen zu kommen, also so, wie sie es geplant hatte. Sie hatte kein Geld mehr, um sich neuen zu kaufen. Es reichte gerade noch für Moghis Fässer, ohne ein Darlehen aufzunehmen. Und sie besaß noch zwei Flaschen Whisky, eine Handvoll Mehl und eine Tüte Tee, und sie hatte zwei Mäuler zu füttern. Verdammt, verdammt, verdammt! Sie drosselte die Geschwindigkeit, um Treibstoff zu sparen. Sie kreuzten jetzt den Rückstrom der Gezeiten, und sie würden es zu spüren bekommen, wenn sie die Strömung kreuzten – das erforderte Treibstoff, wie ein Trinker Whisky brauchte. Sie würden es mit dem Tankinhalt gerade noch schaffen. Und dann war Altair mehr oder weniger pleite.

Sie blickte zu Mondragon, der ihren Blick erwiderte. Überhaupt nicht verlegen. Sie dachte daran, wie er gekämpft hatte – nicht sehr geübt mit der Stange, aber er hatte es schnell gelernt und sein Gleichgewicht gefunden, und sie hatten ihn weder erwischen noch an ihm vorbeikommen können.

»Wußte gar nicht, daß du einen Revolver hast«, sagte er schließlich. Sein Atem ging immer noch schwer.

»Ich gebrauche ihn nicht gern.« Ganz so, als gebrauche sie ihn hin und wieder. Es war besser, wenn er es glaubte und nicht auf dumme Gedanken kam. Sie stand auf, hatte eine Hand auf dem Ruder, um das Gleichgewicht zu halten. Der Wind war kalt auf ihrer schweißnassen Haut. Sie schüttelte den Kopf und zog den Wind durch die Nase, während sie prüfend das vor ihnen liegende Wasser betrachtete. Die Lichter der Stadt waren jetzt größtenteils erloschen, und nur ein paar Funken zeigten sich noch. Und der Weg war frei – mal abgesehen von der Durchfahrt unter den Brückenpfeilern der Rimmon-Insel. *Das* konnte in der Nacht eine heikle Strecke sein!

Sie dachte darüber nach und schaltete darauf den Motor ganz ab.

»Wohin fahren wir?« erkundigte sich Mondragon.

»Weiß nich'.« Und dann fügte sie hinzu, weil sie den Eindruck erwecken wollte, daß sie immer eine Antwort wußte: »Hatten genug Probleme für diese Nacht. Ich bin zu müde, um das Boot mit der Stange unter den Brükken hindurchzusteuern, und ganz sicher möchte ich dort nicht festmachen. Wir hatten genug Verrückte für eine Nacht.«

»Waren das solche Leute?«

»Verrückte oder Flößer, was bei manchen keinen großen Unterschied macht.« Sie holte wieder tief Luft, versuchte, nicht mehr an das Töten zu denken und empfand einen gewissen Stolz. *Ihr* Boot. *Sie* hatte das Sagen, wie es geführt wurde. Sie wußte, was sie tat, und ihm war klar, daß sie es wußte. Sie sah ihre Mutter, sah, wie Retribution Jones in ihren frühesten Erinnerungen dieses Ruder führte, das Sonnenlicht beleuchtete ihr Gesicht, und ihre schönen Hände waren so sicher in dem, was sie taten, so sicher wie ihr Gang in diesen Jahren strahlender Jugend; sie hatte eine Art zu gehen, die forderte, daß ihr die Welt besser auswich.

Altair zog das herunterrutschende Handtuch hoch und stieg vom Halbdeck in den Mittelgang. Sie drehte sich zu Mondragon um, der auf dem Decksrand saß. »Sie haben dich ein paarmal getroffen.«

»Die Haut angekratzt.« Er stand auf und ergriff ihre Arme. »Verdammt, Mädchen ...«

Sie schüttelte seine Hände sofort ab. *»Jones!* Nenn mich Jones!«

»Jones.« Er stand da im Sternenlicht und wußte nichts weiter zu sagen.

Ebensowenig wie sie. Das Boot war weitgehend außer Kurs gelaufen und trieb mit den Wellen.

»Ich habe eine Salbe«, sagte Altair. Und fügte hinzu, weil sie wieder sauber sein wollte, so schweißfeucht, wie sie war, und weil das Gefühl der Berührung durch die Verrückten noch spürbar war: »Ich werde ein Bad nehmen.«

Er sagte nichts. Sie ließ das Handtuch fallen, drehte sich um und stieg über die Seite, ein kerzengerader Sprung.

Ein zweiter Aufprall wühlte das Wasser neben ihr auf, und sanft trieben Blasen an ihrer Haut entlang, als Mondragon neben ihr auftauchte. Er fand sie und umarmte sie. Verflixter Dummkopf, dachte sie, und in einem Augenblick der Panik: Versucht er, mich zu ertränken, letztlich doch ein Mörder, der mein Boot will?

Offensichtlich nicht. Sie kam mit ihm an die Oberfläche und rollte sich im Wasser, spürte, wie er hinter ihr schwamm, Zug um Zug. Sie blinzelte und kam wieder zu sich, unterbrach ihre Schwimmzüge und trat Wasser. »Verdammt, wollen wir denn das Boot verlieren?« Sie erblickte es ein Stück weiter weg und hielt mit kräftigen Zügen darauf zu.

Er erreichte es als erster, wenn auch nicht allzuweit vor ihr – hielt sich an der Seite fest und wartete auf sie.

Beinahe verloren sie es wieder, als Altair eintraf.

»Jones«, sagte er in einem Tonfall, in dem noch nie zuvor jemand dieses Wort ausgesprochen hatte. »O Jones.« Und dann mußten sie das Boot ein zweites Mal einfangen.

3

Den Morgen verbrachten sie mit langsamem Erwachen; danach vertrieben sie sich die Zeit mit dem, was sie schon in der Nacht unter dem Sternenlicht auf dem Halbdeck getan hatten. Dann schwammen sie wieder. Es war das vierte Bad in zwei Tagen, und Altair staunte über sich selbst. Sie wusch auch ihre Kleider, seifte sie gut ein und hängte sie über die Ruderpinne, damit sie im Wind trocknen konnten. Auch Mondragon wusch seine Kleider, und dann, am Nachmittag, frühstückten sie, in ihre Handtücher gewickelt, während der Wind ihnen das Haar trocknete. Altairs Haar fiel glatt, während sich Mondragons ringelte, fein wie helle Seide. Es war schön. Jede seiner Bewegungen war schön, die Art, wie seine Muskeln spielten, wenn er nach einem Stück Brot langte, die Art, wie die Sonne auf sein Gesicht fiel und sein Haar in Licht verwandelte. Altair aß und warf ihm bei jeder Gelegenheit einen Blick zu. Und seufzte.

»Wohin fahren wir jetzt?« fragte er schließlich, und sie zuckte die Achseln, wollte nicht darüber reden. Er nahm das als Antwort, schien es.

Aber als sie das Frühstücksgeschirr weggeräumt hatte, als sie aufstand und draußen die Flöße wie kleine Inseln am Rand des Toten Hafens schwimmen sah, da erinnerte sie sich an die Nacht und daran, was es bedeuten konnte, sich den Weg um den Rand herum zu suchen, und zwar mit der Stange, da sie keinen Treibstoff mehr haben würden. Da faßte sie einen Entschluß. Sie seufzte wieder, bückte sich, nahm die Hose von der Ruderpinne und zog sie an. Und den Pullover.

»Sie sind immer noch naß, wie?« fragte Mondragon, der noch sein Handtuch trug, vom Mittelgang herauf.

»Trotzdem müssen wir jetzt losfahren. Möchtest du mir sagen, wohin?«

»Haben wir es eilig?«

»Mondragon!« Sie kam herüber und setzte sich vor ihm auf den Decksrand, damit sie nicht das Wasser überschreien mußte. »Wenn wir wieder hinaus zum Rand fahren, verbrauchen wir dabei den letzten Treibstoff, den ich noch habe. Und von dort zurückzustaken, ist sehr unangenehm. Zwischen den Flößern und den Verrückten hindurch.« Sie deutete mit dem Daumen zur Stadt, zum niedrigen, im Dunst liegenden Buckel der Rimmon-Insel. »Wir haben noch genug, um zu den Untiefen unter den Rimmon-Brücken zu kommen. Und von dort aus kann ich staken, überallhin, wohin du willst, sofern es nicht draußen in der Bucht ist. Aber ich habe jetzt bald nichts mehr außer Whisky; ich muß meinen Lebensunterhalt verdienen, und die Strömung hier wird uns immer näher an die Geisterflotte treiben, was nicht empfehlenswert ist: Verrückte hängen da draußen vor der Sandbank herum; und sie liegt gegenüber von Rimmon, und ich habe gerade noch genug Treibstoff, um uns zurückzubringen; ich habe die Strömung beobachtet. Also, alles in allem bin ich der Meinung, daß du mir lieber erzählen solltest, wohin du willst, denn ich habe sonst vor, zurück in die Kanäle zu fahren, und ich glaube, du hast Gründe, die dagegen sprechen. Ich überlege mir, daß du vielleicht ein Flußboot hast, zu dem du zurück möchtest, oder vielleicht dieses Falkenaer-Schiff. Ich kann dich nicht bis zum Det-Liegeplatz staken, denn dort ist es zu tief, aber ich kann dich direkt am Deich absetzen, wo eine Treppe zur Hafenmündung führt. Und du gehst einfach hinauf und hinüber und dann den Deich entlang zum Det-Pier, dann wieder herunter, ein leichter Weg. Das Äußerste, was ich tun kann.«

Er war für einen Moment still. Er blickte auf die Latten hinab und dann wieder auf, die Arme verschränkt. »Laß mich in der Stadt aussteigen«, sagte er.

Ihr Herz machte einen Sprung und verkrampfte sich. »Willst du wieder Probleme bekommen? Reicht es dir nicht, daß du einmal im Kanal gelandet bist? Sag mir, wo sie dich nächstes Mal hineinwerfen, und ich warte dort mit dem Boot auf dich.«

Er betrachtete sie mit zusammengepreßten Lippen, die sich dann zu einem Lächeln verzogen. »Misch dich nicht in meine Angelegenheiten!«

»Klar. Sicher. Zieh dich an!«

»Jones ...« Er nahm ihr Gesicht zwischen die Hände und zwang sie, zu ihm aufzublicken. »Ich mag dich sehr, Jones.«

Das tat weh. Sie holte tief Luft und hatte das Gefühl, daß etwas in ihr zerbrach. »Hey, wenn du mir ein Kind gemacht hast, Mann, bringe ich dich um!« War ihre Mutter so dumm gewesen? War *sie,* Altair, auf diese Weise zur Welt gekommen? Hatte ihre Mutter einmal nicht aufgepaßt und sich in einen Mann wie Mondragon verliebt? Oder war es nur ein häßlicher Zwischenfall gewesen, eine Vergewaltigung, nachdem ihre Mutter einmal einen Kampf verloren hatte? Aber so etwas konnte sie sich gar nicht vorstellen.

Mondragon strich ihr Haar nach hinten und betrachtete sie weiter. Und ließ sie schließlich wieder los und sprang auf das Halbdeck, um seine Kleider zu holen. Wann hatte er seine Standfestigkeit wiedergefunden? Wann hatte er gelernt, sich auf dem Boot zu bewegen? Letzte Nacht hatte er keine andere Wahl, als er dort stand und den Bootshaken mit einer Geschicklichkeit schwang, die von Minute zu Minute wuchs ...

... ein Schwertkämpfer, dachte sie. Ein Fechter. Oberstädter. Es gab alle möglichen Arten. Straßenrowdies. Duellanten. Die Oberstadt hatte auch solche Leute – einige von ihnen waren sehr reich. Einige von ihnen redeten mit einer solch seidenweichen Stimme und wußten dabei nicht einmal, daß man eine Eisenbratpfanne nicht ins Wasser taucht oder einen Stichling nicht an den Flossen packt.

Er wußte über die Dornen von Todesengeln Bescheid,

in Ordnung. Er wußte, wie man ein gutes Messer pflegt. Er hatte keine schlimmen Narben gehabt, bis der Bootshaken ihn letzte Nacht an der Schulter erwischt hatte, und diese Narbe würde ihm für den Rest seines Lebens erhalten bleiben. Sie war nicht tief, aber so breit, wie dieser stumpfe Haken sie nur machen konnte. *(Er wird mich in Erinnerung behalten, nicht wahr? Für den Rest seines Lebens. Er wird sich jedesmal an mich erinnern, wenn eine weiche Oberstadtfrau ihn wegen dieser Narbe fragt.)*

Er wußte, wie man kämpfte. Was bedeutete, daß er keine leichte Beute für diese schwarzgewandeten Teufel auf der Brücke gewesen war. Wie hatten sie ihn überhaupt erwischt?

Die Beule befand sich an seinem Hinterkopf. Das war es.

Mondragon zog sich die Hose an, noch feucht um die Nähte. Die Sonne würde sie trocknen. Nicht nötig, sich Sorgen zu machen, daß man Fieber bekam.

Altair seufzte wieder, bückte sich dann neben dem Unterschlupf, zog ihre abgetragene Mütze hervor und setzte sie auf, drückte sie gegen den Wind fest, wobei sie allerdings zusammenzuckte und ihr Herz einen Sprung machte, denn auch ihren Hinterkopf zierte eine Beule, genau dort, wo das Band ihn berührte. Sie schob die Mütze etwas weiter nach hinten, so daß sie schräg auf dem Kopf saß, zog sie fest und sprang auf das Halbdeck.

Der treulose Motor startete nach dem dritten Kurbeln, so regelmäßig, wie man es erwarten konnte.

Sie schaltete ihn schließlich wieder ab, als sie vielleicht noch genug Treibstoff hatte, um ihn erneut anzulassen, vielleicht ein wenig mehr. »Achte darauf, daß dir niemals etwas gänzlich ausgeht!« Ihre Mutter hatte ihr das eingebleut. »Plane immer so, daß es nicht passiert. Wenn du dich angreifbar machst, wird Murfy dich holen, ganz sicher.« Sogar die Adventisten glaubten an

Murfy. Er war ein Heiliger aus dem janistischen Pantheon. »Du hast dem alten Murfy eine Chance gegeben«, pflegte ihre Mutter immer dann zu sagen, wenn sie einen Schnitzer gemacht hatte. »Ich sage dir: Vertue deine Chancen nicht! Du benötigst alle, die du hast.«

Sie hievte das Ruder hoch, nahm den Haltebolzen der Ruderpinne ab und ließ ihn sinken, um ihn am Motorengehäuse zu befestigen. So näherte sich das Boot den hohen Pfeilern zwischen dem Deich und der Rimmon-Insel auf genau dem Weg, den sie auch gekommen waren. Sie hatte es richtig eingeschätzt. Das Boot glitt in flaches Wasser, über die Grenze, die dunkel war und nicht grün, ohne eine Stange, um es anzutreiben. Und während es diese Grenze kreuzte, nahm sie die Stange und ging nach vorne auf das Halbdeck, um sie einzutauchen und das Boot von Steuerbord aus voranzustoßen; dann ging sie hinüber und tat es von Backbord aus. Mondragon stand im Mittelgang, um ihr nicht in die Quere zu kommen.

»Kann ich dir dabei helfen?«

»Hölle, nein! Du würdest an der Stange festkleben, und schon wäre das Boot allein unterwegs. Ich habe schon manchen Anfänger sofort über Bord gehen sehen.«

Zurück an Steuerbord. Sie verhielt sich eindeutig angeberisch und hielt das Boot in halsbrecherischer Geschwindigkeit, erweckte den Eindruck der Mühelosigkeit, während es auf die Pfeiler zuging. Die Fahrt heiterte sie auf. Ebenso wie Mondragons helles Gesicht im Sonnenlicht, solange sie noch seine Gesellschaft genoß. Nicht über das Morgen klagen, würde Retribution Jones dazu sagen. Oder über den Nachmittag. Altairs bloße Füße hatten sicheren Halt auf dem Deck. Keine heftigen Schübe, sondern geschickte Schübe, und zur richtigen Zeit. »Boote dieser Art nennt man Skips, weiß nich' wieso. Ein Skip besitzt ein Halbdeck und einen Motor und ist größer als jedes Stangenboot. Bewegt sich echt gut im Wasser, wenn man seine Eigenarten kennt, und jedes Boot hat welche. Der Skip ist motorlastig und dreht sich nur langsam, aber man kann das in Kurven ausnutzen, wenn man mit der Stange umzugehen weiß. Er kommt nur langsam in Fahrt und auch nur langsam wieder zum Halten, wenn er beladen ist; man nutzt dann die Strömungen aus, so gut es eben geht – die Kanäle haben welche, genauso wie der Hafen oder der alte Det selbst, und manche sind ganz schön heftig. Man plant voraus. Wenn man kein rechtes Gefühl für die Ladung hat, kann man eine Mauer rammen oder ein anderes Boot und dabei alles umkippen, falls die Ladung verrutscht.«

Sie erreichten jetzt die Pfeiler. Mondragon drehte sich um, als der Schatten auf sie fiel, und er schwankte, als er sich diesem Ausblick gegenübersah, diesem schwarzen Irrgarten von Säulen, die schnell herankamen. »Jones ...«

»Ich kenne meinen Weg.« Sie stakte schnell, an beiden Seiten. »Besser, du vertraust mir, wie?«

Sie schossen zwischen die Pfeiler, in die Dunkelheit unter den Brücken, die die Stadt mit der Rimmon-Insel und ihren befestigten Herrenhäusern verbanden. Ein schmerzhaft grelles Licht schimmerte am Ende der Durchfahrt, ein Licht, das von dem Hafen dort stammte. Die Pfeiler zogen rasch vorüber. Mondragon zeichnete sich als Silhouette vor diesem Licht ab.

Eine Fahrt durch die Hölle. Oder das Fegefeuer.

Sie hatte ihren Weg geplant. Keine Gefahr, daß das Boot davon abwich, außer am Ende, wenn sie in den Zustrom vom Hafen gerieten. Sie glitten hinaus in das blendende Licht. Das Wasser warf es von der Oberfläche zurück, von den braunen Wirbeln auf dem glänzenden Jade der tiefen Bucht.

»Obacht!« rief Altair, kündigte damit an, daß sie drehen wollte, und sie stieß die Stange gegen den Grund

und schwang den Bug so geschickt herum, daß es keinen Ruck dabei gab. Mondragon behielt die Balance und schwankte dabei nur etwas, anschließend drehte er sich um und blickte zu Altair hinauf, als glaubte er, das Ganze wäre nur ein Trick, um ihn aus dem Gleichgewicht zu bringen.

»Hey, du bist wirklich standfest, Mondragon.« Sie lächelte ihn an. »Wenn du wieder an Land gehst, wirst du den wiegenden Gang eines richtigen Kanalfahrers haben.«

»Ich ertrinke nicht so leicht, Jones.«

Sie grinste breiter. Dünner Schweiß stand auf ihrer Haut, über die der kühlende Wind strich. Er brachte den Geruch des Hafenviertels und von altem Holz mit, wonach Merovingen und sein Hafen gleichermaßen rochen. Sie fuhren wieder in die Dunkelheit unter einem weiteren Pier. Ein Boot lag dort untätig vertäut, wahrscheinlich das Boot eines Fischers, der sein Unglück verfluchte, das ihn zur Reparatur hier festhielt. Altair vernahm das Geräusch von Hammerschlägen, das Echos an den Docks und den Deichen erzeugte. Sie fuhr jetzt langsamer, hatte bei der Kurve etwas Fahrt verloren, die sie nicht wieder aufholte. Sie hielt einfach auf die Serie von dunklen und hellen Wasserstreifen vor ihnen zu, zwischen den Reihen vom Wasser geschwärzter Pfeiler.

»Welches Ziel hast du in der Stadt, Mondragon?« erkundigte sie sich. »Du hast es mir noch nicht gesagt.«

Wieder drehte er sich um und blickte zu ihr hinauf. Die Sonne fiel auf sein Gesicht, als sie erneut ins Licht hinausglitten, und er schnitt eine Grimasse und schirmte seine Augen ab. »Jones, vergiß meinen Namen. Erzähl ihn nicht weiter. Sag einfach, daß du einen Passagier hattest und daß mein Name ... gib mir irgendeinen, der hier üblich ist.«

»Du wirst nicht als Hafiz oder Gossen durchgehen, nicht mit deinem Teint. Du hast einen Sonnenbrand, weißt du das?«

Er warf sofort einen Blick auf seinen geröteten Arm, hob ihn dann aber wieder, um weiter die Augen abzuschirmen. »Glaub mir. Vergiß lieber diesen Namen.«

»Warum hast du ihn mir überhaupt mitgeteilt?«

Einen Moment lang war Schweigen. Er stand mit erhobener Hand da und ließ sie wieder fallen, als es unter einen weiteren Pier ging und in tiefen Schatten. »Muß der Schlag auf meinen Kopf gewesen sein«, sagte er jetzt mit leiserer Stimme.

»Du hast echte Schwierigkeiten. Soll ich dich wirklich nicht zum Det-Liegeplatz bringen?«

»Nein, wirklich nicht.«

Mondragon ... Sie verbiß es sich gerade noch, den Namen auszusprechen. »Willst du meine Hilfe?« *Dummkopf!* »Soll ich dich eine Zeitlang verstecken?« Sie hoffte es plötzlich. Sie ergriff diese Chance, wie sie das Risiko mit den Verpfählungen einging, weil sie diesen Irrgarten kannte, weil sie die Wege hindurch kannte, und weil sie ein Meister im Überleben war und manche Risiken einfach deshalb einging, weil es stilvoll war, etwas, was das Leben lebenswert machte. Und Mondragon war ein solches Risiko. »Ich könnte es tun. Ganz leicht.«

Er stand da, einen Ausdruck im Gesicht, der verriet, daß er versucht war, auf ihren Vorschlag einzugehen. Mit einem Ausdruck in den Augen, der verriet, daß er es sich überlegte. »Nein«, sagte er dann. »Nein, lieber nicht.«

»Bist du ein Dummkopf!«

»Nein.«

»Du hast bereits eine Beule am Kopf. Hast du wirklich vor, dorthin zurückzukehren, wo sie noch einmal daraufschlagen können? Beim nächsten Mal bricht es dir den Schädel! Nächstes Mal bin ich vielleicht nicht da, um dich aus dem Wasser zu ziehen.«

»Hey, möchtest du noch eine Nacht zusammen mit mir draußen bei den Verrückten zubringen?«

Ihre Sprechweise aus seinem Mund; auch das war geschickt. Sie mußte unwillkürlich grinsen. »Nicht schlecht. Nicht schlecht getroffen.«

»Jones ...« Sie fuhren wieder ins Licht, und er kniff die Augen zusammen. »Jones ... danke.«

Sie erreichten die Mündung, wo der Deich hoch vor ihnen aufragte und die Lagerhäuser von Ramseyhead links von ihnen lagen. Altairs nackte Füße berührten das Deck in kurzen, schnellen Schritten, als sie in Position für die Kurve ging, die Stange an dieser Seite ins Wasser tauchte und das Boot energisch zur Mündung hin drehte. Jetzt folgte ein wenig schwere Arbeit; die Mündung war immer eine problematische Strecke, denn ein Teil des Abwasserausflusses erzeugte hier eine Strömung. Sie hatte Mondragons *Danke* gehört und konnte jetzt doch nicht darauf eingehen, sondern sich nur um das Boot kümmern, nur um diesen raschen, harten Rhythmus ihres Lebens, der schon vor ihm gewesen war und nach ihm bleiben würde. Und vielleicht gab es auch keine Worte, die es wert waren, hierzu geäußert zu werden.

Vielleicht irgend etwas Dummes wie: »Kommst du zurück?«

Er würde wieder im Kanal enden; oder er würde sich die Kanalfahrerfetzen ausziehen, sich in Samt und Seide eines Oberstädters kleiden und über die hohen Brücken schreiten, ohne für die Boote, die unten im Schatten verkehrten, mehr Interesse aufzubringen als für das Ungeziefer und die wilden Katzen, die ihre Kriege in den Abflüssen und Eingeweiden von Merovingen führten. Samt und Seide. Sein Rücken war nicht für harte Planken und eine schmutzige Decke gedacht. Ob er nun zu der eher zwielichtigen Sorte von Oberstädtern gehörte oder zu einer anderen, er hatte nichts mit ihr, Altair, zu schaffen.

Sofern er nicht möglicherweise eine Ladung befördert haben wollte.

Oder eine billige Nacht wollte.

Er hatte ihr wieder den Rücken zugewandt, und die lächerliche, zu weite Hose war ein Stück heruntergerutscht ... Himmel und Vorfahren, er wird einen schönen Anblick dort abgeben, wohin er will! Wenn sie ihn überfallen, wird ihm die verdammte Hose zum Verhängnis. Vielleicht hat der alte Kilim noch eine, die er hergibt.

Woran denke ich eigentlich? Gehe ich davon aus, daß ich Zeit habe? Daß er bleibt? Er wird diese verdammten Sachen in den Kanal werfen, wenn er wieder oben in der Stadt ist und zurück bei seinen Leuten. Nein, er wird einen Diener damit beauftragen.

Er kann nicht zu den Banden gehören. Kann er einfach nicht! Nicht bei seiner Sprechweise. Nicht bei seiner Art, sich auszudrücken, wenn er seine Hände auf mir liegen hat – dann hätte er nie so schöne Worte machen können, wären sie für ihn nicht so natürlich gewesen wie das Atmen. Ich bekomme den Mund nicht auf. Ich kann nichts Nettes denken. Ich wünschte, ich könnte. Wünschte es wirklich.

Sie lächelte und betätigte die Stange an dieser und jener Seite, während die hochragende schwarze Wand des Deichs vorbeizog. Während sie unter die Hafenbrücke fuhren und dann in den Großen Kanal. Mondragon drehte sich um und zog reflexhaft die Hose hoch. »Bedecke dein Haar«, verlangte Altair. »Und zieh den Pullover an. Du bist zu hell.«

Er stieg auf das Deck, um den Pullover zu holen; Altair nahm ihn mit einer Hand vom Motorgehäuse, während sie gerade die Seite wechselte, und warf ihn ihm zu. Er zwängte sich hinein, zupfte ihn herunter und zog erneut die Hose hoch, bevor er sich auf den Rand des Halbdecks setzte und den schwarzen Schal hochhob, der dort lag. Er wickelte ihn mehrfach schnell um sich und zupfte am Ende. »Du kannst mich zur Hängebrücke bringen.«

»Das ist leicht zu machen, aber dieses Boot schafft auch die kleinen Kanäle, wenn du es brauchst.«

»Die Hängebrücke ist schon richtig.«

Altair hielt das Boot in Bewegung, stakte und wechselte die Seite und stakte. Ihre Füße fühlten sich auf dem Deck warm an. Ihr Atem ging schwer. Vor ihnen herrschte ziemlich viel Verkehr. Sie blieb an ihrer Seite, steuerbord von einem langsamen Stangenkahn. Sie verringerte ihre Geschwindigkeit, paßte sie dem Tempo der Stadt an.

»Führst du dieses Boot immer allein?«

Uhnn. Jetzt kommt es. Verbringt eine Nacht oder so mit dir und fängt gleich an, sich einzumischen. So ist das mit der Liebe, Jones. Hat Mama gesagt.

»Jones?«

»Gewiß.« Sie atmete schwer. Schweiß lief an ihrem Gesicht herab, und sie wünschte sich, sie hätte wie ein Mann die Möglichkeit, in der Stadt den Pullover auszuziehen. Sie hob die Mütze und drückte sie auf die Beule am Hinterkopf, bevor sie es sich überlegte und die Mütze wieder verschob. Noch rechtzeitig führte sie den nächsten Schub mit der Stange aus. Ihre Füße brannten auf dem Deck. Verdammter Angeber! »Komme ganz gut allein zurecht.« Lügnerin! Sie holte tief Luft und widmete Mondragon mit schiefgelegtem Kopf ein leises Lächeln, während sie die Strömungen kreuzte. »Ich bin anders als eure Oberstadttypen; ich wette, die sind alle weich.«

»*Ich* bin es nicht.«

Sie grinste breit. »Oberstädter.« Luftholen. »Bist du einer?«

»Was hättest du da draußen gemacht – letzte Nacht –, wenn die Verrückten auf dich losgegangen wären?«

Verdammt, da kommt es! Verdammt dumme Frage. Obendrein sein verdammter Fehler. »Hey, Mann, ich hätte nicht taub und blind im Unterschlupf geschlafen, klar? Du kannst deinen Vorfahren dafür danken, daß ich gute Ohren habe; das ist die Wahrheit. Sie kamen noch nie so nahe heran. Ich mache immer am Rand fest und schlafe an Deck. Ich habe einen Schlaf wie eine Katze, und normalerweise kommen sie nie so dicht an mich heran.«

»Was, wenn der Motor versagt hätte?«

Der Gedanke ließ sie frösteln. Sie wog dergleichen Dinge sonst ab, bevor sie sie in die Tat umsetzte; sie neigte nicht dazu, sich nachträglich solche Gedanken zu machen. »Na ja, hat er schließlich nicht.«

»Er könnte es eines Tages tun.«

»Sieh mal, gewöhnlich fahre ich in schlechten Zeiten zu den Randgebieten; dann findet man dort mehr Kanalfahrer und weniger Verrückte. Wenn mein Motor versagt, lasse ich mich abschleppen, was mich dann eine Unmenge kostet ... hat es auch einmal.« Das war gelogen. Sie hatte ein anderes Kanalboot abgeschleppt und dabei eigenen Treibstoff zusammen mit dem der anderen in ihrem kämpfenden Motor verbraucht, und sie hatte dann die Bezahlung einen Monat lang in Raten kassiert. »Willst du sonst noch etwas über meine Angelegenheiten wissen?«

Er sagte nichts.

»Es erfordert schon einen verdammt dummen Mann«, fuhr sie fort, »um mich aus der Bahn zu werfen. Ihn dort hinausbringen, wo er für seine Feinde unerreichbar ist, meinen verdammten Hals dabei riskieren – ich meine, wenn du einen Dummkopf suchst, *da* hast du einen! Woher sollte ich schon wissen, daß du kein Mörder bist? Woher sollte ich schon wissen, ob dich nicht Verwandte irgendeiner Oberstadtfrau in den Kanal geworfen haben, nachdem du sie überfallen hast, hm? *Das* war dumm, daß ich mit dir allein auf dem Boot dort draußen war.«

»Warum hast du es getan?«

»Weil ich ein verdammter Dummkopf bin, deshalb. Brauchst du sonst noch einen Grund?«

Er schwieg einen Moment lang. Dann: »Jones, was stimmt denn nicht?«

»Nichts.«

»Jones, fahr langsamer.«

Die Strömung packte den Bug. Altair schnappte nach Luft und verlagerte heftig ihr Gewicht. Im Wechsel der Strömungen taumelte sie etwas und verlor fast die Balance. Sie war müde. Die Seiten taten ihr weh, und ihre Arme waren bleiern. Schweiß lief ihr in die Augen.

»Jones, verdammt noch mal! Willst du dich umbringen? Wir machen doch kein Wettrennen!«

Sie ignorierte ihn, weil sie auf einen anderen Kahn achtgeben mußte, und sie steuerte durch den Zustrom aus der hafenseitigen Schleife der Schlange quer über den Großen Kanal, und sie vermied die Drehung, die die Strömung dem Boot mitgeben wollte. Hier war keine geeignete Gegend zum Anhalten; die Leute würden sie mit Flüchen überhäufen, wenn sie am *Vorsprung* anlegte und damit den Verkehr blockierte. Irgendein Kahn würde in ihr Boot hineinfahren, und es wäre nur der gerechte Lohn für einen Dummkopf. Wäre sie jetzt allein gewesen, hätte sie den nächsten Anlegeplatz der Schlange angesteuert und sich dort ausgeruht. Sie hatte Mondragon eine ganz schöne Darbietung vom Bootsfahren veranstaltet; und jetzt hatte diese verdammte Landratte jenen besorgten Ausdruck im Gesicht und jene verdammte Beharrlichkeit in der Stimme – *Törichte Frau! Gib auf und laß mich ran, laß mich ran!* –, womit er darauf abzielte, das Boot zu übernehmen, seine Vorstellungen durchzusetzen, ihr zu sagen, was sie tun sollte, wann sie atmen und wann sie spucken sollte, und dann wegzugehen und ein Chaos zurückzulassen, weil es für ihn Wichtigeres gab als eine verdammte Frau. Er ging wohl durch diese verdammte Welt und brachte Leute in Schwierigkeiten, und war dabei so verdammt selbstgefällig und sicher zu glauben, er wäre eine Hilfe für sie. Ein Mann mit diesem Tonfall verdiente es nicht, daß man ihm zuhörte. Ihre Mutter hätte es nie getan, sondern ihm vielmehr ins Auge gespuckt. Männer riefen anzügliche Bemerkungen von anderen Booten herüber – *Hey, Süße, das Boot ist zu groß für dich!* Und Schlimmeres. *Hey, brauchst du Hilfe?* Gefolgt von dem, was der Bastard gerade für die Hilfe hielt, die sie brauchte.

Kümmere dich nicht um meine Angelegenheiten, wollte sie sagen, aber es war nicht der Abschied, den sie sich wünschte. Man konnte den Zustand der Welt nicht Mondragon ankreiden. Er tat nur das, was andere auch taten. Schlief mit einer Frau und dachte, er könne sich in ihr Leben einmischen und dort alles regeln, bevor er wieder zu seinem Leben in der Oberstadt zurückkehrte. Er bemerkte nicht einmal, daß er eine Darbietung der geschicktesten Bootsfahrkunst miterlebt hatte, die er wahrscheinlich je auf den Kanälen sehen würde. Ein Skipfahrer fand im allgemeinen nicht so leicht Gelegenheit, Fahrgästen eine Vorstellung von Steuermannskunst zu geben, wie etwa die auffälligen Stangenführer. Sie hatte ihm gerade ein Dutzend Tricks von der Sorte gezeigt, wie sie die Kanalfahrer demonstrierten, wenn sie sich gegenseitig beeindrucken wollten, die Art Tricks, die einen Unterschied im Gewerbe machte – die Art, wie man ein Boot durch enge Stellen führte. Sie hatte einer Landratte etwas davon gezeigt. Und er sah nur eine Frau, die schwitzte, und machte sich gleich Sorgen!

Verdammt noch mal!

Sie wollte verdammt sein, wenn sie sich jetzt ausruhte! Sie würde ihn zu der verdammten Brücke bringen und ins Wasser werfen, genau das! Ihn wieder dorthinbringen, wo sie ihn gefunden hatte. Die Kleider zurückfordern. *Das* würde es ihm zeigen!

Sie atmete jetzt ruhiger und leichter, da sie weniger staken mußte, vorbei am Jog, unter der Parley-Brücke hindurch, und der Atem rasselte in ihrer Kehle. Sie ruhte sich aus. Auch das war ein Kunstgriff der Kanalfahrer, wieder zu Atem zu kommen, während man noch arbeitete. Aber Mondragon war blind dafür, genau wie für das, was es erforderte, an den Piers und ihren Strömungen vorbeizufahren.

»Jones ...« beharrte er, während er aus dem Mittelgang zu ihr aufblickte.

Sie brachte ein Lächeln zuwege. »Hast du ein Problem?«

Offensichtlich überlegte er es sich noch mal. Sie lächelte breiter. Und fuhr jetzt noch langsamer und atmete leichter. »Ich sage dir, Mann, es gibt Stellen, wo man einfach nicht anhält. Wenn man am Jog dort hinten festmacht, wird irgendein Kahn direkt über einen hinwegfahren. Die Strömung führt sie sehr dicht an diese Mauer, und sie sehen einen dann nicht. Aber es kümmert sie auch nicht. Kahnfahrer nehmen keine Rücksicht auf Boote.«

Anscheinend flößte ihm das Respekt ein. Er hielt den Mund, vielleicht deshalb, weil er festgestellt hatte, daß er weniger wußte, als er glaubte.

Schön für dich, Mondragon. Du besitzt ein Gehirn, auch wenn sie es dir durchgeschüttelt haben. Ich würde in deiner Oberstadt nicht so gut zurechtkommen. Ich würde dich dort wirklich in Verlegenheit bringen. Überlaß mir mein Boot, in Ordnung. Mondragon? Dir gehört nicht alles.

Ich besorge mir ein Dutzend Liebhaber!

Und ich werde auch Vorsichtsmaßnahmen ergreifen!

O Gott, wenn er mich geschwängert hat!

Ich werde dieses Boot führen, wie Mama es tat, das und nichts anderes; werde mein Kind bekommen; wäre dann nicht mehr allein. Eine Tochter mit solchem Haar haben ...

Himmel, ich müßte die Brückenjungen mit dem Bootshaken abwehren; müßte ihr beibringen, ein Messer zu benutzen, wie Mama es mich gelehrt hat ...

Oder sie ihrem verdammten Vater geben, genau! Ich würde direkt hinauf in die Oberstadt gehen, wo immer er auch steckt, ihm den Balg überreichen und ihm Glück wünschen.

Nächstes Mal werde ich vorsichtig sein. Es wird den Verdienst einer Woche kosten. Die Drogerie der alten Mag soll gut sein. Ich sollte das Zeug längst an Bord haben!

Ich muß vor Gott und aller Welt in diesen Laden gehen und nach dem Zeug fragen; die alte Mag wird grinsen; sie wird es ihrer Schwester erzählen, Himmel, und bis Sonnenuntergang wird es flußauf und flußab bekannt sein, und *ich* muß dann die Leute abwehren, die auf mein Boot kommen!

Hey, die Eisfrau ist aufgetaut!

Hey, Jones-Süße. Willste sehen, was ich hier habe?

Verdammt, nichts ist wirklich einfach!

Der Brückenschatten legte sich über sie, und mit der ausgeprägten Feuchtigkeit der Tiefen Merovingens kam die Kälte. Es wurde noch dunkler, ein Augenblick der Blindheit, der rasch wieder dem Tageslicht wich. Altair hatte einen Kupfergeschmack im Mund, und die dunkle Masse eines schwarzen Bootes ragte neben ihr auf. Sie wich ihm aus, auch dem grauen, grob behauenen Stein von Mantovans Jut an Steuerbord. Ein weiterer Skip lag voraus, lag unbeweglich an einem Ring vertäut. »Verfluchter Idiot!« Sie manövrierte mit langsamen Bewegungen ihrer schmerzenden Muskeln um ihn herum. »Parke doch am hellichten Tag auf dem Großen Kanal ...!« Sie stieß das Stangenende an das andere Boot. *»Du Idiot!«*

»Verdammtes Miststück!«

»Der alte Muggin.« Sie holte Luft, als sie vorbeifuhren. Blickte zu Mondragon, der am Decksrand stand und zurückblickte zu dem anderen Boot und seinem zerlumpten Bewohner. »Der Alte glaubt, ihm gehöre das Wasser. Er kann das Boot heute nicht mehr sicher führen; lange Strecken machen ihm zu schaffen, und er will auf dem Großen Kanal bleiben.« Altair kam wieder zu Atem und stakte mit gleichmäßigen Stößen dahin. »Hier herrschen feste Regeln. Wenn man sie befolgt, kommt man zurecht.«

»Möchtest du dich nicht ausruhen, Jones?«

»Hey, das ist nicht nötig. Das Boot ist heute leicht. Wenn du einmal erleben möchtest, was Arbeit ist, dann führe es, wenn der Mittelgang voll beladen ist. *Dann* ist es Arbeit!« Sie mußte husten, tief aus der Lunge heraus, und ließ einen Stoß aus. »Nur ein wenig ...« Ein zweiter Hustenanfall schüttelte sie, die Quittung für das lange Staken. »Verdammt!« Sie hustete wieder, schluckte und bekam den Anfall unter Kontrolle. »Erkältung. Das liegt an dem Wechsel, wenn ich aus dem Sonnenlicht unter die Brücken komme.« Sie kamen an einem Stangenboot vorbei, das ohne Fahrgäste auf dem Weg nach draußen war. Auf der Jagd. Es stimmte, sie waren jetzt schon ein gutes Stück weit unter den Brücken von Merovingen, und das Wasser war dunkel und die Mauern an beiden Seiten ungepflegt und trostlos, die Fenster und Türen mit Eisen verbarrikadiert. Hier waren keine Eingänge auf Kanalhöhe zu finden, außer solche, die zu den unteren Gewölben führten, die für die Kanalfahrer da waren. Die großen Inseln empfingen ihre Lieferungen von den Kanälen in bewachten Buchten und innerhalb eiserner Tore, die sicherstellten, daß sie nur das bekamen, was sie bestellt hatten. »Was ist mit der Hängebrücke?«

Sie erhielt keine Antwort. Aber er fragte auch nicht weiter. Sie arbeitete jetzt wieder ganz ruhig und wischte sich dabei den Schweiß ab. So war das mit sauberen Kleidern. Kaum trocken, und schon durchnäßte sie der Schweiß von neuem.

»Suchst du diese Leute?« fragte sie ihn.

Er drehte sich um und sah sie an. Das lässige Gebaren war von ihm abgefallen, und ebenso hatte ihn der Humor verlassen. Ja. Er suchte sie. Wegen irgend etwas. Klar wie eine Antwort.

»Yeah«, meinte Altair. Mondragon sagte nichts. »Wo sind sie?« fragte sie.

»Ich kümmere mich schon darum.«

»Wirklich schön. Vielleicht werden die nach mir suchen, hast du je daran gedacht?« Sie holte tief Luft, einmal, zweimal. Vor ihr lag die Hängebrücke, und obendrein noch die Strömung aus der anderen Mündung der Schlange. Sie kämpfte sofort dagegen an, als sie hineingeriet.

»Ich habe daran gedacht.«

»Das ist wirklich schön.«

»Es würde dir nichts bringen, Jones. Es würde vielleicht alles verschlimmern. Halt dich einfach raus. Total raus!«

Die Sonne schien jetzt wieder auf sie herab. Es war eine der wenigen Stellen auf dem Großen Kanal, wo man einen Ausblick hatte. Deswegen hatte man die Hängebrücke hier errichtet. Hier ragte sie empor, auffällig durch ihre Mäander, ihren Engel und die bedrohlichen hölzernen Bögen.

»Dort, das ist der Engel. Da schimmert er«, sagte Altair zwischen zwei Stößen. »Die Revenantisten sagen, daß Merovingen so lange bestehen wird, wie der Engel auf der Brücke steht. Die Janisten behaupten, daß er jedesmal, wenn die Erde bebt, das Schwert ein Stück weiter zieht. Die Adventisten meinen, daß er bis zum Jüngsten Tag hier steht.«

»Ich habe von ihm gehört«, sagte Mondragon. Er wandte erst ihr das Gesicht zu und blickte dann nach vorn, als sie näher an die Brücke herankamen. Dann drehte er sich wieder um.

Auch sie hielt Ausschau und betrachtete aufmerksam den Verkehr. Ihr Rücken kribbelte, dasselbe Gefühl, das sie hatte, wenn sie an irgendeine abgelegene Stelle fuhr und dabei in die Nähe von Verrückten und Flößern kam. Zurück zum Ausgangspunkt. Weiter hinten ragte die Fischmarktbrücke auf, und Moghis Veranda hinter dem Ventani-Pier. Skips und Stangenboote waren zu sehen und das übliche Gedränge von Kähnen, Gemüseverkäufern, Fischverkäufern und Fischtransportern; beim Fischmarkt und überall am Ufer entlang an Ringen vertäut. Die hölzernen Türme des oberen Merovingen leuchteten silbergrau in der Sonne, oberhalb der Dunkelheit, oberhalb des Brückennetzes. Und der Engel der Hängebrücke überragte alles, das Schwert halb gezogen. Der halbe Weg bis zum Ende der Welt.

War er seit dem Großen Beben dabei, es wegzustekken, oder zog er es gerade?

Auf halbem Weg zwischen den Verhängnissen.

Altair erspähte eine Stelle am Ostufer und zog den Bug in diese Richtung herum, zu den Fischverkäufern. Mondragon saß auf der Deckskante, drehte sich um und blickte zu ihr hinauf, als sie ans Ufer glitten.

Vielleicht fragte er sich, was sie wollte. Wie er sich schnell und sauber von ihr trennen konnte. Aber sie war zu beschäftigt, zog die Stange ins Boot und hob den Bootshaken auf. »Hey, Del!« grüßte sie den alten Mann auf dem Nachbarskip, packte den Ring und zog das eigene Boot näher heran. Sie bückte sich und ergriff das Haltetau mit einer Hand, führte es durch den Ring und machte es daran fest. Dann sprang sie vom Boot herunter und ging zu dem anderen Skip, wo der Bug ihres Fahrzeuges ihn berührte. »Hey, Del, machst du meinen Bug an deinem fest?«

»Was verkaufst du?«

»Gar nichts. Kein Handel. Nur ein kurzer Aufenthalt.«

Keine Konkurrenz. Del Sulaimans alter Mund verzog sich zu einem Grinsen. »Ich nehm's. Mach fest.«

»Na ja, du wirst mir ein Tau ausleihen müssen. Ich habe meine Anker an Bug und Heck verloren.«

Er zog die weißen Brauen hoch und senkte sie wieder.

Sein zottelbärtiges Kinn arbeitete. Eine Frau mit Zahnlücken saß achtern auf dem Halbdeck, ein weiblicher Berg hinter den Körben voller Aale. »Wie hast'se verlor'n?«

»Hey, ich habe eine Landratte an Bord.« Sie verschob ihre Mütze und führte bei dieser Bewegung einen Fingerknöchel an die rechte Augenbraue: *Habe etwas mit dieser Landratte zu erledigen; regele unser Geschäft später.* Der Alte grinste, die Frau grinste, und der Alte hob seinen Bootshaken, um die Verbindung herzustellen.

Altair kehrte zu Mondragon zurück, der einen Schritt von dem Steg entfernt im Mittelgang stand und auf sie wartete.

Er blieb noch einen Augenblick lang dort stehen und blickte ihr in die Augen. Und für einen Moment erinnerte sie sich wieder, wie ihn am Morgen die Sonne beschienen hatte.

Dann drehte er sich um und sprang auf die Anlegestelle, barfuß wie ein Kanalfahrer, bekleidet mit Altairs zu kleiner Hose, einem an den Ellbogen durchgewetzten blauen Pullover und einem schwarzen Turban, der überhaupt nicht dazu beitrug, seine weiße, sonnenverbrannte Haut zu verbergen. Er drehte sich noch einmal zu Altair um.

Sie hatte die Hände in die Hüften gestemmt und stand mit nackten Füßen sicher auf dem Deck. »Viel Glück«, sagte sie. »Achte nächstes Mal darauf, was hinter dir geschieht.«

Seine Augen flackerten auf, ganz, als hätte sie ins Schwarze getroffen. »Viel Glück«, wünschte er ihr, drehte sich um und ging zur Treppe.

Kein weiterer Blick zurück. Nicht ein einziger.

Kein Angebot, ihr die Kleider zurückzubringen. Zu reich, um daran zu denken, daß es alles war, was sie besaß, abgesehen von dem, was sie trug.

Oder einfach nicht bereit, etwas zu versprechen, was er nicht halten konnte.

Sie drehte sich um und ging zum Bug, wo der alte Del damit beschäftigt war, die beiden Skips aneinander festzumachen. Sie hockte sich hin. »Del, was muß ich dir geben, damit du auf mein Boot aufpaßt?«

Der Alte hatte einen scharfen Verstand, auch wenn sein Gesicht das nie zeigte. Er kaute auf seinem Priemchen und spuckte etwas grünen Saft zwischen Altairs Bug und den seines Bootes. »Hey, wo bist'n da reingeraten, Jones? Biste sauber?«

»Ich schwöre es.« Sie hob feierlich eine Hand. »Was muß ich dir geben?«

»Ich denk' drüber nach.«

»Na schön, denk nach, alter Gauner!« Altair sprang verzweifelt auf. Der alte Del wußte, wie man bei einem Geschäft seinen Vorteil wahrt, und die sich entfernende Beute war ein starkes Druckmittel. »Ich bezahle dich, ich bezahle dich, ich bezahle dich mit meinem Herzblut! Und der Himmel helfe dir, wenn ich auch nur einen Kratzer an meinem Boot entdecke!« Sie machte ein paar schnelle Sätze die Latten hinauf, packte Messer und Faßhaken und lief dann über die Steine. *Huu-uuh!* Die übrigen Kanalfahrer applaudierten diesem kleinen Schauspiel. *Huuu ... Lauf zu, Jones! Huuu – Del!*

Verdammt! Er konnte ihr entkommen, konnte in jede Richtung gegangen sein. Sie stieg das altersglatte Holz der Hängetreppe hinauf, die vier Biegungen hinauf bis zur breiten Brücke und ihren Galgenbögen.

Dort, ein blauer Pullover und schwarzer Turban auf dem Weg über die Brücke nach Ventani!

Auf direktem Weg zu der Stelle, wo man ihn in den Rachen des alten Det geworfen hatte.

Ein Mann, voll darauf konzentriert, Schwierigkeiten zu suchen, das war er. Ein Verrückter. Verrückt wie die Flößer.

Sie lief hinter ihm her, die nackten Füße weich und leise auf den Planken. Sie steckte ihr Messer in den Gürtel und hängte auch den Faßhaken daran.

4

Ein richtiger Dummkopf eilte über diese Brücke. Und ein ebensolcher folgte ihm barfuß über die von der Sonne gewärmten Planken, eine Kanalfahrerin zwischen Oberstädtern – die bekleidet waren mit einfachen Cambrais und Leder, die Händler und Ladenbesitzer aus der Oberstadt; und Signeury-Gardisten und ernste Collegestudenten, und die ersten unter allen Oberstädtern, Menschen, die geschmückt waren mit Spitzen und feinen Stoffen und Schuhen mit zierlichen Absätzen, die einen Klopftakt auf den Brettern erzeugten, als wäre ein Freizeittrommler am Werk. Eine Süßwarenverkäuferin pries am Brückenkopf schreiend ihre Waren an, unter dem drohenden, nachdenklichen Gesicht des Engels, dessen vergoldete Hand auf seinem Schwert ruhte. Altair schritt an ihm vorbei und stellte sich dabei vor, wie er das Schwert widerstrebend ein unmeßbar kurzes Stück zurück in die Scheide schob: Die Tat eines Dummkopfes schob das Jüngste Gericht hinaus. Tochter, würde der Engel sagen, das ernste und schöne Gesicht dem Mondragons sehr ähnlich, *warum* tust du das?

Und sie würde dastehen und stammeln und sagen: Retribution (der Engel trug den Namen ihrer Mutter), ich hab nichts getan, aber entschuldige mich jetzt (hastiger geistiger Knicks), denn dort ist noch ein Dummkopf, und er ist mir weit voraus, und ich wage nicht zu laufen – laß mich mit ihm Schritt halten, Engel, ich kümmere mich morgen wieder um meine Sachen, ich …

Sie trippelte von der Brücke hinunter und folgte dann dem Ufer der Ventani-Insel. Sie ging über die Balkone, überwölbt von den Brücken noch höherer Ebenen, die ihre Schatten auf den Margrave-Kanal und die Coffinbrücke warfen und dem Sonnenlicht nur in wenigen hellen Streifen den Zutritt zum Weg darunter gestatteten. Ein Händler hatte eine Topfpflanze innerhalb eines breiten Streifens aufgestellt, Inhaber eines Stückes Sonnenlicht, ein kostbares Gut auf dieser Ebene. In einem weiteren Flecken Licht machte ein alter Mann ein Nikkerchen.

In der Menge vor Altair ging Mondragon jetzt langsamer; auch sie verlangsamte die Schritte, bestrebt, das schwarze Kopftuch und den blauen Pullover im Auge zu behalten. Ein Kanalfahrer bewegte sich recht frei auf dieser Ebene und war nichts Bemerkenswertes. Jemand auf einem Botengang. Jemand, der eine Bestellung brachte. Moghis Taverne lag weiter unten am Wasser, an der Ecke gegenüber von Ventani, die die Fischmarktbrücke trug; aber wenn Mondragon zum Fischmarkt wollte, machte er wirklich einen Umweg.

Nein. Er ging das kurze Stück hinüber nach Princeton, wo es viel schwieriger war, ihn zu verfolgen, ohne daß man selbst gesehen wurde. Altair erreichte die Princeton-Brücke und lehnte sich dort für einen Moment scheinbar lässig an einen Pfahl, bis sie sah, daß ihre Beute sich nach rechts wandte, die Princeton-Straße hinunter.

Dann beeilte sie sich wieder, ihm zu folgen, ging dabei in dem üblichen, wiegenden Schritt der Kanalfahrer.

Sieh sich nur einer diesen Dummkopf da vorne an! Angezogen wie eine Kanalratte ist er, und jeder kann sehen, daß er wie ein Landbewohner geht. Andere Landbewohner bemerkten das vielleicht nicht. Aber ein Kanalfahrer würde merken, daß hier etwas nicht stimmte, und ihn zweimal anschauen, und dieses zweite Mal konnte problematisch für Mondragon werden, ganz gewiß konnte es das ...

Geradewegs hinüber zur Calliste-Insel. Der Weg in die Oberstadt. Altair schlenderte scheinbar lässig dahin, nahm sich Zeit und machte sich zwischen den Passanten und vor dem Hintergrund der Ladenfronten und Pfähle unsichtbar, wann immer er stehenblieb und sich umsah.

Er macht sich also Sorgen! Er macht sich Gedanken darüber, wer ihn sehen könnte. Er versucht, sich natürlich zu geben, und er wagt es nicht, die hohen Brücken zu nehmen; nein, er muß sich an die unteren halten, muß sich hier unten zwischen uns Kanalfahrern und den Ratten herumtreiben.

Danke, Engel! Er macht es mir wirklich leicht! Und wenn er um die Calliste herum zum Fischmarkt zurückgeht, dann weiß ich, daß er ein richtiger Dummkopf ist.

Nein. Es ging wieder nach Norden, über die Brücke zur Yan-Insel, und er machte überhaupt keine Anstalten stehenzubleiben. Ein Kanalfahrer ging an ihm vorbei, lehnte sich an das Geländer der Yan-Brücke und starrte hinter ihm her; es war der halbblinde Ness. Und Ness starrte immer noch, als Altair vorbeikam und ihr bestes tat, unbekümmert auszusehen.

»Hey«, sagte Ness. »H'lo.«

»Hey«, antwortete Altair, um kein Aufhebens zu machen. Und sie hatte volle Sicht auf Mondragon, was auch so bleiben würde, solange er auf der Brücke war. Wenn man freundlich gegrüßt wurde, erwiderte man den Gruß. »Habe eine Verabredung, Ness. Wie geht's?«

»Oh, gut. Hey, du bist *tatsächlich* in Eile ...«

Altair ließ ihn einfach stehen, denn Mondragon wandte sich überraschend nach Süden. Sie lief über die Brücke und schlug dieselbe Richtung ein.

Dann um die Biegung von Yan herum, immer weiter im Bogen, dann über die kurze Brücke hinüber zu Williams und dem Salazar, der auf den Hafenkanal hinausführte.

Ich hätte ihn genausogut auch hierher fahren können. Das wäre auch *kaum* weiter. In was für einer Sache steckt er bloß? Warum fürchtet er sich davor, daß ich ihn am Hafen aussteigen lasse? Angst vor jemandem, der ihn sehen könnte? Oder will er nicht, daß *ich* etwas sehe?

Warum?

Ihr Herz klopfte heftig. Mondragon hatte sich seitlich in eine Galerie verdrückt, die Salazars zweite Ebene durchstieß. Sie eilte hinter ihm her, jetzt wieder schneller, und schloß die Lücke an dieser dunklen Stelle, dieser Holzhöhle, die von Marktbesuchern wimmelte und vollgestopft war mit Lederwarenhändlern und Schuhmachern. Kaufleute schrien hinter Kunden her; Kaufleute brüllten die Lederwarenhändler an. Überall hier verdrängte der Geruch nach Leder und Öl den weit verbreiteten Geruch des Kanals. Und das Sonnenlicht durchdrang alles durch Portsoleils und die Enden des Ganges, zeichnete Gestalten als Silhouetten, dort, wo die Galerie einen Bogen hinaus zum Hafenkanal schlug, machte alle ähnlich und raubte allem die Details. Altair blieb nicht stehen, obwohl sie ihre Beute für einen Moment verloren hatte, und sie blinzelte, als sie hinaus ans Sonnenlicht trat und Mondragon dort wieder erblickte, wie er über die Brücke ging, die nach Norden führte, nach Mars.

Himmel, der Mann versucht mich umzubringen! Nein. *Er* hatte sich den ganzen Weg vom alten Hafen herauf ausgeruht, das war der Grund, warum er so schnell ausschritt. Die Seite tat ihr wieder weh. Ihre Füße fühlten sich an, als hätten sie ihre Schwielen eingebüßt. Mondragon ging seitlich um Mars herum und dann über die Brücke nach Gallandry, wo er um eine Ecke bog.

Und er verschwand, gerade als Altair Gallandry erreicht hatte. Sie machte einen schnellen Schritt, drückte sich an die Steinflanke von Gallandry und warf einen Blick in den Einschnitt, der sich einen Großteil des Weges über die Gallandry-Insel zog, überdacht mit dem festen Boden der nächsten Ebene; unterhalb des Einschnitts überblickte ein Balkon mit eisernem Geländer das Wasser. Es war eine dunkle kleine Nische für die Geschäfte der Gallandry-Bewohner, die Spediteure waren, Agenten, Importeure, und die ihre großen Motorkähne den Hafen und den Großen Kanal hinauf und hinab schickten.

Ein Stück weiter unten auf diesem Balkon mit Backsteinboden klopfte Mondragon an eine Tür, redete mit jemandem und trat ein.

So! Altair sackte entmutigt an der Wand zusammen.

Gallandry. Die Gallandry-Leute waren kaum interessant. Importeure. Spediteure. Händler. Sie gehörten sicherlich nicht zum Kreis der Oberstadt-Familien.

Na ja, wie konnte schon etwas, was ihr widerfuhr, wunderbarer sein? Wie konnte Mondragon mehr darstellen, irgendeinen Kaufmannssohn von flußaufwärts, der hier unten am Kanal in Schwierigkeiten geraten war? Er hatte eine der Familien beleidigt, eine wie die Mantovans, oder sogar auch irgendwelches Kanalufer-Gesindel, und war dann als Fischfutter hineingeworfen worden. So einfach war das.

Also ging er zu seinem merovingischen Agenten, um sich auf den Namen seines Papas Geld und Kleider zu holen, und vielleicht, um Vergeltung zu bezahlen. Einfach. Einfach getan. *Dann* zum Det und dem Boot, bevor es abfuhr, wahrscheinlich auf einen der Gallandry-Kähne, wahrscheinlich, um sich zu verstecken, bis sie ihn heil und sicher aus der Stadt zaubern konnten.

Sie seufzte tief. Es tat ihr weh bis tief ins Herz, und sie schonte die schmerzende Seite und die wunden Füße. Diese Sache war nichts, was sie weiter verfolgen konnte. Nichts, wozu sie etwas zu sagen hatte – sofern sie nicht hinging und an die Tür klopfte und sagte: Mondragon, gib mir meine Kleider zurück.

Er könnte vielleicht die Gallandrys überreden, sie zu belohnen. Und von seinen Vorfahren wünschen, daß sie nicht bei seinen Geschäftspartnern erschien.

Wenn sie nicht dumm war, dann würde sie ihn so richtig in Verlegenheit bringen und alles Geld herausquetschen, das sie nur kriegen konnte. Vielleicht auch anbieten, leichte Frachten für die Gallandrys zu transportieren. Das wäre schon einen unangenehmen Augenblick wert, mehr als jede Münze. Dann würden die Kanalfahrer sie respektieren, bei den Vorfahren!

Sie rutschte hinab und hockte sich auf die Fersen, schob die Mütze zurück und fuhr sich mit einer Hand durchs Haar.

Dummkopf! Dreifacher Dummkopf! Es tut mir leid, Engel. Morgen bin ich wieder bei Verstand; aber ich will gehängt werden, wenn ich betteln gehe, verdammt soll er sein! Er hätte schließlich geradeheraus sagen können: Jones, bring mich zum Hafenkanal, bring mich nach Gallandry. *Ich* hätte es tun können, so leicht, wie ich spucken kann!

Komm mit mir hinauf, hätte er sagen können, komm schon, Jones, ich möchte, daß du diese Leute kennenlernst.

Er hätte mir meine verdammten Kleider zurückgeben können!

Er hätte am Gallandry-Landeplatz auf Wiedersehen sagen können, wirklich! Ciao, Jones. War nett. Glaub nicht, daß ich dich wiedersehe, aber ich wünsch dir viel Glück.

Sie kaute an einem Niednagel, spuckte, warf wieder einen Blick die steinerne Mauer entlang, die zur Tür führte. Die Tür selbst jedoch konnte Altair von ihrem Winkel aus nicht sehen.

Warum wollte er nicht, daß ich ihn hierherbringe?

Was führt er im Schilde?

Der Schmerz hörte auf. Ein Kribbeln lief ihr den Rükken hinauf.

Was hat der Dummkopf vor? Was macht er dort drin?

Ist da drin eigentlich noch alles in Ordnung mit ihm?

Verdammt, nein, die Dinge liegen keineswegs schon so klar auf dem Tisch! Schleicht hier herum, verschwindet in dieser verdammten Galerie durch eine Tür, verschwindet auf solche Art – wen auch immer er hier trifft, ob er ihn nun kennt, ob es vielleicht ein Freund ist ...

aber gesehen werden will er nicht, will nicht, daß ich es erfahre ...

... Halte dich aus meinen Angelegenheiten heraus, Jones.

Verfluchter Idiot. Vertraut den Gallandrys. Vielleicht. Vielleicht so weit, wie man Leuten solchen Schlages überhaupt trauen kann. *Sie werden dir den Hals durchschneiden, Mondragon, Dummkopf!*

Oder vielleicht bist du ein zu mieser Bursche, als daß sie sich deiner annehmen wollen.

Wenn sie dich aber so bedrängt haben, warum hast du es nicht bemerkt? Hast du es nicht kommen sehen Himmel und Vorfahren, hast du wirklich diesen Zwischenfall nicht kommen sehen, der dir beinahe das Genick brach? Du kennst Merovingen verdammt noch mal nicht gut, mußtest mich nach Dingen fragen, die jemand kennen sollte, der über Merovingen Bescheid weiß, nicht wahr, Mondragon?

Sie rückte die Mütze wieder zurecht, zog sie fest und stand dann auf – ging leise die verlassene dunkle Galerie hinab und blieb an der Tür stehen. Sie ging noch ein zusätzliches Risiko ein und legte ein Ohr daran.

Sie hörte Stimmen. Keine davon war laut. Die Worte formten nur ein einziges Gemurmel.

Sie tappte wieder zurück zu ihrem Ausgangspunkt. Hinter dem Eisengeländer neben ihr endete die Galerie an einer schwarzen Mauer und einem Wasser, einem Einschnitt, in dem ein großer Kahn sicher festmachen konnte, um beladen zu werden. Grün-schwarzes Wasser, ohne jede direkte Einstrahlung der Sonne. Altair ging zurück ins Sonnenlicht am anderen Ende der Galerie, wo sie so tun konnte, als ginge sie irgendeinem ehrlichen Geschäft nach – aber hier herrschte nur spärlicher Verkehr. Ein paar Passanten. Sie setzte sich auf den Backsteinbalkon und ließ die Füße unter dem Eisengeländer herabbaumeln, welches den breiten Hafenkanal überblickte. Sie saß einfach nur da, die Ellbogen auf das untere Geländer gestützt, die Füße herabhängend, ganz

wie ein beliebiger untätiger Kanalfahrer, der auf ein kleines Geschäft in einem Gallandry-Büro wartete. Dabei behielt sie diese Tür aus dem Augenwinkel im Blick, und es bestand keine Möglichkeit, daß Mondragon auf dieser Ebene wieder herauskam, ohne daß sie es merkte.

Auf dieser Ebene. Das war es, was sie beunruhigte. Solche Gebäude verfügten über Treppen in ihrem Inneren. Sie boten Möglichkeiten, zu kommen und zu gehen. Er konnte ohne weiteres hier hineingehen und weiter oben wieder herauskommen, auf irgendeiner höheren Ebene, an der anderen Seite des Gebäudes. Brücken führten noch auf anderen Ebenen von und nach Gallandry, zurück zum Hafen, über den Westkanal nach Mars oder diNero und Gegenden im Norden. Nahezu ein Dutzend Brücken, die meisten von Altairs jetzigem Standort aus nicht einsehbar. Es war hoffnungslos, wenn Mondragon sich entsprechend verhielt. Sofern nicht ...

Plötzlich entdeckte sie einen weiteren Bestandteil der sie umgebenden Szenerie, einen Mann, der genauso wie sie auf der nächsthöheren Ebene auf einem Balkon der Arden-Insel saß.

Sie sah schnell wieder weg, aber einen Moment später blickte sie wieder hinauf und betrachtete forschend die Gegend, als mustere sie die Brücken.

Auch auf der West-Arden-Brücke standen Wächter, auf der gleichen Ebene wie sie, saßen einfach nur da.

Ihr Herz schlug schneller. Gallandry-Leute? Das war möglich. Vieles war möglich. Altair stand langsam auf, klopfte sich den Staub ab und lehnte sich mit den Ellbogen auf das Geländer, blickte hinunter zum Hafenkanal, betrachtete den Verkehr, einen langsamen Frachtkahn und eine Flottille von Skips und Stangenbooten. Wandte die Augen dann wieder Arden zu. Der Wächter dort hatte sich bewegt, ließ jetzt nur noch ein Bein über den Rand des Balkons herabhängen. Mit den Händen machte er Bewegungen, als würde er schnitzen.

Verdammt! Verdammt! Echt nervöse Leute!

Sie beobachteten Mondragon.

Und *mich!*

Dummkopf, Jones, du hast keinerlei Schutz!

Ich hoffe, er kommt mit einem Dutzend Gallandrys aus dieser Tür heraus.

Nein, verdammt, ich hoffe, er tut es *nicht!* Er und die ganzen Gallandrys würden mitten in ein Problem laufen. Der Himmel weiß – es konnten Gesetzeshüter sein, die die Gegend überwachten. Was, wenn es so ist? *Worin* ist Mondragon verwickelt?

Falls es Blacklegs sind, können sie mich zusammen mit den Gallandrys und allen aufgreifen. Sie können mich auch aufgreifen und verhören, wenn sie ihn nicht erwischen, vorausgesetzt, sie sind nahe genug, um mich deutlich zu sehen.

Es konnte aber auch sein, daß es *keine* Gesetzeshüter waren.

O Jones, in was bist du da hineingeraten?

Wie wollten sie ihn erwischen? Wollen sie überall entlang des Großen Kanals auf ihn warten? Auf der Ventani? Nein, verflucht, es sind zu viele, sie müßten erst eine Nachricht aussenden ... Sie haben Gallandry schon vorher beobachtet. Entweder sind sie selbst Gallandrys oder Blacklegs oder irgendeine Bande, und wie groß sind *meine* Chancen, über irgendeine Brücke von hier wegzukommen, nun, Jones?

Mondragon geht seines Weges, und irgendein Gallandry ersticht mich auf einer Brücke, nur so zur Vorsicht. Was ist schon eine tote Wasserratte, die morgen früh inmitten des Abfalls den Hafen hinabtreibt?

Sie holte langsam Luft und ließ den Blick zur Kahngalerie schweifen, und sie verschränkte die Finger und arbeitete mit ihnen.

Die Polizei konnte Gallandry sehr gut schon die

ganze Zeit unter Beobachtung haben. *Jeder* konnte es. Mondragon, du bist in eine Falle gelaufen, du steckst bis zu den Ohren drin, Mondragon.

Sie stand auf und klopfte sich wieder den Staub von der Hose, schob die Mütze nach hinten und kratzte sich am Kopf. Steckte die Hände in die Hüfttaschen und schlenderte ein Dutzend Schritte den Balkon hinunter in Richtung Mars. Dann wieder zurück. Halt. Nimm die Pose eines Kanalfahrers an, der des Wartens müde ist. Sie stand auf einem Bein, hob den anderen Fuß ans Knie und untersuchte die Schwielen, tat so, als entfernte sie einen Splitter. Dann spazierte sie erneut in die dunkle Galerie hinein, die Hände in den Taschen, das schönste Abbild eines Schiffers, der beim Warten die Geduld verloren hatte.

Sie klopfte an die Tür. Dann noch einmal.

Die Tür ging auf. Ein Mann in Arbeitskleidung ragte im Eingang auf. »Hey«, sagte Altair, »ist mein Partner noch da drin?«

Der Mann hatte ein grobes Gesicht und einen dicken Bauch. Er füllte den Eingang fast aus, aber an ihm vorbei konnte man noch die Fenster an der Kanalseite sehen, die den Raum erhellten. Davor war das zu erwartende Arsenal von Schreibtischen und Durcheinander zu sehen; und ein weiterer Mann von derselben Art, der an einer Reihe von Kisten stand. Der Mann mit dem groben Gesicht wirkte beunruhigt und verwirrt. Dann sagte er: »Komm herein.« Er bewegte seine schwere Gestalt zur Seite, und Altair trat über die Schwelle und schob sich durch den kleinen freien Spalt, den der Mann ließ, in den Raum.

Kisten und Schreibtische und Papiere und noch mehr Kisten. Zwei Fenster. Eine Tür, deren Lage angab, daß dieses Zimmer nur die halbe Grundfläche dieses Stockwerks ausfüllte. Kein Mondragon. Und Mann Nummer zwei näherte sich Altair wie ein Fisch, der einen Köder vor sich sah, während Mann Nummer eins die Tür zuschob und seine Masse bedrohlich davor aufbaute.

»Was soll diese Frage nach einem Partner bedeuten?« wollte Mann Nummer zwei wissen.

Altair schluckte schwer. Ihr Herz versuchte, einen Weg durch die Luftröhre nach oben zu finden. Sie deutete mit einem Daumen in die allgemeine Richtung des Hafenkanals. »Was Sie da draußen haben, Sir, sind wachsame Augen überall. Ich habe selbst zwei Wächter gesehen, die nicht sehr freundlich aussehen. Ich schätze, sie haben alle Brücken blockiert, die von Gallandry wegführen. Wenn Sie also so freundlich wären, meinem Partner Bescheid zu sagen, dann denke ich, würde ich gerne mit ihm reden.«

»Was für ein Partner?« fragte Mann Nummer zwei.

Oh, so ist das! Eine Leiche mit ein paar Steinen dran sinkt sehr gut, Jones. Ganz bis auf den Grund des Gallandry-Docks, und niemand wird etwas merken.

Sie stemmte die Hände in die Hüften. »Ich meine den, den ich an Ihrer Tür abgesetzt habe.«

»Wußtest du schon ...« Mann Nummer eins zog seinen Gürtel und ein gutes Stück vom Gewicht seines Bauches hoch. »... Du hast eine lebhafte Phantasie, Mädchen.«

Jones! Das heißt Jones, verfluchter dicker Idiot! In Altair stieg Zorn auf, doch sie schluckte ihn wieder hinunter. *Mondragon sagte, ich solle seinen Namen in der Stadt vergessen; ich werde nicht ein noch größerer Dummkopf sein und ihnen meinen nennen.* »Ich habe hier«, sagte sie gleichmütig, »einen Partner, den ich hergebracht habe. Wenn Sie nicht mit mir reden wollen, können Sie mit den Gesetzeshütern reden, die rings um dieses Haus versammelt sind.«

Oh, oh! Die Augen der Männer wurden auf eine Weise undurchsichtig, die besagte, daß sie falsch vermutet hatte.

»Also sind die da draußen *keine* Gesetzeshüter. Dann

sind es Gallandry-Leute. Oder Gallandry hat Probleme.« Sie verschränkte die Arme und pflanzte die nackten Füße fest auf den Boden. »Sie bekommen noch mehr Unannehmlichkeiten, wenn Sie nicht meinen Partner holen.«

»Ich denke«, sagte Mann Nummer zwei, »daß du besser mit uns nach oben gehst.«

»Ich gehe nirgendwohin. Sie bringen ihn her ... *hey!*« Der Mann streckte die Hand aus, und sie wich ihm aus; ein Ruck an ihrem Gürtel, und sie hatte den Faßhaken in der Hand, brachte damit zum Ausdruck, wie ernst sie es meinte. »Versuchen Sie das *nicht* noch mal, Mann! Sie holen ihn herunter, oder ich zerschneide *Ihren* Partner hier – spieße ihn richtig schön auf den Haken. Gehen Sie diese Treppe hinauf, und bringen Sie meinen Partner herunter!«

Es stand unentschieden. Mann Nummer eins, der neben der Tür stand, zeigte keinerlei Begeisterung dafür, der zu sein, der an den Haken kam. Mann Nummer zwei wich aus ihrer Reichweite zurück.

»Holen Sie ihn«, forderte Altair. »Bringen Sie ihn herunter!«

»Was ist eigentlich los?« fragte Mann Nummer eins. Die Stimme klang hoch in seiner Panik.

»Die ganze Sache ist lächerlich«, meinte Mann Nummer zwei, drang gegen Altair vor und zog dann doch eilig wieder die Hand aus ihrer Reichweite.

»Mir ist es wirklich egal, wen ich dran kriege«, sagte Altair, trat zurück und behielt beide im Auge. »Und nun, Sie Gallandrys – ich schätze, daß Sie Gallandrys sind, Sie gehören nicht zum Gewerbe, aber Sie sind auch nicht aus der Oberstadt –, vielleicht haben Sie schon einmal aus der Nähe gesehen, was eines von diesen Dingern anstellen kann. Ich kann randvolle Fässer damit greifen und sie dort abstellen, wo ich sie haben möchte – es kommt nur darauf an, wo man den Haken hineinschlägt und wie man sie wirft. Wollen Sie es sehen? Einer von Ihnen könnte etwa soviel wiegen.«

Mann Nummer zwei ging hinüber an den Schreibtisch, dann noch ein Stück weiter und entfernte sich damit aus ihrem Blickfeld. Sie zog mit der linken Hand das Messer, hielt die rechte bereit, einen Mann in Reichweite zu ziehen, und die linke, um zu schneiden oder zu stechen.

»Andererseits«, sagte sie, »wenn Sie weitergehen und sich so verteilen, dann muß ich ihn aufspießen, damit ich auf Sie achtgeben kann.«

»Hale«, sagte Mann Nummer eins mit ernster Stimme von der Tür her, »Hale, geh die verdammte Treppe hinauf, und hole ihn herunter. Wir wollen doch nicht, daß hier jemand zu Schaden kommt. Er *könnte* ein Boot gemietet haben. Soll er die Antwort geben.«

Daraufhin herrschte tiefes Schweigen. Altair behielt beide im Blickfeld; aber Mann Nummer zwei, der Hale genannt wurde, war ohnehin stehengeblieben.

»Wir wollen vernünftig sein«, schlug Hale vor. »Steck du deinen Dolch und den Haken weg, dann kannst du mit hinaufkommen.«

»Wir wollen lieber noch vernünftiger sein. Bringen Sie ihn herunter. Er wird kommen, denn er ist schließlich ein *Freund* von mir. Kommt er nicht, weiß ich, daß Sie ihm etwas getan haben, nicht wahr?«

»Hol ihn«, forderte Mann Nummer eins. »Verdammt, Hale, geh hinauf!«

Hale überlegte. »In Ordnung«, sagte er. »In Ordnung. Jon, du bleibst vor der Tür stehen.«

Jon hatte nichts anderes vorgehabt. Dünner Schweiß stand auf seinem Gesicht.

»Das geht schon in Ordnung, Jonnylein«, meinte Altair, als Hale die Tür öffnete und den Treppenschacht hinaufeilte. »Ich habe es nicht eilig. Du bewegst dich einfach nicht, und ich warte auf meinen Partner.«

Und wie weiter, Jones? Dieser Hale, er holt entweder

Mondragon oder einen ganzen Haufen Männer, Männer mit Schwertern, und was machst du dann, Jones? Du wirst hier sterben, und Mondragon wird es wirklich bedauern, aber schließlich geht es um ein Geschäft, und eine Liebschaft und eine Nacht draußen auf dem Toten Hafen bedeuten nichts nach den Maßstäben der Welt. So funktioniert die Welt, Jones. Tut mir leid, Jones. Du stehst im Begriff, hier umzukommen, ein Teil des Fundaments von Gallandry zu werden, genau das, oder du treibst hinab zum Knochenhaufen am Grund des Hafens, als Futter für die Fische. Wirklich dumm, Jones. Was machst du überhaupt hier? Warum bist du nicht schon wieder auf deinem Boot?

Mama, es tut mir leid. Hast du irgendwelche Vorschläge?

Ich bin nicht hier.

Ich wünschte, ich wäre es auch nicht.

Das Herz hämmerte ihr an die Rippen, jetzt, wo die unmittelbare Gefahr nachgelassen hatte. Schritte knarrten über den Boden des oberen Stockwerkes. Altairs Knie fühlten sich an wie Wasser. Vielleicht gelang es ihr, diesen Mann hier so zu erschrecken, daß er ihr den Weg freimachte, und dann die Tür zu öffnen, bevor er ihr in den Rücken fiel ...

Aber dann müßte sie noch die Brücken überqueren. Aber dort warteten entweder Gallandrys oder Wächter von einer anderen Sorte, und das war verdammt der letzte Ausweg.

Sie grinste Jonnylein an, produzierte dazu ihr einnehmendstes Lächeln der Art ›Wir wollen doch Freunde sein!‹ Der Mann wirkte nervös. »Hey«, sagte sie, »denkst du, dein Partner hat irgendwelche dummen Absichten, einen ganzen Schwarm Leute mitzubringen? Ich will doch hoffen, daß das nicht der Fall ist.«

»Wer bist du?«

»Frag meinen Partner. Wirklich, ich gehöre eigentlich nicht zu der Sorte Menschen, die einfach irgendwo hineinplatzen. Aber die Burschen da draußen auf den Brücken sehen wirklich nicht einladend aus. Willst du, daß ich ihnen in die Hände falle, mit allem, was *ich* weiß?«

Jonny schien dieser Gedanke Sorgen zu bereiten.

»Mhm. Es sind keine Gallandrys, wie? Wer dann? Wer könnten sie sein?«

Jonny schwieg.

»Na, ich wette, du könntest eine Vermutung wagen«, meinte Altair. Sie hielt das Messer hoch und studierte es, steckte es dann vorsichtig in die Scheide, ein Vorgehen, das Jonnylein zuerst mit Besorgnis erfüllte und dann mit erkennbarer Erleichterung. Schweißperlen standen auf seiner Stirn. Und jemand schritt wieder durch das obere Stockwerk, das Knarren der Balken war jetzt schwerer. Die Schritte erreichten den Treppenabsatz und kamen dann eilig die Stufen herunter. Und es waren die Schritte von mehr als einer Person, von etwa einem halben Dutzend, und sie kamen jetzt die letzten Stufen herunter und zur Tür und traten ins Licht.

Hale kam durch die Tür zum Vorschein, und eine gelblich rotbraune Erscheinung folgte ihm die Treppe herab, vor den übrigen – Himmel, *Mondragon,* in Samthose und rotem Mantel, und das helle Haar wieder ganz naß ...

... Ein weiteres seiner verdammten Bäder.

Neben Altair bewegte sich Jonny, überließ den Schutz der Tür den Männern mit den gezogenen Schwertern, die jetzt hinter Mondragon aus dem Treppenschacht hervorquollen und in den Raum strömten und sich an den Wänden verteilten. Altair starrte nur, nicht auf sie, sondern auf Mondragon, dieses vornehme Geschöpf, in das er sich verwandelt hatte; auf den Anblick, den sie sich ausgemalt hatte und der plötzlich vor ihr stand. Männer umringten sie, bewaffnet mit Schwertern, um mit einer Kanalfahrerin, ihrem Haken und ihrem Messer fertig zu werden – es war zuviel. Sie stand unbeweglich, denn sie wollte nicht aufgespießt werden, und eines der langen Schwerter kam auf sie zu und schlug die Hand mit dem Haken zur Seite – beweg dich nicht, hieß das eindeutig. Und sie stand reglos, als Jonny in einem Anfall von Tapferkeit auf sie zukam, den Haken packte und ihr wegnahm. Dummkopf! Falls sie beschlossen hätte, genau jetzt zu sterben, wäre Jonnylein auf die Klingen seiner eigenen Männer geraten, versehen mit einem Fußtritt dort, wo es wirklich weh tat. Altair starrte geradeaus und unverwandt auf Mondragon, obwohl einer der Gallandrys zu ihr trat und sie am Arm packte, ein Beispiel, dem ein weiterer folgte, so fest, daß der Griff das Blut abschnitt.

»Ich will meine Kleider wiederhaben«, sagte sie. »Verstehst du, Partner?«

Seine Augen begegneten ihren. Er stand nur da und sah sie an.

»Wollen diese Typen mir den Arm brechen?« fragte sie. Und sie vermied es, seinen Namen auszusprechen. »Ich will dir sagen, daß du eine Menge ...« ... Leute draußen finden wirst, wollte sie schon sagen; aber dann wurde ihr innerlich ganz kalt.

Himmel, vielleicht sind es seine Männer! Vielleicht habe ich gerade etwas ausgeplaudert, was ihm eine Menge Schwierigkeiten bereiten wird!

»Laßt sie los!« befahl Mondragon mit fester Stimme. »Jones, bleib mit den Fingern von deinem Messer. Verstanden?«

Er streckte die Hand aus, in der Erwartung, daß ihm gehorcht wurde. Die Männer, die Altair am Arm gehalten hatten, ließen sie los, und die Schwerter wurden zurückgezogen.

»Verdammter Unfug«, sagte sie und trat auf Jonnylein zu. »Gib ihn mir zurück. Gib ihn wieder her!«

»Gib ihn ihr«, sagte Mondragon, und sie streckte die Hand nach dem Faßhaken aus. Zu ihrer Demütigung zitterte diese Hand, und zwar sehr.

»Gib ihn her, verdammt!« Sie gab sich Mühe, die Hand so ruhig zu halten, wie es ging. »Oder ich werde in irgendeiner Nacht deine Eingeweide über ...«

»Jones!« sagte Mondragon. »Gib ihn ihr. Sie wird ihn nicht gebrauchen.«

Der große Mann hielt ihr den Faßhaken hin. Sie nahm ihn und steckte ihn in den Gürtel, mit der Spitze nach unten in den Schlitz, den sie extra für den Haken gemacht hatte; dann klopfte sie sich den Staub ab und ging auf Mondragon zu, der ihr den Rücken zuwandte, durch die Tür ging und die Treppe hinauf.

Sie trottete hinter ihm her. Hinter ihr gab Hale murmelnd die Anweisung, die Tür zu verriegeln; und bewaffnete Männer folgten Mondragon und Altair nach oben.

Der Kanalboden, dachte Altair bedrückt, als sie hinter Mondragon die alten Holzplanken der Treppe hinaufschritt. Der Knochenhaufen unten an der Mündung des Det. Vorfahren, Dummköpfe, ich habe es wirklich gut hinbekommen, und der alte Del und seine Frau bekommen mein Boot, und der Det wird mich bekommen, bevor alles gesagt und getan ist.

O Himmel, Mondragon, wer *bist* du?

Am oberen Ende der Treppe war eine Tür. Der führende Gallandry-Mann, einer der Schwertkämpfer, öffnete sie vor Mondragon, trat ein und baute sich seitlich daneben auf, als Mondragon und die anderen hereinkamen.

Auch Altair betrat das Zimmer – es war ein großes Zimmer, zu spärlich möbliert, um richtig ausgefüllt zu sein, ein paar Tische, meist klein, nur ein großer, eine Handvoll zierlicher Stühle, eine vergilbte Karte an der Wand. Und Fenster, ein Fenster neben dem anderen, jedes von dreifacher Mannshöhe, die Scheiben trübe geworden, weil sie nie jemand gepflegt hatte. Dürftig. Reiche Männer konnten es sich leisten, so viel Platz zu verschwenden. Altair hatte sich das nie so vorgestellt. Sie drehte sich um, stemmte die Hände in die Hüften und sah Mondragon an, der dort stand, die Gallandry-Männer im Rücken.

Altair ging zu einem Fenster und blickte durch das trübe Glas hinaus. Draußen lag der Hafenkanal. Der Balkon drüben auf der dritten Ebene von Arden war leer, abgesehen von einem zufälligen Spaziergänger. Sie konnte die Brücke auf der zweiten Ebene nicht sehen. Blauer Himmel umgab Ardens hölzerne Turmspitzen. Sie blickte zurück zu Mondragon. »Gemütlich. Du kannst von hier oben alles sehen.«

Gib mir ein Zeichen, Mondragon!

»Was machst du hier?«

»Hey, das sagte ich schon. Du schuldest mir noch etwas.«

Er stand völlig reglos. Schließlich trat er an einen der Beistelltische, öffnete einen schönen Kristallbehälter und goß etwas bernsteinfarbene Flüssigkeit in zwei Gläser. Er brachte ihr eines.

»Ist das Gift?« fragte sie, als er dicht vor ihr stand und ihr ein Zeichen mit den Augen hätte geben können. Verdammt, ich habe Angst, Mondragon! Wie verlaufen die Fronten in dieser Geschichte.

»Ich dachte, Whisky wäre dein Geschmack?«

Sie nippte daran. Er ging hinunter wie Wasser und schlug zu wie Feuer. Die nette Bemerkung ging ihr sogar noch glatter hinunter, vermittelte ein wenig Wärme nach der Kälte unten. Mondragon entfernte sich von ihr, als Schritte auf der Holztreppe ertönten und Hale ins Zimmer schnaufte. »Meine Mitfahrgelegenheit«, sagte Mondragon dann zu den Männern. Er nahm einen Schluck aus seinem Glas und hielt es in einer abwehrenden Geste den anderen hin. »Ich schulde ihr Geld.«

Verdammt sollst du sein, Mondragon!

»Und noch ein paar Dinge mehr«, fügte er hinzu. Er

nahm noch einen Schluck, kam zu Altair zurück und reichte ihr das Glas. »Hier, trink es aus, Jones. Hale, ich möchte mit dir sprechen.«

Er verließ hinter Hale und drei von den anderen das Zimmer. Schloß die Tür. Altair stand da, zwei halbvolle Gläser Whisky in den Händen, und ein Wutanfall erhitzte langsam ihr Gesicht. Drei Männer waren dageblieben. Einer lehnte sich mit verschränkten Armen neben der Tür an die Wand. Zwei blieben stehen, grimmig wie der Tod und die Steuer des Gouverneurs.

Altair goß langsam den Inhalt eines Glases in das andere, hob das Resultat ins Licht der hohen Fenster und ging hinüber zum nächstgelegenen Stuhl mit Beistelltisch. Sie lehnte sich zurück, schob die Mütze nach hinten in eine verwegene Schräglage und nippte an dem Whisky, voll im Blickfeld der Gallandrys, betrachtete sie sie ihrerseits forschend unter gesenkten Lidern hervor.

Schulde ihr *Geld!* Verdammt sei dein schwarzes Herz, Mondragon!

Sie lächelte die Wachen an. Auf ihrem rechten Arm waren Fingerspuren zu sehen, wie sie wußte; er tat ihr auf ganzer Länge weh.

Ich reiße dir die Eingeweide heraus, Gallandry. Ich werde dein Gesicht nie vergessen. Aber du wirst meines nicht erkennen, in irgendeiner dunklen Nacht.

Mama hat es gesagt.

Ich habe ein Dutzend Menschen getötet, Mama. Selbst, wenn sie Verrückte waren. Ich habe es richtig gemacht, wirklich, habe eine Kugel aufgespart.

Was machst du jetzt – außer, daß du nicht hier bist?

Der Türriegel bewegte sich. Mondragon trat wieder ein, zusammen mit Hale und den anderen.

»Jones, wo befindet sich dein Boot?«

Sie stand da mit dem Whiskyglas und betrachtete ihn argwöhnisch. »Echt nett von dir, meinen Namen auszusprechen.«

»Jones, das ist in Ordnung.« Er trat näher an sie heran, in seinen feinen Kleidern. »Wer bewacht die Brükken? Jemand, den du kennst?«

Sie schüttelte den Kopf. »Nein. Sie sind mir nur aufgefallen. Und sie haben gesehen, wie ich mich dort herumtrieb. Da habe ich mir ausgerechnet, daß es nicht sehr gescheit wäre, an ihnen vorbeizugehen. Also kam ich her und klopfte an die Tür.«

»Wo hast du dein Boot gelassen?«

»Das ist doch meine Sache, nicht wahr?«

»Jones.« Er winkte ihr mit einem Finger. »Steh auf. Komm.« Sie blieb sitzen und starrte ihn an. »Komm schon, Jones!« Diesmal hielt er ihr die Hand hin.

Sie stürzte den Whisky hinunter, stand auf und gab ihm kalt das Glas in die Hand.

Auch sein Gesicht war kalt. Dann kräuselten sich seine Lippen langsam zu einem Lächeln. Er stellte das Glas mit einem demonstrativen Schlenker des Handgelenks beiseite, das unter einem Ärmel mit Spitzenaufschlag hervorschaute. »Hier entlang, Jones ...« Er deutete zum hinteren Ende des Raumes, zu einer weiteren Tür.

Ihr blieb nichts anderes übrig. Sie folgte der von ihm gewiesenen Richtung, und nur Hale begleitete sie und Mondragon. Hale öffnete die Tür zu einem Zimmer mit Fenstern, wie sie auch der erste Raum hatte, das aber richtig möbliert war: gepolsterte Stühle, Wandbehänge, Teppiche, Schriften. Auch eine Treppe war zu sehen, deren stark poliertes Holz mit einem roten Teppich bedeckt war. Mondragon legte eine Hand auf die Spindel und gab Altair mit einem Wink zu verstehen, daß sie hinaufsteigen sollte.

So! Nun gut, für den Augenblick nahm sie Befehle entgegen. Sie stieg hinauf, dicht gefolgt von Mondragon.

Oben auf dem ersten Absatz folgte eine zweite Treppenflucht, und daneben war eine offene Tür. Altair zögerte. Mondragon packte sie an einem Ellbogen und schob sie hindurch in die Pracht polierten Holzes, gepolsterter, mit Blumenmustern verzierter Stühle, eines mit Volants besetzten Pfostenbettes und eines prunkvollen Teppichs.

Sie drehte sich um, als er sie wieder losließ. Er schloß die Tür und lehnte sich mit dem Rücken daran, und sie waren allein.

»Verdammt, Jones! Was führst du im Schilde?«

»*Im Schilde?* Himmel, ich dachte, du armer Trottel stündest im Begriff, dich zum zweiten Mal einem Wurf in den Kanal auszusetzen! Also bin ich brav hinterhergelaufen, nur für alle Fälle, siehst du ... und diese Herumtreiber da draußen ...« Sie winkte in Richtung der Fenster und der Dächer und Türme von Arden dahinter. »Sie haben mir den Rückweg abgeschnitten.«

Er lehnte da an der Tür, und sein Gesicht war immer noch vom Sonnenbrand gerötet. Oder vom Zorn. »Es war nicht nötig, daß du auch in die Sache verwickelt wirst.«

Das war ermutigend. Der Tonfall klang freundlicher als je zuvor, seit sie ihn in Gallandry wiedergetroffen hatte. Die Erleichterung brachte sie zum Zittern. »Was willst du eigentlich. Ich habe mein Boot. Ich kenne die Kanäle. Ich habe sie da draußen ausgemacht ...« Sie deutete mit einem Daumen zu den Fenstern. »... während du es ermöglicht hast, daß sie sich hinter deinem Rücken aufbauen.«

»Ganz zu schweigen von dem, was du sonst noch tatest, als du dich draußen herumgetrieben und Aufmerksamkeit erweckt hast.«

»Nun, du warst auch nicht gerade gut darin, auf dich selbst aufzupassen! Wie hätte *ich* dich sonst verfolgen können, hm?«

Dazu sagte er nichts.

»Sie ... sind nicht deine Leute, oder?«

»Nein.« Er holte tief Luft und ging zu einem Stuhl, schnallte das Schwert ab und hängte es über den Blätterknauf des Stuhles. Dann knöpfte er seinen Spitzenkragen auf. »Sind sie nicht. Ich glaube zu wissen, wer sie sind. Aber jetzt ist ein stillschweigendes Abkommen gebrochen worden. Vielleicht besser so.« Er drehte sich um und blickte sie wieder an. »Jones, Jones. Es war nicht nötig, dir solche Schwierigkeiten aufzuhalsen.«

»Na ja, nun habe ich sie eben, wie?« Sie warf sich auf einen der zierlichen Stühle und packte ihre Mütze, bevor sie nach hinten herunterfiel, und rückte sie wieder zurecht. »Der verdammte Idiot hat mir fast den Arm gebrochen. Ich habe versucht, einem Mann zu helfen. Habe versucht, darauf zu achten, daß er sicher durch die Stadt kommt ...«

»... versucht zu sehen, wohin er geht.«

»Na, wie soll ich denn sicherstellen, daß er ankommt, wenn ich nicht sehe, wohin er geht?«

»Bist du eigentlich dumm, Jones?« Mit dieser sanften, freundlichen Stimme. »Jones, du *bist* dumm!«

»Große Schwierigkeiten, wie?«

Er trat ans Fenster und blickte zum Kanal hinaus.

»Sind sie wieder zu sehen?«

»Ich denke, sie werden jetzt vorsichtiger sein.«

»Wer waren sie?«

Er wandte sich um. »Jones.« Mit trauriger Stimme. »Bis es dunkel wird, kannst du nirgendwohin gehen. Willst du etwas essen?«

»Ich habe keinen Hunger.«

»Nimm es als Gunst für eine Gunst. Ich schulde dir eine Mahlzeit oder so. Ich habe etwas bestellt; es sollte bald hier sein.« Er deutete zu einer Seitentür. »Da drin findest du ein Bad. Das Wasser ist noch nicht kalt; du warst ja so schnell. Es lindert die Schmerzen.«

Hitze stieg ihr ins Gesicht. Sie saß ganz ruhig da, erhob sich dann, nahm die Mütze ab und klopfte den Staub ab, indem sie sich damit ans Bein schlug. »Sicher. Schön. Lindert die Schmerzen.« Sie ging durch das Zimmer und warf die Mütze auf einen Stuhl. Öffnete die Hose. »Mondragon, du wirst dich noch so viel waschen, daß nichts mehr von dir übrigbleibt. Kein Wunder, daß du so verdammt weiß bist.«

Sie trat auf weiße Fliesen und fand sich vor einer großen Messingbadewanne stehen – Messing! Himmel und meine Vorfahren! Die ganze verdammte Wanne! Schimmerndes Messing.

Riecht wie in einer Drogerie.

Sie zog sich den Pullover über den Kopf, ließ die Hose fallen und steckte eine Hand ins Wasser. Warm wie Sonnenschein. Plötzlich erinnerte sie sich an den Anblick, den sie Mondragon bot, und drehte sich um, um die Tür mit einem Tritt zu schließen.

Das waren also seine Absichten.

Weiß verdammt gut, was er vorhat.

Sie stieg vorsichtig über den Rand der Badewanne und ließ sich bis zum Kinn in das parfümierte Wasser sinken.

Von solchen Dingen hatte sie schon geträumt, ohne zu wissen, wovon sie träumen sollte. Sie hatte die Parfüms von Oberstädtern gerochen und sich gefragt, warum sie darunter auch so sauber dufteten.

Es lag an vier oder fünf Bädern am Tag, das war es; es lag an Messingwannen und Parfüms und Seife und Wasser voller Öl.

Sie hob den rechten Fuß an, nahm eine Bürste, die in der Wanne schwamm, und schrubbte sich das Schwarze von der Sohle, tat dann dasselbe mit dem anderen Fuß. Sie nahm die Seife vom Brett am Fußende, wusch sich das Haar, tauchte unter und kam wieder zum Vorschein, Parfüm in Nase und Augen und bittersüßen Ölgeschmack im Mund.

O Himmel und Vorfahren, das Zeug schmeckte, wie es roch!

Das Licht stammte aus einer Öllampe, ganz aus Gold, mit einer Messingplatte, um es zu reflektieren. Am anderen Ende des Raumes befand sich ein Wasserklosett aus Messing, versehen mit allem Zubehör, das Altair einmal in einem Schaufenster in der Oberstadt gesehen hatte.

Was ist das? hatte sie ihre Mutter gefragt. Und Retribution Jones erklärte, wie reich manche Leute waren. Woher sie das wußte, sagte sie nicht. Aber es stimmte, und hier sah es Altair, mit einem Abfluß direkt hinab in die Kanäle, wo er dem alten Det gab, was alle produzierten, Reiche und Arme gleichermaßen.

Altair probierte die Hähne an der Wanne. Sie glichen den öffentlichen Wasserhähnen der Auffülltanks, die einen Penny pro Krug kosteten, nur waren diese hier privat, *gehörten* den Hausbewohnern. Einen oder zwei Herzschläge lang sah Altair einfach zu, wie sie liefen, drehte dann ab und stieg aus der Wanne, um das Klosett zu inspizieren, diese höchste Form der Eleganz. Sie fand dort sogar Papier vor, *parfümiertes* Papier zum Gebrauchen und Wegwerfen, bei den Vorfahren! Reiche Leute verschwendeten wirklich alles. Altair probierte die Sache aus, und es funktionierte. Sie zog ein zweites Mal an der Kette, aus purer Faszination, nur um zu sehen, wie das Wasser herabströmte und die Schüssel füllte.

Beim Himmel und meinen Vorfahren! Dies hier ist noch nicht einmal die Oberstadt!

Sie kehrte in ihr Bad zurück, tauchte unter und kam wieder hervor, aus schierem Vergnügen an der Sache. Sie seifte sich ein und tauchte erneut, legte sich dann faul zurück, das Kinn unter Wasser.

Die Tür ging auf. Mondragon kam ohne Jacke herein, und er hielt ein Weinglas in einer Hand unter dem Spitzenaufschlag. »Das Essen ist gekommen«, sagte er und reichte Altair das Glas, als sie sich bis zu den Achselhöhlen hinaufstemmte.

»Mann, du versuchst wirklich, mich betrunken zu machen!«

»Aber natürlich.« Er setzte sich auf den geschwungenen Rand der Messingwanne, ohne sich darum zu kümmern, daß seine gute Hose naß wurde. »Ich hoffe, daß du dabei mitmachst. Wir haben den ganzen Abend für uns.«

Sie nippte an dem Wein. Er war überhaupt nicht sauer wie der von Moghi. Sie schmeckte ein gänzlich neues Aroma, nachdem sie einen Mundvoll geschluckt hatte. Sie nahm einen zweiten Schluck und blickte zu Mondragon hinauf. »Denkst du, es wäre leichter, mich in den Kanal zu werfen, wenn ich betrunken bin?«

»Jones!« Er schaffte es, sich beleidigt anzuhören.

Panik packte sie plötzlich.

Den ganzen Abend – bis was?

Del Sulaiman wartete dort draußen, hatte ihr Boot an seinem festgemacht, und erhöhte stündlich den Betrag, den sie ihm schuldete. Dieser Preis würde noch beträchtlich steigen, wenn er weiterfahren wollte und ein Boot im Schlepptau hatte. Die alte Mira konnte Altairs Boot selbständig hinter Del her staken und würde dabei die ganze Zeit schnaufen und fluchen. Die beiden würden direkt hinauf zur Oberstadtbrücke fahren, wo sie immer festmachten. Und dabei Gedanken hegen wie ...

... wie, daß Jones nicht mehr zurückkam. Daß Jones etwas zustoßen konnte und sie dann reich wären. So ehrlich sie sonst auch waren, das war eine Sache, worüber man sich Gedanken machte.

Altair nahm wieder einen Schluck Wein. »Hast du vor, mich in den Kanal zu werfen oder zu mieten?«

»Hier ist ein Bademantel.« Er hielt das glitzernde Kleidungsstück hoch. »Soll ich dir hineinhelfen?«

»Du bist wirklich schlau, wie?«

Er stand auf und hielt den Bademantel für sie. Altair stieg aus dem Bad und schob einen Arm hinein, wechselte dann die Hand am Weinglas und steckte den anderen hindurch. Mondragon wickelte von hinten den Bademantel um sie, dabei berührte er sie nur ganz leicht und nirgendwo anders als in der Taille. Altair blickte an sich herab, betrachtete fast entsetzt den schimmernden

Stoff, der schwarz und golden ihren Körper bedeckte und um ihre Füße fiel, und sie hielt ihn mit der braunen Hand, schwielig durch die Stange, die Taue und die Fässer. Es war verrückt. Verrückt wie alles andere auch. Sie hob den Stoff vorsichtig mit der linken Faust und folgte Mondragon zur Tür hinaus, versuchte, nicht zu stolpern und den Wein über den Stoff zu gießen. Ihr Haar tropfte und durchnäßte die Schultern.

Himmel, machen sich reiche Leute um gar nichts Sorgen? Ist es ihm egal?

Ein mit Lebensmitteln überhäuftes Tablett stand auf dem kleinen Tisch neben der Tür – Himmel, da war *Obst,* auch Käse von flußaufwärts, Brot und zwei Krüge voll Wein, roter und weißer, und Sachen, die sie nicht einmal identifizieren konnte, wie Würste aus Nev Hettek, nur extrafein, mit dunklen und hellen Zeichen und Streifen; da lag rotes Fleisch, bei den Vorfahren, rotes Fleisch, wie es die Kanalfahrer nur in den Schaufenstern der Oberstadt sahen und das Altair noch nie in ihrem Leben gekostet hatte.

»Setz dich«, sagte Mondragon.

Sie raffte den seidig-steifen Stoff um sich und setzte sich ehrfurchtsvoll auf einen der zerbrechlich wirkenden Stühle vor diesem Monument. Mondragon gab ihr einen Wink, und sie ließ den Bademantel los und packte eine dünne Scheibe Fleisch. Es schmeckte außen nach Pfeffer und innen seltsam, und es erzeugte ebenso viele Geschmacksempfindungen wie der Wein, mit dem sie es hinunterspülte.

Sie probierte auch die verschiedenen Würste und den Käse, und sie nahm ein richtiges Stück Obst, das beim Zerquetschen im Mund den unwahrscheinlichen Geschmack von grünem Gemüse erzeugte. Mondragon machte sich ein Sandwich, setzte sich Altair gegenüber und ließ sich Zeit mit dem Essen; aber Altair stürzte sich ganz auf das rote Fleisch und das Obst und gebrauchte dabei die Finger, eine Scheibe und eine Beere, eine dünne Scheibe und eine Beere, denn zwar waren andere Dinge auch selten, aber nichts so selten wie diese.

Sie stieß auf. Und blinzelte gedemütigt.

»Trink noch ein Glas«, sagte Mondragon und sah sie beobachtend an.

Sie nahm es ernst entgegen und beruhigte den Schluckauf. Auf der anderen Seite des Zimmers stand dieses breite, richtige Bett, ganz mit Spitzenschmuck drapiert, auch wieder etwas, was sie in ihrem ganzen Leben noch nicht kennengelernt hatte. Sie trank den Wein und betrachtete das Bett und roch das Parfüm überall. Plötzlich lief ihr ein warmer Schauder vom Kopf bis in die Zehen und wieder zurück.

Sie hielt den Stiel des Weinglases zwischen den Fingern und blickte Mondragon direkt in die Augen. »Ich habe ein Boot, zu dem ich zurückkehren muß«, sagte sie. »Werde ich dorthin zurückkehren?«

Er griff nach dem Weinglas und nahm es ihr aus der Hand, hielt die Hand fest, während er das Glas wegstellte. Er blickte ihr aus unmittelbarer Nähe in die Augen. »Jones, sie kennen dein Gesicht. Sie wissen, daß du bei mir bist. Ich weiß nicht, was ich mit dir machen soll, aber ich versuche, dich vor dem Kanal zu bewahren, verstehst du? Ich will nicht, daß du verletzt wirst. Heute nacht wird ein Kahn von hier auslaufen. Du und ich, wir werden an Bord sein. Ein Gallandry-Kahn, einer wie die vielen, die ständig kommen und gehen ...«

»Um an ihnen vorbeizukommen?«

»Wenn wir Glück haben.«

»Glück? Ich habe ein Boot, ich muß zurück, und sie werden auf jedes Boot und jeden Kahn achten, der nach Gallandry fährt oder von dort kommt, nicht wahr? Mondragon, das ist das verdammt Dümmste, was du tun kannst ... *Ruf die Polizei,* um Himmels willen ...«

»Das möchte ich nicht.«

Sie sah ihn an. Vielleicht hatte sie schon zuviel getrunken. Sie ertappte sich dabei, wie sie ihn anstarrte.

Auf der anderen Seite des Gesetzes, wie? Die Gallandrys *auch?*

»Wohin fährt der Kahn?«

»Auf den Großen Kanal hinaus. Wir lassen dich bei deinem Boot aussteigen.« Er hob ihre Hand hoch und hielt sie weiter fest. »Wo immer du willst.«

»Ich sage dir etwas: Komm mit mir, und ich mache einen richtigen Kanalfahrer aus dir.«

Er sagte nichts dazu, sondern hing nur Gedanken nach hinter seinen Augen in diesem hübschen Gesicht. »Jones, wie betrunken muß ich dich eigentlich machen?«

»Zu welchem Zweck? Diesem Bett? Oder um mit dir auf diesen verdammten Kahn zu steigen?«

Er nahm das Glas wieder und drückte es ihr in die Hand. »Trink aus.«

Sie stürzte das verbliebene Drittel in zwei Schlucken hinunter. Setzte das Glas ab. »Ich habe ausgetrunken.«

»Verdammt, Jones.« Er stand auf und nahm ihr Gesicht zwischen die Hände, hob es schmerzhaft an und betrachtete sie aus so großer Nähe, daß ihre Augen ausweichen wollten. »Wie alt bist du?«

Sie wich zurück und schaffte es doch nicht, sich seinem Griff zu entziehen. »Was macht das schon aus?«

»Viel.« Sein Griff war fest. »Es macht verflucht viel aus. Jones, Jones, ich weiß – ich weiß. Ich bin in dein Leben getreten, der erste Mann überhaupt. Ich hätte es nicht tun sollen; ich wußte, daß es dir mehr bedeutet als mir – als es mir bedeuten *kann.* Jones, du bist nur einmal jung; und hier wirfst du all deinen gesunden Menschenverstand weg und folgst mir ohne jeden echten Grund, ohne irgendeinen echten Grund. Du weißt nicht einmal, was du willst, außer, daß du nicht bereit bist, dich von diesem ersten Mal zu lösen und wie der Rest der Welt zu sein. Wenn du willst, daß ich dich lieben soll, werde ich es tun. Oder du kannst in diesem Bett dort schlafen, bis es vorbei ist. Aber in beiden Fällen werde ich dich wieder dorthin bringen, wo du hingehörst.«

Sie hörte zu; und ihr Gesicht wurde unerträglich heiß und dann kalt. Ihre Augen standen im Begriff, hier vor ihm in Tränen auszubrechen, und dann schob sie den Schmerz einfach weg, klappte den Deckel darüber zu und setzte sich darauf, so, wie sie es gelernt hatte. Schniefen bringt nichts ein, Jones. Die wirkliche Welt *gibt* einem nichts; wer hat behauptet, sie täte es? Er ist nur nett, verdammt soll er sein.

Sie hob die Hände und legte sie ganz zärtlich und ernst auf seine Arme. »Mondragon, du hast wirklich eine hohe Meinung von dir, nicht wahr?«

Er wich ein Stück zurück. Er senkte die Hände. Vielleicht war da eine leichte Röte auf *seinem* Gesicht.

»Nun«, sagte sie und ergriff dieses kleine Bruchstück Macht, »was du erreicht hast, Mondragon, ist, mich in schreckliche Verlegenheit zu bringen, mit diesen Vagabunden da draußen, die mein Gesicht kennen, und allem. Und daß du den Gallandrys so nett meinen Namen genannt hast. Herzlichen Dank.«

»Sie werden dir nichts tun.«

»Wenn du *das* meinst, bist du jünger als ich.«

»Sie sind an dir nicht interessiert.«

»Na, jetzt sind sie es. Ich habe Jonny-Boy und Hale ganz schön in Verlegenheit gebracht.«

»Warum hast du dich dann überhaupt eingemischt, verdammt?«

»Ich sagte es dir schon. Nein, du hättest mich schön vorstellen können. Hättest sagen können, hey, das ist Jones, sie ist in Ordnung; wenn ihr etwas erledigt haben wollt, ruft Jones. Aber du wolltest es nicht tun. Jetzt habe ich Ärger mit ihnen.«

»Nun, du hast ihn dir selbst eingehandelt. Ich habe dir gesagt, du sollst dich nicht in meine Angelegenheiten einmischen.«

»Na, was hättest du denn gemacht? Jemand mit angeknackstem Schädel in einer fremden Stadt einfach weggehen lassen – und sein Bauch voll mit meinem Frühstück, könnte ich hinzufügen!«

Er faßte sie an beiden Armen, zog sie von ihrem Stuhl hoch, bis sie auf den Füßen stand, und schüttelte sie.

»Jones, das ist kein Spiel!«

»Ich habe versucht, dir das zu sagen.«

»Jones, um Gottes willen!«

Sie zitterte. Sie wußte nicht, warum, aber ein Beben hatte sich in ihren Muskeln ausgebreitet. Vielleicht lag es an seiner Hand, die auf der Prellung an ihrem Arm so schmerzte, daß es bis auf den Knochen drang.

»Was soll ich mit dir machen?«

»Ich habe nichts getan. Du könntest anfangen, indem du meinen Arm nicht brichst.«

Er ließ sie los, schob ihren Ärmel hoch und besah sich die Stelle. Die Prellung zeigte bereits deutliche Fingerspuren. »Herrgott, es tut mir leid.«

»Hey, ist schon gut.« Sie hob die Hand und tätschelte sein Gesicht. »Ist schon gut.« Der Wein und der doppelte Whisky machten sich nun bemerkbar, erzeugten leicht verschwommene Konturen. Altair zitterte und blinzelte Mondragon an. Ihre Augen kreuzten diesmal vielleicht wirklich seine. »Es macht mir nichts aus.«

Er packte sie und hob sie hoch. Sie stieß einen Schrei aus, denn sie war überzeugt, daß niemand sie hochheben konnte, ohne sie fallenzulassen, und umschlang so heftig seinen Hals, daß er tatsächlich das Gleichgewicht verlor. Sie stolperten durch das Zimmer, dann fiel sie wirklich und landete auf dem Bett; und er senkte sich auf sie, die Hände an ihren Seiten.

»Verdammt, Jones!«

Sie lag da, während sich alles im Alkohol drehte, und blinzelte Mondragon an. Er fing sich wieder, zog ihr den Bademantel vom Leib und warf die Bettdecke zurück. »Hinein.«

Sie schlüpfte hinein. Er warf die Decke über sie und ging weg.

»Wo gehst du hin?« Sie war ehrlich verwirrt.

»Ich habe vor«, sagte er, »mich genauso zu betrinken.«

»Oh«, sagte sie. *Oh.* Während es in sie hineinsank. Dann lag es in ihren Eingeweiden und tat weh, so daß sie sich auf die Seite drehte und das übermäßig vollgestopfte Kissen umklammerte. Sie betrachtete ihn verloren, wie er sich ein weiteres Glas Wein eingoß, die Flasche mitnahm und sich auf den übermäßig gepolsterten Stuhl setzte. Als das Glas leer war, goß er von neuem ein.

Sein Gesicht zeigte nicht mehr die heitere Leichtigkeit. In den luxuriösen Kleidern, an diesem Ort, war alles ganz ernst geworden und nachdenklich. Er war nicht mehr der Mann, den sie draußen kennengelernt hatte, der Mann, der lachte und dessen Augen tanzten. Er war jemand, den die Gallandrys fürchteten, genau das. Er war jemand, den viele Leute fürchten konnten. Er hatte diese Art an sich.

Endlich kam er ins Bett. Altair spürte, wie die Matratze nachgab, und erwachte, versuchte sich einen schwindeligen Augenblick lang zu erinnern, wo sie war und warum sie auf etwas Weichem und Ruhigem lag, während mattes Tageslicht durch die hohen Fenster fiel. Dann fiel ihr alles wieder ein, und sie blickte hinüber zu Mondragon; aber er lag mit geschlossenen Augen auf dem Rücken, und sie spürte, daß er allein gelassen werden wollte.

Sie lag eine Zeitlang mit offenen Augen da, und sie blickte durch das Zimmer dorthin, wo ein fast leerer Weinkrug auf dem Tisch stand.

Er vertraut den Gallandrys, dachte sie, indem sie alles zusammenzählte: Abschnitte ihres Bewußtseins funktionierten selbst dann noch, wenn sie benebelt war. Er versucht, Schlaf zu finden. Vielleicht schmerzt ihn et-

3·86·2

was. Er hat von einem Kahn heute abend geredet, und er versucht, sich auszuruhen, solange er noch kann.

Mich lieben. Er ist nicht irgendein Kind. Er ist gedanklich vollkommen mit irgend etwas beschäftigt, genau; er würde es tun, damit ich ruhig bleibe, aber im Grunde will er nicht, will er mich nicht; er kann kein Kind gebrauchen, das hinter ihm herläuft, braucht nicht irgendeine Verrückte, die hereinspaziert und Gott weiß was macht, obendrein zum falschen Zeitpunkt. Du hast ihn dazu gebracht, daß er brüllte, Jones; und eigentlich ist er kein Mann, der laut schreit, und hier ist er und säuft sich taub und blind.

Du hast es geschafft, ihm Sorgen zu machen, Jones.

Mit *wem* hast du dich eingelassen, hm? Einem Mann, der das Gesetz fürchtet. Einem Mann mit gefährlichen Freunden und noch gefährlicheren Feinden.

Sie schloß die Augen und entschwebte wieder in ein vages Nichts voll innerem Schmerz.

Erwachte im Dunkeln in einem Gewirr von Gliedern, seinen und ihren, als jemand an die Tür donnerte. »Ich höre, ich höre!« brüllte Mondragon zurück, während er sich über Altair auf die Arme hochstemmte. »Gib mir Zeit, verdammt!« Und zufällig legte er eine Hand mitten auf Altairs Körper. Er tastete sich bis zu ihrem Gesicht hinauf und tätschelte es. »Entschuldige, entschuldige.«

Sie tastete benommen nach seinem Arm. »Is' in Ordnung. Ich bin okay.«

Seine Hand wanderte zu ihrer Schulter und tätschelte ihr dann wieder die Wange. Abwesend gespielte Liebe. »Verdammt. Wir müssen aufstehen. Müssen aufbrechen. Mach schon!«

Er stieg aus dem Bett und hinterließ nur einen Luftzug. Altair fiel es schwer, sich zu bewegen. Jeder einzelne ihrer Muskeln protestierte; es waren keine starken Schmerzen, aber viele leichte; und ihr Rücken und der gequetschte Arm brannten. Sie schwang die Füße aus dem Bett, stand auf und ging ein paar Schritte, tastete sich den Weg an dem unvertrauten Mobiliar vorbei. Ein matter Docht brannte im Bad, Sternenlicht fiel durch die hohen Fenster herein, und Mondragon öffnete die Tür zum Gang und gewährte damit einer weiteren matten Lichtquelle Zutritt, während er etwas von draußen hereinholte. Er schloß die Tür wieder und kam auf Altair zu, die sich benommen an der Rückseite eines Armsessels festhielt. »Wir müssen uns im Dunkeln anziehen«, sagte er, »denn wir wollen nicht mehr Licht im Haus anmachen als üblich. Hier. Pullover und Hose. Sollten passen. Bei den Schuhen bin ich mir nicht sicher. Sie haben es geschätzt.«

Schuhe. Himmel! Socken. Und Kleider, so sauber, als wären sie noch nie getragen worden. Sie hielt sie sich an die Nase und schnupperte, und es roch alles neu. Sie hatte noch nie neue Kleider gehabt. Sie roch den Ledergeruch der Schuhe, der ihr in den Kopf stieg wie in einem Schusterladen. Das alles brachte ihr Herz zum Klopfen und schickte ihr ein Prickeln über den Rücken: neue Kleider, die Dunkelheit, die Heimlichkeit, die alles andere als ein Spiel war. Sie stellte sich die herumschleichenden schwarzen Gestalten unten auf den Brücken vor, wie sie sich neben dem Kahndock der Gallandrys versteckten – wir sind im Begriff, uns umbringen zu lassen, und er macht sich Gedanken um neue Kleider, er und seine Bäder, seine unzähligen Bäder; wahrscheinlich rieche ich für ihn so wie der alte Muggin. Sie hatte einen schrecklichen Geschmack im Mund. Sie sah, wie Mondragon ins Bad ging, ein Schatten vor dem Nachtlicht, und ging selbst hinüber an den Tisch, um sich den Mund mit Wein auszuspülen, während Mondragon im Bad seinen Geschäften nachging. Wasser rauschte und gurgelte. Sie zog die Hose an, und sie paßte; zog den Pullover an und die Socken, und schob dann die Füße in die Schuhe. Sie saßen eng und drückten, aber es ging. Altair stand auf und stampfte nacheinander mit den Füßen auf, folgte dann Mondragon zu dem Lichtschimmer, der aus der Badezimmertür kam. Ihre Schuhe glänzten, als sie hinabblickte, schimmerten wie neu, jeder mit einer ausgefallenen Schnalle versehen, und feine schwarze Socken unter einer blauen knielangen Cordsamthose. Himmel, feingemacht wie ein gepflegter Stangenbootführer, so wirkte diese Ausstaffierung.

»Uhhn.« Mondragon spritzte mit Wasser, säuberte sich die Augen und reichte ihr seine Zahnbürste.

Zahnbürsten, Schuhe mit Schnallen, und auf der anderen Seite Leute, die uns umbringen wollen! Das alles nahm für Altair den Charakter traumähnlicher Unwirklichkeit an. Ihr Gesicht wurde im Wandspiegel von der Lampe beleuchtet, als Mondragon Platz für sie machte. Sie tauchte die Zahnbürste in Soda, schrubbte sich die Zähne und spuckte ... »Ist das Wasser trinkbar?« fragte sie wohlweislich, wie man sich auch bei den öffentlichen Hähnen erkundigen mußte, aus welchem was kam. »Es ist unbedenklich«, sagte er; und sie drehte den Hahn auf und spülte sich den Mund aus. Mondragon lieh ihr sein Handtuch und ging zur Tür hinaus.

Bin ich sauber? Habe ich alles gemacht, was auch er tun würde? Hält er mich für schmutzig?

Sie wusch sich ein zweites Mal mit Seife und nahm dann etwas von einer wohlriechenden Lotion, die sie in der Flasche auf dem Waschbecken vorfand, aber dann kam ihr ein kluger Gedanke: Verdammt, diese Schläger werden uns so mit Sicherheit riechen.

Sie entfernte die Lotion wieder von der Hand, und sie zitterte auf einmal wie im tiefsten Winter. Ihre Zähne wollten schnattern. Sie benutzte das Wasserklosett und eilte dann aus dem Badezimmer, denn sie hatte Angst, daß sie zurückgelassen wurde. Mondragon hatte sich ein dunkles Hemd angezogen; sein Gesicht stach im Sternenlicht hell aus der Umgebung hervor, verschwand dann und tauchte wieder auf, als er sich einen Pullover überzog. Das Licht blinkte kalt auf dem Griff des Rapiers, als er es aufhob und sich umgürtete. Die Hose war dunkel wie alles übrige.

»Wenn du nicht gesehen werden möchtest«, sagte Altair mit klappernden Zähnen, »dann zieh dir etwas über den Kopf.«

»Ich habe auch was.« Ein Schatten flatterte über seine Hände und wurde zu einem Kopftuch; er band es am Nacken zu, und jetzt stach nur noch das Gesicht hervor. »Dein Messer und dein Haken liegen dort auf dem Tisch, mit dem Gürtel.«

Sie nahm den Messergurt wieder an sich und schnallte ihn um. Drehte sich zu Mondragon um und sah ihn wie einen Fremden im Sternenlicht stehen.

»Himmel, du wirkst so ernst wie der Tod!« Und dann wünschte sie sich, sie hätte das nicht gesagt. Sie zupfte den Pullover wieder unter dem Gurt zurecht und schnappte sich ein Stück Käse vom Teller des letzten Abends, als Mondragon schon zur Tür ging.

Dieses Haus verlassen. Diesen Luxus. Diese sichere Zuflucht. Diesen letzten Ort, wo sie Mondragon jemals sah, falls die Dinge dort unten auf dem Verladedock schiefgingen. Das matte Licht auf dem Flur fiel durch die offene Tür herein. »Komm schon«, sagte Mondragon. Sie folgte der Aufforderung eilig und steckte den Käse in die Hosentasche.

Und huschte dann noch einmal in die Dunkelheit, zu dem Stuhl auf den sie die Mütze geworfen hatte, zum Boden des Badezimmers, wo sie die alten Kleider hingeworfen hatte. Sie wickelte sie zu einem Bündel, das sie sich unter den Arm klemmte, setzte die Mütze auf und ruckte sie fest, während sie schon wieder zur Tür lief, dann hinaus ins Licht, mit Mondragon an ihrer Seite. Er packte sie am Arm, und sie gingen die Treppe hinunter.

5

Es ging die Treppe hinunter und durch den schmucklosen Raum mit der Karte – eine Gruppe von Schatten wartete hier in dem Sternenlicht, das durch die hohen Fenster hereinfiel, und Altair wich vor ihnen zurück, leistete Mondragons Griff an ihrem Arm Widerstand. Aber er ging einfach weiter zu den Schatten, und sie folgte ihm, seine Hand lag auf ihrem linken Arm, während sie mit dem rechten das Kleiderbündel umklammert hielt. Das Herz klopfte ihr heftig an die Rippen, und die neuen Schuhe taten ihren Füßen weh.

Es waren Hale und ein paar von den anderen. Altair war nicht froh über diese Gesellschaft. Die großen, hohen Fenster ließen sie schaudern; sie stellte sich Gesichter vor, die durch das sternenbeleuchtete Glas hineinstarrten (aber niemnand konnte an diesen Wänden des Hafenkanals heraufklettern; der Balkon lag auf dieser Seite von Gallandry ein Stockwerk tiefer), und sie malte sich aus, wie schwarze Gestalten über die Brücken eilten, die Balkone entlang, dort unten am Wasser, wo sie jetzt als nächstes hingehen mußten …

Denkst du daran, Mondragon? Diese Gallandrys sind keine guten Menschen. Kannst du ihnen vertrauen? Weißt du, wie sie sind, weißt du, daß sie einen unablässig bedrängen, daß sie einen niederschlagen, wenn man ihnen widerspricht, weißt du, daß sie Feiglinge sind und vielleicht auch nicht allzu ehrlich, weil Dieb zu Feigling paßt wie Salz zu Fisch, wie Mama sagte. Feigling ist nur ein anderes Wort für Betrüger, denn er nimmt den einfachsten Weg, den bequemsten Weg, hat Mama gesagt.

(Retribution Jones, in den schönen braunen Händen die Pistole, um sie einzufetten. Und die junge Altair saß dort zitternd im Sonnenlicht, weil ihre Mutter mit ruhiger Stimme über eine Landratte redete, die bei einem Geschäft geschwindelt hatte. Sie fanden diesen Mann am nächsten Montag, wie er in der Schlange trieb, und ihre Mutter schürzte die Lippen und sagte: »Na ja«, als Muggin die Nachricht überbrachte, ein damals noch sauberer Muggin. Ihre Mutter verlor nie mehr ein Wort darüber.

Altair beruhigte ihren Atem und ging mit den neuen Schuhen so leise wie möglich, während Mondragon sie den Gallandrys folgend mit sich zog. Durch eine dunkle Tür ...

»Achtet darauf, wo ihr hintretet«, sagte Hale; und Mondragon hielt Altairs Arm fest umklammert, während sie nach dem Geländer einer Treppe tastete.

Immer weiter hinab, in vollständiger Dunkelheit. Altair befreite ihren Arm und verlagerte das Kleiderbündel, und sie hielt sich konzentriert am Geländer fest, wie sie da auf neuen, glatten Sohlen die Treppe hinunterstieg, blind in der Dunkelheit, umgeben von einer Gruppe Gallandry-Männer, die alle nach fremdem Zeug rochen, nach Kanalufer und etwas, was ihre Nase nicht identifizieren konnte, nicht durch den weichen vertrauten Kanalgeruch der alten Kleider unter ihrem Arm und die Badegerüche ihrer Haut hindurch. Zu groß war die Eile. Die Männer rempelten sie an. Mondragon ging dicht hinter ihr, immer weiter nach unten, bis sie zwei Stockwerke tiefer auf etwas Licht stießen. Es war ein Nachtlicht in seiner Nische; es flackerte und hüpfte und brachte ihre Schatten gewaltig vergrößert auf den Wänden und der Treppe zum Tanzen, als sie um diese letzte Biegung herum kamen. Altair zitterten die Knie: Ein halbes Dutzend erwachsene Männer schlichen in dieser Weise durch die Gegend, und sie alle klirrten und klapperten mit Schwertern und Messern. Was machst du hier? hörte sie in Gedanken ihre Mutter fragen. Sie sah, wie Retribution den dunklen Kopf schüttelte und sie mit finsterer Mißbilligung betrachtete. Altair, was in dieser traurigen Welt machst du da eigentlich?

Ich wünsche, ich wüßte es, Mama.

Vergib mir, Engel.

Es ist dieser Mann ...

Sie trat von der letzten Stufe herab, und ihre Knie wollten vor lauter Zittern schon nachgeben, und die Füße waren schon fast taub durch den Druck der Schuhe und Socken ... Verdammt, falls ich schnelle Sprünge machen muß, wird es nicht klappen. Sie beugte entschlossen die Zehen, und sie sah ebenso ernst wie die Männer um sie herum zu, wie Hale eine weitere Tür entriegelte. Das goldene Licht flackerte in dem Luftzug, als die Tür aufging, und warf unheimliche Schatten auf die finsteren Gesichter. Mondragon in seinem schwarzen Kopftuch und seinen dunklen Kleidern sah ganz hohlwangig und hakennasig aus und wirkte so finster wie nur irgendein Henker. Er wandte ihr dieses Gesicht zu, als die Männer in die Dunkelheit der Tür gingen, packte Altair am Arm und zog sie mit ...

... Er traut ihnen nicht. Bleib bei mir, will er damit sagen. Himmel, ich *hoffe,* daß er das sagen will.

Sie holte tief Luft, als sie in die schwarze Enge eines Tunnels trat, der nach alten Ziegelsteinen, nach Feuchtigkeit und Schimmel roch. Jemand schloß hinter ihnen die Tür, und es wurde vollständig dunkel.

»Nicht mehr weit«, sagte jemand. Mondragons Hand drückte Altairs Arm.

Herrgott, sie könnten uns beide umbringen, könnten uns hier erwischen; wir sind auf Gallandry-Gebiet, sie kennen diese Dunkelheit; wir sind hier dicht am Wasser, und es ist leicht, uns hineinzuwerfen, und niemand wird dann je dahinterkommen.

Vor ihnen wurde eine Tür geöffnet, bevor irgend jemand aus der Gruppe soweit hätte kommen können. Die Tür ging einfach auf, und hinter ihr wurde eine Dunkelheit sichtbar, die nicht so tief war wie die ringsherum, eine optische Täuschung, und das Klatschen von Wasser übertönte jetzt die Geräusche ihrer Schritte. Es war die Art von Geräusch, die Wasser unter der Wölbung eines Gebäudes macht, wie Echos klingend. Der Gallandry-Hauptdurchlaß, dort waren sie angekommen: Ihr ganzes Leben lang war Altair immer wieder daran vorbeigestakt.

Sie traten in dieses dunkle Wassergewölbe hinaus, in das nur gespenstisches Sternenlicht drang, von draußen widergespiegelt, und auch davon nicht viel. Eine riesenhafte schwarze Form ragte vor ihnen im Durchlaß auf, ein Eindruck von etwas Schwärzerem als die übrige Umgebung, das sich mit den Wellen bewegte; das war der Kahn. Schwarze menschliche Gestalten folgten dem schmalen Steindock, Silhouetten vor dem Sternenlicht auf dem Wasser draußen, die sich daran machten, dieses Monster in tödlichem Schweigen bereitzumachen.

Sie spürte eine Bewegung an ihrer Seite, hörte das Schlurfen einer Ledersohle. Mondragon zupfte an ihrem Arm, und sie folgte der von ihm gewiesenen Richtung. Er wurde wiederum von jemand anderem geführt, und jemand kauerte vor ihnen am Ende des Docks und wartete auf sie, dort, wo eine schattenhafte Planke auf den Kahn hinauf führte ... nein, es waren sogar zwei Leute, einer an jeder Seite, die dort knieten und die Hände ausstreckten, um sie beide zu stützen, als Mondragon die Planke hinaufschritt ... Verdammt! Unerwartete Querplanken und auch die Schuhe mit den ungewohnten Absätzen brachten Altairs Füße ins Rutschen. Sie spürte, wie Mondragon auf der schrägen, beweglichen Fläche strauchelte und sich wieder fing; spürte, wie eine Hand sich um ihr Knie schloß, eine unvertraute Hand, ein Mann, der sie aufrecht zu halten versuchte. Ein zweiter Griff stützte sie von der anderen Seite, und sie fand das Gleichgewicht wieder, umklammerte ihr Bündel und machte einen schnellen, sicheren Schritt, während die Planke mit den Wellen stieg und sank, denn sie kannte jetzt die Abstände der Querplanken. Zwei weitere Gallandrys warteten am anderen Ende der Laufplanke, um Mondragon und Altair zu helfen, und so erreichten sie das schmale, hölzerne Seitendeck, das um das große Frachtdeck herumführte. Altair kannte Boote dieser Art. Sie folgte vorsichtig diesem schmalen Rand, schüttelte Mondragons helfende Hand ab, als sie einer Schattengestalt zum Decksrand und zur Treppe folgte. Der Anführer wartete dort, hielt sie an und packte ihren schmerzenden Arm. »Stufe«, flüsterte der Mann und gab ihr unerwünschte Hilfe, zog sie die kurze geländerlose Treppe hinunter zum Frachtdeck. Dann drückte er Altairs Kopf und Schultern nach unten und schob sie auf den Knien zur Kahnversion einer Kajüte, im Vergleich zu der eines Skips eine regelrechte Höhle.

Sie kroch hinein, schob dabei das Kleiderbündel auf den Latten vor sich her, und hockte dann in der Dunkelheit im Inneren da, erfüllt von der panischen Angst, jemand könne in diesem schwarzen Loch warten, um sie zu packen und Gott weiß was zu tun, ohne daß sie wußte, ob sie sich wehren sollte oder nicht. Sie klapperte mit den Zähnen und biß sie daraufhin fest zusammen. Sie hörte schwache Schritte über sich und auch auf den Planken draußen, und sie drehte sich um, als jemand ihr in die Kajüte folgte.

Eine tastende Hand kam näher und streifte sie am Bein. »Bist du das?« fragte sie flüsternd in der Hoffnung, daß es Mondragon war, unterdrückte eine Reaktion, falls er es nicht war.

»Ich bin es«, erfolgte die geflüsterte Antwort; das war gut. Mondragon hockte sich neben Altair hin, tastete sich an ihrem Bein hinauf und legte einen Arm um sie, drückte sie fest an sich. Sie hatte auf dem Weg von oben bis hierher nicht gezittert, aber jetzt tat sie es und versuchte, es zu unterdrücken. Es lag an der Uhrzeit, daran, daß sie ohne Frühstück aus dem Bett gescheucht und hinausgetrieben worden war, und sie zitterte stets, wenn sie vorzeitig geweckt wurde und in der Kälte arbeiten mußte. Mondragon verstärkte den Druck seines

Armes, er dachte wohl, sie hätte Angst, verdammt sollte er sein. Er vertraute dieser Piratenbande und wußte auch, wohin dieser Kahn fahren sollte.

»Yo!« rief jemand, das war das übliche Signal wie bei einem ganz gewöhnlichen Kahn, der des nachts von Gallandry ablegte, wie es die großen Kähne tun mußten. Eine Laterne flammte auf, strahlend hell nach all der Dunkelheit. Das tiefe, leere Frachtdeck des Kahns zeigte kahle Latten, verstreute Haufen zusammengefalteter Persenning und eingerollte Taue. Schatten bewegten sich in wilder Eile durch das schmale Blickfeld unter der gewölbten Decke und verschwanden in der Dunkelheit des Kanals. Dumpfe Schritte tönten auf dem Deck über Altair und Mondragon, und Kahnmänner fluchten und führten die normalen Gespräche.

»Die anderen wissen doch *Bescheid!*« beschwerte sich Altair flüsternd bei Mondragon.

»Sie werden Bescheid wissen, daran zweifle ich nicht. Aber sie hätten schon längst etwas unternehmen müssen.«

Der Motor hustete wiederholt unter der Kurbel. Sprang an und knatterte drauflos, bis das Ruder die Schraube in Gang brachte und der Widerstand den Lauf des Motors zu einem regelmäßigen tiefen Tuckern dämpfte, das in dem engen Durchlaß widerhallte. Wasser gurgelte und plätscherte achtern. »Obacht Tau!« rief jemand, gab damit bekannt, daß sie abstießen. Altair spürte die Bewegung, legte einen Arm um Mondragons Hüfte und den Kopf an seine Schulter. Kalt war es. Himmel, hier war es wirklich kalt. Der Motor trommelte ihr seine Energie in die Knochen.

Ein großer Kahn konnte ein kleines Boot unter Wasser drücken. Motorengeräusche, die sich schwerfällig ihren Weg durch die Nacht bahnten, waren nicht selten: Die größten Kähne fuhren immer bei Nacht, mieden auf diese Weise den Verkehr. Ihre einsamen Geräusche klangen durch die Dunkelheit – allerdings selten, dank den Vorfahren; von Zeit zu Zeit schallte eine Glocke durch die dunkelsten Nächte: Obacht, ihr kleinen Leute, macht Platz, macht Platz, sonst überrollt euch der Riese, zermalmt er euch zu Spänen, schickt er eure Knochen dem alten Det. Wenn man mit einem Skip unter einer Brücke vertäut lag und sich dabei zu breit machte, bedeutete das den Ruin. Altair hatte das schon einmal miterlebt: Ein Mann, eine Frau und ein Junge waren in einer regnerischen Nacht überfahren worden, als zu viele Kanalfahrer unter der Mittelstadtbrücke festgemacht hatten; Schreie ertönten, mit denen sich Kanalfahrer im Chor bemerkbar zu machen versuchten. Dummköpfe, hatte ihre Mutter später gesagt; sie hätten den Kahn auf keinen Fall aufhalten können, und sie wußten es. Aber man schreit eben trotzdem. Der Bauch fühlt sich dann besser. – Ein schreckliches Scharren von Holz auf Eisen. Das Splittern von Holz. Wutschreie; und dieser große schwarze Schatten zog knatternd weiter durch den Regen, während die Wrackteile nahe den Mittelstadtverpfählungen auf dem Wasser hüpften.

Und solch ein großer schwarzer Schatten beherbergte sie jetzt in seinem Inneren, und er glitt aus seinem Liegeplatz im Bauch von Gallandry hinaus. Der Motor war einen Moment lang ausgekoppelt, während der Kahn auf den Hafenkanal einschwenkte.

Dann griff die Maschine wieder zu und stampfte schwerfällig vor sich hin. Altair zitterte wieder. Mondragon verstärkte den Griff seines Armes um sie.

»Wohin fährt dieses Ding?« wollte sie wissen.

»In diesem Moment erst mal zum Großen Kanal. Wir werden dort langsamer, und du steigst aus ...«

»Den Teufel werde ich.«

»... und zwar bei der Biegung. Wir werden am gegenüberliegenden Ufer ein paar Sekunden herausschlagen. Du kannst es schaffen. Ich weiß, daß du es kannst.«

»Kommst du mit?«

»Ich habe anderes vor, wie ich schon gesagt habe. Du kehrst zu deinem Boot zurück.«

»Den Teufel *kann* ich! Versuchst du, mich umzubringen?«

»Du fährst irgendwohin und verhältst dich ruhig. Die Aufregung wird nicht andauern, das schwöre ich dir. Sieh mal.« Mondragon bewegte sich und suchte etwas in seiner Tasche, nahm Altairs Hand und legte zwei runde, flache Metallgegenstände hinein. »Das ist Gold, Jones. Das sind zwei Sol, das Äußerste, was ich dir geben kann. Versteck dich eine Zeitlang mitsamt deinem Boot – kauf Vorräte ein und lege dich draußen in der Bucht vor Anker. Kauf dir auch einen Anker, wenn du schon dabei bist. Sie können dir da draußen nichts anhaben; dies sind Stadtstreitigkeiten.«

Sie glaubte, nun endlich keine Energie zum Zittern mehr zu haben. Ein heftiges Beben lief durch ihren Körper. Die Goldstücke lagen groß und schwer und unvertraut in ihrer Hand. Sie hatte solche Goldstücke noch nie auch nur berührt. Nicht ein einziges Mal. Was da auf ihrer Handfläche lag, war ein Vermögen. »Ich kann mit diesen verdammten Dingern nichts anfangen. Wenn ich sie vorzeige, schickt man mir die Polizei auf den Hals; ich kann sie nirgendwo wechseln. Verdammt, Mondragon, du bist nicht bei Verstand! Mich verstekken, mein Boot verstecken – ein Mann gibt mir etwas, was ich nicht verwenden kann, und rät mir, wie ich mich aus Schwierigkeiten heraushalten kann – aber wieviel ist dein Rat wert, der Rat eines Mannes, der meine beste und einzige Bratpfanne ins Hafenwasser taucht?«

»Sei still.« Er berührte ihr Gesicht, legte ihr einen Finger auf die Lippen. Hob ihr Kinn an und folgte dem Finger mit einem Kuß, mitten in dieser verwirrenden Nacht, erfüllt vom Pochen des Motors, bei diesem verrückten Versteckspiel im Bauch eines Lastkahns. Sie schnappte nach Luft.

»Jones«, sagte er. »Du schaffst das. Ich habe Zutrauen zu dir.«

»Ich gehe nicht.«

»Du wirst gehen«, sagte er leise.

»Vielleicht hole ich nur die Polizei; vielleicht sage ich den Blacklegs einfach, was ...«

Er hielt ihr mit festem Griff den Mund zu. »Du könntest umkommen. Du könntest *umkommen,* Jones, verstehst du?«

Sie nickte. Er nahm die Hand weg. Er hatte ihr den Kiefer gequetscht.

»Du verschwindest also von diesem Kahn«, sagte er. »Du nimmst das mit, was ich dir gegeben habe, und du kümmerst dich selbst um dich. Ich habe nicht die Zeit dazu.«

»Wo war denn *meine* Zeit? Habe ich gesagt ›ich habe nicht die Zeit dazu‹, als ich dich aus dem Hafen fischte, als ich gezittert habe, daß mir fast die Zähne herausfielen, nur um dich die ganze Nacht warm zu halten, und als ich vielleicht meine einzigen verdammten Kunden, die ich überhaupt habe, verlor, während ich dich vor den verdammten Killern versteckt hielt, hm?«

Der Motor tuckerte weiter vor sich hin. Wasser flüsterte unter dem Schiffsrumpf.

»Ich kann es dir nie vergelten«, sagte er. »Das ist alles. Ich kann es dir einfach nie vergelten. Tu, was ich dir gesagt habe.«

»Den ...«

Wasser stürzte auf das Frachtdeck herunter, strömte über das Deck, kam von oben herab; Himmel, *nein,* kein Wasser; Dämpfe stiegen auf. »Verflucht!« schrie Altair, wischte sich die bespritzten Augen ab und rappelte sich aufs Hinterteil auf. *»Obacht hey!«* schrie ein Kahnmann oben. Flammen stürzten wie Meteore auf das Frachtdeck herab; eine Laterne zerbrach, flammte auf und vergoß Feuer, das sofort in Zungen und Schlangen durch den Kielraum lief, durch die Holzlatten auf sie beide zu. »Mein Gott, mein Gott!« schrie Altair und schubste Mondragon voller Panik: »*Raus, raus* aus diesem Loch!«

Mondragon zerrte gleichzeitig an ihr, und das Feuer sprang ihnen in die Gesichter, lief unter den Latten entlang, die ebenso den Boden der Kajüte bildeten wie den des Frachtdecks. Es war ein Inferno, ein plötzliches und vollständiges Inferno: sengende Hitze und Feuerschein auf ihren Gesichtern und schreiende Männer, und Altair hielt sich mit der Faust an Mondragons Pullover fest, während sie zur Treppe hastete; und Mondragon hielt seinerseits sie fest, und so erreichten sie gleichzeitig die Treppe und versuchten, auf das Deck hinaufzusteigen, eine Feuerwand zur Linken und den mörderischen Schein an Mauern und Eingängen zur Rechten.

Altair packte ihre Mütze und sprang, hielt sich dabei immer noch an Mondragons Pullover fest; und Mondragon folgte ihr, ein wildes Torkeln und Ringen um Gleichgewicht, ganz Beine und Verlagerung des Schwerpunktes. Altair stürzte seitlich, und als sie im Wasser aufschlug, kam es ihr fest vor wie Boden, und ihr blieb beinahe die Luft weg. Sie strampelte, denn ihre Kleider saugten sich voll und wurden schwerer, und sie kämpfte darum, wieder an die Oberfläche zu kommen, immer noch Mondragons Pullover in der Faust. Sie spürte, wie er trat, und ließ ihn los, als auf einmal etwas Großes sie unangenehm an der Schulter streifte – Gott, der Kahn, die Schraube! – *o Gott!* –, und sie hörte das Pochen näherkommen und strampelte in eisiger Panik mit den Beinen, stieß gegen Mondragon oder sonst jemanden und brach durch die Oberfläche, und alles war eingehüllt in Feuerschein; Feuer lief und brannte auf dem Wasser, und die riesige schwarze Form des Lastkahns war wie eine bewegliche Wand, während sie sich drehte und an eine Mauer stieß. Altair sah das wie von Höllenfeuer beleuchtete Wasser an einigen Stellen auf-

spritzen, sah weitere dunkle Köpfe auf und ab hüpfen, wie sie um ihr Leben kämpften. Türen gingen auf. Alarmglocken läuteten und dröhnten.

Feuer! Feuer auf dem Kanal!

Altair strampelte im Wasesr und sah sich wild um, entdeckte Mondragons bleiches Gesicht ganz in ihrer Nähe. Er schrie ihr durch das Brüllen des Feuers etwas zu, winkte zum Ufer hin, winkte noch einmal.

Altair ertappte sich, wie sie immer noch die verdammte Mütze festhielt, dachte daran loszulassen, klatschte sie sich dann aber in tiefster Verwirrung auf den Kopf, mit dem ganzen Wasser, und schwamm los. Die Kleidung zog sie nach unten; sie atmete in keuchenden Zügen, schwamm mit Scherenschlag und paddelte wie ein Hund und machte überhaupt jeden Zug, der ihr Raum zum Atmen verschaffte. Mars lag dort drüben. Es war der schmale Rand von Mars, und Menschenmengen tauchten plötzlich überall auf, schwarze Gestalten strömten hinaus auf die Brücken und Gehwege, während verzweifelte Rufe und Schreie im Brüllen des Feuers untergingen.

Das Ufer ragte vor Altair auf, kam wie eine schwarze Wand näher und näher, dort, wo Mars eingesunken war: Fensterbögen und frühere Türen waren zugemauert, das alte Erdgeschoß aufgefüllt und nur noch der Rand des alten Gehweges übrig, ein schräger Betonweg, an dessen Breite man sich erinnern mußte, wenn man diese Insel mit dem Boot umfuhr. Mondragon schwamm mit kräftigen Zügen vor Altair, erreichte den abfallenden Schelf und quälte sich ans Ufer. Wasser spritzte im Feuerschein von ihm weg, als er sich schwankend aufrichtete, umdrehte und das Gleichgewicht wiederfand. Er hatte das schwarze Kopftuch verloren, und das helle Haar klebte ihm ums Gesicht. Irgendwie war es ihm gelungen, das Rapier zu behalten; es schwang an seiner Seite, und das Stichblatt blitzte auf, als Mondragon sich auf dem untergetauchten, schrägen Rand auf ein Knie senkte, sich vornüberbeugte und die Hand zu Altair ausstreckte.

Sie brachte noch ein paar kräftige Schwimmzüge zustande, ruhig und besonnen, und griff nach seiner Hand, langte auch mit der zweiten hinauf, als Mondragon ihr auch die zweite hinhielt. Er stand auf und trat zurück, zog sie damit aus dem Wasser. Sie kämpfte darum, festen Stand zu finden, was beinahe dazu führte, daß sie beide wieder ins Wasser fielen, bevor Mondragon endlich sein Gleichgewicht fand und auch sie festhalten konnte. »Gott!« sagte sie; sie würgte und lehnte keuchend an ihm, und ihre nassen Kleider wogen fast halb soviel wie sie selbst.

»Komm weiter.« Er drehte sie um und schob sie in Bewegung, die Hand an ihrem Ellbogen. Sie folgte ihm platschend, ruderte mit den Armen um Gleichgewicht, aber er verstärkte den Griff um ihren linken Arm und zog sie mit, als er nun schneller lief. Sie schnappte nach Luft und spuckte Wasser aus, das ihr von Haar und Mütze lief, und sie brach sich fast die Knie beim Kampf ums Gleichgewicht an der Außenseite des Simses, wo sein Griff sie hielt. Ihre Füße liefen weiter; der Sims hörte einfach auf, und sie sank bis zur Taille ein, bevor Mondragon sie wieder herauszog und sie auf festen Stein krabbelte, nach Luft schnappend und mit einem Stechen in den Rippen.

Dann erreichten sie wieder freien Grund, stolperten um die Ecke und liefen mitten hinein in einen Haufen von Bewohnern dieser Gegend, die versuchten, einen Schwimmbaum über den Seitenkanal zu legen, um das Feuer aufzuhalten, das vielleicht auf dem Wasser in diese Richtung trieb. Die Menge schrie, undenkliche zornige Rufe, Flüche gegen zwei nasse Flüchtlinge, die möglicherweise für die Katastrophe mitverantwortlich waren. »Ist das euer Boot?« brüllte jemand, der seinen Teil des behelfsmäßigen Baumes fallen ließ, um nach Mondragon zu greifen. »Ist das euer Boot da draußen?«

»Nein!« schrie Mondragon zurück, und seine Stimme klang tief und wütend. »Wir waren auf einem Stangenboot – der verdammte Kahn hat uns beinahe umgebracht!«

Es kam schnell, es klang glaubwürdig; Mondragons Oberstadtakzent, der aufgebrachte Oberstadtpassagier, der nichts Vorstellbares mit einem Lastkahn zu tun haben konnte – das alles verwirrte den Mann, der daraufhin zuließ, daß sich Mondragon losriß und an ihm vorbeidrängte, Altair mitzerrend. Und Altair versuchte jetzt, mit aller Kraft zu laufen, vorbei an weiteren eintreffenden Menschengruppen. Die zwei nassen Leute waren jetzt weit genug von der unmittelbaren Katastrophe entfernt, daß es sich bei ihnen um durchnäßte Brandbekämpfer handeln konnte, und sie hatten obendrein den Vorteil, daß sie schnell liefen, so daß sie schon vorbei waren, bevor Fragen an sie gerichtet werden konnten. Altair keuchte und eilte mit weichen Knien dahin, machte quatschende Geräusche mit den durchnäßten Schuhen.

Ein weit stärkeres Geläut gesellte sich jetzt zu den übrigen Glocken in der Nacht – die große Glocke des Signeury, die Alarm schlug: *Hilfe, Feuer, Katastrophe, ausrücken, ausrücken!*

Mondragon erreichte die Nordtreppe von Mars am Anlegeplatz, legte eine Hand auf das Geländer und eilte hinauf, zog Altair dabei mit. Sie schnappte nach Luft wie ein Fisch und geriet auf der Treppe ins Stolpern, fing sich aber mit der linken Hand wieder ab, während Mondragon sie an ihrem wunden rechten Arm mitzerrte.

Dann folgte ein ruhiger Trott, mit dumpf klingenden Schritten über die Planken der Nordbrücke von Mars, die hinüber nach Wex führte; dort ging es auf den Balkon, auf dem ein paar verstreute Ladenbesitzer mit Handpumpen und Abwehrstangen zum Feuer liefen. Auf den höheren Brücken sammelten sich die Menschen und spähten zum Ort des Brandes, der wie eine unnatürliche Sonne die Stadt erhellte. Die große Signeury-Glocke läutete ihren Alarm. Bestürzte Menschen kamen auf dem Balkon an Altair und Mondragon vorbei. »Was ist los?« schrie einer und packte Altair am Arm.

»Lastkahn«, stieß sie keuchend über die Schulter hervor, und Mondragon zog sie immer weiter, um die Ecke von Wex herum zum Splice, wo eine Brücke nach Porfirio führte.

Dann ein ruhiger Gang. Zwei durchnäßte Flüchtlinge zogen dahin, hielten sich aneinander fest, die Planken hinab, ignorierten die Blicke. An der Porfirio-Treppe, die zum Anlegeplatz hinabführte, bog Mondragon ab und stieg die Stufen hinunter, immer weiter, bis sie wieder am Kanalufer waren, wo schwarze Wellen an dem Steg leckten. Es war eine ruhige Gegend; an dieser Seite von Porfirio befand sich ein Lagerhaus, dessen Eisentore geschlossen waren. Mondragon blieb stehen, ließ Altair los und lehnte sich an die Ecke des Toreinlasses, und Altair lehnte sich mit dem Rücken direkt an das Eisentor, hielt sich die schmerzende Seite und atmete für einen Moment nur. Mondragons Gesicht schimmerte hell im Sternenlicht, und das blonde Haar, das langsam wieder trocknete, kräuselte sich erneut.

»Wohin gehen wir?« wollte Altair wissen.

»Ich weiß es nicht«, antwortete er.

»Er weiß es nicht!« Sie riß sich die klatschnasse Mütze vom Kopf und schlug sich damit ans Bein. »Verdammt, warum hast *du* dann *mich* gezogen?«

Er wirkte für einen Moment verdutzt, sogar beleidigt, und deutete heftig zu den Brücken hinauf. »Was willst du?« fragte er mit rauher Stimme. »Tropfnaß in der Menge stehen und dumm glotzen? Zurück nach Galandry gehen? Sie werden auf jeder Brücke im Hinterhalt liegen!«

»Dann frag jemanden, der die Stadt kennt, verdammt noch mal! Komm schon!«

Er rührte sich nicht. »Was hast du vor?«

Sie deutete mit dem Kopf ungefähr in die Richtung ihres Territoriums, das am Großen Kanal lag. Die schwere Glocke des Signeury verkündete lärmend das Unglück in der Nacht und zerrte an Altairs Nerven. Sie überdachte und verwarf während eines Augenblinzelns ein Dutzend mögliche Verstecke. »Wir müssen zu Fuß dorthin. Wenn wir zu einem Boot gehen, naß wie wir sind, stellt man uns Fragen, und Fragen können wir nicht gebrauchen. Wir müssen uns Stellen suchen, wohin wir zu Fuß kommen. Moghis Kneipe. Moghi oder Liberty würden es tun, denn ... Himmel!« Sie steckte die Hand in die rechte Hosentasche. Wider jede Erwartung fanden ihre Finger darin zwei runde Metallstücke; sie konnte sich gar nicht daran erinnern, daß sie sie dort hineingesteckt hatte. Sie hatte es wohl instinktiv getan, ohne nachzudenken. Die Knie wurden ihr weich. Sie zog vorsichtig die Hand aus der Tasche, ohne die Münzen herauszunehmen. »Ich hab sie, ich hab sie, o Gott, ich hab sie!« Sie zitterte am ganzen Leib. »Komm!« Sie packte ihn am Arm. »*Los,* komm, verdammt noch mal! Sollen wir hier auf deine Freunde warten?«

Mondragon schob ihre Hand weg und faßte sie an beiden Armen. »Jones ...«

»Hör mal, willst du ein verdammter Trottel sein? Verdammte Trottel sind billig in unserer Stadt. Es sind nicht nur deine Freunde mit den Kapuzen, die einem die Kehle durchschneiden können. Wenn du nachts am Kanal entlanggehst und so aussiehst, als hättest du zwei Kupferne in der Tasche, dann findet man dich später im Wasser treibend wieder. Verstehst du?«

Seine Finger entspannten sich. Er hörte zu.

»Ich kenne diese Gegend«, sagte sie mit dem nächsten Atemzug. »Willst du mir vertrauen? Wir sind in die ganz falsche Richtung gegangen. Jetzt komm, bevor die Sonne auf uns runterscheint und uns verrät.«

»Jones, sie werden dich umbringen.«

»Das habe ich mir überlegt.« Verdammt, daß Leute von Brücken Brennstoff aus Kanistern auf Kähne schütteten, daß Leute die Kanäle in Brand setzten! Die schwere Glocke des Signeury verkündete weiterhin das Unheil. Der Lärm erschütterte Altairs Nervenkostüm, seine Ungeheuerlichkeit sank ihr ebenso in die Knochen wie die Ungeheuerlichkeit dessen, was sie in der Tasche hatte. Sie hakte sich bei Mondragon unter und drehte sich um; und sie sah, daß der Himmel orangefarben glühte über der Dunkelheit, den gezackten Silhouetten von Wex und Mars. »Herrgott! Sieh dir das an! Wenn das Feuer über die Bäume vordringt, kann es die ganze verdammte Stadt erwischen ...«

»Wohin sollen wir gehen? Zurück dorthin?« Seine Stimme sagte nein. Altair schüttelte ihn und deutete nach Südwesten.

»Gallandry liegt in dieser Richtung, und nicht weit von hier. Also halten sie es unter Beobachtung. Wir sind fast am Großen Kanal; wir gehen eine Ebene höher zur Altmarktbrücke, dann nach Osten und hinab zum Kanal.«

Er zögerte. Packte sie dann an den Armen. »Jones, Jones. Ich gehe nach Boregy.«

»Die Zehn.« *Alter* Reichtum. Neben dem Signeury. Sie stand reglos da. Der Wind trug Rauch mit sich, und sie fror langsam an der windzugewandten Seite ihres nassen Körpers. »Freunde von dir, wie?«

»Glaubst du, du könntest mich dorthin bringen, wenn wir dein Boot erreichen?«

»Wozu?«

»Ich frage nach deinem Boot. Kannst du es machen?«

»Wozu, verdammt?«

Keine Antwort. Nichts außer seinem starren Blick. Altair klapperte mit den Zähnen und umklammerte sich selbst mit den Armen.

»Jones, es ist alles in Ordnung.«

»Ich will verdammt sein, wenn das stimmt.« Sie

preßte die Zähne zusammen, legte einen Arm fest um sich und deutete mit dem anderen nach Osten. »Wir müssen auf jeden Fall über den Großen Kanal hinüber. Ich erfriere. Komm schon!«

Er kam, gab ihr den Arm und zog sie an sich, so daß es wenigstens an dieser Seite wärmer wurde, während sie der Seite von Porfirio folgten, am Splice entlang.

Verdammt, du willst mir vorschreiben, mein Boot zu suchen, wie? Das ist es, was du im Schilde führst ... Geh und such dein Boot, Jones, laß dir die Kehle durchschneiden, mach dir nichts aus den Fragen, Jones, denk nicht darüber nach, wer es sein könnte, dem es nichts ausmacht, Öl in den Hafenkanal zu gießen, in dem Versuch, die Stadt niederzubrennen ... nein, nein, das brauchst du alles nicht zu wissen, nicht wahr? Verdammt soll er sein!

Sie nieste. »Verflucht!«

»Es tut mir leid.«

»Wasser besitzt eine große Anziehungskraft für dich, weißt du das?« Ihre Füße schmerzten beim Gehen; die Socken waren schwer vor Nässe, die neuen Schuhe drückten, und überhaupt war alles vollgesogen. Es paßte zum Rest des ganzen Elends; der Wind kühlte ihre rechte Seite, und Taubheit versprach baldige Erleichterung für ihre Füße. Die Luft roch sogar hier nach Brand, und die Glocke läutete weiter.

Sie gingen um die Nordseite von Porfirio herum, bis in Sichtweite der Altmarktbrücke. Dort blieb Mondragon stehen, an die Backsteinmauer von Porfirio gelehnt. Der Große Kanal breitete sich weit und dunkel unter den Verpfählungen der Brücke aus. Boote hätten eigentlich hier vertäut liegen sollen, wenigstens fünf oder sechs, die sich hier abseits der Strömung zusammendrängten – sie besaßen die Nachtrechte hier; Altair kannte ihre Namen, wußte, wer hierher gehörte und wer nicht. Aber im Augenblick lag nur ein Boot hier, ein klappriger kleiner Skip im Schatten der Altmarkttreppe.

»Bleib hier!« Altair ging weiter nach draußen, um den breiten Schelf der Anlegestelle herum, und spähte hinab auf den dunklen Streifen des Kanals, zur Mittelstadtbrücke und der Einmündung des Hafenkanals. Kein Feuerschein. *Das* war eine gute Nachricht. Das Feuer war nicht aus dem Hafen gekommen. Bis jetzt nicht. Altair blickte zurück, um sicher zu sein, daß Mondragon blieb, wo er war.

Sie sah seinen besorgten Blick. Sie bedeutete ihm, daß er ruhig bleiben solle, und ging leise um den Anlegeplatz herum, so leise, wie sie konnte in dieser unheimlichen Verlassenheit. Selbst weiter entfernt waren nur wenige Boote auf dem dunklen Wasser des Großen Kanals zu sehen, und sie entfernten sich immer weiter. Die Kanalfahrer waren aufgebrochen, als die Alarmglocke ertönte; jeder Dummkopf hätte das getan. Sie waren entweder so schnell sie konnten den Großen Kanal hinabgefahren, um bei der Eindämmung des Feuers zu helfen, oder sie waren voller Panik sofort geflohen, getrieben von Visionen, daß das ganze hölzerne Merovingen in Flammen aufging wie manch anderer Zunder – waren über den Kanal geflohen oder hinauf zum Felsen und zum trägen Fluß des Greve, wo sie vielleicht außer Gefahr waren, selbst wenn die Stadt in Brand geriet.

Nur dieses eine Boot war zurückgeblieben. Und der Himmel und die Vorfahren allein wußten, wohin Del Sulaiman Altairs Boot gebracht haben konnte. Er *hätte* es auf jeden Fall mitgenommen. Hätte den Motor seines Bootes angeworfen und ihres ins Schlepptau genommen, falls ihm die Lage besorgniserregend genug erschien, daß er sich beeilte.

Altair ging vorsichtig um die Treppe herum. Sie erblickte die ausgefranste Persenning, die einen Teil des Mittelganges bedeckte. Die Seiten des Bootes waren verwittert und glänzten silbrig-hölzern im Sternenlicht, soweit in dem Schatten hell und dunkel zu erkennen waren. Ein altes Boot; das so betagt wie sein Eigner war, eines von der Sorte, die im Verkehr mit anderen Booten mitschwammen und versuchten, nie ohne sichere Begleitung zu sein. »Hey!« rief Altair, damit der Besitzer wußte, daß sie kein Landbewohner war. »Hey, das Boot!«

Der schattenhafte Persenningvorhang wurde am Rand zurückgezogen. Ein Auge spähte hervor, ein Büschel weißen Haares in dem Sternenlicht und dem tiefen Schatten.

»Jones«, stellte sich Altair vor. Sie deutete mit einem Daumen zum Kanal hin. »Da unten ist ein Lastkahn in Brand geraten. Ich bin dadurch von meinem Boot abgeschnitten worden. Ich versuche herauszufinden, wo der alte Del Sulaiman es hingebracht hat.«

»Er war nicht hier.« Die alte Stimme wurde etwas kräftiger. »Retribution? Bist du es, Retribution?«

Altair ging näher heran. »Mintaka?«

Der Vorhang wurde weiter zur Seite gezogen. Ein ganzer krauser, weißer Kopf kam zum Vorschein. »Was geht da unten vor? Was ist los?«

»Ein Feuer ist ausgebrochen, ein ziemlich schlimmes.« Altair senkte sich auf die Fersen; sie zuckte zusammen, als sie die wunden Füße spürte, und fing sich mit der Hand ab. »Haben dich hier zurückgelassen, wie?«

»Diese verfluchten Dummköpfe! Ich fahre nicht da hinunter.« Die Stimme zitterte. Es lag weder am Alter noch an Verdrießlichkeit, sondern an ausgewachsener Angst. »Ist Retribution tot?«

»Meine Mama. Sie starb vor fünf Jahren. Soll ich dein Boot für dich steuern?«

Feigling, Jones. Gefühllos.

Aber verdammt, hier ist sie in größerer Gefahr. Verdammt sollen sie alle sein, die sie im Stich gelassen haben. Was soll nur werden aus den Leuten vom Großen Kanal? Wo steckt Muggin heute nacht? Wo sind all die Alten?

»Machst du es?«

»Mein Boot ist irgendwo in dieser Richtung.« Altair zeigte nach Süden, zum Ort der Katastrophe. Mintaka sah nicht hin. »Ich mache dir einen Vorschlag: Nimm mich mit, und ich stake das Boot für dich, ja? Ich bringe dich dorthin, wo Menschen sind.«

Mintakas Kinn wackelte. »Es ist meine Arthritis. Manchmal kann ich staken, manchmal nicht. Ich denke, ich würde eher sterben, als dorthin zu fahren. Was könnte ich schon machen? Stoßen und drängen bei all den Booten? Das Feuer würde mich erwischen, wirklich.«

»Na ja, ich bringe dich hindurch. Warte eine Minute. Ich habe einen Mann dabei – einen Oberstädter; er ist hier unten ganz naß geworden. Macht es dir etwas aus, wenn ich ihn mitnehme?«

»Ich habe nichts getan, habe keinem etwas gesagt ...«

Sie hatte Angst. Das war fast ein Dauerzustand bei den alten Einzelgängern. »Hey«, sagte Altair, »er ist ein netter Kerl.« Sie blickte über die Schulter dorthin, wo Mondragon im Schatten von Porfirio wartete. »Ser, möchten Sie nicht herüberkommen, der Oma einen Blick auf Sie ermöglichen, ihr sagen, daß Sie ihr keine Schwierigkeiten machen?«

Mondragon kam, war aber nicht begeistert. Er trat dazu und hockte sich neben Altair und dem kleinen Skip auf die Fersen. »M'Sera«, sagte er ernst.

Mintaka brachte ein seltsames kurzes Lachen hervor. Es lag gewiß an dem *M-Sera*. Dann wurde sie wieder ernst und wachsam. »Mein Boot ist kein Stangenboot.«

»M'Sera, es ist ein sehr willkommenes Boot, und ich schätze mich glücklich, Sie zu bezahlen.«

Mintaka machte runde Augen. Grund dafür war das Wort *bezahlen*. »Er ist in Ordnung, wie?«

»Er ist prima, Oma Mintaka.« Altair stand auf und machte das einzelne Haltetau mit einem Ruck am Laufknoten los. Hielt dann den Skip fest an den Anlegeplatz gedrückt. »Wenn Sie an Bord kommen möchten, Ser, dann ducken Sie sich unter diese Persenning – er ist ganz durchnäßt, wie ich schon sagte, Oma. Das ganze Haar ist naß ... hast du vielleicht einen Schal? Etwas, damit er es warm hat? Ich bezahle dich nächste Woche dafür.«

»Oh, ich hab' was«, sagte Mintaka. »Ich habe wirklich was.«

Mondragon stieg auf den Rand und sprang dann in den Mittelgang hinab; der Skip schaukelte, schaukelte dann noch einmal, als Altair das Tau um den Pfosten straffzog und Mintaka das Ende reichte. »Hey, möchtest du das straff halten, Oma?«

Mintaka rappelte sich auf, humpelte gebeugt nach vorn und nahm das Tau, während Altair am Boot entlanglief und auf das Halbdeck sprang, bevor es zu weit hinausschwenkte. Schmerz schoß von den Füßen hoch. Sie zuckte zusammen, erholte sich wieder und nahm die Stange aus der Halterung.

»Gib sie frei, Oma.«

Die alte Kanalratte zog am Tau, und Altair setzte die Stange ein und stieß ab, ermöglichte es dem Skip, in die leichte Strömung zu kommen, damit der Bug freikam – es war schwierig, mit einem Skip fertigzuwerden, wenn man nicht nach vorn gehen konnte, da das Persenningverdeck im Weg war; so ging es notgedrungen langsamer. Aber der Skip war der leichteste, den sie je geführt hatte, ohne Motor hinten, auch ohne viel Freibord, es lag wie ein Stangenboot im Wasser und besaß einen lobenswerten Trimm. »Hey, sie ist gut!« schrie Altair, um der alten Frau eine Freude zu machen. »Ist richtig gut zu führen!«

»Ist sie auch, ist sie auch«, bestätigte Mintaka. Sie kam mit der wiegenden Gangart eines Kanalfahrers über die Latten, so bucklig sie auch war. Mondragon duckte sich und kroch unter die Persenning, und Mintaka hob deren Rand an und blickte hinunter. »Ser, machen Sie es sich bequem, achten Sie nicht auf mein Durcheinander.«

»Kümmer dich weiter um ihn, Oma«, sagte Altair. »Es macht ihm nichts.«

»Ich habe 'ne Mütze für ihn«, sagte Mintaka und beugte sich herab. »Sohn, wenn Sie etwas herumtasten und einen Sack finden, dann liegt sie von dort aus direkt an Steuerb'd.«

Es folgte einiges Gewühle. Verschiedene Säcke lagen herum. Altair stakte das Boot ins Sternenlicht hinaus, und der kleine Skip lenzte mit hohem Tempo dahin. Mintaka schnatterte weiter, während sie den richtigen Sack heraussuchte.

»Oma«, sagte Mondragon von innen, »kommen Sie herein; mir wäre wirklich lieber, Sie täten es.«

»Na ja«, sagte Mintaka und tatterte endlich hinein. Ein nervöses Glucksen folgte, hörbar über dem sanften Flüstern des Wassers. »Lange her, daß ich einen stattlichen Burschen bei mir im Unterschlupf hatte. Sie sind ein hübscher Junge. Haben Sie eine Frau?«

»Nein«, erwiderte Mondragon mit leiser, deutlicher Stimme. Altair gab dem Boot einen fröhlichen Schub.

Jetzt hast du's, Mondragon. Geschieht dir recht; sitzt ganz schön in der Falle, nicht wahr? Die alte Frau ist nicht so alt, was das angeht, wie, Mondragon?

»Hier is' er«, meldete sich die alte Stimme, »hier is' er – mit meinem ganzen Garn. Uch, Sie sind wirklich naß, wie? Da haben wir alles. Die Leute geben mir die Reste von ihrem Garn, um Sachen für sie zu stricken. Ich stricke wirklich phantastisch, obwohl meine Hände so steif sind. Da, da, ich wünschte, ich hätte Licht, kann mir aber keine Lampe leisten, nur meinen kleinen Kochherd. Ich stricke Pullover, wirklich tolle Pullover; niemand, der einen Pullover von mir trägt, wird sich je erkälten. Ich mache auch feine Stickereien, das kann ich Ihnen erzählen! Wenn Sie jemals einen guten Pullover haben möchten, geben Sie mir das Garn, und ich mache

Ihnen einen, besser als die bei Ihnen in der Oberstadt. Mache Ihnen einen Schal, hübsche, warme Socken ...«

Der Skip glitt im Sternenlicht dahin, und Altair behielt das Kanalufer auf beiden Seiten im Auge. Sie sah verbarrikadierte Fenster und Eisenläden auf Kanalhöhe; alte Ziegel und alte Bohlen und alten Stein, und hier und da auch eine von Merovingens wilden Katzen, die stehenblieb, um mit gebannter Neugier den ungewöhnlichen Anblick eines einsamen Skips auf einem breiten, schwarzen Kanal zu betrachten.

Ja, Katze, da unten muß ein ganz schöner Aufruhr herrschen! Man kann immer noch das Leuchten sehen. Himmel, ich wette, da ist eine Brücke in Flammen aufgegangen! Wahrscheinlich erledigt das Feuer sie rasch bis auf die Holzkohle. Herrgott, keine Bergung mehr möglich. Wenn es sich nicht noch ausbreitet!

»... Ich hatte meine zwanzig, dreißig Liebhaber«, erzählte Mintaka gerade ihrem Gefangenen. »Oh, damals hatte ich einen flotten Gang. Ich trug immer eine Feder an der Mütze, und ich habe diesen Skip mit meiner Ma und meinem Pa zusammen geführt. Min, hat Pa stets gesagt ...«

Altair blickte zurück. Sie sah schwarzes, leeres Wasser, auf dem die Lichter der Stadt tanzten; ein Netz von Brücken darüber. Unheimliche Einsamkeit ringsherum. Voraus überspannte die Mittelstadtbrücke den Kanal, zahlreiche Pfeiler an beiden Enden und freies Wasser in der Mitte, offen für den Lastkahnverkehr, und es zeigte den Schimmer von tiefem Wasser.

Und dahinter, dort unten am Hafenausfluß, eine Ansammlung schattenhafter Boote – Schatten, die nichts reflektierten, auf Wasser, das den Feuerschein widerspiegelte.

Himmel! Ist es jetzt schon zum Großen Kanal vorgedrungen? Das werden von der Stadt bezahlte Boote sein, Leute mit starkem Rückgrat, die die Feuerbäume an Ort und Stelle halten.

Altair behielt ihr Tempo bei, ihr war schon lange warm geworden, die Füße fühlten sich schon taub an.

Besser wäre es, barfuß zu gehen, aber jetzt war keine Zeit, sich darum zu kümmern, es tat sowieso jetzt nicht sonderlich weh.

Sie nahm die Hand von der Stange, um die Mütze anzuheben, sich mit den Fingern durch das Haar zu fahren und die Mütze wieder aufzusetzen. Dann warf sie einen scharfen Blick nach Steuerbord, wo sie einen kleinen Haufen von Booten sah, die zurückgeblieben waren.

Alte Leute. Solche wie Oma Mintaka. Wie Muggin.

Der Bug schwenkte wieder in freies Wasser, und Altair stakte mit gleichmäßiger Geschwindigkeit dahin. Ihre Hände schwitzten an der Stange, als jetzt die Mündung des Hafenkanals, die Boote und der Feuerschein immer näher kamen.

Fragen, verdammt; das letzte, was wir brauchen können!

»... haben Sie diesen Pullover in der Oberstadt gekauft?« fragte Mintaka gerade unter der Persenning, zweifellos aus beruflichem Interesse. »Himmel, da haben sie doch wirklich zu große Nadeln benutzt; der Stoff läßt sich dehnen, denn die Maschen sind zu nachgiebig. Na, ich könnte Ihnen einen machen ...«

Altair musterte forschend die schwimmende Versammlung vor sich, um den leichtesten Weg hindurch auszumachen, und sie dachte auf einmal sehnsüchtig daran, einen langen Umweg zu fahren, den Hüttenkanal hinauf und um einige weitere Biegungen herum. Die Gegend dort war eine unsichere Öde aus alten Lagerhäusern, ein Gebiet, in dem der alte Det auf der Siegesstraße schritt und die Gebäude eigentlich zugemauert oder abgerissen und neu gebaut werden müßten. Das war bisher allerdings noch nicht geschehen.

Den Fragen ausweichen – darum ging es. Und, o Himmel, jetzt mußte man auch noch mit Mintaka rechnen!

Immer näher heran ging es, und sie beobachtete den Feuerschein und die Bewegungen der Boote. Sie hielt eine gleichmäßige Geschwindigkeit bei, und sie schwitzte jetzt trotz ihrer kalten Kleider und atmete in schweren, rauhen Zügen.

Alles ist in Ordnung, du bist nur Altair Jones, die mit der alten Oma Mintaka zurückkommt, die einfach nur eine gute Tat vollbringt, und kümmert ihr euch um eure Angelegenheiten ...

Sie fuhr zwischen die ersten Boote, die dort ankerten, die dort tatsächlich *vor Anker lagen,* mitten im Fahrwasser des Großen Kanals. Familien drängten sich auf den Skip-Halbdecks zusammen, und die Menschen waren alle in Decken eingewickelt und betrachteten den ganzen Aufruhr, als handelte es sich um eine Feier oder eine Hinrichtung. Alle Augen ruhten auf dem Feuer und nicht auf ihr, Altair, den Vorfahren sei Dank. Alle Blicke gingen zu dem Aufruhr, von dem ferne Schreie herüberdrangen, um die Biegung herum, wo der Hafenkanal in den Großen Kanal mündete und wo jetzt immer noch das Feuer die Gegend erleuchtete, wenn auch jetzt matter. Auch dort drüben hatten sich Boote versammelt, schwarz und geschäftig vor dem Feuerschein.

Kümmere dich um deine Angelegenheiten, Jones; wenn du mit jemandem zusammenstößt, wirst du mehr als nur eine Frage beantworten müssen, das ist mal klar.

Viel Durcheinander herrschte jetzt, und Lärm drang von anderen Booten herüber, während Altair sich ihren Weg durch die Ansammlung bahnte. Und die Persenning bewegte sich. »Himmel, sieh dir das an!« war Mintakas hohe Stimme zu vernehmen, und Altair fuhr zusammen und stakte weiter.

»Das ist nichts, Oma«, sagte sie. »Hast du die Mütze für ihn schon gefunden?«

»O ja, das habe ich!« Mintaka zog sich hoch und stolperte gefährlich durch den Mittelgang, eine unregelmäßige Silhouette vor dem Hintergrund des Feuerscheines und der vorbeiziehenden Schatten von Booten. »Sieh dir das an, sieh dir das an ... ich sage dir, so einen Lärm habe ich nicht mehr miterlebt, seit die beiden Lastkähne auf dem Großen Kanal zusammenstießen. Ich sage dir, man sollte ein Gesetz machen – der Gouverneur sollte etwas tun, denn die verdammten Kahnfahrer haben keinen Respekt vor gar nichts.«

»Das haben sie wirklich nicht«, stimmte Altair ihr zu. Verdammt, die einsame alte Seele war ein Klatschmaul! Sie konnte jemandem mit ihrem Geplapper den letzten Nerv rauben.

Und wenn der Morgen kam, hatte Mintaka eine wirklich gute Geschichte zu erzählen, wie Jones und ein blonder Oberstädter aufgetaucht waren, ganz naß und schmutzig, und dann sie auf ihrem eigenen Boot in Sicherheit gebracht hatten. O Gott, Jones, was tust du nur? Verbreitest die ganze Geschichte überall, das tust du.

»Ich habe gehört, dieser Kahn hätte ein Stangenboot gerammt«, sagte sie. »Er stand ganz in Flammen und schob sich dort neben der Mars-Brücke aufs Ufer; und dieser Stangenmann ist ins Wasser gesprungen, wie sein Fahrgast; und da war dieser Oberstadtmann, der den Hafenkanal hinuntertrieb – wissen Sie eigentlich, wer das war, Ser?«

»Nein«, antwortete Mondragon unter der Persenning hervor. »Ich selbst – ich mußte springen, als ich mit einem Trupp zusammenstieß, der einen Baum herantrug. Ich habe kaum mitbekommen, was mich traf.«

»Ich sah ihn fallen«, erzählte Altair fröhlich. »Geradewegs vom Mars-Weg hinunter fiel er, als die verdammten Dummköpfe losstürmten, um zum Feuer zu kommen. Ich habe mich gebückt und ihm eine Hand hingehalten, und da ist dieser Idiot auf mich getreten, ganz achtlos gegenüber seiner Umgebung. Trat mir voll auf das Bein. Ich sage dir, ich wünschte, ich wäre gleich auf ihn losgegangen und hätte die Sache bereinigt, aber es war ja schon schlimm genug, daß dieser M'Ser hineingeschubst wurde, und ich konnte nicht weggehen, ohne ihn herauszuziehen. Ich fragte ihn, ob er Wasser geschluckt hätte, aber er sagte nein. Jetzt will ich mir nur mein Boot vom alten Del Sulaiman holen und dann ...«

Der Anblick an Steuerbord lenkte sie ab; ein Durcheinander von Booten; Zuschauer waren dort versammelt. Und dann dahinter im Feuerschein eine gewaltige schwarze Silhouette an einer Mauer; noch etwas stand im Fluß in Brand. Eine Brücke fehlte, und *sie* war es, die im Fluß brannte, und diese schwarze tote Masse, die mit Schlagseite am Ufer lag – das war der Lastkahn, auf dem sie gefahren waren.

Altair hatte ein kaltes Gefühl dabei, einen verspäteten Schock. Sie ließ das Boot für einen Moment nur gleiten, gewann dann wieder einen klaren Kopf und beeilte sich, den Bug noch kurz herumzuschwenken, bevor er am Ankertau eines anderen Bootes entlangscharrte. Der Skip schaukelte hin und her. Köpfe wurden zu ihr umgewandt, dunkle Silhouetten. Das Licht kam von hinten und fiel auf Altair.

»Oh, das war knapp«, meinte Mintaka.

»Entschuldige, Oma.« Altair schwitzte und fuhr zwischen den vor Anker liegenden Booten und ihren Ankertauen eine enge Kurve.

Wir sind *auf* diesem schwarzen Ding gefahren. Wir waren dort unter Deck. Himmel, wären wir eine einzige Sekunde später erst aus der Kajüte gekommen, hätten wir in der Falle gesessen, und das Benzin wäre durch die Latten unter uns geflossen – nur noch Asche und Knochensplitter. Man hätte uns gar nicht mehr von der restlichen Holzkohle unterscheiden können. Sind noch alle von Bord gekommen?

Was für Leute tun so etwas?

»Kein guter Platz zum Ankern hier«, stellte Mintaka fest. Und rief zum nächsten Boot hinüber: *»Kein guter Platz zum Ankern hier, versteht ihr?«*

»Halt doch den Mund!« schrie jemand zurück, und andere Stimmen fügten noch mehr hinzu. *»Wer ist da?«*

»Ich bin Mintaka Fahd!« rief die alte Frau hinüber. *»Und dies hier ist Retribution, die mein Boot führt; und heißen Dank denen, die mich im Stich gelassen haben!«*

»Sie ist verrückt!« brüllte jemand. *»Wer ist das?«*

Altair führte einen Stoß mit der Stange aus. *»Ich bin Altair Jones!«* schrie sie ringsherum in die Nacht. *»Ich bringe dieses Boot ins Dock, und herzlichen Dank denen, die geflohen sind und sie im Stich gelassen haben! Wer hat Del Sulaiman gesehen?«*

Einen Moment herrschte Schweigen; zunächst kam keine Antwort. »Du hast es ihnen gegeben«, stellte Mintaka fest und watschelte nach vorn. *»Hört ihr?«*

»Ich denke, sie haben es gehört«, murmelte Altair. »Oma, du wirst noch Probleme mit deiner Arthritis bekommen. Setz dich lieber hin.«

»Mir geht es gut«, sagte Mintaka, die breitbeinig am Bug stand. Wahrscheinlich ging es ihr nicht gut. Zu stur, um nachzugeben.

Und Del hatte den Ruf nicht beantwortet.

Die Ansammlung von Booten erstreckte sich bis unter die Hüttenbrücke, im Zentrum ebenso wie zu den Seiten an den Verpfählungen. Altair fuhr sehr behutsam hindurch, denn sie fürchtete, in dieser Dunkelheit mit jemandem zusammenzustoßen. Mintaka kam wieder zurück zum Persenningverdeck gewatschelt.

»Wir sind gleich da, Oma«, sagte Altair. »Möchtest du dich nicht für eine Weile hinsetzen?«

»Hey«, sagte Mintaka; und auch Altair hörte jetzt die Stille. Die große Glocke läutete nicht mehr, gab damit bekannt, daß der Brand gelöscht war.

»Sie haben es geschafft«, sagte Altair. Natürlich hatten sie es geschafft. Merovingen konnte nicht abbrennen; seine Einwohner waren zu erfahren und zu beweglich, was immer die Verrückten mit den Kapuzen auch anstellten. In was immer Altair da hineingeraten war.

Sie zuckte die Achseln, um sich von der Kälte zu befreien, die ihr solche Gedanken einflößte, und stakte das Boot weiter, vorbei an weiteren vertäuten Booten – denen, deren Besitzer genug Verstand besaßen, das Fahrwasser freizuhalten; sie lagen hier dicht an dicht, wie Vögel auf der Stange. Sicheres Gebiet. Der Skip fuhr jetzt in der hinausgehenden Strömung noch schneller. Die Südstadtbrücke ragte vor ihnen auf, und dahinter erhob sich der hohe Dreifachbogen der Fischmarktbrücke wie das Musterbeispiel von einem Schatten.

»Oh«, sagte Mintaka, die neben der Persenning stand. »Sie fährt richtig gut, richtig gut. Früher habe ich sie auch so gestakt.«

»Sie ist ein gutes Boot«, bestätigte Altair.

Mintaka sagte nichts dazu. Sie verschränkte die Arme und gab dann nur noch das Bild einer rundlichen Masse in der Dunkelheit ab.

Sie durchquerten den Schatten der Südstadtbrücke, den schmalsten Brückenbogen der Stadt. Man lauschte hier nachts oder am frühen Morgen mit gespitzten Ohren nach Kahnglocken, und man wich flink aus, wenn man eine hörte.

»Wohin willst du?« erkundigte sich Mintaka. »Liebes, ich habe nicht genug Kraft, um gegen die Strömung der Schlange anzukämpfen.«

»Nun, ich werde dich nicht in den Engpässen der Südstadt sitzenlassen, Oma. Wie fändest du die Ecke von Ventani?«

»Oh, Ventani ist prima, Liebes. Eins sage ich dir: Ich hätte nicht gewußt, was ich machen sollte.«

»Wirklich gut, daß ich vorbeigekommen bin.« Altair steuerte mehr zur Seite hinüber, wo Dutzende von Booten vertäut lagen, weniger dicht hier kurz vor den Untiefen, aus denen der feste Grund von Ventanis Felsen herausragte, eine der vier steinernen Horstbildungen im ganzen sinkenden Merovingen. »Hey«, sagte Altair, die eine freie Stelle entdeckte. »Da ist ein Platz. Die Oberstadt-Kanalfahrer haben wahrscheinlich Angst, hier auf Grund zu laufen. Du wirst keine Probleme haben, so leicht, wie sie im Wasser liegt. Die Flut ist bereits ziemlich stark.« Sie schnappte nach Luft, während sie den Skip heranführte. »Willst du hier festmachen, Oma?«

Sie glitten neben einer Anzahl Skips ans Ufer. »Wie sieht es da unten aus?« erkundigte sich ein Mann, als sie festmachten. »Haben sie es gelöscht?«

»Das haben sie«, sagte Mintaka und ging an die Seite des Bootes. Und sie setzte dem Mann die Einzelheiten auseinander.

Himmel! Es ging schon los!

Altair legte die Stange ins Boot und kniete sich auf das Halbdeck. Wahrscheinlich hielt Mintaka es so, daß sie die Persenning zusammenfaltete und weglegte, wenn sie herumging, soweit sie das überhaupt tat. Aber die Plane war am Halbdeck befestigt, und so rutschte Altair darunter in die Enge, Kopf und Schultern voran. Es stank hier nach alten Decken und nasser Wolle und Schimmel. »Bist du wach?« fragte sie Mondragon.

»Das versichere ich dir«, entgegnete er mit eisiger Stimme. »Und wohin jetzt?«

»Vorwärts.« Sie fand ihn im Dunklen und gab ihm einen Schubs, hielt dann ihre Mütze fest, als sie hinter Mondragon unter dem Verdeck hervorkroch.

»... die Jones hier hat mich hergebracht«, erzählte Mintaka gerade den Leuten vom Nachbarboot, und nun fügte sie hinzu: »Himmel, da ist ja dieser hübsche Oberstadtbursche; ist er nicht wirklich hübsch? Und Jones hat ihn aus dem Wasser gezogen – das muß ich euch erzählen ...«

»Oma«, sagte Altair, packte sie am Arm, der mit einem dicken Pulloverärmel bedeckt war, und zog sie durch den Mittelgang auf die andere Seite. »Oma, ich muß jetzt gehen ... ich muß mir mein Boot zurückholen und diesen hübschen M'Ser in die Oberstadt zurückbringen. Und ich bezahle dich nächste Woche.«

»Möchtest du wirklich gehen? Möchtest du mich nicht mitnehmen, wenn du Sulaiman suchst – na, ich würde sogar mitkommen, wenn du den M'Ser nach Hause bringst.«

»Gran, mein Boot liegt direkt auf der anderen Seite, hinter dem Fischmarkt, da gibt es keine Schwierigkeiten, und ich will nicht, daß du es mit deiner Arthritis zu tun bekommst.«

»Oma Mintaka«, sagte Mondragon, grub mit einer Hand in der Hosentasche und brachte Münzen zum Vorschein, von denen zwei silberhell zwischen den dunklen Kupfermünzen schimmerten. »Ich möchte, daß Sie das annehmen. Als Miete für Ihr Boot.«

Mintakas Gesicht war undeutbar im Schatten.

»Wollen Sie es nehmen?«

Mintaka formte mit den Händen eine Schale unter seiner Hand und nahm die Münzen entgegen. »Das is' fein«, sagte sie, und ihre Stimme zitterte dabei, »das is' ganz fein.«

»Ich komme gern einmal zurück und bestelle mir einen Pullover.«

»Oh, ich bin häufig bei Millers Brücke.« Verehrung klang in ihrer Stimme, Bewunderung.

Verdammt sollst du sein, Mondragon; hast du denn kein Herz, daß du eine alte Frau so an der Nase herumführst? Sie glaubt dir, ist dir das eigentlich klar?

»Los, komm«, sagte Altair.

»M'Sera«, wandte er sich noch einmal an Mintaka, »sagen Sie, ich sei klein und dunkelhaarig gewesen, denn wenn mein Vater erfährt, daß ich unten am Hafen war, dann verabreicht er mir den Stock. Ich habe ein Mädchen dort unten, und unsere Familien ... es wäre auch für das Mädchen schwierig, verstehen Sie?«

»Oh«, sagte Mintaka, »oh, ich verstehe.«

»Kommen Sie, Ser«, sagte Altair, nahm die Mütze ab und winkte damit nachdrücklich zum Ufer hin.

6

Das Ufer war eine Ziegelsteinmauer, in der die Halteringe eingelassen waren; es war ein unebener und schattiger Weg, der herumführte um den großen Klotz von Ventani und den hochragenden dreistöckigen Bau der Fischmarktbrücke. Altair ging schnell, suchte sich ihren Weg entlang der Ladenfront, hin zum Brückenende und einem Lichtschimmer aus Moghis Kneipe.

Bis Mondragon sie am Arm packte.

»Das ist der Fischmarkt«, zischte er.

»Das stimmt.«

»Verdammt!« Es war nur ein Flüstern, aber die Stimme versagte ihm dabei. »Ich habe dir doch gesagt, daß ich in die Oberstadt will!«

»Möchtest du lebend dorthin kommen?« zischte sie zurück.

»Wir sind im Kreis gegangen! Wir sind wieder dort, wo wir aufgebrochen sind, verdammt noch mal! Denkst du, das wäre ein verdammter Witz?«

»Sei doch still – soll die Oma es mitbekommen? Komm weiter.«

»Wohin gehen wir?«

»Wir bringen dich in ein Versteck für die Zeit, die ich brauche, um mein Boot zu finden. Hast du noch Geld?«

»Etwas.« Die Stimme klang vernünftig, wenn sie auch kaum zu verstehen war. »Wozu?«

»Wieviel?«

»Ich weiß es selbst nicht genau! Vielleicht umgerechnet einen Dem. Ich habe dir ...«

»Ich wollte es nur wissen.« Sie hakte sich bei ihm unter und fuhr mit den Fingern bis zu seiner Hand hinab. »Komm weiter.«

»Wohin gehen wir?«

»Hier herum.« Einer der im unteren Merovingen seltenen Gehwege öffnete sich hinter der Steinmetzarbeit, auf der die Balken der Treppe ruhten, ein dunkler Einschnitt zwischen zwei Gebäuden, die in großer Höhe zu einem wurden. »Der führt hinüber zu Moghi. Ein Seitenweg. Du kennst diese Stelle. Solltest du wenigstens. Hier haben sie dich von der Brücke geworfen. Wir können jetzt entweder hier hindurch oder auch über die Brücke; oder wir können an der anderen Seite um Ventani herumgehen, und ich kann dir dort ein Loch suchen, das noch nicht besetzt ist, wo du dann bleibst, solange ich mein Boot suche. Aber bei Moghi ist es trokken, und ich kann mit ihm verhandeln. Was willst du nun?«

Er war stehengeblieben. Er hielt ihre Hand, oder sie seine, und sein Griff war sanft, aber sie erinnerte sich noch gut an die Kraft, die seine Hand besaß.

Himmel, Mondragon, deine Gedanken folgen gewundenen Wegen, und ich wünschte, ich wüßte, in welche Richtung sie sich jetzt wenden.

»Die Sonne wird gleich aufgehen«, sagte sie. »Siehst du den Himmel dort? *Das* ist kein Feuer. Na, wir können auch zusammen mein Boot suchen, wenn du willst. Aber ich habe das Gefühl, du würdest gern außer Sicht bleiben. Und du hast nicht besonders viel Angst vor dieser Gegend, bei allem, was dir hier passiert ist – zumindest nicht, als du mir sagtest, ich solle drüben an der Hängebrücke festmachen.«

»Ich habe dir nicht gesagt, daß du festmachen solltest. Laß mich aussteigen, habe ich gesagt.«

»Nun, es war doch ein Glück für dich, daß ich dir gefolgt bin, nicht wahr?«

Er riß seine Hand los und deutete nach vorn.

»Stimmt doch«, meinte sie, und ging voraus in die Seitengasse. Sie zog ihren Haken hervor und hielt ihn in Bereitschaft, das hölzerne Querstück mit der Faust umklammert. Für alle Fälle. Sie hörte Mondragons Schritte hinter sich, wie sie auf dem Steinboden knirschten, hier in diesem Labyrinth, das sich um Moghis Rückseite bog.

Die Tür zu dem Schuppen dort war nie verschlossen. Und seltsamerweise wurde nie etwas gestohlen, nicht einmal ein vereinzeltes Stück Holz, wenn der Regen die Bretter lockerte. Altair zog die wacklige Tür auf und trat ein, und sie hörte, daß Mondragon ihr immer noch folgte. »Mach zu.«

»Es ist schon dunkel genug.«

»Wenn du hier ein Licht anmachst, wird Moghi uns die Hälse durchschneiden. Mach die verdammte Tür zu!«

Sie ging zu. Altair fand ein an der Wand entlangführendes Seil und zog daran, und an einer anderen Stelle in Moghis kleiner Höhle läutete eine Glocke.

»Was war das?«

»Ich habe nur geläutet. Sie kommen gleich. Sei nicht so nervös.«

»Verflucht, ich mag es nicht, von einem Ende der Stadt zum anderen geschleift zu werden.«

»Möchtest einfach lässig hinauf zu Boregy spazieren, wie?«

»Eigentlich hatte ich erwartet, daß du genau dorthin gehen würdest. Ich habe die ganze Zeit gedacht, du hättest einen versteckten Weg im Sinn. Das Boot der alten Frau war das beste, das wir benutzen konnten – niemand hat mehr als einen Blick dafür übrig. Jones ist gewitzt, habe ich mir gesagt; ich mache einfach mit. Aber nein, es geht nicht in die Oberstadt, sondern du willst dein Boot suchen, und du meinst, dann kämen wir schon irgendwie von selbst hinauf! Verdammt, du mußtest nicht in das Gedränge auf dem Kanal hineinfahren, selbst wenn es die ganze Nacht gedauert hätte. Jetzt wird die alte Frau die Geschichte überall in der Stadt herumerzählen; und wir haben hier eine weitere von deinen Scheißideen und immer noch kein Boot; und falls du dich mit irgendeinem billigen kindischen Trick mir an den Hals werfen willst, dann spielst du ein verdammt gefährliches Spiel!«

Sie hielt einen Haken in der Hand. Sie hielt diese Hand ganz ruhig; und sie holte Luft, tat es noch einmal und noch einmal, bis sie ihre Stimme wieder unter Kontrolle hatte. »Ich würde dich jetzt liebend gerne schlagen«, sagte sie. »Ich wünschte, ich könnte es. Sicher, ich habe es getan, um wieder zu dir zu kommen. *Ich habe die ganze Arbeit getan,* du verdammter Tagedieb! Ich wurde aus dem Schlaf gerissen und vom Feuer versengt und in den Kanal geworfen, und ich bin gelaufen, bis ich halbtot war, und ich habe dich kreuz und quer durch die blöde Stadt gefahren, bis mir alles weh tat ...« Ihr versagte die Stimme. Sie schnappte nach Luft und wehrte Mondragon heftig mit dem Handballen ab, als er sie anzufassen versuchte. »Ich finde mein Boot wieder, das sage ich dir, und ich bringe dich notfalls bis in die Hölle, aber versuche ja nicht, mir vorzuschreiben, wie ich das machen soll!«

»Jones ...«

»Faß mich bloß nicht an!«

Sie schlug ihm auf den Arm. Heftig. Die Tür klapperte und ging auf, und ihre Gesichter gerieten in den Schein einer Lampe. Altair drehte sich um und hob eine Hand, um ihre Augen abzuschirmen. »Ich bin es, Jones«, sagte sie.

»Wen hast du da? *Wen hast du da?*«

»Er heißt Carlesson.«

»Falkenaer?«

»Er doch nicht. Hey, ich kenne ihn, Jep. Du kannst uns reinlassen. Ich brauche das Zimmer oben. Private Geschichte.«

Schweigen trat ein. Dann folgte ein Glucksen. »Na, da is' wohl das Eis getaut.«

»Sei doch still, Jep, und laß mich mit Moghi reden.«

»Komm nur herein.« Die Lampe bewegte sich, wurde höher gehalten. »Ser, kommen Sie mit, und mißverstehen Sie uns nicht – wir sind ein ruhiges Haus.«

»Sie würden dich umbringen, wenn's sein muß«,

übersetzte Altair. Inzwischen standen draußen Männer und blockierten die Gasse; die Tür hinter Jep war verschlossen. Falls statt Altair und Jones Probleme aufgetaucht wären, hätte man diese Probleme in ein kleines Boot verfrachtet und hinaus zum Hafen gebracht, rutsch-platsch und Schluß. Aber in Moghis Haus wurde keine rauhe Sprache gesprochen. Moghi bestand darauf. Und Moghi versuchte niemals, jemand anderem die Waffe wegzunehmen; ein weiteres Gesetz seines Hauses. Wenn jemand ein ganzes Arsenal mit sich herumschleppt, pflegte Moghi zu sagen, so ist das seine Sache. Wir streiten niemals mit Kunden.

Rutsch-platsch.

Altair stieg auf die Türschwelle und ging an Jep vorbei, durch den vollgestopften Lagerraum zur inneren Tür, und wartete dort auf Jep und Mondragon. Jep legte den Riegel vor, und der Beobachter hinter dem Guckloch innen (Altair hatte den Verdacht, daß er stets dort lauerte), kam und schloß die innere Tür auf.

»Morgen, Ali.«

»Morgen.« Der lockenköpfige Ali blinzelte im Licht der Lampe und schien Schmerzen zu haben, denn sein breites braunes Gesicht war ganz verzerrt. »Wie soll man in diesem Haus nur schlafen bei dem Krach. Habt ihr keinen Anstand?«

»Ich möchte das ruhige Zimmer, Ali.«

»Hast du die Knete?«

»Ich habe sie. Und sag Moghi, wenn er aufwacht, daß ich zur Vorderseite aus- und eingehen werde. Und ich will, daß mein Freund hier in Ruhe gelassen wird. Ich werde mit Moghi über die Sache sprechen.«

Alis dunkle Augen bewegten sich im Licht der Lampe unruhig hin und her. »Ein Zimmer, wie? Komm schon, wir haben eines.«

Rutsch-platsch. Moghi gebrauchte noch eine andere Redensart, soweit es Schulden anbetraf.

Oder Geschäftsfreunde, die Probleme verursachten.

Das Zimmer im oberen Stock (vielleicht gab es in Wirklichkeit, überlegte Altair, mehr als ein Zimmer), war ordentlich und mit einer Lampe ausgestattet, die Jep mit elegantem Schwung des Handgelenks anzündete, ein Streichholz in den schwieligen Fingern. Ein breites Bett stand hier, dazu ein harter Stuhl und ein Tisch mit einer kleinen Vase voller Jadeblumen aus den Chattalen darauf (die Vare war ein billiges Stück). Kein Fenster. Eine Wand bestand aus Backsteinen, die übrigen drei aus Lattenverschalungen und Putz.

»Das Bad liegt auf der anderen Flurseite«, sagte Ali. »Die Heizung ist mit Brennstoff versehen, und das Wasser ist gut zum Waschen; es kommt aus einem Tank ganz oben. Ein Junge leert ihn, dazu den Kanister. Trinkwasser findet ihr in diesem Krug. Ihr bezahlt hier für ein erstklassiges Zimmer, und es fehlt an nichts.« Ali ging hinüber zu einem hohen Kabinettschrank. »Wir haben Bademäntel, Handtücher, echten Brandy, saubere Gläser, zusätzliche Decken. Der Junge stellt in etwa einer Stunde das Frühstück vor die Tür. Wir stören unsere Gäste nicht. Sie brauchen das Zimmer nicht zu verlassen, wenn sie nicht wollen.«

»Das ist wirklich fein«, sagte Altair.

»Du hast einen kleinen Brandfleck auf dem Gesicht, Jones.«

Beinahe hätte sie hingelangt, aber sie konnte es sich noch verkneifen. »Sonnenbrand. War draußen beim Fischen.«

»Sollen wir deine Kleider reinigen?«

»Nur seine. Ich muß wieder weg.«

»Du kannst warten«, wandte Mondragon ein. »Iß etwas.«

Sie sah ihn nicht einmal an. »Hör zu«, sagte sie zu Ali. »Gib Moghi Bescheid, wenn er aufwacht, daß ich mit ihm sprechen möchte.«

»Willst du auch frühstücken?«

»Das will ich. Ich bin dann wieder da.«

»Jones«, protestierte Mondragon.

Sie ging durch die offene Tür und blickte nicht zu ihm zurück.

Die zweifache Biegung der Treppe hinunter, dann rasch durch eine weitere Tür, durch einen Vorhang und schließlich in Moghis Gaststube, wo niemand saß, sondern die Stühle auf die Tische gestellt waren, damit man den Boden wischen konnte. Eine Nachtlampe leuchtete hier, und der Vordereingang war abgeschlossen.

Altair öffnete vorsichtig die Tür und trat dann hinaus in den ersten grauen Schimmer des Morgens, auf Moghis Veranda am Kanal, stieg dann wieder von diesen Planken herunter. Sie folgte dem kiesbestreuten Ufer und stieg danach wieder auf den gemauerten Rand. Die Fischmarkttreppe ragte mit ihren drei Etagen über ihr auf, und Altair musterte forschend die im Schatten der Treppe vertäuten Boote, neben Lewyts Gebrauchtwarenladen. Die Eigner schliefen größtenteils in den Unterschlupfen, nur ein paar lagen auf dem Halbdeck. Sie konnte kein Anzeichen von Del Sulaiman oder ihrem Boot ausmachen; sie spürte das ganze Gewicht der Fischmarkttreppe auf sich lasten, und sie konnte sich nicht des anhaltenden Gefühls erwehren, daß sie jemand beobachtete.

Ein bleicher Körper, der über das Geländer in die Dunkelheit stürzte. Ins dunkle Wasser klatschte.

Warum entkleidet? Und warum waren sie nicht sichergegangen? Sie hätten beinahe die ganze Stadt niedergebrannt – was hätte da ein Messerstich mehr oder weniger ausgemacht?

Sie ging in die andere Richtung (gehen, Jones, nicht laufen, keine Aufmerksamkeit erwecken, unbefangen einherschlendern, eine Kanalfahrerin beim Uferbummel), überquerte erneut Moghis Veranda und folgte dann dem Ufer in Richtung der Hängebrücke.

Die übliche Ansammlung der Obdachlosen aus der Kanalebene schlief hier zusammengedrängt an der

Mauer von Ventani; die Polizei würde hier den Stock einsetzen, wenn sie zufällig auf ihrem Weg über die Brücken vorüberkäme. Aber Polizisten gab es zu wenige, und wenn die Leute geschlagen wurden, verhielten sie sich hinterher doch nicht anders, bis die Polizei zu anderen Mitteln griff und ihnen zu einer Bootsfahrt zum Toten Hafen verhalf, wo sie dann bei den Verrückten und Flößern leben konnten. Altair hatte sich von diesen mitleiderregenden Menschen nie bedroht gefühlt, bis jetzt, wo sie hier entlangging, hilflos und zu Fuß. Hin und wieder regte sich eine der abgerissenen Gestalten, und ein Augenpaar fixierte jemanden, der mehr besaß.

Überall entlang des Weges hatten Boote festgemacht. Weitere Schläfer, die sich verspätet regten an diesem Morgen nach der Katastrophe. Altair erreichte die Hängetreppe und stieg hinauf, immer weiter hinauf, tappte an dem Engel mit seinem Schwert vorbei ... Guten Morgen, Engel, hast du mein Boot gesehen? Ich weiß. Es tut mir wirklich leid. Entschuldige bitte, daß meinetwegen fast die ganze Stadt niedergebrannt wurde.

Vielleicht umklammerte die Hand das Schwert jetzt fester; in diesem Licht wirkte das Gesicht des Engels grimmig und entrückt.

Auch hier lagen Schläfer herum – einer in jeder Nische. Altair verabscheute die Geräusche, die ihre Schuhe bei jedem Schritt machten. Sie blieb schließlich an einer Stelle stehen, die nicht von Schläfern besetzt war, und blickte über das Geländer, betrachtete forschend das Ostufer und die dort vertäuten Boote.

Del war nicht dort, wo er gestern angelegt hatte. Altair schob sich vom Geländer zurück und ging weiter.

»Hey.« Sie klopfte an die Tür und trat dann einen Schritt zurück, damit Mondragon sie durch das Guckloch erkennen konnte. Der Riegel fuhr klappernd zurück, und die Tür schwang weit auf. Altair humpelte hinein, ohne einen Blick auf Mondragon zu werfen, der die Tür offenhielt.

»Gefunden?«

»Nein.« Das Frühstück stand auf dem Tisch, zwei große Portionen, wie sie für dieses Haus üblich waren, und Altairs Magen geriet ganz durcheinander vor Übelkeit und Erschöpfung. Mondragon schloß die Tür und legte den Riegel vor. Er hatte gebadet. Natürlich hatte er gebadet. Da stand er in seinem hübschen geliehenen Bademantel, und das Lampenlicht fiel auf sein lockiges blondes Haar und das von der Hitze des Feuers rotgebrannte Gesicht. Altair plumpste auf das Bett und betrachtete nachdenklich ihre Füße. Sie hatte Tränen in den Augen, doch nicht aufgrund des Schmerzes, sondern nur wegen des Argwohns, daß hinter der Taubheit starke Schmerzen lauerten. Die Füße waren etwas trokkener geworden. Jetzt wurde der rechte wieder feucht, und sie ahnte die Ursache.

»Wo könnte es liegen?« erkundigte sich Mondragon.

»Na, wenn ich das wüßte, würde ich schließlich dorthin gehen, nicht wahr?«

»Das kann ich doch nicht wissen. Möchtest du frühstücken?«

»Nein.« Sie legte den rechten Fußknöchel über das linke Knie und zog den Schuh aus. Als nächstes entfernte sie ganz vorsichtig, Stück für Stück, den schwarzen Socken.

»O Gott, Jones!«

Sie musterte neugierig die rote Feuchtigkeit zwischen den Zehen und auf dem größten Teil von Sohle und Ferse. Die Haut fehlte entweder oder war nur noch in mit Blasen bedeckten Streifen vorhanden. Sie wechselte zum anderen Fuß und zog den linken Schuh samt Socken aus. Der linke Fuß war nur wundgerieben. Sie ließ Schuh und Socken fallen und bearbeitete ihre Zehen.

»Ich habe Wasser für dich heiß gemacht«, sagte Mondragon. »Soll ich dir ins Bad helfen?«

»Ich bin gerade über die Brücke gekommen; ich kann gehen.« Sie stand auf und ging zur Tür, wobei sie bei jedem Schritt zusammenzuckte. Der rechte Fuß blieb immer wieder am Teppich kleben. Sie drückte die Türklinke nach unten und humpelte hinaus.

Dann steckte sie noch einmal den Kopf ins Zimmer. »Komm bloß nicht hinein«, sagte sie.

Und schlug die Tür zu.

Sie zog sich im Badezimmer verdrossen wieder an, denn sie hatte noch mehr zu erledigen – die neuen Kleider sahen richtig alt aus, staubig und fleckig, und der Pullover immer noch feucht. Ebenso die Mütze. Sie hielt sie in der Hand, als sie den warmen kleinen Raum verließ und die Treppe zum eigentlichen Schankraum hinunterhumpelte, bei jedem Schritt zusammenzukkend.

Die Aushilfe hatte die Stühle wieder richtig hingestellt, als Altair eintrat; die Fensterläden waren geöffnet, und durch den offenen Vordereingang fiel das Sonnenlicht herein. Ali stand hinter der Theke und bediente ein paar dort herumhängende Gäste mit trüben Augen; er deutete mit dem Daumen zu Moghis Büro.

Auf die gleiche Weise hatte Ali, als Altair wieder zur Vordertür hereingekommen war, angedeutet, daß Moghi inzwischen aufgestanden und auf ein Gespräch vorbereitet war. Im Büro.

Jetzt ging sie zu dieser Tür neben der Theke. Sie hatte sich nur selten in diesen kleinen Raum gewagt, der angefüllt war mit Papieren und mit diesem und jenem; einmal, als sie zu arbeiten begonnen hatte, und einmal, als Moghi dem schmächtigen Gör erklärte, daß es ein paar besondere Fässer zu besorgen hatte, weil jemand, der für ihn gearbeitet hatte, krank geworden war. Tödlich krank. Ein Fall von Habgier. In Altairs Erinnerung an jene Nacht hockte Moghi massig an seinem Tisch, von noch größerem Leibesumfang als in der Realität. Und

VENTANI

sie konnte niemals ohne dieses Frösteln vor Moghis Tür stehen.

Sie klopfte an. »Moghi, hier ist Jones.«

Ein Grunzen erklang innen. »Yeah«, hieß das. Altair drückte die Klinke und betrat das unordentlich vollgestopfte Büro.

Stauberfülltes Licht fiel durch zwei Fenster, deren Läden geöffnet waren – Innenläden, gegen die Regale an den Wänden zurückgeklappt; sie besaßen oben und unten Fallriegel, noch eine zusätzliche Verstärkung der Eisengitter draußen vor den schmutzigen Scheiben. Papiere und Lattenkisten lagen und standen überall herum, eine Flut, die zur ebenfalls mit allem möglichen übersäten Platte von Moghis Schreibtisch aufstieg. Und im Zentrum dieser Unordnung saß Moghi, ein Mann mit kahl werdendem Kopf und Hängebacken sowie massigen Armen, die zeigten, daß sein gewaltiger Bauch nicht nur aus Fett bestand.

»Wie geht's, Jones?«

»Teils gut, teils schlecht.«

Er deutete auf den abgenutzten Stuhl neben seinem Schreibtisch. Altair zog ihn zu sich hin, damit sie Moghi weiter sehen konnte, und setzte sich. Von Moghi kam kein Mucks. Sie hatte auf einmal Herzklopfen. – Himmel, ich muß vorsichtig sein. Ich muß wirklich vorsichtig sein.

»Brauche deine Hilfe«, sagte sie. »Mein Boot ist mir abhanden gekommen.«

»Wo hast du es zurückgelassen?«

»Bei Del Sulaiman an der Hängebrücke.«

»Mehr brauchst du nicht?«

»Doch, Stillschweigen. Absolutes Stillschweigen. Es wäre echt nett, wenn das Boot heute abend einfach an der Veranda auftauchen würde.«

Moghis Spalt von einem Mund wurde schmal; er preßte die Kiefer zusammen, und hinter seinen düsteren Augen liefen Überlegungen ab. »Nun, na ja, du hast es im Leben zu etwas gebracht, Jones, wenn man an den Burschen in dem Zimmer dort oben denkt. Wirklich hübscher Bursche, wie ich höre. Und du als Kanalfahrerin. Nun weiß ich, daß du dir all das leisten kannst. Ich habe hier feststehende Gesetze; wenn jemand nach dem Zimmer fragt, bekommt er es. Und wir reden nicht über Geld. Man bekommt phantastische Sachen. Wenn man eine Flasche mit etwas Besonderem möchte, sagt man einfach den Jungen Bescheid. Will man eine kleine Gunst, sagt man es mir einfach. Alle Ausgaben, und seien sie noch so hoch, setze ich einfach mit auf die Rechnung. Du kennst mich. Ich stelle nie Fragen nach privaten Dingen. Der *Charakter* ist es, wonach ich frage. An dir habe ich keine Zweifel. Aber was ist mit diesem hübschen Burschen, den du mitgebracht hast?«

»Er ist wirklich verschwiegen.«

»Na, das ist schön zu hören. Aber wie du weißt, gibt es jede Menge Schwierigkeiten in der Stadt. Jede Menge. Und hier kommt Jones mit Geld in der Tasche – ich weiß, daß du Geld dabei hast, Jones, denn du würdest nie eine Rechnung auflaufen lassen, die du nicht bezahlen kannst. Und du hast diesen feinen Burschen, und du hast dein Boot verloren. Wie gesagt, ich frage dich nicht nach deinen Angelegenheiten. Aber betrachte die Lage einmal von meiner Warte aus. Würdest du einen Kerl aufnehmen, über den du nicht genau Bescheid weißt? Ich mag keinen Lärm. Ganz sicher will ich nicht, daß Blacklegs jemanden bis hierher verfolgen.«

»Moghi!« Altair hob die rechte Hand. »Ich schwöre es. Keine Blacklegs.«

»Welche Probleme hat er?«

»Sechs Kerle, die ihn umbringen wollen.«

»Ali sagt, er würde vornehm sprechen.«

»Er ist kein Kanalfahrer.«

»Nun, Jones, du weißt, daß da ein großer Unterschied besteht. Der Mann hat Streit mit den Banden; das ist kein kleines Problem. Eine Bande, die hinter einem Oberstädter her ist – die wurde vom großen Geld gemietet. Das kannst du dir selbst an deinen zehn Fingern ausrechnen. Willst du mir vielleicht erzählen, Jones, daß dieser vornehm redende Bursche dir nicht Honig um den Mund geschmiert hat? Dich vielleicht nicht ganz herumgedreht hat? Bei dir nicht vielleicht erreicht hat, was noch niemand vor ihm erreichte, wie?«

Ihr Gesicht brannte. »Ich bin nicht dumm, Moghi.«

»Du und ich, wir haben nicht mehr miteinander geredet, seit du ein Kind warst. Himmel, als ich dich das erste Mal sah, da bist du noch in dieser ausgebeulten Hose herumgelaufen, und die Mütze reichte dir bis unter die Ohren – deine Ma war erst kürzlich gestorben; und ich habe dir beim alten Hafiz zu einem guten Start verholfen, nicht wahr? Er wollte sich nicht mit einem Gör abgeben, er hatte diesen Kerl dazu gebracht, den Job zu machen – irgendeinen Kerl, der für Hafiz ein paar Dinge arrangieren wollte, wie? Und da sagte ich dir – was sagte ich dir, Jones?«

»Du sagtest, wenn ich nicht klüger wäre, würde dieser Mann mich auf den Grund des Kanals schicken.«

Moghi kicherte, wobei seine mächtigen Schultern bebten. »Ich sage dir, Jones, solange du oder deine Ma meine Fässer besorgten, hatte ich nie Probleme mit der Endabrechnung. Du besitzt gesunden Menschenverstand. Jetzt immer noch?«

»Ich hoffe schon.«

»Bezahlst du deine Schulden?«

»Du weißt, daß ich das immer tue.«

»Alles, was in mein Haus kommt, wird als Geschäft betrachtet, Jones. Ich habe da eine Regel. Weißt du, was für meine Männer und die Manieren in meinem Haus gilt? Falls Ali da draußen dich jemals anfaßte, würde ich ihn töten. Sofort. Ich würde ihn töten. Er weiß das. Und jetzt sage ich dir folgendes: Falls du ihn anfaßtest, würde ich dich töten. Weißt du, warum? Weil du für mich arbeitest. Du stehst nicht auf der Lohnliste, aber trotzdem. Ich will nicht, daß sich meine Angestellten zusammentun, es sei denn, sie kämen zu mir und fragten um Erlaubnis. Verrückte Verliebte können gehässig werden. Und ein Mann in meinem Gewerbe kann es nicht gebrauchen, daß jemand, der gehässig ist, draußen zuviel herumerzählt. Verstehst du mich? Ich spreche nicht mehr mit einem Gör.«

»Ich verstehe dich.«

»Wenn ich eine Frau haben will, gehe ich hinüber zur Eastside. Ich bringe niemals eine Frau hierher. Ich nähere mich nie einer Frau, die für mich arbeitet. Also rede ich mit dir, als wärest du meine Tochter. Ich sage dir, falls du eine Dummheit begangen und jemanden hierhergebracht hast, weil er dich dazu brachte, alles verdreht zu sehen, dann erzählst du es mir besser, und ich vergesse alles, was du mir schuldest; also, kein Gedanke an das Geld. Du überläßt mir einfach den Kerl. Du mußt dir Gedanken machen, Jones; du mußt weiter hier leben, und mit ›leben‹ meine ich, daß ich dich finden werde, wenn wir Schwierigkeiten bekommen.«

Ihre Hände zitterten. Sie steckte die rechte in die Hosentasche und holte einen der goldenen Sols hervor. Legte ihn vor Moghi auf den Schreibtisch.

Moghi hob die Münze auf und rieb mit den Fingern daran. Er sah Altair ausdruckslos an.

»Meine Beziehung zu ihm ist rein geschäftlich«, sagte Altair.

»Was für ein Geschäft ist das?«

»Nicht, was du denkst, verdammt noch mal, Moghi! Du kennst mich doch.« Sie deutete heftig auf seine Hände und den Sol. »Sag mir, wie der Kurs steht auf der Eastside. Gibst du vielleicht soviel für eine Nacht aus?«

Moghi zog seine schweren Brauen hoch. »Für was hat er es dir gegeben?«

»Aus Dankbarkeit. Weil ich ihm geholfen habe, den Banden zu entkommen, ihn lebendig hierhergebracht habe. Das ist *Geld,* Moghi. Das ist verdammt viel mehr Geld, als ich bis jetzt je gesehen habe, und vielleicht bringt es auch Verbindungen.«

»Vielleicht bringt es auch einen durchschnittenen Hals.« Moghi hämmerte mit dem Rand der Münze auf die Tischplatte. »Hast du daran gedacht, Mädchen?«

»Jones. *Jones,* Moghi; und ich habe es verdammt satt, immer nur auf kleiner Flamme zu kochen. Denkst du, ich würde mein Boot für einen Mann riskieren, der mich für eine Nacht *bezahlen* will? Verdammt, ich würde ihn ausweiden! Jetzt habe ich das da und kann es ausgeben, habe jetzt bessere Aussichten als jemals zuvor. Also gehe ich zu einem Mann, dem ich vertraue, als gehörte er zu meiner Familie, einem Mann, der vielleicht mehr von dem Geld haben möchte, das ich auszugeben habe ...«

»... und Oberstadtprobleme.«

»Oberstadtprobleme und Oberstadt*freunde,* Moghi; beides gehört zusammen.«

Moghis Augen verschmälerten sich in ihren fleischigen Höhlen zu Schlitzen. »Glaubst du, du bist dem gewachsen?«

»Das erste Mal, als du mich sahst, hast du mir zwei Silberne gegeben und mir gesagt, du würdest wetten, daß ich mit diesen Fässern von Hafiz' Dock niemals lebend zurückkäme. Und heute morgen ist es ein Sol, der aus meiner Tasche in deine Hände wandert. Sag mir, was du willst, Moghi.«

Moghi saß nur da und drehte die große Goldmünze immer wieder auf der Tischplatte um. Und Altairs Herz klopfte bei jedem Mal und bei jedem Blinzeln seiner dunklen Augen heftig.

»Ich sage dir«, meinte Moghi endlich, »daß ich mit diesen beiden Silbernen, die ich dir gab, eine andere Wette einging: Ich wettete, daß dieser von Hafiz gemietete Mann dich umbringt; und ich wollte dann die Nachricht ausstreuen, daß er einen meiner Kuriere ausgeraubt hätte, und er wäre dann tot aufgefunden worden. Dann wäre ich ihn los gewesen, diesen gemieteten Mann des alten Hafiz. Ich war höllisch überrascht, als du mit den Fässern an der Veranda auftauchtest.«

Sie erwiderte Moghis Grinsen. Tu dich nie mit diesem Bastard zusammen, hatte ihre Mutter immer über Moghi gesagt, um dann hinzuzufügen: Aber stell dich ihm auch nie entgegen!

»Moghi, du bevorzugst sichere Wetten, nicht wahr? Entweder hätte er mich getötet, oder ich hätte ihn getötet oder wäre ihm ausgewichen, und du hättest dann den alten Hafiz entmachtet. Das eine oder das andere. Und jetzt hast du da diesen Sol, der dir sagt, daß eine alte Angestellte zu Geld gekommen ist, und falls alles richtig läuft, ist jede Menge Geld zu verdienen; und falls es schiefgeht, bleibt nichts an dir oder diesem Haus hängen.«

»Denkst du vielleicht, daß ich den Rauch nicht rieche?«

Ihr blieb fast das Herz stehen. Moghi anlügen? Da konnte sie gleich Detwasser trinken. Sie schwieg eine Zeitlang und beugte sich dann vor, die Arme auf der Kante seines Schreibtisches verschränkt.

»*Sie* haben den Qualm erzeugt«, sagte sie. »Er und ich – wir sind gar nicht in die Nähe davon gekommen.«

»Man erzählt, daß jemand nach einem blonden Mann sucht.«

»Wer?«

»Weiß nicht. Sie haben jedenfalls Geld. Es sind nicht die normalen Banden. Fremde. Ich könnte es herausfinden. Wer hat euch hier gesehen?«

»Niemand hat gesehen, wie wir zu deiner Tür gegangen sind.«

»Wie ist er nach Ventani gekommen?«

»Mintaka Fahd. Im Unterschlupf.«

Moghi zog gefährlich die Augenbrauen hoch.

»Mir hat das auch nicht gefallen«, versicherte ihm Altair. »Aber wer wird schon eine verständliche Geschichte von ihr zu hören bekommen? Ich habe ihr ein Dutzend Versionen erzählt. Sagte ihr, er wolle zur Eastside.«

»Gerüchte werden die Runde machen«, meinte Moghi.

»Moghi, ich muß dir etwas erzählen. Weißt du, was sie gemacht haben, seine Feinde? Sie haben ihn von der Fischmarkttreppe geworfen; sie sind den Großen Kanal entlanggeschlichen und die Treppe hinauf, und dann haben sie ihn hinuntergeworfen, direkt neben deiner Veranda dort draußen. Nun, du warst es sicher nicht. Das wußte ich sofort. Du hättest ihn zum Hafen geschafft ... falls du so etwas je tun würdest. Also hatten wir es da mit jemandem zu tun, der dich nicht gut kennt, wenn er direkt unter deinen Fenstern Leute von Ventani hinunterwirft. Ich hätte mir gedacht, daß du so etwas sehr übel nimmst.«

»Meine Veranda.«

»Ich war genau an der Stelle.« Sie deutete zum Kanal. »Habe die Faßübernahme versäumt. In jener Nacht war es. Du kannst deinen Bierjungen fragen. Tommy hat die Tür nicht aufgemacht. Und da ziehe ich diesen nassen Menschen aus dem Fluß. Bedenke bitte, daß ich ihn nicht hierhergebracht habe. Da noch nicht. Ich wollte einen ertrinkenden Mann retten und am Ufer absetzen, aber ich wollte auf keinen Fall jemanden hierherbringen. Wollte ihn nicht in diesem Zimmer haben. Er hat Freunde.«

»Wen zum Beispiel?«

»Gallandrys.«

Wieder gingen die Brauen hoch und wurde das Gesicht wieder glatt. »Gallandrys sind verhaftet worden.«

Ihr Magen verkrampfte sich.

»Wegen einer kleinen Sache mit einem Feuer«, berichtete Moghi. »Einer kleinen Sache mit einem Lastkahn, der die Marsbrücke umrammte und im Hafen sank. Das ist alles. *Wart ihr dabei?*«

»Du weißt, daß wir dabei waren. Ich möchte mein Boot zurück, Moghi. Ich möchte alles wissen, was du von den Vorgängen in der Oberstadt weißt.«

»Verdammt, sie haben die Gallandrys verhaftet, und es wurde in Boregy und Malvino eingebrochen, während das Feuer in Gang war. Sie haben drei Leute in Boregy getötet und einen in Malvino. *Meine Veranda.* Meine Veranda. Nun, das kann teuer werden, Jones.«

»Ich brauchte einige Zeit, um mir zu überlegen, was ich machen sollte. Der Mann kann auf sich selbst aufpassen, Moghi; er ist kein Dummkopf. Ich auch nicht.«

»Es wird teuer werden.«

»Das dachte ich mir.«

»Damit hast du eine Anzahlung gemacht.« Der Sol machte eine weitere Wendung in den dicken Fingern. »Und, Jones, ich bin ein sentimentaler Mann. Es wäre für mich wirklich unerträglich, wenn du einen Fehler machst.«

»Hey, wenn ich mich irre, sagst du es mir, und wir sprechen darüber.«

»Wenn du dich irrst«, sagte Moghi, »wirst du es nur auf eine einzige Weise herausfinden. Du fährst jetzt keine Branntweinfässer mehr, Jones. Du bist nicht mehr bei mir beschäftigt; du sprichst hier über ein Geschäft ganz anderer Art. Über große Beträge. Bandengeschäfte. Du steckst jetzt drin, Jones. Ich meinerseits verkaufe nur Bier und vermiete Zimmer. Wenn Leute mir Schwierigkeiten machen, kommen sie nie mehr hierher zurück.« Er lehnte sich zurück und schob die Münze in die Tasche. »Ich erfahre hier so einiges. Ich könnte dein Boot finden.«

»Laß Oma Fahd in Frieden. Wenn ihr etwas passiert, könnte sich jemand daran erinnern, daß ich auf ihrem Boot war. Jemand könnte den Dingen, die sie sagte, Aufmerksamkeit schenken.«

»Das war wirklich unvorsichtig von dir.«

»Es war von allen schlechten Möglichkeiten noch die beste. Das sagte ich dir schon, nicht wahr?«

»Jones, wenn du es nicht getan hättest, hätte ich das sehr übelgenommen.«

»Das ist mir auch klar.«

Moghi nickte langsam, wobei er ein Doppelkinn bekam. »Wie ich schon sagte, eine Anzahlung. Genieße dieses Zimmer.«

»Privat.«

Moghi grinste und zeigte dabei die Zähne. »Privat. Ich verstehe.«

Wieder ging sie die Treppe hinauf; sie war müde, Himmel, und sie humpelte und hatte Schmerzen hinter den Rippen und zwischen den Schultern, im Arm und zwischen den Augen.

Dummkopf. Verdammter Dummkopf.

Was hätte ich sonst tun sollen? Moghi hätte ihn umgebracht.

Ich will ihn nicht mehr. Aber Moghi hätte ihn getötet. Ein verdammter Feind mehr, den er nicht gebrauchen kann.

Boregy hatte Besuch – jemand *wußte* also Bescheid. Und Moghi – er weiß immer mehr, als er sagt; vielleicht wußte er bereits, daß ich damals in jener Nacht dort jemanden aufgefischt habe, hat vielleicht schon überall Fragen gestellt und weiß über die Fremden Bescheid, die hinter Mondragon her sind. Himmel und Vorfahren, was soll ich nur machen?

Wo ist nur mein Boot? Verdammt, wo steckt es? Niemand hat Del gesehen, weder ihn *noch* mein Boot ...

Die Tür des Zimmers ging auf, als sie den Flur erreichte. Mondragon stand oben an der Treppe und machte ein besorgtes Gesicht.

Stand einfach in seinem Bademantel da und sagte kein Wort.

Er weiß Bescheid, wirklich.

Das Herz tat ihr weh. Sie wich seinem Blick aus, als sie oben ankam, und ging an ihm vorbei durch die Tür, die er offenhielt, setzte sich dann an den Tisch, auf dem das kalte Frühstück wartete.

Mondragon schloß die Tür, zog daran, bis die Klinke einschnappte. Altair aß kalten Toast und blickte nicht einmal auf, als Mondragon durch das Zimmer ging und sich auf die Bettkante setzte, mit den Armen auf den Knien aufgestützt.

Verdammt, es waren *Freunde* von ihm, die verhaftet und getötet wurden. Ich. Ich muß ihm von den Gallandrys und Boregy und all dem erzählen. Ich habe da unten einen verfluchten Schlamassel angerichtet, und wie soll ich jemandem nur solche Neuigkeiten erzählen, jemandem, mit dem ich geschlafen habe?

Der Toast bildete einen kalten Klumpen in ihrem Hals, und sie spülte ihn mit lauwarmem Tee hinunter. »Ich habe gehört«, erzählte sie und blickte dabei zu ihm hinüber, »daß die Polizei einen Haufen Leute bei Gallandry geschnappt hat. Jemand anderes brach in Boregy ein und tötete ein paar Leute. Auch in Malvino. Habe es von Moghi gehört.«

Die Muskel seines Unterkiefers spannten sich. Er atmete etwas schneller. Das war seine ganze Reaktion. »Gehört dieses Haus Moghi?«

»Es gehört Moghi.« Sie nahm wieder einen Schluck kalten Tee und verschüttete dabei etwas; ihre Hände zitterten. »Ich bin das ganze Kanalufer entlanggelaufen, um mein Boot zu suchen. Moghis Leute werden danach Ausschau halten. Er weiß von dem Lastkahn. Auch von uns und Gallandry. Von den Leuten, die dich von der Brücke geworfen haben. Weiß, daß du ein Oberstädter bist und daß jemand mit viel Geld dich unbedingt erwischen möchte. Er sagt, daß Fragen nach einem blonden Mann gestellt wurden. Von Fremden. Ich habe ihn dazu gebracht, daß er uns dieses Zimmer überläßt; Moghi hat – viele Leute. Und noch viel mehr fürchten ihn.«

»Vertraust du ihm?«

»Wir haben keine Wahl.« Ihre Stimme war ganz heiser. Sie nahm einen weiteren Toast und ließ ihn lustlos und angewidert wieder fallen. »Ich habe dich hergebracht. Verdammt, ich wußte, daß es verrückt zugehen würde letzte Nacht, wußte, daß ich irgendwo unterkommen mußte. Verdammtes Glück, daß es nicht Boregy war.«

Er stand auf und beugte sich an ihr Ohr. »Wer hört mit?« fragte er, ein leises Wispern an ihrem Haar.

»Niemand. Das hat Moghi gesagt. Und dann stimmt es.«

Er richtete sich auf und stützte die Hände auf den Tisch. Seine Miene war besorgt. Himmel, kein Schrei, kein vorwurfsvolles Wort. Er legte ihr freundlich die Hand auf die Schulter und ging dann ein paar Schritte weit weg, blieb mit dem Rücken zu ihr stehen, die Arme verschränkt.

Sie verzehrte den kalten Toast, einen Bissen nach dem anderen. Endlich kam Mondragon zurück und setzte sich seitlich auf das Bett, ein Knie hochgezogen und mit den Armen umfaßt.

»Ich wollte dich aus der Sache heraushalten«, sagte er ganz ruhig. »Jones, du hattest recht, die ganze Zeit über.«

Sie schluckte schwer und zwang einen Bissen an dem in ihrem Hals hochsteigenden Kloß vorbei. Die Augen taten ihr weh. Sie trank von dem Tee, stand dann auf und öffnete den Schrank, in dem sich der Brandy und die Gläser befanden. Sie öffnete die Karaffe und goß etwas ein.

Sie wandte Mondragon den Rücken zu und trank einen Schluck. Das beseitigte den Kloß.

Zum Teufel mit ihm. Zum Teufel mit allem.

Benimm dich, Jones, der Mann versucht sein Bestes.

Sie goß auch das andere Glas ein, ging hinüber und reichte es ihm. Er nahm es, und sie blickte ihm nicht in die Augen, sondern entfernte sich wieder, und der Schmerz in ihrer Brust bohrte wie ein Messer.

Sie erinnerte sich an einen hellen Körper, der durch die Dunkelheit wirbelte.

Durch die Sonne in das Hafenwasser, und die hochspritzenden Wassertropfen wirkten im Sonnenlicht wie Glasperlen.

Sie erinnerte sich, wie elegant er im Lampenlicht bei Gallandrys gestanden hatte, in rotbraunem Samt und Spitzen, ein Schwert an der Seite.

Sie drehte sich schließlich wieder um, als sie die Sprungfedern des Bettes nachgeben hörte. Mondragon hatte sein Glas auf dem Tisch abgestellt. War aufgestanden, um die Decken auf seiner Hälfte des Bettes zurückzuschlagen.

Er zog den Bademantel aus, stieg ins Bett und zog sich die Decken bis über Kopf und Schultern, überließ es Altair, das Licht zu löschen.

Sie nahm den Mund noch einmal voller Brandy und schluckte, bis ihr die Augen weh taten. Keine Regung von Mondragon, kein Wort.

Sie trank eine weitere halbe Glasfüllung, zog sich dann den Pullover aus, zog den übriggebliebenen Sol aus der Tasche und steckte ihn in einen Schuh, den sie neben das Bett stellte. Sie knöpfte die Hose auf und beförderte sie mit einem Tritt in die Gegend.

Sie zündete den Nachtdocht seitlich an der Lampe an, blies das Hauptlicht aus und legte sich auf ihre Hälfte des Bettes.

Nach einem Moment rutschte sie ein Stück weit zu ihm hin. Dann noch ein Stück, bis sie ihn berührte. Seine Muskeln blieben gespannt, als sie einen Arm über ihn legte.

Sie stieß einen Seufzer aus, lag da und hatte Schmerzen, innerlich und äußerlich, bis sich der Schlaf auf sie herabsenkte, bis sich Mondragon, vielleicht selbst unmittelbar vor dem Einschlafen, umdrehte und einen

Arm um sie legte. Schon besser. Sie seufzte schwer und bewegte sich. Eine kurze Weile benötigten sie beide, um sich zurechtzulegen, denn sie zuckten immer wieder zusammen, sie mit ihren wunden Armen und er mit seinem wunden Rücken, bis Altair schließlich ihre behagliche Position gefunden hatte und ihr Schädel in einem dumpfen, dunklen Nebel vor sich hin dämmerte, der immer tiefer ins Nichts hineinsank.

»Du hast auf mir gelegen«, sagte Mondragon in ihr Ohr, als sie wieder zu sich kam, und sie murmelte etwas und bewegte ihre wunden Muskeln und schlief beinahe wieder ein, bis seine Hände sie wachrüttelten.

»Verdammt!« sagte sie, erinnerte sich, daß sie nicht mit ihm reden wollte. Und dann erinnerte sie sich, daß sie es doch mitten in der Nacht getan hatte; sie war ganz verwirrt. Bei Moghi. Ein Goldstück in der Spitze ihres einen Schuhs, und ihr Boot war nicht da, und sie selbst lag mit einem Liebhaber zum zweiten Mal an einem Tag im Bett in einem unbeweglichen Zimmer am Ufer. »Verdammt!«

»Was stimmt denn nicht?«

»Was nicht stimmt?« Sie dachte darüber nach und lachte. Das Lachen klang zu dieser unpassenden Zeit noch verrückter. »Was nicht stimmt?« Sie schnappte nach Luft. Lachte wieder, bis es weh tat, bis sie außer Atem war und ihre Augen voller Tränen standen. »Verdammt, sie wollen uns umbringen!«

»Jones?«

»Nicht stimmt«, war alles, was sie unter einem weiteren hysterischen, pfeifenden Röcheln hervorbrachte. Dann gelang es ihm, sie zu beruhigen, und sie lag da, mit Schmerzen in den Rippen und im Bauch. »O Himmel, Himmel!«

Sie hielten sich aneinander fest. Wie zwei Ertrinkende, die auf den Grund hinabsanken. Hinab in das dunkle, dunkle Nirgendwo. »Jones«, murmelte er, »Jones, alles in Ordnung mit dir?«

»Bring ... bring mich nicht mehr zum Lachen.«

»Das tue ich nicht, das tue ich nicht.« Seine Hände wanderten zerstreut über ihren Körper.

Sie tat das gleiche mit ihm. Eine Zeitlang. Dann ging ihr der Schwung aus, und sie lag ruhig in seinen Armen. »Jones«, sagte er und schüttelte sie, »bist du wach?«

»Uuuhn«, sagte sie. Und ihre Gedanken schweiften zurück zum Hafen. Zum Erwachen auf dem Deck ihres Bootes. Für einen Moment glaubte sie, das Zimmer bewege sich. Dann dachte sie an das andere Zimmer im Lampenlicht, an die Messingbadewanne. An Mondragon mit dem Glas in der Hand. Wein, so rot wie Blut. Mondragon mit dem Gesicht im Schatten, wie er trank und vor sich hin brütete, tief in Gedanken. Älter hatte er da gewirkt. Tiefer und dunkler. Alt wie die Sünde und die Lüge. Am Rande des Schlafes hatte sie das Gefühl zu fallen, und sie blinzelte in das Gesicht eines Fremden, in das Mondragons, dessen Haar im Schein der Nachtlampe wie Feuer aussah. Altairs Herzschlag beschleunigte sich kurz, als sie in einem Ansturm von Panik erwachte.

Verdammt, wer ist er? *Was* ist er? Was mache ich bei ihm im Bett?

Was weiß ich von ihm?

»Was denkst du?« wollte er wissen.

»Weiß nicht.« Ihr Herz klopfte immer noch in Panik, wie in einem Alptraum. »Was denkst du?«

Er strich ihr das Haar hinters Ohr, wiederholte es, bis es endlich hinten blieb. Er gab ihr keine Antwort. Das Schweigen hämmerte in ihrer Brust, schmerzhaft wie Kummer und Angst.

»Du zitterst ja. Jones, geht es dir nicht gut?«

»Mir geht es gut.«

Er zog sie an sich und vergrub das Gesicht neben ihrem Ohr.

Sie zitterte um so stärker.

Verdammt! Nie sind wir beide zur gleichen Zeit in derselben Stimmung.

Das Bild Mondragons, wie er sich im Morgenlicht über das Deck ihres Bootes schob. Rückwärts.

Er will nur, daß ich ihn zu seinen Freunden bringe. Glaubt, er müsse dazu mit mir schlafen. Hält das für den Preis.

Ein Mann mit einer käuflichen Frau. *Komm, sei nett, ich geb es dir.*

Was bezahlt ein Mann alles für sein Leben?

»Du mußt nicht.«

»Was?«

»Nett zu mir sein. Du brauchst es nicht, wenn du nicht willst.«

Das Geschehen stockte mitten im vollen Lauf. »Habe ich je behauptet, daß ich nicht will?«

»Ich weiß nicht. Manchmal denke ich es.«

»Jones ... ich ...«

»Auf dem Boot. Im Hafen. Du hast dich abgewendet, als wäre ich giftig.«

»Das habe ich nicht getan.«

»Das hat du wohl getan!« Sie warf den Kopf zurück und starrte ihm aus unmittelbarer Nähe ins Gesicht. »Du versuchst, mich dazu zu bringen, daß ich bestimmte Dinge tue, dich hierhin und dorthin bringe, aber dazu brauchst du das nicht.«

»Herrgott, Jones, ich habe *versucht,* dich loszuwerden! Was soll ich denn noch tun?« Die Worte kamen hervor und erstarben. Mondragon lag dort, und sein Gesicht zeigte Verwirrung und Schmerz. »Ich habe es nicht so gemeint.«

Ein warmes Gefühl breitete sich in Altair aus. Die Verspannungen lösten sich in wohlige Zufriedenheit.

Habe ihn ganz schön durcheinandergebracht. Himmel, er ist netter als alle Männer, die ich je gekannt habe. Viel netter als diese Brückenjungen mit ihren schmutzigen Sprüchen.

Um ihn würde ich kämpfen, wirklich.

Sie lächelte träge. Nahm eine Locke seines Haares und wickelte sie sich um den Finger. Rückte näher an ihn heran, bis sie nur noch ganz leise zu flüstern brauchte. »Verdammt richtig, daß du versucht hast, mich wachzurütteln. Weiterschlafen wäre nicht gut gewesen. Wurde Zeit, daß du mir zuhörtest, nicht wahr? Habe mein Boot deinetwegen verloren. Sobald ich es wiederhabe, müssen wir uns etwas überlegen.«

»Ich habe versucht, mir etwas zu überlegen.« Seine Stimme war nur noch ein leises Flüstern. »Jones, ich muß in die Oberstadt. Ich habe dort Verbindungen. Frag mich nicht, was oder warum.«

»Ich frage aber. Wenn du willst, daß ich einen Weg hinauf finde, dann muß ich die Alternativen kennen. In welche Dinge bist du verwickelt? Wer sind diese Verrückten?«

Er schwieg eine Zeitlang.

»Das Schwert Gottes.«

Als sie das hörte, machte ihr Herz einen Sprung und schlug danach schwerer. Sie drehte sich auf einen Ellbogen und beugte sich an sein Ohr hinüber, um ganz leise flüstern zu können. »Verdammt, wer bist du?«

»Laß es gut sein.«

»Was soll ich?«

Er starrte sie lange und nachdenklich an. Er blinzelte einmal, zweimal. »Du hast einen Adventistennamen, Altair.«

»Meine Mutter auch. Es bedeutet nicht, daß wir zum Schwert Gottes gehörten. Verdammt, so etwas gibt es in Merovingen gar nicht!«

»Jetzt schon.«

»Du bist verrückt!«

»Es stimmt.«

Sie drehte sich auf den Rücken und starrte zur Decke hinauf, zum Schattenspiel der Nachtlampe auf den Balken und dem Staub.

Das Schwert Gottes. Militante Verrückte, deren Ziel es war, Unreinheiten auszulöschen, ja, die Sharrh selbst auszulöschen, falls ihnen je welche in die Hände fielen. Sie beschleunigten das Herannahen des Tages des Gerichtes durch Mord, durch Gott weiß was sonst noch.

Engel dort draußen auf der Brücke, du stehst schon so lange dort, du hast nichts mit diesen Irren zu tun. Dein Schwert ist nicht ihr Schwert.

»Ich habe dich gewarnt«, flüsterte Mondragon in ihr Ohr, »du hättest das nicht zu wissen brauchen.«

Sie drehte den Kopf und blickte ihm im Lampenlicht aus unmittelbarer Nähe ins Gesicht. »Wo bist du mit ihnen aneinandergeraten?«

Er gab keine Antwort.

»Nun, sie taugen nicht viel«, sagte sie daraufhin, um die Kälte aus ihrem Hals zu vertreiben. »Sie taugen nicht viel. Wenn ich jemanden töten wollte, würde ich mich vergewissern, daß er auch wirklich tot ist, bevor ich ihn von irgendeiner Brücke werfe.«

»Falls diese Leute vom Schwert Gottes gewesen wären.« Er legte ihr geistesabwesend eine Hand auf den Bauch. »Sagen wir, ich hatte den falschen Weg eingeschlagen.«

»Na ja, warum – warum um Gottes willen haben sie dir die Kleider ausgezogen?«

»Es sollte eine Lektion für mich sein, falls ich überlebte, und falls nicht, damit ich nicht identifiziert werden konnte. Außer von denen, die ohnehin Bescheid wußten.«

»Warum?«

Er schwieg lange. »Sagen wir, ich hatte eine Warnung mißachtet.«

»Wenn sie nicht vom Schwert Gottes waren, wer waren sie dann?«

»Die Warnung wurde verschleiert geäußert. Das Schwert ist bestimmt nicht das einzige Problem in dieser Stadt.«

»Wer denn noch?«

»Ich habe genug gesagt.«

»Das hast du nicht. Du hast noch nicht einmal angefangen. Was hast du ihnen getan, daß sie so nach dir suchen?«

Er strich ihr mit einem Fingerrücken über die Wange. »Stell keine weiteren Fragen, Jones.«

Sie erstarrte geradezu.

»Nein.« Er packte sie fest an den Schultern. »Nein, Jones, sieh mich nicht so an!«

»Was bist du, um Gottes willen? Ein Janist? Ein *Sharrist?*«

Er schwieg einen Augenblick lang. Seine Finger entspannten sich zögernd, spannten sich dann wieder, aber nicht mehr so fest. »Ich gehörte einmal zum Schwert.« Sein Mund war eine dünne Linie, und seine Augen glitzerten und bewegten sich unruhig. »Ich habe es verlassen.«

»Bist du aus Nev Hettek?«

»Spreche ich so?«

»Ich weiß nicht. Ich habe noch nie einen Nev Hetteker kennengelernt. Aber du bist kein Falkenaer, kein Chat und kein Merovinger.«

»Du brauchst das nicht zu wissen. Du verstehst schon, warum ich dich nicht um mich haben will. Das Schwert könnte dich zu fassen bekommen, dich in irgendeinen stillen Winkel bringen – begreifst du? Sie mögen keine Öffentlichkeit. Nicht einmal im Norden. Sie *sind* hier, und hinter ihnen steht Geld. Die Polizei weiß es.«

»Und hält sie nicht auf?«

»Sie wird sie nicht aufhalten. Ich habe eine Warnung mißachtet. Ich bin geblieben. Es war eine befreundete Gruppe, die mich von der Brücke warf.«

»Befreundet!«

»Es sollte kein Mord werden. Es war nur als zweite Warnung gedacht. Weil ich hier war. Jetzt sind die Gallandrys verhaftet worden. Verstehst du, worauf ich hinaus will?«

»Nein.« Sie schüttelte verzweifelt den Kopf. »Du meinst – die Polizei? Die *Polizei* ...«

»... übt Druck aus. Das Signeury versucht, Gallandry Angst einzujagen. Das Schwert hat Boregy und Malvino einen Schlag versetzt. Sie waren nicht sicher, ob ich auf dem Kahn war. Sie haben mich gejagt. Jetzt sind Menschen tot, Jones, es war die Polizei, die mich von der Brücke warf.«

»Himmel!«

»Der Gouverneur will keinen Lärm. Er will nicht, daß ich *hier* bin, in Merovingen. Er fürchtet das Schwert; fürchtet die Revenantistische Akademie; fürchtet die eigene Polizei, weil er nicht weiß, wer alles gekauft wurde. Und er fürchtet das Geld, mit dem man Morde kaufen kann. Am meisten fürchtet er das, was Nev Hettek tun könnte, und Aufstände. Er ist ein kranker Mann mit Erben, die sich gegenseitig an der Gurgel hängen – er kann sich keine äußeren Schwierigkeiten leisten.«

Altair holte tief Luft und blickte zur Decke hinauf, zu den Schatten, die die Lampe dorthin warf. Das Schwert Gottes: adventistische Verrückte. Militante. Meuchelmörder.

Mondragon, der den Bootshaken mit wachsender Geschicklichkeit führte ...

Mondragon mit dem Rapier an seiner Seite, dort auf der Treppe von Gallandry ...

Er legte sich still neben sie und verschränkte seine Finger mit ihren. Lag dort ruhig wie sie.

Dummkopf, hörte sie ihre Mutter sagen. Verdammt, Altair, du bist zu weit gegangen. Das Schwert Gottes! Mörder! Viel Unrat schwimmt den alten Det hinunter. Sei nie über etwas erstaunt, das in dieser Stadt auftaucht, aber du mußt auch nicht gerade die Finger hineinstecken, nicht wahr?

Sie drehte sich um und legte den Mund an Mondragons Ohr. »Mondragon, was machst du hier? Worauf bist du aus?«

Ein langes Schweigen folgte. Dann richtete er sich ein Stück weit auf und stützte einen Arm auf ihrer anderen Seite ab, schirmte auf diese Weise das Licht ab. Sein Atem bewegte ihr Haar. »Benutze diesen Namen nicht. Ich hätte ihn dir nie sagen dürfen. Ich war verrückt da draußen.«

»Ich auch.« Sie drehte den Kopf, und Mund glitt über Mund, schläfrig, weit entfernt von jenem Ungestüm, das dort draußen geherrscht hatte. Vergangene Wärme. Die Sonne auf Haut, auf Wasser. Mondragon senkte den Kopf auf ihre Schulter und streichelte ihre Seite.

»Viel zu müde, Jones. Viel zu müde.«

»Was soll ich tun?« murmelte sie. Ihr Bewußtsein faserte aus, versank teilweise im Schlaf. »Was soll ich tun?« Es war teils Alptraum, teils Traum. Eine Feuerwand ergoß sich über Altairs Gedanken; das Kanalufer und die öden Frontseiten von Gebäuden ruckten und bewegten sich, vom Feuer beleuchtet und orangefarbenes Licht zurückwerfend von alten Mauern und staubigen Fenstern; das obere Merovingen ragte mit seinem Brückennetz darüber auf, hölzern und verwundbar.

Der goldene Engel stand auf seiner Brücke, und im Feuerschein verwandelten sich seine Haare in goldene Drähte, in Sonnenlicht, in Mondragons blasses Blond. Die Hand, die den Schwertgriff hielt, war lebendig, war Mondragons Hand, bis hin zu den schmalen Knochen und der Art, wie die Adern hervorstanden, trotz der Tatsache, daß sie golden war. Sie packte zu, und das Schwert fuhr Stück für Stück aus der Scheide.

Das Schwert Gottes.

Sie konnte das Gesicht nicht sehen. Sonst hätte es ihr den Verstand geraubt.

Tu es noch nicht, bat sie den Engel; und sie kämpfte gegen den Traum. Sie stellte Mondragon neben sich auf die Brücke, so daß sie erkennen konnte, daß dieses Gesicht nicht sein Gesicht war. Sie rief wieder die Nacht herbei und beruhigte den Fluß. Der Engel schimmerte und schimmerte doch nicht, denn niemand sonst in der Stadt hätte ihn so sehen können: Er war immer lebendig, nur lebte er langsamer, und er benötigte die Lebenszeit eines Menschen für einen Atemzug. Nur seine Gedanken waren schnell, schnell wie Blitze; und wenn die Menschen gesehen hätten, wie sich das Schwert bewegte, wäre die Stadt um sie herum um hundert Jahre gealtert.

Tu es noch nicht! Es war ein gottloser Gedanke für einen Adventisten. Es war ihre Aufgabe als Adventistin, sich den Tag des Gerichts herbeizusehnen. Das Schwert Gottes forderte es mit fanatischem Eifer – aber gewöhnliche, einfache kleine Adventisten hofften nur, daß er eines Tages käme, und insgeheim wünschten sie sich, daß es in späteren Lebzeiten geschah, wenn auch vielleicht nicht allzufern, denn die Welt war nicht sonderlich gut; aber auch nicht zu nahe, denn Altair hatte noch Pläne, und wenn sich Merovingen veränderte, was würde dann aus ihr, und wohin würde sie gehen?

Ich habe mir das auch so gedacht, sagte ihre Mutter, die in der Dunkelheit auf der Brücke saß, die Mütze schräg auf dem Kopf, die Arme um die Knie geschlungen. Und dann fügte sie mit einem Blick auf Mondragon hinzu: Wer ist das? Er ist richtig hübsch. Ich mag seinen Anblick. Aber du mußt wissen, Altair, er gehört nicht hierher.

Das Brückengeländer war wieder leer. Nur der Fluß und die Dunkelheit blieben. Die Dunkelheit wurde tiefer, und Dinge bewegten sich darin.

Etwas hämmerte.

»Jones«, sagte es.

»Jones!«

Die Welt bewegte sich. Altair spürte kalte Luft, ruderte mit einer Hand durch die Luft und fand sich auf einer wunden Schulter liegend. Jemand klopfte leise an die Tür, und Mondragon stieg gerade aus dem Bett.

Sie folgte seinem Beispiel – und zuckte zusammen, als sie die Füße auf den Boden stellte. Sie winkte Mondragon warnend zu, als er mit einer Hand den Bademantel vom Boden hob und mit der anderen das Rapier packte. »Eine Minute!« sagte sie laut. Sie hob den Pullover vom Boden auf und zog ihn an, fand ihre Hose, ein Schattenknäuel drüben neben dem Schrank, und zog auch sie an. Dann zog sie den Bootshaken aus dem Gürtel, der ebenfalls auf dem Boden lag. Als sie zur Tür tappte, hatte Mondragon den Bademantel angezogen. »Wer ist da?«

»Ali. Sie haben dein Boot gefunden und es neben der Treppe festgemacht.«

Ihr Herz überschlug sich und ging dann wieder zu seinem normalen Rhythmus über. »Gott sei Dank!« Sie schob den Riegel zurück und öffnete die Tür einen Spalt weit. Als sie sah, daß nur Ali draußen stand, der ein Bündel in der Hand hielt, zog sie sie weiter auf. »Wie spät ist es?«

»Etwa um die Mitte der ersten Stunde.« Ali drückte ihr das Bündel in die Hand, Haken und alles. »Seine Kleider. Alle gereinigt. Moghi möchte, daß du das Boot wegbringst. Der Junge paßt darauf auf, aber er kann ja nicht viel ausrichten.«

»Himmel, wo habt ihr es gefunden? Wie habt ihr es hergebracht?«

»Del Sulaiman hat es gebracht. Er wurde unten vor der Schlange gefunden, und er möchte jetzt, daß du ihn zurückbringst. Und Moghi will, daß das Boot von hier verschwindet ...«

»Ich geh ja schon, ich geh ja schon.« Sie rieb sich mit der freien Hand die Augen und schob die Tür mit der Schulter zu, ging dann zum Bett, um die Kleider auszuschütteln. Mondragon trat hinzu und nahm sie ihr vom Arm und vom Haken. Altair hob ihren Gürtel auf, steckte den Haken wieder an seinen Platz, rieb sich dann erneut die Augen, damit sie einen klaren Blick bekam, und sah, wie Mondragon sich die Hose zuknöpfte, während sie sich den Messergürtel umschnallte.

»Du kannst dich wieder hinlegen«, sagte sie, »und etwas schlafen. Ich weiß nicht genau, wie spät es ist, aber ich muß Del zurückbringen.« Ihr Verstand erwachte wieder. »Gib mir etwas Wechselgeld. Ein paar Pennies. Ich muß Del bezahlen.«

»Ich komme mit.«

»Ich habe dir schon einmal gesagt: Du bleibst mitsamt deinem blonden Kopf in diesem Zimmer. Ich habe schon genug dafür bezahlt.« Sie entdeckte ihre Mütze auf dem eisernen Bettpfosten und klatschte sie sich auf den Kopf. »Geh bloß nicht von hier weg. Soll ich Del gegenüber vielleicht Erklärungen über dich abgeben? Willst du, daß überall getratscht wird?«

»Das haben wir schon erreicht.« Sein Gesicht wurde rot. »Was soll er schon erzählen, was nicht längst diese Mintaka verbreitet hat? Sag es mir!«

»Du bleibst hier! Ich kann nicht noch mehr Schwierigkeiten gebrauchen. Bleib hier! Verstanden?«

»Verdammt, Jones ...«

»Gib mir nur das Geld.«

Er ging zum Bett, hob seinen daneben stehenden Stiefel auf und holte die Pennies heraus. Gab Altair vier. Und machte dann ein finsteres Gesicht.

»Danke.«

»Jones, sei vorsichtig.«

»Hey, ich fahre schon mein ganzes Leben lang auf den Kanälen. Ich habe Freunde da draußen, und Del ist einer von ihnen. Bleib du nur hier drin. Und halte die Tür verschlossen!«

Sie entkam nach draußen und machte die Tür zu.

»Leg den Riegel vor!« schrie sie hindurch.

Der Riegel wurde bewegt.

Ein Mann, der folgt.

Sie drehte sich zu Ali und der Laterne um, noch rechtzeitig, um ihm die Treppe hinunter zu folgen. Sie kam auf ihren nackten Füßen rasch voran in dem heftig schwingenden Licht – keine Schuhe oder Socken für Kanalarbeit, bei den Vorfahren. Wieder die eigenen Planken unter die Füße zu bekommen, seidenweich und ganz ihre eigenen, besser als die Wege der Stadt, besser als Moghis Teppich! Sie lief eilig hinter Ali her und holte ihn am Fuß der Treppe ein.

Moghi selbst wartete dort, und das Licht der Laterne schimmerte auf seinem derben Gesicht und dem schwitzenden Kopf. Er hatte die Ärmel hochgekrempelt. Der Lärm von Gästen drang aus dem vorderen Zimmer herüber, lautstarke Unterhaltungen, zwischen denen die Klänge einer Gitarre fast untergingen, alles durch die geschlossene Tür gefiltert.

»Dein Freund kommt nicht mit?«

Von Moghi bedeutete diese Frage: »Hast du vor, in der Gegend zu bleiben? Wo bleibt die Bezahlung?«

»Er kommt nicht mit«, sagte sie. »Behalte ihn im Auge.«

»Das kostet dich etwas«, sagte Moghi.

Altairs Magen krampfte sich zusammen. So so! Für eine oder zwei Stunden reich und dann wieder arm. »Hey, es sieht nicht danach aus, daß er große Schwierigkeiten macht. Ich *habe* dich bezahlt ...«

»Du hast dein Boot zurückbekommen, nicht wahr? Direkt hierher gebracht. *Dienstleistungen* kommen teuer. Wenn du möchtest, daß dieser Kerl noch einen Tag bleibt ...«

»Bis ich komme und ihn hole. Ich bringe ihn dann weg.«

Moghis fettumrandete Augen blickten irgendwie bekümmert. »Du hast ein bestimmtes Ziel im Sinn.«

»Das ist seine Sache. Er würde mir die Haut abziehen.«

»Es war nur ein Angebot, Jones.«

»Ich denke darüber nach.«

»Da sind immer noch ein paar Beträge zu klären.«

»Wir reden darüber, wenn ich zurück bin.« Himmel, er könnte in seiner Gier nach Geld zur Gefahr für Mondragon werden. »Laß ihn in Ruhe, Moghi! Laß meinen Partner in Ruhe! Wir reden über alles, okay?«

Moghi wedelte mit einer Hand. »Verschwinde; dein verdammtes Boot wartet draußen, und ich habe Kunden.«

Altair nahm den Seitenweg in den Vorratsraum und eilte zum Schuppen.

7

Das Boot lag vor der Front des Gebrauchtwarenladens hinter der Fischmarkttreppe. Es war eine verschlafen wirkende Szene, das Boot auf dem schwarzen Wasser, der Bootsmann auf dem Halbdeck dösend, das nächstgelegene von vier Booten, die an dieser Ecke für die Nacht festgemacht hatten. Aber dieser Bootsmann war wachsam und hob den Kopf, als Altair barfuß am steinernen Ufer herbeigetappt kam. Ali beobachtete die Szene aus einiger Entfernung. Tommy der Bierjunge war hier irgendwo postiert, saß wahrscheinlich mit herabbaumelnden Beinen weit oben auf der Brücke, die jungen Augen wachsam. Altair widerstand dem Impuls hinaufzublicken, um sich davon zu überzeugen. Tommy gehörte zu Moghis Leuten; und wenn Ali sagte, daß er da war, dann war er da, oder Moghi würde ihn töten.

Tommy war da, genauso wie Del Sulaiman sich aus tiefem Schlaf erhob und ein Boot quer durch die Stadt stakte, nur weil Moghis Männer es ihm nahelegten. Natürlich nicht ohne Bezahlung. Moghi zahlte. *Sie* hatte Moghi bezahlt. Geld gegen Geld.

Sie stieg auf das Halbdeck, ihr eigenes kostbares Deck, ihre kleine Welt aus Planken, die alles war, was sie auf der Welt besaß. »Hey«, sagte sie grüßend und rückte die Mütze zurecht, damit sie der leichten Brise standhielt – etwas Wind kam auf, saubere Luft, eine saubere Nacht. Kaum war Altair wieder auf dem eigenen Boot, besserten sich viele Dinge.

»Hey«, antwortete Del Sulaiman, die Stange in beiden Händen, die beiden nackten Füße auf den Decksrand gestützt. Er stand auf und hielt die Zehen gekrümmt – das Gespür eines Kanalfahrers für Gleichgewicht. »Hey, verdammt lausige Zeit, Jones.«

»Tut mir leid. Ich habe mir Sorgen gemacht.«

»Moghis Männer. Kommen daher und suchen das Kanalufer ab ...«

»Hey, ich habe sie nicht geschickt.«

»Wie bist du nur dazu gekommen, Moghis Truppe yey und haw zu schicken, huh? Verdammt, komm nächstesmal selbst, um es abzuholen.«

»Gib mir die Stange. Ich bring dich zurück.«

»Versteh mich nicht falsch, ich wollte mich nicht beschweren. Nimmst du Steuerb'd?«

Himmel, das war großzügig. Del wollte ihr obendrein noch beim Staken helfen. Der alte Mann hatte es eilig. »Nein, du kannst ausrufen.« Sie hockte sich hin und holte das Seitentau ein, das Wartetau. Für längeres Warten hätte Del am Bug festgemacht und den Heckanker ausgeworfen (falls vorhanden), und er hätte sich von Anfang an nicht diesen steinernen Schelf ausgesucht; hier war es leicht möglich, daß man bei Ebbe auf Grund geriet, sobald ein größerer Kahn vorbeikam. (Falls das im Moment überhaupt möglich war. Falls sie das ausgebrannte Boot und die Brücke schon aus dem Hafen geschafft hatten.) Es war nicht Dels Art, dieses Herumdrücken an flachen Liegeplätzen und Hintertüren. Der alte Mann war nervös und zeigte es in seinen Bewegungen.

Ich mache ihm keinen Vorwurf. Mira ist ganz sich selbst überlasssen und er mit diesen Schlägern auf und davon. Sie muß sich wirklich wundern. Himmel, Himmel, Del ist mit diesen Typen gegangen und hat sie einfach irgendwo sitzenlassen.

Das Boot kam frei, scharrte dabei über Grund. Altair holte den Bootshaken aus der Halterung und ging hinüber an die linke Seite, während Del abstieß. Sie stieß das Stangenende des Bootshakens in den steinernen Grund und stemmte sich dagegen, während Dels Schub nachließ. »Bug nach back«, sagte Del, und Altair hielt ihre Stange fest an Ort und Stelle, während Del schob und den Bug zur Brücke hin herumschwenkte. »Hup.«

Das Signal zum Anheben. Altair paßte sich Dels Rhythmus an, da dieser stets vom Steuerbordstaker bestimmt wurde, und schob wieder, als das Boot dahinglitt. »Hin«, sagte Del, kündigte damit an, daß er die Stange auf seiner Seite fest in den Grund stemmen würde und es an ihr lag, dem Boot den letzten drehenden Schub zu geben.

Sie schob. Der Bug schwang herum, und der Skip war jetzt genau auf die Lücke zwischen den Brückenpfeilern ausgerichtet. »Hup«, sagte sie. Del schob und hob die Stange.

»Yoss«, sagte Altair fröhlich, gab damit an: geradeaus weiter. Und Del echote: »Yoss«, als der Skip in den Schatten glitt.

Früher hatte Altair gemeinsam mit ihrer Mutter gestakt, und ihre jungen Arme waren kaum stark genug gewesen, die Stange noch festzuhalten, sobald sie einmal aus dem Gleichgewicht gekommen war.

Das Boot fehlte mir wirklich. Himmel, wie es dahinfliegt! Nun habe ich mir einen Mann zugelegt, und er kann auf einem Skip nicht hin von hey unterscheiden.

Er könnte es lernen, oder nicht? Ja, falls er kein Oberstädter wäre.

Das Schwert Gottes. O Himmel und meine Vorfahren, wenn er doch all das abschütteln und auf den Kanälen bleiben könnte; falls er lernen könnte ...

Wenn er nicht wegginge ...

Wenn er niemals mehr wegginge ...

Der Skip schoß unter dem Schatten der Fischmarktbrücke hervor. Laternenlicht schimmerte hell aus Fenstern, deren Läden geöffnet waren, und aus der offenen Tür, fiel hinaus auf die Veranda und einen Wirrwarr von Booten, die an ihr festgemacht hatten. Die schwachen Klänge der Gitarre und die Stimmen von Kanalfahrern strömten heraus auf das Wasser und verloren sich in der Dunkelheit.

»Diese Landratte, der du gefolgt bist«, sagte Del. »Ist diese Geschichte noch im Gang?«

Altairs Herz beschleunigte stärker, als das Staken erfordert hätte. »Hey, ich hatte meinen Skip verloren und genug damit zu tun, dich zu suchen, nicht wahr?«

»Wo hast du die Knete her, um Moghi auf Trab zu bringen?«

»Ich arbeite für ihn. Er tut mir einen Gefallen. Für ihn ist es kein Problem, ein paar Kerle auszuschicken, meinst du nicht auch?« Das Ventani-Pier glitt zur Rechten vorbei. Die Hängebrücke ragte vor ihnen auf. Stoß um Stoß flog der Skip dahin. Verdammt, *denke nach!* Der Mann ist neugierig. Der Mann ist auf Moghis Kosten hergebracht worden, und es ist verdammt sicher, daß er mir das übelnimmt. Was habe ich ihm schon erzählt? Was hat er gehört? O Gott. *Mintaka.* Altair holte Luft und schob. Die Wassertiefe nahm zu, und das bedeutete riskantes Staken mit dem Bootshaken. »Verdammt, sie liegt in einer Strömung. Laß sie fahren.«

»Yoss«, stimmte Del zu, und der Skip glitt in die Mitte der Kahnfahrrinne zwischen den beiden Pier-Anlagen. Del wandte Altair im Sternenlicht das magere, unrasierte Gesicht zu. »Jetzt zu Moghi ...«

»Hey, ich tratsche nicht über Moghis Geschäfte.«

»Gehört dieser blonde Kerl zu Moghi?«

»Verdammt, Del ...«

Der Skip drehte sich. Del hielt seine Stange ins Wasser und brachte das Boot damit wieder auf Kurs. »Habe heute viel erzählen hören. Viele Geschichten. Wie lang kenn' ich dich jetzt, hm? Kenne dich, seit du ein Baby auf den Armen deiner Mama warst. Verdammt, Mädchen, hör mir zu. Deine Mama hätte dich verprügelt, daß dir Hören und Sehen vergeht, wenn du dich mit einer verdammten Landratte eingelassen hättest.«

Hitze stieg ihr ins Gesicht. Sie versuchte, mit dem Bootshaken den Grund zu erreichen, aber es war noch zu tief. »Meine Mama wußte auch etwas über Getratsche zu sagen. Wer behauptet, ich hätte mich mit irgendwem eingelassen? Ich fahre Fracht für Moghi.«

Das brachte den alten Mann für einen Moment zum Schweigen. Er schob kurz mit der Stange, als sie in den Schatten der Hängebrücke glitten. »Du solltest bei dieser Art Leute besser aufpassen, meine Kleine, und ich meine damit nicht Moghi. Er redet sehr schön daher, aber er wird nicht so mit dir umgehen.«

»Wer hat das gesagt? Wer hat gesagt, ich wäre mit jemandem zusammen gewesen?« Sie wehrte einen Pfeiler ab. »Obacht dort, verdammt noch mal, Del!«

»Hin, wenn du Boden hast, benutze den Scheißpfeiler, hat dir deine Mama das nicht beigebracht?«

»In Ordnung, in Ordnung, wenn du Backbord übernehmen willst, laß *mich* ausrufen. Ich werde dir Beine machen.«

»Ich werde *dir* Beine machen, das werde ich! Hin, dort. Verdammter Unfug. Blöder Unfug, auf den du dich da eingelassen hast, ganz wie deine Mama.«

Altairs Herz überschlug sich. Sie ließ einen weiteren Stoß aus. Ihre blasenbedeckten Füße brannten auf den Planken. »Was ist mit meiner Mama?« Ihr ganzes Leben schon hatte sie Andeutungen und Anzüglichkeiten gehört. Retribution Jones hat dies getan. Retribution Jones hat das getan. »Was *war* mit ihr?«

»Alles mögliche blöde Zeug in der ganzen Stadt. Moghi. Hafiz. Dann kamst du dazu, und sie wurde nicht einmal langsamer. Mira und ich, wir sagten ihr, ›Jones‹, sagten wir, ›wenn du dieses Baby mit in dunkle Ecken nimmst, forderst du ein Unglück heraus‹. Wir versuchten, sie zu überreden, daß sie dich uns gibt, das haben wir wirklich; du hättest unser Kind sein können – Riesenüberraschung für uns, daß du ein Mädchen warst – yoss, dort –, aber es macht keinen Unterschied für mich oder für Mira. Wir hätten dich genommen. Ich habe es dir angeboten, als deine Mama starb. Erinnerst du dich? Ich sagte dir, wir würden dich gut behandeln.

Ich schätze, du hattest Angst. Ich schätze, ich weiß, warum. Du hast damals noch den Jungen gespielt. Hast immer noch das Spiel deiner Mutter getrieben, hast Moghis Arbeit getan, die dunklen Wege genommen, immer weiter ins Dunkle und Tiefe.«

Altairs Herz schlug heftiger, als die Arbeit es erfordert hätte. Es war die alte Geschichte. Sagte man einem Mann die paar Worte, versuchte er sofort, sich einzumischen und die Dinge zu steuern. Zorn stieg in ihr auf und trübte ihr den Blick. »Hin«, sagte Del. Sie schob, und der Bug schwenkte hinüber in die Strömung der Schlange, hin zu jener Ecke, dem oberen Ende der Schlange.

»An *diesem* Ende der Stadt warst du! Verdammt, Del, ich habe dich heute morgen überall gesucht! Wo warst du?«

»Am Schwanz der Schlange. Unten bei Mantovan. Moghis Männer haben uns gefunden. Da habe ich dich schon gesucht, hatte *gehört,* du wärest bei Moghi gewesen. Zum Teufel, bei allem, was passiert ist, hast du fast deinen ganzen Tank leergemacht, und ich wollte meinen nicht für dein Boot verbrauchen, und Moghis Burschen suchten es und schubsten die Leute herum ... yoss, dort, yoss!«

»Entschuldige.«

»Erzähl mir die Wahrheit.«

»Das habe ich; es stimmt. Willst du sagen, daß ich lüge?«

»Ich behaupte, daß du ein Kind bist. Ich sage, daß deine Mama sich ihr ganzes Leben lang am Rand der Gesetze bewegte; *sie* kannte die Löcher, *sie* überquerte diese Linie in die eine und die andere Richtung. Ich wußte es, alle wußten es; aber deine Mama, sie nahm nie den einen Fuß von der sicheren Seite. Vielleicht ist sie auf einer anderen als dieser traurigen alten Welt wiedergeboren worden; vielleicht irgendwo, wo es besser ist als hier, aber es ist ganz sicher, daß sie hier noch nicht fertig war, denn sie hatte ein Kind dagelassen, das etwa halb soviel wußte wie sie, und dann gehst du zu diesem Moghi und transportierst seine Fässer auf dem Gezeitenwasser hin und her ...«

Liegeplätze zogen sich die Schlange entlang auf dieser Strecke zwischen Bogar und dem riesigen Mantovan, Skips und Stangenboote eins neben dem anderen, Schläfer auf den Decks und in den Tiefgängen. »Still!« zischte Altair und warf Del einen bösen Blick zu. »Du sprichst sehr freizügig über anderer Leute Angelegenheiten. Ich habe dich nur gebeten, auf mein Boot aufzupassen, mehr nicht!«

»Ich hab auch gut darauf aufgepaßt. Und dann tauchten diese Gerüchte auf – *ich* hatte deinen Skip im Schlepptau, meine Kleine; denkst du nicht, daß darüber geredet wird?«

»Ich sagte schon, daß es mir leid tut!«

Del sah sie an, zog die Stange dabei hinterher. Dann: »Verdammt – hin, dort, hin, langsam. Das vierte ist es. Wir sind da.«

Er riß die Stange hoch und tauchte sie wieder ein, um das Boot abzubremsen, während es seitlich an Bogar entlangfuhr. Das vierte Boot war ein Skip, war seines; die menschliche Gestalt auf dem Halbdeck wurde plötzlich als die sitzende Mira erkennbar, und das Boot nahm seine vertrauten Umrisse an. Altair stieß die Hakenstange fest nach unten und schwang den Bug herum, während Del im Takt mit ihr an seiner Seite bremste.

Sie wurden immer langsamer. Mira stand auf und stellte sich in den Mittelgang, dort im Schatten von Bogar. »Ich mache hier nicht fest«, brummte Altair, zu Del gewandt. »Habe nicht die Zeit, um mich mit euch zu unterhalten. Ich schwöre dir, ich bezahle, was ich dir schulde, ich fahre zurück und kümmere mich weiter um mein Geschäft, und ich erzähle dir und Mira nächste Woche die ganze Geschichte.« Sie hielt den Bootshaken in einer Hand und sprang in den Mittelgang, um das

Backbordtau hinüberzuwerfen, damit Mira es festhielt, während Del an Bord ging. Es war ein Akt der Höflichkeit, Dels Boot nicht mit dem Haken zu verunstalten. Miras große, dunkle Gestalt beugte sich herab, packte das Tau und zog Altairs Boot eng heran, wobei das Tau am Pfosten entlangflüsterte. »Hey«, sagte Altair, »mach sie nicht fest, Mira.«

Del legte die Stange in die Halterung zurück. Altair durchquerte den Mittelgang, um auch den Bootshaken dort unterzubringen, schob die Mütze nach hinten und ging zurück, die Hand in der Tasche, um dort nach den Pennies zu suchen.

Und sie erstarrte, griff nun zum Faßhaken. Mira beugte sich herüber. Mira, die schwerhörig war, war stur damit beschäftigt, doch festzumachen, und sie schien die Schatten am Bogar-Ufer gar nicht zu bemerken, Schatten, die herankrochen und plötzlich hinter Miras Rücken auf ihren Skip sprangen. *»Obacht,* Mira!«

Eine Stange klapperte hinter Altair, Del, der eine Waffe ausstreckte. Aber Mira drehte sich nicht um, sondern richtete sich nur auf, ganz so, als hätte sie gar nicht gespürt, wie ein halbes Dutzend Füße in ihren Mittelgang sprangen. Del trat mit der Stange hinter sie, während die Schatten hinter Mira das Boot zum Schaukeln brachten, ohne daß Mira sich darum kümmerte – falsch, falsch, das stimmte alles nicht! Altair riß in Panik mit der linken Hand das Messer heraus und stürzte auf das Haltetau los.

Die Stange sauste auf den Bootsrand herab, an ihrem Messer und ihren Fingern vorbei. *Dels* Stange! Die Schattengestalten ragten rings um Mira auf und sprangen hinüber in Altairs Boot, alle in einem Ansturm.

»Zum Teufel mit dir!« schrie Altair Del an und sprang auf sein Halbdeck, stieß gegen Mira, das Messer in der Faust. Mira schrie auf und stolperte rückwärts.

»Nein!« brüllte Del. *»Nein!«*

Da waren die Männer schon bei Altair, und sie packte

Miras Hemd mit der Faust, in der sie auch das Messer hielt; und sie zerrte daran, als die Hände auf ihren Schultern sie vom Deck in den Tiefgang herabzogen.

»Verflucht noch mal!«

Dummkopf!

Starke Arme hielten sie an beiden Ellbogen, Messerhand und Hakenhand zusammen. »Tut ihr nicht weh«, sagte Mira gerade. »Tut ihr nicht weh, verflucht sollt ihr sein!«

Jemand stand auf ihrer Seite. Ihr Opfer. Sie hörte auf, zu kämpfen und um sich zu treten; die Männer, die sie festhielten, lockerten ihre Griffe, so daß wieder etwas Gefühl in ihre Hände zurückkehrte. Sie holte Luft und konnte langsam wieder klar denken, als sie sah, wie Del und Mira und Bootfahrer feierlich wie Richter in jedem Bootsgang und auf jedem Deck entlang dem Ufer der Bogar-Insel standen.

Kanalfahrer. Sie alle. Kanalfahrergesetz. Kanalfahrer, die einen Groll hegten oder Fragen stellen wollten oder sonst etwas vorhatten. Vor ihnen gab es kein Versteck, in ganz Merovingen nicht.

»Sie hat mir nicht weh getan«, sagte Mira gerade. »Laßt sie los, laßt sie los. Altair, Altair, Liebes – laßt sie los!«

Haken und Messer wurden ihr aus den tauben Fingern genommen. Dann ließen sie sie los; und sie drückte die Arme an sich und zuckte dabei zusammen, lockerte sie aber erst wieder, als sie spürte, daß die Gelenke wieder in Ordnung waren. Sie erkannte einige der Männer. Und Frauen. »Komm schon«, sagte eine männliche Stimme, und er packte sie am Arm und zerrte sie über die Latten zum Ufer.

Sie drosch mit den Armen um sich, stemmte sich mit den Füßen gegen den Zug und versuchte, sich zu befreien. »Ich werde …«

»Du kommst mit!« Wieder packte sie jemand am linken Arm und zog ihn zurück, bis er fast brach. Sie schrie auf und gab nach, um ihn zu retten, und sie stieß sich das Knie am Bootsrand, als sie sie darüberzogen.

»Laßt mich los, verdammt!« Der Arm spannte sich an der Gelenkpfanne. Sie konnte nicht dagegen kämpfen. Sie stolperte auf das unebene Gemäuer des Simses vom Bogar-Einschnitt, *wußte* jetzt, wohin sie sie brachten. »Ich *gehe* schon, verdammt! Du brichst mir den Arm!«

Der Druck ließ nach. Ihre Sicht trübte sich sporadisch, wenn der Schmerz aufwallte, und sie geriet wieder ins Stolpern, als ein Mann sie auf einen Riß in der Mauer zuschubste. »Au!« schrie sie. Und stieß sich den Kopf heftig an einem Mauerstein, als der Mann sie über das Geröll in den Spalt in die Fundamente von Bogar stieß. Sie konnte für einen Moment nichts sehen, war frei und wankte und stolperte, bis ein anderer Mann sie packte und am Arm festhielt.

Einer nach dem anderen traf hier ein. Altair hörte sie im Dunkeln, hörte das Scharren von Füßen und wie sich noch jemand den Kopf am selben Stein schlug und fluchte. Altair zerrte an den Händen, die sie festhielten. »Verdammt, ihr könnt loslassen, ich laufe nicht weg!«

Ein Streichholz flammte auf. Eine einzelne Kerze wurde hell und zeigte in ihrem Licht eine unordentliche Höhle, in der Wasser von den Wänden tropfte und Schutthaufen von der Füllung herumlagen; etwa zwanzig Kanalfahrer waren da, alle im selben gelben Licht. Dies war das alte Bogar-Lagerhaus, dessen Fundamente zerfallen waren, auf halbem Weg zu ihrer neuen Verwendung als steinerne Unterlage der Insel, um sie mit den Ruinen abzustützen.

Kanalfahrer kannten solche Orte. Ebenso wie alles Gesindel und die Katzen von ihnen wußten.

Altair erblickte einen flachen Stein, eine große Steinplatte. Ein großer Mann mit offenem Hemd und einem Halstuch brachte die Kerze dorthin, setzte sich und befestigte die Kerze in ihrem eigenen Wachs vor sich. Schweiß glitzerte auf seinem unrasierten Gesicht, das in dem von draußen hereinwehenden Wind und dem dadurch flackernden Kerzenlicht wie das eines Teufels wirkte. Rufio Jobe hieß er. Er war keine Amtsperson. Dergleichen fand man auf den Kanälen nicht. Aber Jobe war ein Mann, der Dinge erledigte, der dafür sorgte, daß sie erledigt wurden. Direkt und endgültig. Und niemand gab ihm freche Antworten.

»Gebt mir meine Sachen zurück«, forderte Altair.

Rufio Jobe machte sich an seinem Platz breit und stützte die Hände auf die Knie. »Vielleicht gibst du uns ein paar Antworten, kleine Jones.«

»Antworten? Was für Antworten?«

»Zum Beispiel, was du so gemacht hast.«

»Ich habe nichts gemacht!«

»Del«, sagte Jobe und blickte zur Seite. Altair sah ebenfalls hin und erkannte links von sich Del Sulaiman und seine Frau, schweigend, sein weißes Haar und seine weißen Stoppeln neutral gelb im Kerzenlicht, während auf Miras Wangen Tränenstreifen zu erkennen waren.

»Wo bist du gewesen?« fragte Del.

»Wo ich gewesen bin?« Altair holte Luft und schüttelte die Arme frei; der linke trieb ihr dabei fast die Tränen in die Augen. »Ich habe einem verfluchten Lügner getraut, das habe ich getan! Du hättest mich auch gleich niederstechen können, wenn du schon dabei warst, nicht wahr, Del? Dein ganzes Gerede war eine *Lüge,* Del Sulaiman! *Verdammter Lügner!* Du willst mein Boot haben, das ist es, seit Jahren schon ...«

»Wenn du Mira noch einmal anfaßt, dann zeige ich es dir, du, du ...«

»Sie hat mir nichts getan!« schrie Mira; und *»Seid endlich still!«* meldete sich Jobe.

Daraufhin wurde es still, und der Schrei hallte noch an den Mauern nach. Ein Steinbrocken fiel herab. Wasser tropfte. Geröll knirschte unter jemandes Füßen. Altair schüttelte die Hände ab, die sie wieder an den Armen zu packen drohten. Sie zitterte. Ihre Magengrube fühlte sich an wie mit Wasser gefüllt. Die Gesichter der anderen umringten sie ganz dicht. »Blöder Lügner«, murrte sie, blickte auf und funkelte Jobe an. »Ich habe *private* Geschäfte. Ich ließ mein Boot bei jemandem, dem ich glaubte vertrauen zu können. Das habe ich getan.«

»Da du noch ein Kind bist«, sagte Jobe, »haben wir nicht das Bedürfnis, grob mit dir umzuspringen. Wir wollen uns nur mit dir unterhalten. Du warst es, die das Messer gezogen hat.«

»Woher sollte *ich* wissen, wer ihr wart? Zuerst dachte ich, ihr wolltet auf Mira losgehen. Da wußte ich immer noch nicht, wer ihr wart. Schon früher wurden Leute von alten Freunden verraten. Wie jetzt. Sollte ich vielleicht alles ruhig abwarten? Zum Teufel, ich versuchte gerade, mein Boot loszumachen, und wenn dann jemand, den ich kenne, mir in den Rücken fällt und mich aufhält, dann versuche ich, ihn loszuwerden. Die Welt ist verrückt geworden. Die Welt ist eindeutig verrückt geworden. Ich hätte niemals Mira niedergestochen; und sie hätte es nie mit mir getan. Das wußte ich. Aber ich dachte, wenn Del schon durchgedreht ist, dann sie vielleicht auch.«

»Nun, vielleicht war das so, vielleicht aber auch nicht. Tatsache ist, daß viele verrückte Sachen passieren. Wie dieses Feuer vergangene Nacht. Wie Morde in der Oberstadt, und die Leute, die das taten, treiben sich irgendwie in der ganzen Stadt herum. Ich sage dir eines, kleine Jones, es ist kein wirkliches Vergnügen für mich, dir Fragen zu stellen, denn ich war ein Freund deiner Mutter. Aber wir haben nun einmal wirklich ernste Fragen an dich. Weißt du irgend etwas über dieses Feuer?«

»Ich war dort unten. Was nicht heißt, daß ich es gelegt habe. Ich war nur dort.«

»Du hattest da diesen Passagier. Willst du uns etwas über ihn erzählen?«

»Was hat er damit zu tun?«

»Er hat dich dazu gebracht, dein Boot im Stich zu lassen. Suleiman kann das beschwören. Du bist einem hochgewachsenen Burschen hinterhergelaufen, der ganz wie ein Kanalfahrer bekleidet war und der sich wie ein Oberstädter bewegte. Später hast du dich von diesem Feuer entfernt, zusammen mit diesem hochgewachsenen Burschen, der wie ein Falkenaer aussah. Du bist vom Alten Markt aus mit Mintaka Fahds Boot gefahren und hast ihr erzählt, er wäre hinter einem Mädchen her.«

»Ich habe ihn gefunden, als ich durch die Stadt ging; wir wurden zufällig durch das Feuer abgeschnitten und konnten nicht zu Moghi zurück, bis wir Oma Fahd begegneten. Wer ist hier so an meinen Angelegenheiten interessiert?« Ihr Herz klopfte heftig. Diese Leute anzulügen, wäre tödlich gewesen. Eine kleine Lüge war eine Sache; eine große Lüge und wenn dann etwas schiefging, das war eine Möglichkeit, ums Leben zu kommen, einfach irgendeines Morgens tot zu sein, ohne daß sich irgend jemand darum scherte. Schon ein Verdacht reichte, um zu hungern, belästigt und Streichen ausgesetzt zu werden, bis man nur noch zum Hafen hinaus gehen konnte. Falls sie jemals lebendig aus diesem Keller herauskäme. »Wer sagte, ich hätte nichts Gutes im Sinn? Wer hat das behauptet? Warst du es, Del Sulaiman? Warst du es?«

»Mädchen«, sagte Jobe, »es wurde viel geredet. *Viel.* Nun, du kennst die Regeln: Schwierigkeiten sind nicht gut für die Kanalfahrer. Überhaupt nicht. Wir haben Kanalfahrer, die nicht fahren können, wir haben einen blockierten Kanal, wir haben die Polizei, die überall an den Kanälen herumschnüffelt, und wir haben viel weniger Frachten als sonst wegen dieses Ärgers in der Stadt, was bedeutet, daß Kinder und alte Leute hungern werden. Du wirst uns doch zustimmen, daß wir uns berechtigte Sorgen machen?«

»Genau wie ich. Genau wie ich, verdammt!«

»Es ist nicht dasselbe, wenn du eine andere Art Fracht beförderst.«

»Was? *Was* soll ich tun? Ich tue nichts Illegales, und ich brauche weder dir noch sonst jemandem etwas über meine Angelegenheiten zu erzählen! Wo soll das hinführen? Daß jeder jedem von seinen Geschäften erzählt? Jedem erzählt, was in den Fässern steckt? Wohin kommen wir da? So läuft es nicht!« Sie holte Luft. Weiche nie zurück, hatte ihre Mama gesagt. Geh sie an, Altair. »Ihr meint, ihr könntet Jones herumschubsen, ihr könntet Jones belästigen, weil sie allein fährt. Na, ich werde es nicht vergessen, ich werde mich verdammt gut daran erinnern, wer mich geschubst hat! Versucht ja nie, mir mit euren verdammten Booten in die Quere zu kommen, und versucht keine Tricks, denn ich kenne sie alle! Mit meiner Mama hättet ihr das nie machen können, und ihr werdet noch lernen, daß ihr es auch nicht mit ihrer Tochter machen könnt; du wirst das lernen, Jobe!«

»Und das von einem Kind«, warf Jobe ein, sobald sie eine Pause machte.

»Ich bin kein Kind mehr!«

»Du bist auch noch nicht erwachsen. Es wäre besser, wenn du offen mit uns wärest, kleine Jones. Und es wäre besser, du erzähltest uns alles, solange wir noch Geduld haben. Was läuft da ab, und warum treibt sich die junge Jones auf einmal überall in der Stadt herum, wo es Ärger gibt?«

»Wer hat behauptet, ich täte das?«

»Die halbe Stadt erzählt es! Willst du, daß wir die harte Tour anwenden? Wir machen das nicht gerne, aber wir können gleich anfangen, hier ernsthaft miteinander zu reden, du und ich und einige unserer Nachbarn; wir können uns die ganze Nacht lang hier unterhalten; und wir können auch Sachen machen, die dir nicht gefallen würden. Möchtest du nun reden, oder möchtest du lieber herausfinden, was wir andernfalls tun werden?«

Es waren mehr als zwei Dutzend, überwiegend Männer und überwiegend groß. Altair sah nicht hin, um ihnen nicht diese Befriedigung zu verschaffen. Ihr wurde noch übler zumute, und ihre Muskeln wurden schwach.

Gib nicht klein bei! Weiche nie zurück, weiche nie zurück, oder sie erledigen dich ein für allemal!

Denk nach, Jones! Du mußt ihnen das meiste erzählen; verkrüppelt bist du für niemanden mehr etwas nutze; und diesem Haufen etwas vorzulügen hätte bedeutet, innerhalb eines Jahres tot zu sein.

»Altair«, fiel Miras weiche Stimme ein. Die Backen der großen Frau schwabbelten, seltsam beleuchtet in diesem Licht. »Altair, Liebes, du hast nichts Schlechtes getan, das weiß ich! Und dies hier sind deine Leute, sie werden dir nichts tun, was du auch angestellt hast. Du mußt nur erzählen, auf was für eine Sache du dich da eingelassen hast ...«

»Das stimmt«, pflichtete ihr Jobe bei. »Wenn du uns sagst, was du weißt, wird niemand Hand an dich legen. Es ist nichts Persönliches. Kleine Jones, wir wollen auf keinen Fall einem Kind etwas tun – du bist einfach der einzige Mensch, dem wir Fragen stellen können.«

»Ich bin nicht mehr die kleine Jones! Ich bin die einzige Jones, ich führe mein Boot selbst. Und ich habe nichts gegen die Branche getan!«

»Na ja, nun, davon mußt du uns auch überzeugen, und zwar genau jetzt, noch bevor es Morgen wird. Vor dem nächsten Tag. Weißt du, was wir mit denen machen, die der Branche schaden? Wir fangen mit den Fingern und den Zehen an, Jones. Man braucht nicht alle davon. Aber sie können höllisch weh tun. Ausgewachsene Männer schreien hemmungslos, wenn wir vom Brechen zum Entfernen übergehen. Und da sind noch die Ohren. Man braucht nicht beide. Und wenn du nicht redest – nun ja. Der Bogar-Insel werden die Knochen einer Kanalfahrerin hier unten nichts ausmachen. Möchtest du damit anfangen, Finger zu verlieren, kleine

Jones? Wir können den kleinsten brechen. Das ist kein allzugroßer Schaden.«

Altair warf sich herum, als der Mann neben ihr sie am Arm packte, und Mira kreischte: »Nein, nein, nein ...« Der Schrei fuhr mitten in Altairs Nerven; und der Mann – es war einer der Mergesers, ein wenig Gehirn und viel Muskeln –, und dieser Mergeser packte ihre Hand und bog den kleinen Finger vor und zurück, ungeachtet ihres Zuckens und Tretens. Sie schlug gegen seine Schulter, hätte aber genausogut auf Stein schlagen können. Sie warf Jobe einen wilden Blick zu.

»Okay, okay – *au!* Verdammt, hör auf! Verdammt ...«

»Stop«, sagte Jobe, und der Mergeser hörte auf und ließ sie los. Sie umklammerte die verstauchte Hand und schnappte nach Luft. »Nun?« fragte Jobe. »Erzähl schon, kleine Jones.«

Sie holte erneut Luft und riß sich los, als der Mergeser wieder nach ihrem Arm griff. »Es geht um diesen reichen Mann ...«

»Wen?«

»Ich weiß nicht, wie er heißt. Er nennt sich Tom. Er ist einer Bande in die Quere geraten, und sie haben versucht, ihn umzubringen.«

»Reiche Männer wissen, wie sie sich gegen solche Versuche wehren können.«

»Nun, sie haben es jedenfalls versucht. Der Gouverneur tut einfach nichts; was erwartest du da? Dies ist irgendeine Oberstadtgeschichte, und dieser Kunde von mir steht nicht auf der falschen Seite.«

»Wer hat den Brand gelegt?«

»Wie soll *ich* das wissen?« Sie fuhr wieder zusammen, als Jobe eine Bewegung machte. Sie mußte mehr von der Wahrheit erzählen, und sie mußte es schneller tun. Soviel, wie sie unbedingt mußte. Der Schmerz lief wie Feuer durch ihren Arm. »Verdammt, *er* hat doch nicht diesen Kahn angesteckt! Die Leute, die ihn jagen, sind einfach verrückt, verdammt verrückt. Der Gouverneur hat Gallandry geschnappt, weil er glaubt, so den Frieden bewahren zu können. Er kann die Verrückten einfach nicht finden, die die Marsbrücke niederbrannten und ein Feuer in der Stadt legten, also geht er einfach hin und schnappt sich Gallandry, der ja das Opfer war! Ergibt das Sinn? Geht man in dieser Stadt immer so mit den Problemen um?«

»Was hast du mit der Sache zu tun?« fragte Jobe mit kalter und ruhiger Stimme. »Was hast du da für ein Geschäft? Was für eine Fracht beförderst du?«

»Ich befördere nur einen Fahrgast, und ich stehe auf niemandes Seite, der herumgeht und Brände legt. Ich habe doch nur *versucht,* diesen Burschen wieder in die Oberstadt zu bringen, wo er Freunde hat, und das ist die einzige Möglichkeit, diesem Gesindel Einhalt zu gebieten, bevor sie erneut etwas Verrücktes anstellen. Sie sind in der Oberstadt eingebrochen und haben vier Leute *umgebracht;* möchtest du einen Silbernen darauf verwetten, daß die Leute von der Oberstadt sie nicht unterwerfen werden? Sie werden es! Und ich will verdammt sein, wenn das nicht auch die einzige Möglichkeit ist, mit den Verrückten fertig zu werden. Kein Kanalfahrer hat die Möglichkeit dazu – und ich habe nichts gegen die Interessen unserer Branche getan. Ich habe kein Scheißabkommen mit Scheißdummköpfen, die Brücken niederbrennen, und wenn ich sie auf der Hängebrücke sehe, werde ich es nur bejubeln!«

»Vielleicht hättest du dir das früher überlegen sollen, wie, Jones? Vielleicht hättest du an deine Freunde denken sollen.«

»Hör mal, ich wußte nicht, daß es Verrückte sind, als ich mein Boot bei Del und Mira ließ; ich habe die beiden nicht absichtlich in Schwierigkeiten gebracht, sondern habe nur mein Boot zurückgelassen, um sicherzugehen, daß mein Fahrgast sein Ziel erreicht. Ich habe ihn eingeholt, und da war er besorgt, weil er wußte, daß sie mich töten könnten, ich hatte ja keine Ahnung; er versteckte mich für ein paar Stunden bei Gallandry, und als dann diese Verrückten die Brücke in Brand steckten, habe ich *ihn* genommen und bin mit ihm geflohen, weil ich in diesem Moment genau wußte, daß sie ihn umbringen und so die Sache bereinigen wollten. Verstößt das gegen die Interessen der Branche? Habe ich etwas falsch gemacht?«

»Du bist ein verdammter Dummkopf, Jones.«

»*Wer* ist ein verdammter Dummkopf? Ist das eine, die einem Mann die Hand reichte, der sich Mühe gab, ihr Gutes zu tun? Dann bin ich eben ein verdammter Dummkopf, aber ich bin kein Feigling, Jobe, und ich werde keiner sein, was sich auch für mich ergibt.«

Es wurde gemurmelt. Sie hatte ins Schwarze getroffen. Jobe steckte die Hände in den Gürtel und erhob sich im flackernden Kerzenlicht wie ein Schattenmonument.

»Sie hat dir alles erzählt«, meldete sich eine andere Stimme zu Wort, eine Frauenstimme, und eine kleine, zerbrechliche Frau bahnte sich ihren Weg zwischen den Schatten hindurch. »Sie hat dir die Wahrheit erzählt, und jetzt laß sie gehen, hörst du?«

Mary Gentry. Und der große Mann, der ihr folgte, war ihr Ehemann Rahman. Altair blickte ihnen mit Herzklopfen entgegen – Mary Gentry von jenem Boot vor Jahren, Mary, dessen kleinen Sohn Altair zu retten versucht hatte, wobei sie selbst fast ertrunken war. Und Mary Gentry hatte keinen Blick mehr für sie übrig gehabt, nachdem der Junge Fieber bekommen hatte und gestorben war.

Bis jetzt.

Bis jetzt, wo es darauf ankam.

Der Himmel bringe dich an einen besseren Ort, Mary Gentry.

»Was weißt du denn schon?« fragte jemand Gentry.
»Sei still!« schrie ihr Mann zurück, und ihr Sohn, ihr lebender Sohn, dunkel wie Rahman und auch schnell

groß geworden, fügte hinzu: »Wenn du versuchst, meiner Mama über den Mund zu fahren, Stinner, dann hänge ich deine Eingeweide an meinen Haken.«

Altair holte Luft und atmete wieder aus. Der Streit artete in Geschubse und in Drohungen mit den Haken aus, bis jemand die Gentry-Diazes und die Stinners trennte. Schatten bewegten sich heftig im Kerzenlicht, und das laute Gebrüll erzeugte dementsprechend Echos in der Höhle.

»Seid still!« schrie Jobe, und langsam wurde es wieder ruhig. Altair zitterten die Knie, und Jobe ballte die Fäuste. »Jones, ich hoffe, daß dein Bericht stimmt. Es wäre verdammt gut für dich, wenn er stimmte!«

»Wenn du jemanden beschuldigst, Brände zu legen, Rufio Jobe, dann stelle lieber sicher, daß du auch recht hast!« Sie ballte selbst eine Faust und schüttelte sie in seine Richtung, eine alte und eindeutige Geste. »Ich verdiene meinen Lebensunterhalt auf dem Wasser, wie ihr alle; ich befördere Fässer und gerate nie jemandem in die Quere, weder ich noch mein Boot, verdammt noch mal! Ich lege offen an, wie es alle tun, achte auf eure Boote, bezahle meine Schulden ... was das angeht, Del Sulaiman ...« Sie fand Del in ihrer Reichweite und schwang die flache Hand verächtlich nach ihm. »Sag mir, was ich dir schulde, was es kostet, auf mein Boot aufzupassen, hier vor allen anderen. Ich werde dich bezahlen. Ich zahle dir jeden Penny.«

»Ein Penny wird reichen«, brummte Del und trat von einem Fuß auf den anderen. »Jones ... Ich habe versucht zu helfen ...«

Sie starrte ihn an. »*So* nennst du es, wenn ihr über mich zu Gericht sitzt?«

»Du dummes Gör, du hast dich mit Schurken zusammengetan!«

»Also willst du mir die Finger brechen?«

»Jobe hat das mit den Fingern nur so gesagt!« schrie Del. »Beim Himmel und meinen Vorfahren, Jones. Jobe hätte das nie getan! Jones, vergiß den Penny, ich will keine Bezahlung.«

Altair würgte benommen. Zwischendurch blieb ihr immer wieder die Luft weg.

Ich werde ihn töten. Ich werde ihn töten.

Verdammt, dieser bedauernswerte alte Trottel! Er und Mira. Wie Oma Mintaka. Kein Kind, nach all den Jahren nicht.

Sieh sie dir an. Verrückt. Verrückt vor Verlangen, mich herumzuschubsen.

Verrückt vor Verlangen.

»Dieser Mann hätte mich gerne adoptiert«, sagte Altair und blickte Jobe an. »Er und Mira. Ich bin ihnen nicht böse. Auch dir nicht, Jobe. Aber ihr zieht besser die Köpfe ein!« Sie warf sich herum und schrie sie alle an, blickte dem einen und anderen ins Auge, besonders dem Mergeser. »Wenn ich schuldig wäre, hätte ich die Hälfte von euch erledigt! Es sieht euch ähnlich, jemanden zu überrumpeln, der nichts Schlechtes von euch erwartet, ihn herumzuschubsen und einen Lügner zu nennen, wie? Del, ich zahle dir nächste Woche diesen Penny. Ich will keine Schulden haben, aber ich will mich hier auch nicht darüber unterhalten.«

»Jones«, sagte Jobe, »es wäre wirklich gut für dich, aus deinem Geschäft auszusteigen. Du bist nicht ganz so sauber, wie du tust. Ich sage dir, du fährst in schnellem Wasser. Echt schnellem Wasser. Und ein Gör wie du hat noch nicht den rechten Gleichgewichtssinn dafür.«

»Danke«, sagte sie bitter. Und rieb sich den wunden Arm. »Gebt mir meine Sachen zurück. Wo ist mein Messer?«

Schweigen trat ein. »Gebt es ihr«, sagte Jobe, und Alim Settey ging zu ihr und händigte ihr das Messer aus. Einer der Casey-Brüder gab ihr den Haken in die andere Hand, und sie steckte beide Gegenstände in die Scheiden. Ihre Hände zitterten so stark wie die Knie, aber die Hände waren für die anderen im Kerzenschein sichtbar und machten ihr Schande. Ihr Gesicht wurde heiß, und die Wut verspannte ihren Bauch. »Danke«, sagte sie. Sei höflich, Altair, sagte die Stimme ihrer Mutter in ihrem Kopf. Retributions Geist saß drüben auf einem Haufen Mauersteine, die Füße herabhängend, die Mütze schräg nach hinten geschoben. Sie sind gar nicht so übel, meinte Retribution. Sie sind deine Nachbarn, alles, was du hast, und du mußt höflich zu ihnen sein, außer, wenn sie dumm sind.

Sie sind dumm, Mama.

Sie glauben dir nicht die Hälfte, sagte Retribution in ihrem Schädel. Und sie lassen dich trotzdem gehen, nicht wahr? Ist das dumm? Oder ist es das Verhalten von Nachbarn?

Der Jüngste der Mergesers reichte ihr höflich und mit ernstem Gesicht die Mütze. Altair ballte die Faust und entspannte die Hand wieder, und sie nahm die Mütze ruhig entgegen, verzichtete darauf, sie an sich zu reißen. Sie setzte sie wieder auf und ging dann zwischen den Versammelten hindurch zum Ausgang. Ihre Beine zitterten so sehr, daß sie Mühe hatte, über das Geröll zu steigen, das im Durchgang lag. Sie gelangte hinaus in den zugigen Bogar-Einschnitt und atmete tief die kalte Luft ein.

Irgendwo weit weg läutete eine Glocke, ein leises Geräusch in der Nacht. Der Wind und die Brücken und die ineinander verflochtenen Wasserwege trieben ihre Spiele mit solchen Geräuschen, erweckten den Eindruck, daß sie mal nah, mal fern waren.

Altair setzte sich in Bewegung und stolperte den schmalen Steinsims entlang. Sie hatte ständig das Gefühl, daß ihre Knie nachgeben wollten. Kanalfahrer folgten ihr, hörbar an den vielen Schritten auf dem unebenen Weg.

»Da ist jemand in Schwierigkeiten«, sagte einer. Und dann hörte das Läuten auf.

Altair sprang von der Seite her auf das Halbdeck von Dels Boot und dann hinüber auf ihren eigenen Skip, hockte sich hin und machte sich daran, das Boot loszubinden, während der Rest der Versammlung am Ufer eintraf. Einige blieben noch stehen, um miteinander zu sprechen. Andere standen nur da und sahen Altair zu. Ihr zitterten die Knie, und auch die Hände bebten und hatten Schwierigkeiten mit dem Knoten.

Glocken läuteten häufig nachts in Merovingen. Ein Einbruch in einem Laden, ein Ladenbesitzer, der die Blacklegs und seine Nachbarn herbeirief. Nichts Ungewöhnliches.

Sie fluchte und bekam endlich den Knoten auf, erhob sich und klapperte und fummelte mit der Stange, als sie sie hervorholte, knirschte dabei mit den Zähnen, weil ihr die Arme so weh taten. Die Beine versagten ihr fast, als sie in den Tiefgang sprang und nach vorn eilte, um die Stange ins Wasser zu stecken und den Skip zu drehen.

»Jones!« Es war Del. Er war wieder auf seinem Boot, in einiger Entfernung gefolgt von der keuchenden Mira. »Jones, ich muß mit dir reden. Mira ...«

»Ich hab keine Zeit.« Sie stieß sich ein Stück weit von Dels Boot ab und schob den Bug hinaus in die Strömung der Schlange. Sie überließ es der Strömung, den Skip abrupt zu drehen, während sie nach achtern lief und das Boot in Fahrt brachte.

»Jones!« rief Del. Und »Altair!« rief auch Mira hinterher.

»Wohin fährt sie?« fragte jemand.

Die Wellen plätscherten geräuschvoll an den Ufern von Bogar und Mantovan, und die Stimmen wurden immer leiser, während Altair in freies Fahrwasser hinaussteuerte und auf Kurs ging.

Dumme Panik. Es bestand gar kein Grund zur Eile. Die Leute beobachteten sie schließlich.

Mach langsamer, sagte Retribution in ihren Gedanken. Sollen die Dummköpfe da hinten vielleicht sehen, daß du so davonrennst? Was denkst du dir eigentlich, Altair?

Ich weiß nicht, ich weiß nicht, Mama. Es macht mir nichts aus, verdammt sollen sie alle sein! Ich muß zurück zu Moghi. Ich muß zu Mondragon. Irgend etwas stimmt nicht, irgendwo stimmt etwas nicht.

Und die falschen Leute schafften es immer, ihn zu finden.

Ihr Atem ging schwer, wurde fast zu quälendem Schmerz, als sich die Pfeiler der Hängebrücke um sie schlossen, während der Skip von der Strömung der Schlange getragen wurde. Keine Boote hier; Altair sah nicht einen einzigen Skip oder ein einziges Stangenboot unter der Hängebrücke festgemacht, nirgendwo hier im Umkreis. Sie hatte einen einzelnen Skip gesehen, der unter der Coffinbrücke langsam den Margrave hinabgefahren war. Sonst niemanden. Diese Verlassenheit wirkte bedrohlich, aber schließlich waren die Boote, die hierher gehörten, größtenteils unten bei Bogar – eine einberufene Versammlung war Erklärung genug für so wenige Boote; sie hatte schon erlebt, daß noch weniger unterwegs gewesen waren. Gerüchte, Hochzeiten oder Jahrmärkte, man konnte hundert Gründe nennen.

Sie brachte den Schatten der Hängebrücke hinter sich. Der Ventani-Pier ragte düster über dem Schimmer des Wassers auf, und helles Licht glitzerte vor Moghis offener Tür auf dem Wasser und zeigte ungefähr ein halbes Dutzend Boote, die an Moghis Veranda vertäut lagen. *Das* war normal. Die Fensterläden waren geöffnet, und auch die Tür stand weit offen.

Dummkopf! Siehst du? Strengst dich für nichts an. Mondragon liegt im Bett und schläft, warm und gemütlich ohne etwas mitzubekommen.

Ich muß ihn wecken und auf Trab bringen, ihn so schnell wie möglich zu Boregy schaffen. Himmel, meine

Arme, meine Hand! O verdammt, *verdammt,* meine Finger tun so weh.

Aber wo ist die Musik?

Wo der Lärm?

Ich höre keine Musik und keine einzige Stimme. O Gott! Warum ist dort nichts zu hören?

Sie gab dem Boot noch einen Schub mit der Stange und ließ es herangleiten. Der Wind kühlte ihr durch den Pullover hindurch die Haut.

An der Veranda festmachen und nach hinten zum Schuppen schleichen?

Durch diesen dunklen Einschnitt gehen, zurück in wer weiß was für eine Falle?

O Gott, o Gott! *Hier* hat es geläutet; es war *Moghis* Glocke! Wo bleibt nur die Wache? Wollen die verdammten Blacklegs denn nicht kommen?

In was gerate ich da?

Sie schwenkte Richtung Ventani-Pier ab, war dabei aber so forsch, daß der Skip dwars abtrieb und dann langsam auf den dunklen Pfeilerwald und das schräg abfallende Frachtdock zuglitt.

Altair hatte Blutgeschmack im Mund. Die Rippen taten ihr weh. Sie schob das Boot heftig auf die Pfeiler zu. Es scharrte seitlich an ihnen entlang und brachte sie damit fast ins Stolpern.

Keine Zuschauer entlang des Steinrandes. Keine Obdachlosen und keine Bettler warteten dort darauf, die Waren eines Bootes zu klauen. Nichts. Die Armen und die Katzen wußten, wann sie lieber das Weite suchten. Sie hatten mehr Verstand als eine dumme Kanalfahrerin, eine, die sich in anderer Leute Dinge einmischte. Sie waren fort. In Sicherheit. Sie sahen nichts. Und alles.

Altair drehte wieder den Bug und stakte den dunklen, flachen Rand hinauf zur Südseite von Moghis Veranda, packte ein Pfeilertau mit dem Faßhaken und wickelte das Backbordtau herum. Dann kletterte sie die Leiter hinauf in das Licht und die unnatürliche Stille drinnen.

Sie blieb wie vom Blitz getroffen stehen, betäubt durch den Anblick von Gestalten überall auf dem gut beleuchteten Boden, zusammengesackt an den Tischen und auf den Stühlen, ganz so, als wäre die Katastrophe plötzlich und heftig hereingebrochen.

»Moghi!« Sie schwankte unter dem Impuls zu flüchten, zurück in die Sicherheit ihres Bootes zu springen und dorthin zu fahren, wo ein Kanalfahrer hingehörte.

Aber Mondragon – der dort oben schlief ...

Sie zog das Messer und mit der anderen Hand den Haken. Sie ging hinein und sah sich um, und sie konnte nichts erkennen, das sich bewegt hätte. Sie durchquerte den Raum ganz, durch Lachen vergossener Getränke. Ein ätzender Geruch hing in der Luft, ein Dunst. Der Geruch verursachte ihr Kopfschmerzen.

Durch den hinteren Vorhang in den Flur, durch den schmalen Zugang zur Treppe. Wieder eine Gestalt. Noch mehr Körper, von denen sich einer bewegte.

»Ali!« Sie sank unsicher auf ein Knie und schüttelte ihn. »Ali! Was ist passiert? Wo ist Moghi? Was ...«

»Uhhnn«, sagte Ali und hob eine Hand, deutete die Treppe hinauf. Ließ die Hand wieder fallen. Er unternahm noch einen Versuch. Blut stand vor seinem Mund. »Moghi – hinten hinaus ...« Er versuchte aufzustehen. Altair ließ ihn liegen und hastete die Treppe hinauf.

Die Tür zum Zimmer stand offen. Sie lief dorthin, lief hinein und sah, daß das Nachtlicht noch brannte und die Decke halb vom Bett heruntergerissen war. Sie lief zur anderen Seite des Bettes, aber dort lag nichts außer Mondragons Schwert.

Sie zerrte die Laken hin und her, entdeckte aber keine Spur von Blut, nirgendwo auch nur das kleinste bißchen. Auch keine von Mondragons Kleidern, abgesehen von der Strickmütze. *Die* hing dort. Keine Stiefel. Also war er angezogen gewesen, als es passierte. Man hatte ihn nicht im Schlaf überrascht. Aber er war über das Bett gezerrt worden – er oder *irgend jemand.*

Altair packte das Schwert mit der Hakenhand und ging zurück um das Bett herum, fand auf der anderen Seite ihre Schuhe an der Stelle, wo sie sie hingestellt hatte. Sie hockte sich hin und kippte den einen mit der Messerhand um und schüttelte ihn.

Das Goldstück plumpste auf den Fußboden und schimmerte im Lampenlicht.

Also hatten sie sich nicht die Mühe gemacht, etwas zu stehlen. Hatten das Zimmer nicht einmal durchsucht. Sie machten sich aus nichts in der Welt etwas, abgesehen von Mondragon selbst – also waren es keine gewöhnlichen Diebe und auch keine gemieteten Helfer. Und nun war Mondragon verschwunden, ohne die Spur eines Kampfes, wenn man die zerrissenen Bettdecken, das herumliegende Schwert und den ätzenden Gestank nicht berücksichtigte.

Sie steckte die Goldmünze in die Hosentasche und das nutzlose Messer in die Scheide, stürmte dann barfuß über den Flur zum Badezimmer, um auch dort noch nachzusehen, getrieben von einem letzten vergeblichen Gedanken, Mondragon zu finden.

Nichts. In ihrem Kopf hämmerte es; die Augen tränten und die Nase lief. Sie wischte sie mit dem Pulloverärmel ab und hörte dann unten Bewegungen, Männerstimmen und gedämpfte Flüche.

Dort unten war noch jemand am Leben. Was für ein schädlicher Stoff auch im Haus freigesetzt worden war, jemand war am Leben, und jemand ging dort unten herum.

Wenn es nicht wieder das Schwert Gottes war, zurückgekehrt, um alle zu töten.

O Gott, hat denn niemand die Glocke gehört? Kümmert sich nicht einmal Ventani darum, die Leute direkt über uns? Die Polizei des Gouverneurs wird nicht kommen, wird sich hier unten nicht blicken lassen, es sei denn, sie wollte Mondragon in die Hand bekommen ...

... und jetzt bin ich hier oben, von wo es keinen anderen Weg nach draußen gibt als über die Treppe ...

Sie hörte teils deutliche Stimmen, teils unklare, alle männlich; dann:

»Jones!«

Eindeutig Moghis Gebrüll, so angespannt und rauh seine Stimme auch klang. Altair ballte die Faust um Mondragons Schwert und ging zur Treppe.

Moghi war unten im Gang, wo er sich auf eine Bank vor dem Arsenal an der Wand hängender Kleider und Handtücher lehnte. Ali war bei ihm, und dazu ein halbes Dutzend seiner Gorillas sowie ein einzelner Jüngling, desen blaßlila und schwarzes Seidenhemd und empörtes Gebaren ihn eindeutig als Ventani verrieten. Also scherten sich die Leute von weiter oben doch um das, was hier unten geschah; die Ventani-Grundbesitzer hatten den jungen Mann ausgeschickt, um nachzusehen, was in ihrem Keller nicht stimmte und warum die Glocke geläutet hatte. Aus dem Zimmer hinter Moghi kamen dumpfe Schläge und matte Flüche. Ein Stuhl scharrte über den Boden und brach krachend zusammen. Der hübsche Junge aus dem oberen Ventani blickte besorgt zu Altair hinauf und sagte etwas zu Moghi. Dann eilte er hinaus, um Zeugen aus dem Weg zu gehen, selbst wenn es nur eine Kanalfahrerin war, die die Treppe herunterkam, das Schwert eines Oberstädters in der Hand. Ventani wollte sich aus der Geschichte heraushalten, *würde* auch abseits stehen, wenn die Polizei kam.

»Ist er da?« fragte Moghi mit dem Schatten seiner sonstigen Stimme. Die Handvoll Männer standen um ihn herum, alle mit mürrischen, drohenden Gesichtern. *»Ist er da,* Jones?«

Sie hielt den Schwertgriff mit der linken Faust fest umklammert und blieb auf den unteren Stufen stehen.

Sie stand einer Übermacht gegenüber und hatte auch diesmal nicht mehr Raum zum Fliehen, als ihn das Fehmegericht der Kanalfahrer geboten hatte. Nur nicht Schwert oder Haken gegen Moghi erheben! Das wäre eine sichere Methode zu sterben, entweder auf der Stelle oder in ein paar Tagen, langsam und qualvoll.

»Nein«, sagte sie. »Er ist nicht da.« Und sie stampfte die letzten beiden Stufen hinunter und baute sich breit in Moghis kleinem Hof auf. »Verdammt, Moghi, wie konnten sie ihn nur kriegen?«

»Rauch«, sagte Moghi. »Dieser verdammte Rauch ...« Er winkte mit einer bläßlichen Hand. Schweiß glänzte auf seinem Gesicht. Er sah aus wie ein Mann, dem gleich schlecht wurde. »Sie kamen herein, verhüllt in Kapuzen und Masken ... Wesh schaffte es noch zur Glocke, und sie warfen einen Chat-Stern nach ihm. Wesh liegt tot dort draußen ...« Moghi hustete, und der Krampf erschütterte seinen ganzen Körper. »Habe Tommy und Jep nicht gesehen. Verdammt sollen sie sein. Sie werden es ohnehin sein!«

»Ich muß Hilfe holen ...«

»Niemand wird uns zu Hilfe kommen. Kein Blackleg wird sich hier einmischen.«

»Das werden wir sehen.« Sie machte Anstalten, zur Tür zu gehen, aber die wurde sofort blockiert. Zwei Männer verstellten ihr den Weg. Sie drehte sich zu Moghi um. »Ich muß ihn finden!«

»Warte«, sagte Moghi. »Jones, komm zurück.«

Sie gehorchte. Bei diesem Tonfall und mit Moghis Männern in ihrem Weg blieb ihr nichts anderes übrig. Sie stand vor Moghi, und sein Mund bildete eine dünne, blasse Linie in seinem schwitzenden Gesicht.

»Wenn du ihm folgst«, begann Moghi, »weißt du dann, wohin du dich wenden mußt?«

»Ich kenne Namen. Boregy. Malvino. Sie können irgendwo Hilfe besorgen.« Sie hockte sich auf die Fersen und legte das Schwert über ihre Knie, so daß Moghi nicht zu ihr aufblicken mußte. »Dort haben sie Geld, um diesen Bastarden Schwierigkeiten zu bereiten. Sie können Mondragon zurückholen.«

»Das war keine Bande«, meinte Moghi mit heiserer Stimme. »Ich habe sie hereinkommen sehen – siegessicher in ihren schwarzen Masken ... Sie haben kein Wort gesagt; erst kam dieser rauchende Topf durch die Tür gerollt, und dann kamen diese schwarzen Teufel herein, kamen einfach hereinmarschiert, und die Kunden fielen in diesem verdammten Rauch zu Boden. Sie warfen einen Stern nach Wesh. Der alte Lewyt verwünschte sie, und ich dachte schon, es wäre aus mit ihm, aber sie gingen hindurch, als wüßten sie genau, wohin sie wollten – und sie *wußten* es verdammt gut, Jones!«

»Na, ich habe es ihnen nicht gesagt!«

»Sie marschierten hier herein, als ob ihnen alles gehören würde, als ob sie genau gewußt hätten, wohin sie wollten. Das ist keine gewöhnliche Bande, Jones, nichts dergleichen.«

»Ich muß dir noch etwas geben.« Sie fischte verzweifelt in ihrer Hosentasche und brachte die Goldmünze zum Vorschein. »Moghi, ich bezahle dich, ich mache es wieder gut, soweit ich kann. Ich gehe wieder ...«

Moghi zögerte und starrte das runde Goldstück an – starrte es nur an, ohne es zu nehmen, als hätte Moghi je zuvor in seinem Leben gezögert, Geld anzunehmen. Dann preßte er den Mund fest zusammen, streckte eine wächserne Hand aus, nahm die Münze zwischen zwei Finger und hielt sie hoch. »Erinnerst du dich daran, was ich dir sagte, als du zu mir kamst und Fässer befördern wolltest, Jones? Erinnerst du dich, was ich dir sagte, als ich dir damals die zwei Silbernen gab und dich gegen diesen Gorilla von Hafiz ins Feld schickte? Erinnerst du dich noch? Solltest du die Fracht zurückbringen, wollte ich dich anstellen, und solltest du auf dem Hafengrund enden, hätte ich meine Ausrede gehabt.«

»Ich komme wieder, Moghi!«

»Ich will die Eingeweide dieser schwarzen Kerle auf einem Haken, Jones. Ich rechne nicht damit, dich wiederzusehen. Aber ich lasse dich auf sie los. Es geht nicht an, daß ein Haufen Schläger mit Kapuzen in *mein* Haus eindringt und einen *meiner* Gäste wegschleppt! Ich möchte ihre Eingeweide zum Frühstück verzehren! Keine Chance, daß sie damit durchkommen. Und nun sag mir, Jones ...« Er streckte die Hand aus, packte sorgfältig den Kragen ihres Pullovers mit der Faust und zog sie eng an sich, so daß sie seinen Whisky-Atem spürte. Das Schwert lag noch in ihrem Schoß; sie wagte kaum, es zu berühren, nur gerade, daß es nicht herunterfiel. »Jones, sag mir die Wahrheit – erzähl mir alles. Oder ich nehme dich aus. Und wenn du mir alles erzählst, dann setze ich auf dich genausoviel wie vor fünf Jahren; ich gebe dir alles, was du brauchst. Hierbei geht es nicht ums Geld. Es geht ums Töten. Verstehst du, was ich meine, Jones? Wer ist er? Wer sind diese schwarzen Kerle? Warum haben sie meine Bar kaputtgemacht und meine Kunden vergiftet?«

»Das Schwert Gottes.« Moghis Griff schnürte ihr die Luft ab; er meinte es ernst, meinte es ernst mit dem Töten und damit, daß er sie ausschicken wollte. Sie las es in seinen Augen, die in ihre blickten, spürte es an der Faust, die ihren Pullover hielt und dabei vor Wut zitterte. »Das Schwert Gottes – er hat sich mit ihnen überworfen, ist von irgendwo im Norden geflohen. Ich glaube, er ist ein reicher Mann, Moghi. Ich habe dich nie angelogen. Er hat reiche Freunde, er hat Geld – du bekommst es wieder ...«

»Es geht nicht um Geld!« Er packte fester zu, verdrehte den Kragen und schnitt ihr die Luft ab. »Du willst zu diesen Freunden, nicht wahr?«

»Ja.«

»Das Schwert Gottes.« Er schüttelte sie. Ihre Augen rollten in den Höhlen. Altair fiel auf die Knie, und das

Schwert fiel zwischen ihr und Moghi auf den Boden. »Das Schwert Gottes! Warum wollen sie ihn, hm?«

»Ich denke ...« Wieder schüttelte er sie. Ihr drehte sich der Kopf. »Ich denke, sie wollen ihn zum Schweigen bringen. Er ... weiß zuviel.«

»Sie haben ihn nicht getötet! Sie haben ihn direkt zum Vordereingang hinausgebracht! Vor allen Leuten haben sie ihn weggebracht!«

»Dann ... weiß ich es nicht, Moghi. Ich weiß es nicht. Ich denke, sie wollen, daß er zu ihnen zurückkommt ...«

»Zurückkommt!«

»Ich weiß es doch nicht, Moghi!«

Die Faust lockerte langsam den Griff; Moghis Gesicht blieb weiß und hektisch gerötet und von Schweißperlen bedeckt.

»Du sagtest ...« Altair schluckte einen Mundvoll nach Whisky riechender Luft. »Du sagtest, daß du mir alles geben willst, was ich brauche. Gib mir einen Kanister Benzin. Und einen deiner Jungen, um mich zu begleiten – Moghi, meine Arme brechen bald; ich bin von einem Ende dieser verdammten Stadt zum anderen gestakt ... Ich muß in die Oberstadt, Moghi, ich muß dann noch in der Lage sein zu laufen.«

»Die Leute werden denken, daß ich alt werde. Sie werden denken, daß sie jederzeit hier hereinspazieren und Ärger machen können. Sie werden denken, daß sie mit meinen Jungen in der Stadt alles machen können. Verdammt sollen sie sein, verdammt! Du bekommst deinen Treibstoff, du bekommst jede verdammte Sache, die du willst, Jones. Und du kommst hierher zurück mit dem, was du herausfindest, und erzählst es mir, verstanden?«

»Ich habe verstanden, Moghi, ich habe verstanden!«

»Besorgt zwei von den Kanistern«, sagte Moghi und deutete nach hinten zum Vorratsraum. »Mako, Killy, ihr alle, bringt das Zeug raus zu ihrem Boot. Jones, du gehst raus und bringst das Boot hinüber zum Verladeplatz, siehst dann zu, daß du in die Oberstadt kommst und diese reichen Leute auf Trab bringst. *Und sei vorsichtig, Jones, oder ich mache dich fertig!*«

Sie packte Mondragons Schwert, rappelte sich auf und bahnte sich ihren Weg zwischen den Männern hindurch, die um Moghi herum standen, vorbei an Ali, der verwirrt im Eingang stehenblieb. Sie stolperte durch den Kneipenraum, wo benommene Gäste sich wieder bewegten und einige dort, wo sie lagen, ihren Mageninhalt hergaben. Kanalfahrer. Sie erkannte einige Gesichter, sah einen unter der Tür stehen, jung, mit pickligem Gesicht und stacheligen Haaren, der auf die Szenerie starrte, als hätte er den Verstand verloren.

»Tommy!« Sie packte ihn an den mageren Armen und schüttelte ihn, bis sie in seinen Augen las, daß er sie wiedererkannte. »Tommy! Viele Kanalfahrer sind unten beim Bogar-Einschnitt! Lauf hin, hörst du? Lauf hin und erzähl ihnen, was hier passiert ist, richte ihnen von mir aus, daß man einen blonden Mann verschleppt und hier die Leute vergiftet hat – *verstehst du mich,* Tommy?«

»Yeah«, antwortete er mit klappernden Zähnen.

»Moghi ist am Leben. Er wird dir die Haut abziehen, wenn du nicht machst, was ich sage, kapiert? Sag ihnen, sie sollen Moghi alles erzählen, was sie wissen. Verstanden?«

»Huuuh«, sagte Tommy, als sie ihn schüttelte.

»Dann los!«

Er drehte sich um und lief los, war schon auf halbem Weg zur Hängebrücke, als Altair die Verandaleiter hinunter auf ihr Boot geklettert war und von dort hinter ihm herschaute. Dann schob sie Mondragons Schwert in den Unterschlupf, riß das Tau los, fuhr die Stange aus und stieß sich ab ...

Ruhig, Jones, benutze deinen Verstand, Jones. Eile allein bringt ein Boot nicht in Fahrt.

Sie wendete den Skip mit einem Stoß vom Bug aus

und lief dann zum Halbdeck zurück, stieß sich noch von dem einen oder anderen Pfeiler ab, während geschäftiges Treiben weiter unten neben dem dunkleren, tieferen Labyrinth unter dem Hauptbrückenkopf ihr kundtat, wo Moghis Männer steckten. Sie glitt dort hin, und ein Haken aus der Dunkelheit packte ihren Bug und half ihr, ihn an die dunkle Verladestelle zu bringen.

Männer brachten zwei Kanister an Bord und stiegen auf die Latten hinab, brachten den Skip damit zum Schaukeln. »Stellt einen hier hin«, sagte sie und tippte mit dem Stangenende auf die gewünschte Stelle. »Du da – bring ihn herauf und gieß alles in den Einfüllstutzen.« Sie steckte die Stange in die Halterung und lief zum Motor, um die Abdeckung aufzuwerfen und damit den Einfüllstutzen freizulegen. Moghis Mann schnippte den Deckel des Kanisters auf und steckte den Ausguß in den Einfüllstutzen. Eine dunstige Flut gurgelte in den leeren Tank.

Wenn ich nur Zeit hätte, etwas am Motor zu tun, wenn ich mich nur darauf verlassen könnte, daß er anspringt! Bei Gott, ich kann dem Ding nicht trauen, wenn es nicht schon läuft, und ich habe schon erlebt, daß es ganz stehenbleibt, sobald es einmal unsicher läuft.

Der letzte Tropfen Treibstoff war nun im Tank. Der Mann nahm den Kanister und stieg eilig wieder vom Halbdeck. »Wer bleibt denn hier?« fragte Altair, als sie sah, daß beide von Bord gehen wollten. »Wer kommt mit mir?«

»Ich«, meldete sich jemand mit heiserer und zittriger Stimme, und ein kleiner Mann mit Krauskopf stolperte herbei. »Moghi will es so.«

»Ali?«

»Ich fahr nicht gern Boot«, sagte Ali. »Jones, mir tut der Bauch weh. Mein Kopf bringt mich fast um.«

»Verdammt, verdammt!« *Das* war also Moghis Hilfe! Der Ausschuß. Ein Mann, der fast zu krank war, um sich auch nur dahinzuschleppen. Altair fuhr die Stange wieder aus, spürte, wie der Haken am Bug wieder entfernt wurde. »Schnapp dir den Bootshaken«, befahl sie Ali.

»*Staken* wir?«

»Ich habe nicht vor, den Motor zu nehmen und diese schwarzen Banditen hier draußen auf unsere Spur zu setzen! *Schnapp dir den verdammten Haken!*«

Ali stolperte zur Halterung und holte den Haken hervor. »Ich weiß nicht, wie das geht«, gestand er. »Jones, ich bin kein ...«

»Du stößt gegenläufig zu mir vom Bug aus, und fall bloß nicht ins Wasser, du nutzloses Gepäckstück! Wenn du es doch tust, dann lasse ich dich ertrinken, das schwöre ich dir!« Sie stieß mit der Stange zu. »Wir müssen gegen die Strömung kämpfen. Zum Teufel mit dir, *stoß zu!*«

Ali tat endlich wie geheißen und schob das stumpfe Ende der Stange ins Wasser. Es war kein sehr spürbarer Stoß, aber es half; und auch der Rückenwind half. Altair zählte darauf ... »Hin, Ali, hin, verdammt noch mal, hast du kein Gefühl für das, was ich tue?« Und sie schob mit aller Kraft, die sie noch in Schultern und Rücken hatte. »Komm hierher, komm nach achtern und schieb, Mann!«

Dann reichte die Luft nur noch zum Staken, nicht mehr zum Reden. Ihr Keuchen und das Alis war zu hören und das Plätschern des Wassers, während der Skip mit dem äußersten Tempo vorankam, das ein Staker und ein ungeübter Helfer bringen konnten.

Zur Hölle mit ihnen. Zur Hölle mit ihnen allen.

Keine Stiefel. Mondragon hatte sich schlafen gelegt, sich aber nicht wieder ausgezogen – er *mußte* geschlafen haben und hatte sicher den Lärm unten nicht gehört, bis der Rauch zu seiner Tür vordrang, bis er in dem Zimmer gefangen war und der Rauch eindrang.

Sie formte in Gedanken ein Bild – Mondragon, der voll bekleidet im Bett lag, nachdem sie gegangen war.

Der wieder eingeschlafen war, auf den Decken liegend, bis das Gas ihn erreichte und er merkte, daß etwas nicht stimmte, bis die Kidnapper die Tür einbrachen und er sich gerade noch wehren wollte. Das Schwert fiel auf der anderen Seite des Bettes zu Boden, als sie ihn überwältigten, ein Kampf, der Decken losriß und zur Tür hin verstreute.

Aber die Stiefel! Die Stiefel waren nicht mehr da gewesen. Und die Tür – Altair erinnerte sich nicht, Splitter an den Türrahmen gesehen zu haben.

Hatte jemand an die Tür geklopft? War Mondragon von einer Stimme zur Tür gerufen worden, die er kannte? Überrascht und im Kampf zurückgedrängt worden, der in einem wilden Sprung zum Schwert endete?

Mondragon, wie er ihr das Geld gab, das ihm geblieben war. Wie er den Stiefel in einer Hand hielt und sich über ihre Absichten beklagte.

Hatte er sich dann fertig angezogen?

Sie schnappte nach Luft und blickte zu Ali hinüber. Zu dem Mann, der in dem Zimmer in Moghis oberem Stockwerk ein und aus ging. »Haben sie Jep erwischt?«

Ali wandte ihr eine kränkliche Grimasse zu, den Mund in die Breite gezogen. »Weiß nich'.« Zwischen zwei Atemzügen.

»Hast du sie gesehen?«

»Ich hab sie gesehen – jau!« antwortete er mit zitternder Stimme, hielt die Stange in der Luft und ruderte am Decksrand heftig ums Gleichgewicht. Altair ging zu ihm hinüber und packte ihn am Hemdrücken.

»Wer? Wie sind sie hinaufgekommen?«

»Ich weiß es nicht!« Er warf sich herum und streifte dabei mit dem Ellbogen ihre Rippen. Sie schnappte nach Luft und sprang zurück. »Ich weiß nich'!«

»Ich erzähle das Moghi.« Sie hielt die Stange quer, als sie ihm so gegenüberstand. Er hatte den Bootshaken, aber keine Landratte konnte ihn richtig einsetzen. »Versuchst du, mir das weiszumachen?«

»Bist du verrückt geworden?«

»*Wie sind sie hineingekommen?* Warum hatte mein Partner seine Stiefel an?«

»Ich weiß nicht, ich hab es nicht gesehen ...«

»War es Moghi selbst?«

»Vordereingang.« Ali klapperte mit den Zähnen. »Die v ... verdammte Tür stand offen, und sie kamen herein ...«

»Das Gas drang bis in den oberen Flur ein, *nicht wahr?*«

»Jep – Jep war es!«

»*Du* warst es, du verfluchter Kriecher!«

Er schlug mit dem Bootshaken nach ihr. Sie schlug zurück. Traf ihn. Ali klappte wie ein Mehlsack auf dem Deck zusammen, und sie schlug mit dem Stangenende zu, als er sich wieder auf die Knie aufzurichten versuchte. Der Bootshaken rollte nach achtern. Altair trat darauf und hielt ihn damit auf. Ali bewegte sich nicht mehr.

Sie hob den Bootshaken hoch und stieß Ali mit dem Fuß in den Mittelgang hinunter. Er landete auf den Schultern und krümmte sich.

Verdammt! *Moghi?*

Nein. Moghi hat nicht gelogen; das waren keine Lügen; ich kenne ihn schließlich. Ich sollte diesen Verräter zu Moghi bringen, damit er die Wahrheit aus ihm herausholt.

Himmel, Himmel, sie haben Mondragon irgendwohin gebracht; sie wollen ihn lebend ...

Was haben sie mit ihm vor?

Die Balken der Südstadtbrücke ragten vor ihr auf. Kanalfahrer hatten dort für die Nacht angelegt, entlang des Ufers von Calliste. Altair setzte die Stange ein und stieß sich in diese Richtung, fuhr trotz der Schmerzen in den Rippen und Armen weiter. Sie glitt heran und scharrte ungeschickt an einem Stangenboot entlang.

»*Blöder Idiot!*« schrie eine Männerstimme, ein Schläfer, den der Zusammenstoß und die Beschädigung seines Bootes aus dem Schlummer gerissen hatten.

»Ich heiße Jones«, keuchte Altair, hockte sich dort in der Dunkelheit hin und versuchte, ihr Boot unbeweglich zu halten. »Ich brauche Hilfe.«

»Hilfe ... *Jones!* Jones, wie? Man erzählt von dir so einiges. Du hast den Brand gelegt.«

»Ich will verdammt sein, wenn ich das war! Ich habe das vor einer Stunde mit Jobe geklärt!«

»Ich habe mit dir nichts zu schaffen.«

»Verlaß dich drauf!« schrie jemand von einem anderen Boot herüber. »Das ist Jones, okay! Sie war es, die die Marsbrücke in Brand gesteckt hat!«

»Halt du dich raus!« Sie stieß sich mit der Stange ab und brachte Wasser zwischen sich und den Stangenbootmann. »Diese Landratte hat versucht, mich umzubringen. Unten bei Moghi hat es einen Kampf gegeben. Dieses Stück hier hat ein Dutzend Kanalfahrer vergiftet; er wurde von jemandem bestochen ... oh, verdammt!« Im Mittelgang regte sich etwas. Sie sprang hin und schlug mit der Stange zu, landete einen schweren Treffer quer über Alis Rippen.

»Jau!« kreischte Ali, schlug ein Rad über Bord und platschte ins Wasser.

»Da«, sagte Altair. »Ihr fischt ihn besser heraus – ich weiß nicht, ob er schwimmen kann!« Sie stieß sich mit der Stange ab, einmal, zweimal, während Ali auf das Wasser einschlug und dabei laut brüllte und würgte. »Ich glaube nicht, daß er schwimmen kann!« verbesserte sie sich. »Sagt Moghi, er soll sich fragen, wieso mein Partner nicht gekämpft hat und warum die Tür nicht aufgebrochen war! Dieser Kerl da war sein Geld wert!«

Sie gewann immer mehr Abstand. Sie drehte sich um, öffnete die Motorabdeckung mit einem Tritt, zündete und zog den Starter, machte ihren ersten Versuch, als hinter ihr schon Schreie hörbar wurden. Tamp. Gegen einen Pfeiler. Der Skip drehte sich schwindelerregend und trieb weiter mit der Strömung.

»Hinterher!« schrie jemand. »Sie versucht, den Motor zu starten!«

Zweiter Versuch. Hust, tack tack.

Komm schon, Motor.

Sie hörte das Geplatsche, hörte Ali schreien, hörte Boote losfahren. Sie sah nicht hin. Sie drückte den Starter wieder ein. Versuchte es erneut. Hust-hust-tschack-tack.

Sie brachte ihn auf Fahrtstellung, schaltete die Schraube ein, die zunächst versagte. Doch dann hielt sie. Der Skip schleppte sich vorwärts, hinaus in freies Fahrwasser. Die Schreie wurden vom Knattern des Motors übertönt.

Sie zog an der Spille und senkte das Ruder herab, zog an der zweiten Spille und brachte die Ruderpinne in Position. Sie lehnte sich auf das Querholz und schwang es herum, als zwei Kanalfahrer von ihren Liegeplätzen ablegten, um sie aufzuhalten.

Nicht schnell genug. Altair drückte die Starterklappe hinab, und der Motor schleppte den Skip mit zunehmendem Tempo dahin. Altair ließ die Stange schräg am Decksrand im Mittelgang liegen. Sie zog die Ruderpinne heftig herum, um sich einen freien Weg durch die Verpfählungen der Südstadtbrücke zu suchen, und knatterte dann hindurch. Sie blickte zurück und sah das ungewohnte weiße Kielwasser im Mondlicht. Dann wandte sie sich wieder nach vorn, wo sie jetzt die Hüttenbrücke sah.

Überall hier lagen Boote entlang des Brückenkopfes, wo immer der Vorbau an Pfeilern sie vor dem Großen Kanal abschirmte. Rings um Altair würden jetzt Blicke auf ihr ruhen und sich der Aufruhr verbreiten. Sie überlegte, den Hüttenkanal zu nehmen, den stillen Weg nach Boregy – aber einen stillen Weg *gab* es jetzt nicht mehr; Kanalfahrer konnten ihr dort auflauern. Sie konnten jeden Kanal blockieren, außer den breiten, frei dahinfließenden Großen Kanal.

Sie schob die Starterklappe voll hinein und verpulverte hemmungslos den Treibstoff, nahm sich die Zeit, die Stangen in ihre Halterungen zu legen, als sie für einen Moment freie Bahn zwischen der Hüttenbrücke und der Oberstadtbrücke hatte, und saß wieder rechtzeitig an der Ruderpinne, bevor sich diese in der Strömung drehte.

Boregy hatte bereits einen Schlag abbekommen. Obwohl es gegenüber dem Signeury lag. So stand es also mit den städtischen Behörden und dem Gouverneur und seiner ganzen Miliz. Ein Trottel und sein Uhrmachersohn und seine ganze verdammte verhätschelte Polizei.

8

Das Motorengeräusch hallte von den Mauern des Signeury wider, diesen großen blanken Mauern, die an der Außenseite nichts anderes zeigten als Gewehrscharten und zu denen im Vergleich zu ihrer enormen Masse nur herzlich wenige Brücken führten. Gestein lag unter den Fundamten des Signeury; es bestand selbst ganz aus Stein, und während das obere Merovingen mit seiner nächtlichen Beleuchtung glitzerte, während die Fenster der hohen Häuser in der Nacht leuchteten und ihre Reflexionen auf das untere Merovingen warfen, hockte das Signeury wie ein bösartiger Riese im dunklen Wasser des Großen Kanals und verwandelte Motorengeräusche in hohlen Donner. Unter der Signeury-Kreuzung lagen keine Boote; es war verboten. *Nichts* und niemand lag im Bereich dieser Brücken verborgen, außer der Polizei selbst. Altair kniete auf dem Deck, die Ruderpinne unter einen Arm geklemmt, und drückte den Starter wieder hinein, ließ den Skip zur Goldenen Brücke nach Boregy gleiten. Sie hatte reichlich Tempo und brauchte die Stange nicht einzusetzen, hier, wo der Große Kanal durch die Greve-Strömung tückisch wurde und man nicht viel weiter kanalaufwärts große Steinplatten vom Flußoberlauf hatte versenken müssen, um eine Ausspülung des Grundes zu verhindern. Für Altair war dies hier fremdes Gebiet, hier in der Oberstadt: Sie bestand ganz aus glatten Mauern und hohen, argwöhnischen Inseln, ohne die Ansammlung von Läden und Manufakturen unter den Brücken, die in der Unterstadt das Leben am Kanalufer bestimmten.

Boregy ragte hinter dem dunklen Netz der Goldenen Brücke auf, finster wie das Signeury, ein bloßer Schatten, abgesehen von ein paar vereinzelten Lichtern in den obersten Stockwerken. Die Ufer waren verlassen, Vertäuungsringe waren dort gar nicht *vorhanden,* denn

Boregy lag neben dem Signeury. Eine der Brücken des Signeury führte nur nach Boregy, und an dessen Balkonen vorbei verlief der Weg, den die östlichen Oberstädter nehmen mußten, wenn sie zum Rat und zum Signeury wollten. *Das* brachte Einfluß mit sich. So eine Adresse war Boregy.

Trotzdem war es angegriffen worden und hatte man dort Menschen getötet; und der Gouverneur reagierte darauf nur mit der Verhaftung Gallandrys, selbst eines der Opfer.

O Himmel und meine Vorfahren! Ich muß dort hinein. Ich muß sie überreden zu helfen ...

Sie richtete sich schwankend auf, stellte den Motor ab und benutzte für die letzten Fuß die Stange, wehrte eine Drift zu Boregys Mauer mit einem Ruck ab, der sie fast über Bord warf. Ein Splitter von der Stange drang in ihre Handfläche ein, erzeugte einen leichten, fernen Schmerz, der irgendwo im Gebrumm ihres Kopfes unterging, in ihren pochenden Kopfschmerzen. Sie erblickte die Wachluke, eine düstere kleine durchstoßene Platte mit einem Teufelsgesicht, das als Boregys Fenster zum Kanal fungierte. Die Schnur einer Glocke baumelte dort in einer Höhe, daß man sie vom Deck eines Skips erreichen konnte. Altair steuerte dorthin und zog.

Eine Glocke bimmelte drinnen, ein leiser Klang neben dem Wellenschlag des Großen Kanals.

Sie zog noch einmal an der Schnur, und etwas klapperte an der Luke. Mund und Augen des Teufels leuchteten auf und wurden wieder dunkel, als ein menschliches Gesicht hinausspähte.

»Wer da?« fragte eine barsche Stimme aus dem Teufelsmund, eine wahrhafte Donnerstimme. Boregys Torwächter, fortgerufen von dem, womit auch immer er sich gerade beschäftigt hatte. »Wer bist du?«

»Mein Name ist Jones. Ich muß mit den Boregy sprechen.«

»Sagst du. Fahr zum Teufel. Ehrliche Anliegen kön-

nen bis zum Morgen warten.« Das Gesicht wurde zurückgezogen. Die Augen des Teufels flackerten in goldenem Lampenschein auf und wurden wieder dunkel, als die Luke mit einem dumpfen Schlag geschlossen wurde.

»Verdammt noch mal!« Altair packte erneut die Schnur und zog in einem fort daran. Das Teufelsgesicht erhellte sich, und der Mann tauchte wieder hinter der Grimasse auf.

»Soll ich vielleicht die Polizei rufen?«

»Mondragon«, sagte sie. *»Mondragon!«* Und ihr zitterten die Knie, als sie es ausgesprochen hatte. Sie fühlte sich innerlich krank. Vergiß meinen Namen, hatte er gesagt. Ich war verrückt dort draußen.

»Wie heißt du?«

»Jones.«

»Bist du allein auf dem Boot?«

»Ich bin allein.«

»Fahr in den Einschnitt, bis an die Tür.«

Klack. Die Luke ging wieder zu, und das Teufelsgesicht wurde dunkel. Altair ließ sich einen Moment lang von der Mauer wegtreiben, setzte dann mit den schmerzenden Armen die Stange ein und stieß den Skip zu dem massiven Eisentor hin.

Jetzt ist es passiert. Jetzt hast du dir Oberstadtprobleme eingehandelt, Jones. Jetzt kennen sie deinen Namen und bringen ihn mit seinem in Zusammenhang. War das eigentlich klug?

Aber, Mama, Engel, ich muß einfach hinein. Ich kann sonst nirgendwohin.

Wirklich nicht?

Sie wendete den Skip. Die Stange kirschte unter der Wasseroberfläche auf Stein. Der Bug schwang herum und stieß an das Eisentor. Ketten rasselten auf einmal, und handgekurbelte Zahnräder klapperten und rasselten, während sich die großen Türflügel knirschend und ächzend so weit öffneten, daß ein Skip hindurchfahren konnte. Altair stieß sich mit der Stange nach vorn. Nichts als Schwärze lag in diesem Schlund.

Retributions Geist hockte am Bug und war damit beschäftigt, ein Taustück zu flicken. Blickte zu ihr auf, inmitten der Dunkelheit matt von der Sonne beleuchtet.

Der Geist sagte kein Wort. Er leistete ihr nur Gesellschaft.

Du hast immer in irgendwelchen Sachen dringesteckt, Mama. Du hast nie jemanden an mich herangelassen. Hast nie zugelassen, daß ich etwas mit einem deiner Geschäfte zu tun bekam. Ich wußte nie, wie das war. Wußte nie, warum wir keine Freunde hatten und warum ich ein Junge sein mußte.

Verdammt, Mama, du hättest es mir sagen können! Jetzt bist du wieder da und hast *immer noch* keinen Rat für mich.

Du warst noch ein Kind, meinte der Geist endlich. Was kann man schon einem Kind erklären?

Tränen stachen in Altairs Augen. Sie stakte blind durch die Dunkelheit. Die Ketten rasselten hinter ihr, und das Tor fiel hallend zu und schnitt die kräftige Brise ab. Für ein paar Atemzüge herrschte völlige Dunkelheit, und Altair ließ sich treiben.

Blöde Gegend, Altair, und ein törichtes Bravourstück. Du wirst gegen eine Mauer oder eine Stufe stoßen – mach langsamer!

Der Geist war verschwunden. Die Dunkelheit war vollständig. Dann flammte plötzlich Licht auf im Rechteck einer aufgehenden Tür und ergoß sich auf das schwarze Wasser und den gelbbraunen Stein der Tunnelmauern.

Altair stakte hinüber zum verandaartigen Anlegeplatz und blickte blinzelnd in das Licht. Die offene Tür war eine Einladung ... von einem Haus, das jüngst Opfer von Überfall und Mord gewesen war.

Idiotisch, da hineinzugehen! Idiotisch, überhaupt bis hierher gekommen zu sein, Altair!

Das Boot stieß gegen den Anlegeplatz, und sie packte mit den bloßen Händen einen Ring, ließ das Stangenende in den Mittelgang fallen und den Schaft schräg am Decksrand liegen. Ihre Muskeln spannten sich bei dem Versuch, das Boot festzuhalten; die wunden Gelenke protestierten. Sie stemmte sich mit den nackten Füßen ab, führte das Tau durch den Ring und machte fest.

Dann stieg sie die einzelne Stufe zur Steinveranda hinauf und betrat den beleuchteten Steingang.

Die Tür fiel zu, zugetreten von jemandem, der dahinter stand. Altair wirbelte herum und erstarrte, denn sie stand einem Mann gegenüber, der ein Messer in der Hand hielt. Eine weitere Tür ging krachend auf, und bewaffnete Männer strömten auch von der anderen Seite in den Gang.

Was folgte, war ein langer Anstieg die Hintertreppe hinauf und durch schwach beleuchtete Räumlichkeiten, mit Männern vor und hinter ihr. Sie hatten ihr Haken und Messer nicht abgenommen und hatten sie auch nicht angefaßt; aber sie trugen selbst Waffen, und sie hatten alle den blanken Stahl gezogen.

Zwei Wendungen dieser Innentreppe ging es hinauf, hier und dort ein elektrisches Licht, aber Altair sah nichts. Sie hatte kein Auge für etwas anderes als den Mann vor und die Männer hinter ihr, die sie mit großer Eile antrieben.

Dann öffneten sie eine Tür zu einer roten steinernen Halle, bei deren Anblick Altair wie betäubt stehenblieb, den Mund aufgerissen, bis sie es bemerkte, und ihn schloß und eine Mundvoll Luft hinunterschluckte.

Himmel und Vorfahren!

Glattgeschliffener roter Stein, weiß geädert; Säulen und Statuen aus weißem und schwarzem Stein. Licht, so hell wie der Tag – das weiße Licht der Elektrizität, erzeugt von einer Lampe aus Gold und Glas, die es in alle

Winkel verstrahlte. Die Männer mußten Altair schieben, damit sie weiterging; und der kalte rote Stein des Fußbodens fühlte sich an wie Seide unter ihren wunden Füßen.

Der Weg führte weiter nach oben, durch ein Treppenhaus, das so breit war wie Moghis ganzer Schankraum. Es spottete Altairs Vorstellungskraft.

Geld ... O Gott, genug Geld, um Menschenleben und Seelen zu kaufen. Genug Geld, um alle Probleme der Welt unter den Tisch zu kehren. Gallandry war *nichts* im Vergleich zu hier! O Mondragon, jetzt verstehe ich, warum du auf dem Boot vor mir zurückgewichen bist, wo du doch hierher gehörst! Beim Ruhm Gottes!

Ein großer vergoldeter Tisch krönte das obere Ende der Treppe; ein Mann in blaugoldenem Bademantel stand daneben, ein schwarzhaariger Mann mit einem grimmigen, an den Mundwinkeln herabhängenden Schnurrbart und schwarzen Augen, die Altair schon zu Asche verbrannten, bevor sie noch die letzten Stufen erklommen hatte.

Daß sie diesen Mann aus dem Bett gescheucht hatte, die Hausbewohner veranlaßt hatte, all die elektrischen Lampen anzuzünden ... Das ist ein Mann, der nicht mit Kanalratten redet; er betrachtet mich sicher als totes Treibgut. O Gott, ich muß bei ihm auf meine Zunge achten, muß Oberstadtsprache sprechen, muß diesen M'Ser überzeugen, daß ich Mondragon wirklich kenne, oder sie bringen mich wieder nach unten und schlagen mich. Ist das Boregy persönlich? Ist er tatsächlich noch so jung? Nein, das *kann* nicht sein. Boregy ist alt, nicht wahr? Es muß ein Sohn von ihm sein. Ich muß zuerst mit *ihm* reden und dann mit Boregy.

O Gott, ich bin ganz verschwitzt, und das bei den Leuten mit all ihren Bädern!

Sie blieb stehen, riß sich die Mütze vom Kopf und umklammerte sie fest mit beiden Händen, dort vor dem M'Ser, der wahrscheinlich gerade aus dem Bett kam, was immer er auch darin gemacht hatte, dieser M'Ser mit all diesen bewaffneten Männern, die ihn umstanden.

»Du erwähntest einen Namen«, sagte der Boregy.

»Ja, Ser«, murmelte sie. Falls er diesen Namen hier nicht laut aussprechen wollte, sollte sie es wohl auch nicht tun, überlegte sie. Sie blickte direkt in diese schwarzen Augen und hatte das Gefühl, im Wasser unterzugehen. Hinab in die Dunkelheit des alten Det.

»Nun?«

»Er ist in Schwierigkeiten. Muß ich sagen, in was für welchen?«

»Kannst du das denn?«

»Sie haben ihn erwischt. Sie sind dort eingedrungen, wo er geschlafen hat, und sie haben ihn weggebracht ... ich weiß nicht, wohin. Sie müssen ihm helfen. Er sagte, Sie wären sein Freund. Er sagte ... er müßte zu Ihnen. Jetzt kann er nicht mehr. Sie haben ihn geholt.«

»Wer *bist* du?«

»Jones, Ser. Altair Jones. Sie können jeden fragen ...« Nein, du Dummkopf! Dieser Mann *redet* nicht mit unseresgleichen. Dieser Mann stellt seine Fragen nicht selbst.

Außer jetzt.

»Sie muß das Mädchen von Gallandry sein«, brummte einer der Männer.

»Also ist er von diesem Kahn entkommen«, stellte Boregy fest.

»Das ist er«, bestätigte Altair. »Wir sind gesprungen, er und ich.«

»Hast du ihn zu deinen Freunden gebracht?«

»Es war das einzige, was ich tun konnte ...« O Himmel, nein, so meint er das nicht! O Gott, sieh in seine Augen, er denkt genau in diesem Moment an seinen Keller. »Verdammt, ich habe ihn nicht an *die* ausgeliefert, das habe ich nicht getan!«

Der Boregy fuhr fort, sie anzustarren. Die Knie wurden ihr weich.

Jetzt kommt der Keller, ganz bestimmt kommt jetzt der Keller! O Gott, rette einen Dummkopf! Was sage ich nur – soll ich ihm sagen, daß wir uns geliebt haben, sage ich überhaupt irgend etwas, bevor er es mit mir besprechen will?

»Wo ist er jetzt?« fragte der Boregy.

»Ich weiß es nicht, ich weiß nicht, wo er steckt. Ich bin zu Ihnen gekommen, um zu fragen, wohin diese Leute wohl gehen würden.«

»Zu mir?«

»Er hat mir Ihren Namen genannt. Sie müssen zum Gouverneur gehen, zur Polizei, müssen die Oberstadt dazu bringen, daß man ihn suchen geht! Die anderen haben ihn nicht umgebracht. Es war kein Blut zu sehen. Sie haben wohl nicht vor, ihn zu töten – noch nicht. Sie müssen etwas unternehmen, Ser!«

Der Boregy starrte nur und starrte. Endlich machte er eine Handbewegung. »Stuhl«, sagte er, und einer der Männer lief an die Seite des Raumes, wo ein Stuhl stand. Boregy drehte den um, der bereits bei ihm bereitstand, einen großen Holzstuhl am Kopfende des Tisches, und setzte sich darauf, blickte zu ihr auf. »Setz dich«, sagte er, als der Stuhl gebracht wurde, ein dürres vergoldetes Etwas mit weißem und braunem Tuch. Der Mann stellte ihn vor eine Ecke des Tisches. »Setz dich«, wiederholte Boregy.

»Meine Hose ist schmutzig.« Es kam halb erstickt hervor. Hitze stieg ihr ins Gesicht.

»Setz dich trotzdem.«

Sie setzte sich.

»Wein.« Er machte wieder eine Handbewegung zur Seite hin. »Wo ist das passiert? Und was geschah im einzelnen?«

»Ich hatte ihn zu Moghi gebracht, dieser Kneipe auf der untersten Ebene von Ventani. Unterhalb der Fischmarkttreppe. Dann habe ich mein Boot gesucht, auf das ein Freund aufpaßte. Ich bin zurückgekommen, und ein verdammter ... irgend jemand war dort eingebrochen ...« Ihre Zähne wollten klappern und die Augen tränten, und sie holte tief Luft und kämpfte beide Regungen nieder. Sie breitete die Hände aus, um die Unterbrechung zu überbrücken. Die Handflächen waren mit Blasen und Schwielen übersät. »Sie haben dieses Rauchzeug geworfen. Die ganze verd ... Die ganze Kneipe wurde bewußtlos. So haben sie ihn erwischt.«

»Pathati.«

Sie blinzelte verständnislos.

»Pathati. Ein Gas. Eine Waffe der Sharristen.«

»Sharristen!« Die ganze Welt stürzte ein, und die Vernunft fiel hinterher. »O Gott, was haben denn die Sharrh damit zu tun?«

Boregy antwortete nicht. Ein Mann brachte den Wein, roten Wein in einer Flasche aus geschliffenem Glas, und dazu Stielgläser. Er setzte alles ab und goß ein, reichte Boregy ein Glas und stellte das andere neben Altair auf den großen Tisch. Sie griff danach, und die Hand zitterte. Sie benutzte beide Hände, um es ruhig zu halten, und trank einen Schluck.

»Die Polizei zu konsultieren«, sagte Boregy, »kommt für uns in dieser Angelegenheit nicht in Frage.«

Sie blinzelte ihn hilflos an.

»Die Polizei wird nicht interessiert sein«, fuhr er fort.

»Sie hat ihn von der Brücke geworfen.«

»Was?«

»Polizisten haben ihn von der Fischmarktbrücke geworfen. Ich habe ihn dann aus dem Wasser gezogen.« Ihre Zähne wollten wieder losschnattern. Sie hatte Schmerzen im Bauch, in den Knochen, und im Schädel hinter den Augen. »Ich habe mir gedacht, daß Sie vielleicht ... daß Sie vielleicht Freunde haben, die die Polizei von der anderen Seite her unter Druck setzen könnten. Deshalb bin ich hergekommen; ich meine, jemand hat sie bestochen, um gegen ihn vorzugehen, und eine

Bestechung von der anderen Seite würde dann *für* ihn ausfallen, nicht wahr?«

»Du begreifst nicht, welche Schwierigkeiten damit verbunden sind.«

»Wirklich nicht.« Die Worte gerieten durcheinander, ergaben keinen Sinn mehr. Es hörte sich wie *nein* an. Sie hielt das Glas mit beiden Händen, damit es nicht zitterte. Sie blickte durch den Raum, in dem ein halbes Dutzend Männer bereitstanden, um einen Boregy und eine Kanalratte mit Wein zu bedienen. Altair ließ den Blick vielsagend schweifen. »Sie haben doch all *die* hier, nicht wahr?« Obwohl es Landratten waren, wirkten sie gefährlich. Gefährlicher, als ihr die Polizei jemals vorgekommen war. »Wenn Sie wissen, wo sie hingegangen sind ... Himmel, wir müssen doch etwas tun! Sie haben ihn in ihrer Gewalt, sie können alles mit ihm machen ...«

»Das können sie durchaus.« Boregy drehte das Glas auf der Tischplatte, die Finger lang und weiß und schlank. Er warf Altair einen Blick zu. »Du mußt die Schwierigkeit verstehen. Dein Besuch hier bringt uns in Verlegenheit, eine, die wir uns kaum leisten können. Vielleicht warst du nicht in der Lage, das abzuschätzen. Aber falls die Polizei ihn, wie du sagtest, von der Brücke geworfen hat, dann kann man daran die offizielle Haltung des Gouverneurs erkennen, nicht wahr? Oder irgend jemandes Meinung – die Meinung einer sehr hochgestellten und einflußreichen Persönlichkeit. Das ist buchstäblich dasselbe.«

»Himmel, dann sind die Blacklegs für einen Penny zu kaufen!«

»Nicht in diesem Fall. Nein. Nicht für Geld. Diese Sache erfordert eine andere Währung. Keiner von uns hat sie. Dein Herkommen ist uns lästig, um das mindeste zu sagen.«

»Sie sind doch seine Freunde!«

»Wir waren die Freunde seiner Familie.« Das Glas

machte eine weitere Umdrehung, und Boregy blickte überhaupt nicht hinab, um zu sehen, was seine Hände taten. »Diese Familie existiert nicht mehr. Gegenwärtig stellt er ein Risiko dar. Bedenke das Schicksal von Gallandry, wenn du daran zweifelst. Mondragon ist Gift.«

Altair stellte den Wein ab, schob den Stuhl zurück und wollte aufstehen, die Mütze in der Hand. Ein Mann trat dazu, drückte sie wieder auf den Stuhl und schob ihn nach vorn.

»Zum Teufel!« Ihr Schrei hallte von den Wänden wider. Eine schwere Hand sank auf ihre Schulter herab, und die Männer regten sich unbehaglich dort, wo sie standen. Altair kam ihr Messer in den Sinn. Wenn sie es zog, war sie tot. Das begriff sie gut. Sie funkelte Boregy an, und dieser gab dem Mann bei ihr einen Wink, sich zurückzuziehen. Das Gewicht verschwand von ihrer Schulter.

»Deine Treue ehrt dich«, sagte Boregy. »Du hast für ihn soviel getan, wie ein Mädchen nur konnte. Ich will nicht sagen, daß ich dich ob dieser Eigenschaft nicht zu schätzen weiß – du brauchst keine Angst vor uns zu haben. Ich könnte eine einfallsreiche Mitarbeiterin gebrauchen. Was bist du – Stangenbootführerin? Du stündest im Dienst von Boregy, hättest für den Rest deines Lebens einen Platz, einen sehr gut bezahlten Platz.«

»Ich bin Skipfahrerin«, murmelte sie. »Und ich komme später gern zurück, wenn Sie mich wollen, und ich werde nicht sagen, daß ich hiergewesen bin, wenn Sie das nicht wollen, aber ich muß gehen, muß ihn finden, wenn Sie mir nicht sagen wollen, wohin sie ihn wahrscheinlich gebracht haben. Aber Sie könnten es mir sagen, wenigstens das!«

Boregy richtete seinen festen, schwarzen Blick auf sie, ohne zu blinzeln. »Warum bist du so daran interessiert?«

»Weil er von Ihnen überhaupt keine Hilfe bekommt!«

»Trink deinen Wein aus.«

»Ich trinke überhaupt keinen Wein. Lassen Sie mich gehen!«

»Jones lautet dein Name. Hast du auch einen Vornamen?«

»Altair.« Himmel, jetzt wurde ihr Mund wirklich trocken, und ihr Kinn zitterte wie das eines Babys. O Gott, ich könnte diesen Mann töten. Ich könnte ihn töten, und dann würden sie mich umbringen, wenn sie das nicht sowieso machen ...

»Ich bin Vega Boregy.« Er faltete die weißen Hände vor sich auf dem Tisch. »Also haben wir etwas gemeinsam. Du wirst mich verstehen, wenn ich sage, daß unser Einfluß in dieser Sache begrenzt ist. Einer meiner Vettern und zwei meiner Männer wurden gestern umgebracht. Das Schwert reichte bis in unsere Halle; darum wurde nur Gallandry verhaftet und blieben wir davon verschont – der Gouverneur hat diesen Einbruch als Beweis, daß wir Opfer waren und nicht Täter. Wir wagen es nicht, uns für Gallandry zu verwenden. Verstehst du, was ich meine? Als Adventisten können wir uns keine Bindung zu den Mondragons erlauben, außer einer historischen. Dein Freund ist ein Ärgernis, eine gefährliche Störung.«

»Er hat Ihnen vertraut!«

»Das hätte er auch gekonnt, wenn er in aller Stille gekommen wäre. Aber irgend jemand hat ihn verraten. Sicherlich jemand, dem er vertraute. Angst, verstehst du? Sie haben die Polizei auf seine Spur gebracht, und das führte auch seine Feinde zu ihm – und darüber hinaus zu all seinen möglichen Verbündeten. Du darfst nicht denken, daß das Schwert nicht bis in die Miliz hinein vertreten ist. Oder daß sharristischer Einfluß nicht bis Merovingen reichen könnte. Siehst du, in was für eine Geschichte du geraten bist?«

»Ich sehe es nicht. Ich verstehe es nicht. Ich will es auch nicht verstehen. Lassen Sie mich gehen, und ich werde niemandem etwas sagen!«

»Hast du vor, nach ihm zu suchen?«
»Ich sage nicht, was ich tun werde.«
»Was *kannst* du denn tun?«
»Ich habe ein Messer.«
»Ein Messer! Weißt du überhaupt, was das Schwert Gottes *ist?*«
»Ich weiß soviel wie jeder ehrliche Kanalfahrer, was heißt, daß ich nichts mit ihm zu tun haben will. Aber ich gebe auch nicht auf! Schlafen Sie gut, M'Ser, schlafen Sie richtig gut, und lassen Sie mich tun, was ich tun muß, und ich werde niemandem verraten, was Sie mir erzählt haben.«
»Mädchen, du bist töricht.«
»Das bin ich. Ich bin es seit Tagen. Aber ich habe nicht vor, ihn in ihren Klauen zu lassen.«
»Weißt du, daß er aus Nev Hettek kommt?«
»Ich wußte es nicht mit Sicherheit, aber ich habe es mir schon gedacht.«
»Der Gouverneur von Nev Hettek ist ein Mann namens Karl Fon. Weißt du, daß Fon zum Schwert gehört?«
Altairs Herz schlug heftiger und schmerzhafter als zuvor. »Ich habe das Gerücht gehört.«
»Die Mondragons waren gewöhnliche Adventisten, wie die meisten Menschen in Nev Hettek. Ein altes, gutsituiertes Haus. Thomas, der jüngste Sohn, wurde in das Schwert aufgenommen. Schockiert dich das?«
»Er sagte mir, daß er einmal dazu gehörte. Er sagte, er hätte sie verlassen.«
»Was hat er sonst noch erzählt?«
Sie schüttelte den Kopf.
»Sieh mal, das ist wichtig. *Warum* er mit ihnen Schluß gemacht hat. Und wieweit er bei ihren Beratungen dabei war. Er war Fons enger Freund. Er stand sehr weit oben in den Ratsversammlungen von Nev Hettek, hatte noch höheren Zugang zu diesen Ebenen als sein Vater. Vielleicht erfuhr Mondragon mehr, als er erfahren wollte. Aber was er auch immer mit ihnen zu tun hatte – es

fand ein Ende. Die ganze Familie wurde umgebracht. Außer Thomas Mondragon. Er wurde als sharristischer Saboteur vor Gericht gestellt.«

»Das war er nicht!«

»Es war die Standardanklage gegen jeden Feind des Gouverneurs. Er wurde zum Tode verurteilt. Seine Hinrichtung wurde dreimal angesetzt und wieder verschoben. Dann entkam er, floh aus der Residenz des Gouverneurs; so lautet wenigstens das Gerücht, das über den Fluß getragen wurde. Mit allem, was er weiß. Verstehst du jetzt, warum unser Gouverneur hier ihn dazu drängen könnte, aus Merovingen zu verschwinden? Er bedeutet Ärger. Er verkörpert die Wahrheit auf zwei Beinen. Er weiß Dinge, die unser Gouverneur – offiziell – niemals wissen möchte, was die inneren Abläufe von Nev Hettek anbetrifft. Das Wort dafür heißt *Krieg*, Mädchen. Krieg gegen das verruchte Nev Hettek und seinen abtrünnigen Gouverneur – falls bestimmte Kräfte im Signeury öffentliche Bestätigung für die Dinge erhalten, die Thomas Mondragon kennt. Auch *sie* wollen ihn. Und ganz sicher wollen ihn auch die Sharristen. Er kennt genaue Einzelheiten der Unternehmungen des Schwertes Gottes und möglicher Taktiken gegen das Schwert. Die hiesige Polizei würde ihn ebenfalls befragen, wenn sie es wagen könnte, die Antworten offiziell zu kennen. Das Schwert will ihn unbedingt zurückhaben; Karl Fons Agenten sind hier. Und falls der Priester der Revenantistischen Akademie erfährt, was er hier in seiner Reichweite hat, und wenn die Revenantisten ihn in die Hand bekommen, dann werden sie ein öffentliches Geständnis von ihm erhalten wollen, bevor sie ihn hängen. Während unser Gouverneur ... Er will ihn einfach aus der Stadt haben, bevor Nev Hettek die Überzeugung gewinnt, daß Merovingen die Mittel besitzt, einen Krieg zu beginnen. Er ist alt und macht sich um die Nachfolge Sorgen, und diese Geschichte ist genau das, was Schwierigkeiten mit den Erben herbeiführen könnte. Veränderungen im Machtgefüge. Das Schwert ist seit Jahren hier vertreten, und diese Tatsache ist bei ganz hohen Stellen bekannt. Ebenso sind die Sharristen hier aktiv – aber das solltest du dir besser nicht einmal selbst zuflüstern, junge Frau.«

»Haben die *Sharristen* ihn geholt? Dieses Pathat ... Patha ...«

»*Alle* Terroristengruppen machen untereinander Anleihen. Das Schwert benutzt Pathati ebenso wie die Sharristen und die Janisten. Deshalb kann man daraus nichts schließen. Am meisten spricht dafür, daß es das Schwert war, aber ich schließe auch die anderen nicht aus. Ich würde sie nicht einmal dann ausschließen, wenn sie erklärten, wer sie sind. Die Parteien lügen; das ist ihre große Waffe. Sie schieben sich ihre Aktionen gegenseitig in die Schuhe, und Mondragon weiß, was es mit all diesen Lügen auf sich hat. Er war Teilhaber ihrer geheimsten Beratungen.«

»Aber ... Sie haben diese Männer ...« Sie deutete auf die bewaffneten Männer ringsum. »Mensch, man hat Ihren Vetter getötet, in Ihr Haus eingebrochen; sind Sie denn nicht scharf darauf, etwas zu unternehmen?«

»Kannst du nicht über den Augenblick hinaussehen? Boregy *kann* nicht handeln. Wir könnten diesen Krieg beginnen. Wir könnten ihn auslösen – und dein Freund Mondragon würde doch bestenfalls mit dem Kopf in einer Schlinge enden. Egal, welche Partei ihn in der Gewalt hat. Und manche sind noch schlimmer. Ich würde es vorziehen, wenn Angehörige meines Hauses nicht mit ihm im Justitiarium stehen müßten.«

»Nun, ich habe *niemanden.* Mir steht nichts im Weg. Lassen Sie mich einfach gehen, und ich finde diese verfluchten Hundesöhne. Ich ziehe ihnen das Fell ab ...« Es war fast schon ein Schrei. Sie schob den Stuhl zurück, aber der Mann hinter ihr hielt ihn mit einem Griff an der Lehne fest. »Zum Teufel mit Ihnen allen!«

»Mädchen, wie lautet dein Name noch mal?«

»Jones! *Jones,* zum Teufel mit Ihnen! Sie sind unnütz, Sie sind nichts, Sie können mich genausogut gehen lassen, und es kostet Sie gar nichts.«

»Aber es könnte mich sehr viel kosten, Sera. Es könnte uns alles kosten.« Er stand auf und blickte zu ihr hinab, wie sie da vor dem Tisch in der Falle saß, griff hinab und hob ihr Kinn an.

Mein Gott, wenn ich ihn anspucke, machen sie mich gleich hier fertig.

»Aber du denkst nicht in diesen Begriffen, nicht wahr? Du verstehst nicht ein einziges Wort von dem, was ich sage.«

»Was macht das schon?«

»Was macht schon ein Krieg mehr oder weniger? Dir bedeutet es vielleicht nichts. Für dich macht es vielleicht keinen Unterschied, aber ich versichere dir, für mich schon. Wieviel Zeit hatten sie bislang?«

»Vielleicht – vielleicht eine Stunde, anderthalb Stunden ...« Ihr Kinn zitterte in seiner Hand. Er ließ wieder los. Sie ballte die Fäuste und zerknüllte die Mütze zur Formlosigkeit. »Wieso?«

»Ich kann dir nicht mit Sicherheit sagen, wo er steckt. Ich kann zwei Vermutungen anstellen. Eine betrifft das Flußboot draußen im Hafen; es hat ihn hergebracht, und es könnte ihn auch wieder wegbringen. Sie haben ihn vielleicht unverzüglich an Bord gebracht. Möglicherweise aber auch nicht ... denn dieses Schiff ist die erste Stelle, wo eine Gegenpartei nachschauen könnte, und das Auftreten einer Gegenpartei ist mehr als nur eine Möglichkeit, sobald die Nachricht die Runde macht. Ich wette darauf, daß sie nicht gleich verschwunden sind und daß sie nicht ein so auffälliges Boot benutzen werden. Etwas Unscheinbareres, ein Fischerboot, ein Küstenfahrzeug. Den ganzen Alten Deich entlang liegen Fluttore. Auf *die* Gegend wette ich. Sie werden ihr Boot suchen und ihren Gefangenen dorthin bringen müssen ...«

»Dann können sie noch nicht mit ihm abgefahren sein! Bei Ebbe bringt man nichts zu diesen Toren hinaus. Die Gezeitenwasserkanäle haben vier Decen Unterschied, das Wasser ist zu flach ...«

»Man kann noch einen Grund anführen, so schlimm es auch ist, sich darüber Gedanken zu machen. Sie werden Fragen an ihn haben. Wir sprechen nicht von den Banden, verstehst du. Wir sprechen von einer Organisation, die bis ins Signeury vorgedrungen ist, eine, die weiß, daß er lange genug hier war, um bestimmte Mitglieder bloßzustellen, falls er sich dazu entschieden hatte. Gewisse Leute könnten sehr daran interessiert sein, alle seine hiesigen Verbindungen aufzudecken. Ihre Sicherheit steht auf dem Spiel, und da könnten Karl Fons Befehle hinter ihren eigenen Belangen durchaus an die zweite Stelle treten. Sie benötigen einen Platz und Zeit, um ihm in ihrem eigenen Interesse Fragen zu stellen, einen Platz dicht am Hafen, einen Platz, wo keine Nachbarn die Polizei rufen.«

»Das gilt für das ganze verdammte Gezeitenwasser!«

»Das meine ich auch.« Boregy gab seinen Männern einen Wink. »Sie kann gehen.«

Altair schob den Stuhl zurück, und diesmal fand sie keinen Widerstand. Sie stemmte sich hoch und drückte die Knie durch.

»Ich schicke dich aus, verstehst du? Das ist die Hilfe, die ich bieten kann. Ich persönlich empfehle dir, das, was du weißt und was ich dir erzählt habe, für dich zu behalten und nichts zu unternehmen. Aber ich zweifle, daß du dich danach richtest. Möchtest du etwas essen? Brauchst du Geld?«

Sie schüttelte den Kopf. »Ich muß gehen; das ist alles.« Himmel, er hat mich richtig festgenagelt, hat mir zuviel erzählt. Er wird mich schon recht bald des Nachts in den Kanal werfen lassen. Ich muß es bis zur Tür schaffen, das ist alles, alles, was ich schaffen kann; ich kann nicht ans Essen denken, nichts in meinen Magen bringen, kann auch nicht schlafen, solange sie ihn in der Hand haben ...

Gefangen. O Gott, und was sonst noch?

»M'Sera.« Sie vernahm Boregys Stimme. Von ferne. Wie er zu einer Frau sprach. »Jones.« *Das* war sie. Sie drehte sich am oberen Treppenabsatz um, ganz schwindelig, fing sich wieder und blickte zu ihm zurück, erwiderte seinen Blick.

Was will er eigentlich? Mich letztlich doch aufhalten?

»Wem gegenüber hast du denn unseren Namen erwähnt?«

»Niemandem.« Sie schüttelte heftig den Kopf. »Ich habe ...«

Mein Gott, muß er das eigentlich wissen, bevor sie einen Unfall inszenieren? Wen kümmert es? Wen hier kümmert es?

»Gegenüber niemandem?«

»Das geht nur mich etwas an«, entgegnete sie, wandte sich um und betrat die Treppe. Sie verlor fast das Gleichgewicht. Die ganze Welt kam abwechselnd näher und entfernte sich wieder, wurde verschwommen und wieder deutlich, die Halle mit ihren geäderten weißen Steinwänden und dem elektrischen Lampenlicht.

Eine Hand packte Altair am Ellbogen. Sie schüttelte sie ab, aber die Hand packte erneut zu. So ging sie zur Tür und die Stufen hinunter, die unebenen Steinstufen, die immer weiter hinunter zum Gang führten und zum Anlegeplatz, zu ihrem Boot, das dort in dem Lichtrechteck aus der offenen Tür lag. Die Luft war kalt durch das Wasser und dumpfig durch die Steinmauern des Tunneleinschnitts. Eisen und Gestein und Fäulnis. Altair starrte die Stufen hinunter. Ein Ellbogen gab ihr einen Stups.

»Hier«, sagte ein Mann, einer der drei, die sie die Treppe hinuntergebracht hatten. Münzen schimmerten auf seiner ausgestreckten Hand, silbernes und bronze-

nes Glitzern im Lampenschein. Sie blickte darauf und dann hinauf zu dem Mann.

»Das hilft mir nicht«, sagte sie, nicht einmal bitter. Ein würgender Klumpen bildete sich in ihrem Hals. »Verdammt, das hilft mir überhaupt nicht!«

Sie stieg auf ihr Boot und riß das Tau los. »Macht es euch etwas aus, wenn ich hier den Motor anwerfe?«

»Die Familie würde es zu schätzen wissen, wenn du es nicht ...«

»Sicher, sicher.« Die Tränen trockneten, und Kraft brauste durch Altairs Adern wie ein Hitzeschwall. »Schert euch zum Teufel.« Sie schob die Stange ins Wasser, und die Wasserfläche zwischen ihr und den Boregys wurde größer. »Ihr verfluchten Feiglinge!«

Es fiel ihr schwer, den Skip zu wenden. Einen Teil dieser Arbeit mußte sie schon im Dunkeln verrichten, nachdem die Männer wieder hineingegangen waren und die Tür geschlossen hatten. Räder winselten und Ketten rasselten, und das große Wassertor ließ das geisterhafte Sternenlicht, das draußen auf dem Wasser des Kanals lag, wieder herein. Auch der leichte Wind war wieder da, pfiff ungehindert in den Boregy-Tunnel hinein und brauste wieder hinaus.

Sie schob mit der Stange und schickte den Skip schnell durch die schmale Öffnung hinaus, wendete und fuhr in der Dunkelheit davon, vorbei an den Mauern des Signeury, hoch, glatt und grimmig, und die Goldene Brücke hing über dem Großen Kanal wie ein dunkler Gewebestrang über dem Gesicht des Signeury.

Sie fuhr mit Hilfe der Stange bis zu den ersten Pfeilern der Goldenen Brücke, bis ihr innerlich alles weh tat und ihre wunden Füße auf dem Deck brannten. Dann machte sie mit einer Hand eine unhöfliche Geste in Richtung der Boregy-Insel und zog die Stange ins Boot, ging dann nach achtern, um den Motor anzuwerfen.

Erster Versuch mit der Kurbel. Zweiter. Sie fummelte am Starter herum, und ihre Hände zitterten dabei. Ein dritter Ruck an der Kurbel. Hust. Ein vierter. Hust und Start. Der Wind sprang und pfiff um die Ecke von Boregy herum. Altair zog sich die Mütze auf dem Kopf fest, brachte die Ruderpinne in Stellung und setzte sich hin, um zu steuern, die Pinne unter einen Arm geklemmt. Altair hatte keine Kraft mehr und spürte nur noch die Kälte und ein Zittern, das ihr an den Beinen hinauflief und ihre Zähne zum Klappern brachte.

Gefangen. Er war gefangen.

Ein noch schlimmeres Bild kam ihr in den Sinn. Sie schloß die Augen und öffnete sie dann wieder weit, versuchte damit, das Bild zu vertreiben, das Bild eines dunklen Ortes mit Lampenschein, ähnlich dem Bogar-Keller, aber ohne Freunde in Sicht, ohne Hoffnung und ohne Hilfe und ohne ein ehrlich gesinntes Gericht, nur von Feinden umgeben.

O Gott! Das Gezeitenwasser, das Gezeitenwasser und die Fluttore! Das muß es sein! Ich bin die Schlange hinauf in den Großen Kanal gekommen, kurz nachdem die Glocke geläutet hatte, und sie waren noch dort gewesen, während sie läutete – sie haben ja Wesh deshalb erledigt –, also war ich gar nicht so weit hinter ihnen. Beinahe hätte ich sie noch gesehen, so nahe war ich schon dran, aber ich habe kein Boot gesehen, das den Großen Kanal *herabkam*. Nur dieses Boot, das sich auf dem Margrave entfernte. Auf dem Margrave nach Westen. Verdammt, ich *habe* sie gesehen! Sie fuhren davon, sie hatten ihn an Bord, und ich wußte es nicht ...

An Gezeitenwassertoren hätten wir Pogy und Kai und den Sumpf, drüben bei Hafiz. Wenn sie Flut hätten, könnten sie die Hafenöffnung nehmen, aber das geht nicht; sie müssen die Fluttore nehmen, damit hat dieser Boregy-Snob recht. Und die Flut erreicht ihren Höhepunkt nicht vor der Mitte der sechsten Stunde. Sie müssen also ...

Sie blinzelte und riß den Kopf hoch, als die Mauer des Signeury auf sie zu kam, schwenkte heftig ab und steuerte wieder in die Mitte des Kanals, als es auf die massiven Pfeiler des Signeury-Kreuzes zu ging. Sie fuhr in den Schatten der Brücke, und es war hier so dunkel, daß man Hindernisse nicht sehen konnte und daher blind fahren mußte. Der Wind frischte böig auf und wurde kälter. Der Motor erzeugte Echos, ein einsames Knattern, das sich durch die Ruderpinne in Altairs wunde Hand und ihren Ellbogen fortpflanzte, und sie hatte nicht einmal mehr genug Energie, um den Knochen vom Holz zu nehmen. Es tut weh, flüsterte eine ferne Stimme, und Altairs bewußter Verstand antwortete: Das ist gut, denn dann bleibe ich konzentriert.

Du Dummkopf, wohin fährst du eigentlich?

Mama, hast du eine Antwort darauf?

Beim Teufel, diesmal hast du dir wirklich was eingehandelt. Es sind Verrückte. Du denkst nicht nach, Altair. Hast du nachgesehen, ob dein Revolver noch da ist?

In Panik öffnete sie den Hängekasten neben dem Motorgehäuse. Ihre Finger entdeckten Lumpen und gruben tiefer, um das glatte Metall des Revolvers zu spüren. Auch die kleine Patronenschachtel war da. Altair probierte, wie schwer sie war. Intakt. Ihr Kreislauf verlief wieder in den ursprünglichen Bahnen, und das Herz verlangsamte sich auch wieder auf sein erschöpftes Pochen, klopfte im Takt mit dem Motorengeräusch. Altair blinzelte und konnte wieder klar sehen. Die Kopfschmerzen waren im Hinterkopf und hinter den Augen am schlimmsten.

Verdammter Rauch. Seit dem Rauch hatte sie diese Kopfschmerzen. Dieses Pathatzeug. Allen, die es eingeatmet haben, mußte es noch schlechter gehen.

Er muß sich höllisch schlecht fühlen.

Mondragon – ich versuche es wenigstens. Was ich tun werde? Du weißt mehr als ich – über das Schwert Gottes und all das, und wer bin ich schon? All diese Kerle, und Moghi konnte sie nicht aufhalten, und sie haben die Hilfe von Kanalfahrern, haben dafür gesorgt, daß sie nicht draußen auf den Kanälen sind, denn sie wollen nicht, daß Leute es sehen, wenn sie jemanden sehr weit über die Brücken hinausbringen …

Kanalfahrer. Kanalfahrer, die nichts unternehmen würden.

Das ergibt eine ziemlich lange Liste. Sie umfaßt das ganze verdammte Gezeitenwasser und alles Gesindel dort.

Die Borg-Insel zog vorüber, dann Bucher.

Ich könnte zu Malvino fahren. Vielleicht haben sie dort mehr Mumm als bei Boregy.

Nein. Oberstädter. Einmal habe ich Glück gehabt. Soviel, wie man nur haben kann. Der nächste schneidet mir vielleicht einfach den Hals durch.

Wohin fahre ich? Welche Richtung? Beim Splice abbiegen und dann nach Westen? Verdammt, wo *stecken* eigentlich alle?

In den Brückenschatten und weiter nach Porphyrio. Die Altmarktbrücke war die nächste. An den Ringen und Pfeilern lagen keine Boote, nichts, nicht einmal der Skip mit dem zerlumpten Verdeck, der dort sein sollte. Der Motor tuckerte weiter und trank weiter Treibstoff.

Ich könnte die Wex-Biegung nehmen – nein. Diese verdammte Brücke blockiert vielleicht den Weg. Ich könnte bei Portmouth abbiegen, den Sanchez-Arm nehmen und dann vorbei am West …

Da *kam* ein Boot, eine dunkle Masse, die von der Millerbrücke her schnell den Großen Kanal herauffuhr, die genau in der Mitte fuhr und im Sternenlicht das große V des Kielwassers hinter sich her zog.

Verdammt, es fährt mit Motor – *wer* ist das bloß?

Das Tuckern des Motors hallte von den Mauern wider, abwechselnd mit dem von Altairs Motor. Es war ein Skip. Nun, das sagte nicht viel. Und der Kanal war verlassen. Das bedeutete, daß mit Schwierigkeiten zu rechnen war.

Suchen sie *mich?* Himmel!

Sie strengte die Augen an, den Arm um die Ruderpinne verkrampft, bereit, sie herumzuschwingen und zum Splice zu streben, die andere Hand am Gashebel, bereit, voll aufzudrehen und an dem Boot vorbeizudonnern, das sich weiterhin in Kanalmitte hielt, zwischen den beiden Pfeilergruppen.

Aber jemand stand aufrecht auf jenem Skip, eine Silhouette am Bug, ein zweifaches weißes Schimmern im Sternenlicht, wovon sich eines heftig bewegte. Es war ein Signal. Jemand winkte.

Bot sich dabei als Ziel an, wer es auch war.

Das Kielwasser des anderen Bootes verschwappte, als der Motor gedrosselt wurde. Altair drosselte den ihren und rappelte sich unter Schmerzen auf, strengte in der Dunkelheit die Augen an, als der Abstand geringer wurde. Im Dunkeln, im Schatten der Brücke sah ein Skip wie der andere aus.

Aber die Gestalt am Bug war Oma Mintaka; der eine der weiß schimmernden Flecken war ihr Haar, und der andere ein weißer Fetzen, mit dem sie winkte.

Altair winkte zögernd zurück. Das Herz klopfte ihr wieder heftig gegen die Rippen. Was war hier los? Was für Neuigkeiten gab es?

Hatten sie ihn gefunden? Hatte ihn jemand gefunden? Lebte er noch?

»Jones«, grüßte Mintaka sie mit rauher Stimme.

Altair stoppte die Schraube und schwenkte den Bug ein Stück weit, um langsamer zu werden, bis sie nur noch trieb, drehte den Motor zu einem leisen Tuckern herab. Auch der andere Skip wurde langsamer, und jemand zückte einen Bootshaken.

Altair holte auch ihren eigenen aus dem Gestell. Sie überließ die Steuerung dem anderen Skip, dem mit mehreren Menschen an Bord. Und es war nicht wegen des Skips, daß sie den Haken in die Hand genommen hatte.

»Jones«, sagte Mintaka über den kleiner werdenden Zwischenraum hinweg, und ihre hohe Stimme war gebrochen. »Jones – dieser junge Mann – dieser junge Mann von dir – Moghi hat uns Nachricht geschickt ...«

Altair benutzte nun doch den Haken, um den anderen Skip zu packen, während der Haken von der anderen Seite nach ihrem Boot griff und es festmachte. Es war Del, der den Haken führte, und es handelte sich auch um Dels Skip; die zweite Person mit einem Haken war Mira. Hinter den beiden trat ein Schatten mit schlacksigen Gliedern an die Bootsseite, und es war Tommy, Moghis Tommy.

»Was für eine Nachricht?« schrie Altair, als Mintaka die Luft oder der Verstand ausging. »Wo ist er?«

»Du mußt mit Moghi sprechen«, platzte Tommy heraus. »Jones, er hat Ali verprügelt ... Ali lamentierte immer noch, als wir losfuhren ...«

»Haben uns gedacht, wir könnten dich anhalten«, meinte Del.

»Das Schwert Gottes«, sagte Mintaka mit zitternder Stimme, und ihr weißes Haar flatterte im Wind. »Jones, es waren die vom Schwert Gottes, die diesen hübschen Jungen geschnappt haben. Er ist nicht vor seinem Papa weggelaufen; diese Geschichte stimmte nicht. Jones ... er ist so ein Fremder ...«

»*Wo* ist er?« Altair verlor fast den Verstand. Sie flehte Del an. »Del, um Gottes willen, wo steckt er?«

»Wir haben keine Ahnung. Wir haben ein Dutzend Boote zum Hafen hinuntergeschickt, für den Fall, daß sie dorthin sind, und wir haben die Nachricht in alle Himmelsrichtungen verbreitet ...«

»Gott sei Dank!« Sie schlug mit ihrer Stange gegen die von Del. »Hof! Ich muß dorthin!«

»Diese Verrückten waren es, die die Brücke niedergebrannt haben!« schrie Mintaka. »Diese verdammten Idioten versuchen, die ganze Stadt abzubrennen, Leute zu vergiften, Leuten die Kehle durchzuschneiden ...«

Del zog seinen Bootshaken zurück, und die Boote trieben auseinander. Altair warf ihren Bootshaken mit dem Ende nach unten in den Mittelgang und hastete nach hinten, um sich ans Ruder zu setzen.

Neben ihr erwachte Dels Motor rasch wieder zum Leben, und der Lärm erzeugte Echos an den Mauern von Wex und Spellman und zitterte über dem Wasser.

Warum? Was macht es ihnen aus, was mit ihr und meinen Freunden passiert?

Es liegt an dem, was die vom Schwert getan haben, das ist es! Weil sie den Kahn in Brand gesteckt, die ganzen Kanalfahrer mit Gas vergiftet und den alten Wesh umgebracht haben. Nichts und niemand kann die Kanalfahrer herumschubsen, ohne daß sie zurückschubsen!

Boote zum Hafen! Sie haben sie blockiert, auf der Flucht gestellt.

Aber wenn die vom Schwert merken, daß sie in der Falle saßen ...

Was machten sie dann mit *ihm?*

Altair drehte den Motor voll auf.

Eine Unmenge von Booten war bei Moghi versammelt, ein Gedränge von enormen Ausmaßen. Altair drosselte den Motor unterhalb des Fischmarktes und steuerte zu der Versammlung vor Moghis Veranda, dort im Licht aus Moghis Haus, und sie stieß gegen einen anderen Skip. »Paß auf mein Boot auf!« schrie sie dem Nächststehenden zu. »tschuldigung!« Sie sprang von ihrem Bug in den Mittelgang eines anderen Fahrzeuges, reichte ihr Bugtau irgendeinem Mann und lief weiter, auf das Halbdeck eines weiteren Bootes und längs darüber hinweg.

»Hooo! Jones!« rief jemand. »Es ist Jones!« Und: »Hier kommen Del und die anderen!«

Altair durchquerte noch einen Skip und ein Stangenboot im Laufschritt und kletterte Moghis kurze Leiter hinauf, gefolgt von einem halben Dutzend Neugierigen.

»Moghi?« Sie blieb unter der Tür stehen, in einem kalten Windstoß, und sah sich einer Versammlung von Kanalfahrern im Hauptraum gegenüber. Ihre Aufmerksamkeit jedoch war ganz nach innen gerichtet. Ein Schrei ertönte plötzlich weiter hinten, kein Schrei aus vollem Hals, sondern einer, der häßlicher klang und weh tat. *»Moghi?«*

Leute drehten sich um und starrten sie an, blickten dann in die andere Richtung, als Moghi von innen auftauchte, ein finsterer, verschmutzter Moghi mit einem blauen Hemd, auf dem außer Schmutz noch etwas anderes zu erkennen war. Er wischte sich die Hände an einem Handtuch ab, und es zeigte daraufhin rote Flekken. »Jones.« Er deutete mit dem Kopf zu dem Flur hinter sich.

»Moghi, ich habe keine ...«

Ein zweites Nicken. Sie ging hin, und Moghi packte sie am Arm, und sie folgte ihm widerstandslos nach hinten, in Lampenschein und Gestank und Blut zu etwas Ali-Ähnlichem, das an einen Stuhl gebunden war. Fünf von Moghis Männern standen da. Einer war Jep. Er hatte einen Schnitt an der Schläfe und einen häßlichen Ausdruck im ganzen Gesicht. »Dieser verdammte Verräter«, sagte Moghi und packte eine Handvoll von Alis krausem Haar. Ali schrie auf, und Blut strömte ihm aus der Nase und über den Mund. »Sag es ihr doch, sag ihr verdammt noch mal, was du mir gerade erzählt hast!«

»Es waren Megarys«, schluchzte Ali. »Megarys ... au!«

»Warum?«

»Moghi, nein, nein, Moghi ... *au!*«

»Hatte hin und wieder jemanden zu beseitigen ... Dieser verdammte Idiot hat sie verkauft, hat sie an Megarys verkauft! Hat sie nicht ordnungsgemäß in den Hafen geworfen, nein, dieser Dieb hat sie verkauft, lebendig oder tot, direkt den Kanal hinab. Hat arme Leute von der Brücke genommen. Verrückte. Bist ganz gut dabei gefahren, nicht wahr, Ali?«

»*Au!*«

»Es waren keine Megarys, die hier eingebrochen sind!« protestierte Altair. »Wen hat er hereingelassen? Von wo kamen sie?«

»Er weiß es nicht. Er sollte das Gift oben verbreiten, um deinen Mann zu erwischen, nachdem vorne der Betrieb angefangen hatte. *Darum* ging es. Nur hat es nicht so geklappt. Sie kamen vorne durch die Tür, und sie waren alles andere als leise. Der Rauch erwischte ihn *selbst.* Und sie gingen hinauf und holten deinen Mann. War es nicht so, Ali?«

»So war es, so war es ... Moghi, ich wollte hier nichts anrichten, sondern ihn nur leise hinausschaffen. Sie wollten es dir erzählen, Moghi! Sie wollten dir erzählen, was ich getan habe ...«

»Du verdammter Idiot! Ich hätte dir einen Arm dafür gebrochen, aber jetzt verschaffe ich dir eine Fahrt zum Hafen hinaus.«

»Nein, Moghi! Nein, Moghi!«

»Dann redest du besser, und du redest ausführlich!«

»Ich habe es dir schon gesagt; sie haben mir das ganze Geld gegeben, sie sagten mir, sie müßten diesen blonden Kerl haben. Ich dachte, es wäre irgendeine Bande ... Ich sollte ihn hinten hinausschaffen, als wäre er ganz normal gegangen. Sie haben mir nicht gesagt, daß sie etwas ganz anderes tun wollten, sie haben mir nicht gesagt, daß das verdammte Gas durch das ganze Haus dringt, und sie haben mir nicht gesagt, daß sie ihn selbst holen wollten und all das ...«

»Zur Hölle mit dir!« schrie Altair. »Wohin wollten sie mit ihm? Wo hast du dich mit diesen Leuten getroffen?«

»Bei Megary, Megary, Megary ...«

»Und das Schwert Gottes«, sagte Moghi und wischte sich die Hand am Hemd ab. »In dem Augenblick, als dieser Trottel hörte, daß du diesen Begriff mit dem in

Zusammenhang brachtest, was mit deinem Mann passierte, da verlor er den Verstand. Er wollte dich töten. Draußen auf dem Kanal. Gute Arbeit, wie du ihn über Bord geworfen hast, verdammt gute Arbeit.«

»Ich wollte es nicht!« schrie Ali. »Ich hätte nie ...«

»Hättest nie was?« Jep packte mit der Faust Alis Hemd. »Sie verkauft? Auch sie verkauft? Du verdammter Kriecher!«

»Das hätte ich nie gemacht, nie! Jones, ich habe dich nicht angefaßt, ich wollte nur helfen, das schwöre ich! Ich wollte es wiedergutmachen! Sag es ihm, Jones!«

»Du wolltest mit meinem eigenen Bootshaken auf mich losgehen, du Scheißkerl! Du verdienst, was du dir eingehandelt hast!«

»Laß nicht zu, daß er mich umbringt, Jones!«

Sie trat zurück und zitterte.

»Jones! Jones, ich gehe ihn suchen, ich werde ihn finden, ich kaufe ihn zurück!«

»Du verdammter Idiot! Sie sind vom Schwert Gottes – bei ihnen kann man nichts kaufen! Moghi, Moghi, Jobe hat ein paar Boote zum Hafen geschickt, und wenn es dort zu heiß wird, wird das Schwert Mondragon umbringen! Das weißt du! Sie werden ihn nicht mehr aus der Hand geben! Wenn er nicht mehr in der Lage ist, auszupacken, dann sickern sie in diese Stadt ein wie ein Schwarm Fische im Wasser. Wir müssen ihn dort herausholen, bevor jemand sie angreift!«

»Dein Geld ist meine Männer nicht wert, Jones.«

»Sie sind in dein Haus eingebrochen, Moghi! Was ist los, wirst du *alt,* Moghi? Du wirst ja richtig *alt,* läßt zu, daß diese Verrückten einen Mann von hier entführen, deine Hilfskräfte bestechen ...«

»Halt den Mund, Mädchen!«

»Es heißt nicht Mädchen, Moghi!«

»Es heißt auch nicht alter Mann! Du bist völlig übergeschnappt, daß du dich mit diesen Sekten einläßt! Was willst du eigentlich? Was soll ich denn machen?«

Sie schrien sich an. Der Raum draußen war voll. Altair ballte die Fäuste und senkte die Stimme. »Was ich brauche, sind etwa sechs, sieben Burschen, die mit mir kommen, bei Megary einbrechen; das ist es, was wir tun müssen! Wir müssen ihn dort *herausholen,* bevor sie Zeit finden, in Panik zu geraten.«

In dem Raum wurde gemurmelt, und sämtliche Umstehenden wichen langsam zurück.

»Und womit?« wollte Moghi wissen. »Haben wir vielleicht diesen Rauch, wie? Das ist ein unsinniges Unternehmen!«

»Wo ist eigentlich euer Mumm?« Altair sah sich in dem Zimmer um, zwischen den Männern, die immer weiter zurückwichen.

»Ohne mich«, sagte einer. »Ich bin bei weitem nicht dumm genug.«

»Moghi ...«

»Sie sind nicht übermäßig begeistert«, stellte Moghi fest. »Sie sind eben keine Dummköpfe. Ich bin auch keiner. Wir werden sie uns vornehmen, wir werden sie uns vornehmen, aber ich befehle keinem meiner Männer, bei Megary einzubrechen. Jep?«

»Ich bin auch nicht übermäßig begeistert.« Jep trat von einem Fuß auf den anderen und kratzte sich am Hals. »Nicht einmal *Blacklegs* gehen dort hinein.«

»Ich komme mit!« schrie Ali. Und: *»Au!«* ertönte es, als Moghi ihn schlug.

»Wir können den Hafen absperren«, meinte Moghi. »Wir können auf eine kluge Weise vorgehen. Carlos, Pavel, ihr geht hinaus zum Hafen und helft unter Umständen diesen Kanalfahrern. Vielleicht redet ihr auch mit dem alten Chance auf seinem Flußboot. Habe ihm ein paar Gefallen getan ... er wird mit mir reden.«

»Verdammt, das wird ihm nicht helfen!«

»Ich sage dir eines, Jones: Überlaß das Denken gefälligst denen, die hinterher bluten müssen! Wenn du dorthin gehst, dann erhalten diese verfluchten Megarys ein hübsches Stück Ware dazu, wenn sie dir nicht gleich den Kopf wegpusten. Und dann verkaufen sie dich ohnehin, an diese Ärzte. Du wirst auf einer Platte in der Akademie landen, das wirst du! Oder in irgendeinem Hurenhaus oben bei Nex. Möchtest du das?«

»Ich passe schon auf mich auf, verdammt noch mal! Ich werde schon *irgend jemanden* finden, der den ...«

»Mich!« schrie Ali. »Jones! Jones! Ich schwöre dir, ich tue es nie wieder; ich habe einen Fehler gemacht, Jones! Ich komme mit, ich komme mit, das schwöre ich dir! Ich werde alles wiedergutmachen, Jones! Das werde ich; ich schwöre es bei meiner Mutter, Jones, ich schwöre es, ich schwöre es, ich schwöre es!«

»Ich gebe dir Ali mit«, sagte Moghi mit einem Ausdruck in seinen tiefliegenden Augen, der gleichzeitig süß und gemein war. »Dann wird er mit dir zusammen schnurstracks nach Nex geschickt.«

»Verdammt, Moghi, ich nehme ihn! Gib ihn mir, ich nehme ihn!«

»Du bist verrückt.«

»Ich bin nicht verrückt! Ich suche in diesem Scheißloch einen *Mann!* Wenn er alles ist, was ich kriege, dann nehme ich ihn eben!«

»Zur Hölle mit dir, Jones.«

»Du hast es versprochen – gib ihn mir! Wenn er noch gehen kann, nehme ich ihn.«

»Ich kann gehen!« sprudelte Ali heiser hervor. »Jones, ich kann es, ich kann ...«

»Wenn du diesen Lumpen haben willst«, sagte Moghi, »dann bekommst du ihn.« Er zog das Messer aus dem Gürtel und schnitt die Schnüre durch, eins, zwei, drei.

»Au!« schrie Ali. Moghi packte ihn am Haar, riß ihn vom Stuhl hoch und drehte ihn um.

»Wenn sie nicht zurückkommt«, sagte Moghi und blickte Ali aus großer Nähe in die Augen, »dann wirst du sterben. Aber sehr langsam. Und ich werde dich finden, das weißt du!«

»Bei meinem Leben!« flüsterte Ali mit schwacher, sprudelnder Stimme. »Bei meinem Leben, Moghi, ich schwöre es, ich schwöre es bei ...«

»Weg hier!« Moghi stieß ihn von sich. Altair wandte ihm den Rücken zu, ging durch den Gang und in das Hauptzimmer, und Ali schlurfte und humpelte hinter ihr her und zog immer wieder die Nase hoch. Die Kanalfahrer starrten die beiden an.

»Ihr Feiglinge!« rief Altair den Umstehenden zu. »Ihr steckt eure Ohren in anderer Leute Angelegenheiten, aber will irgend jemand von euch auch einen Fetzen von den Megarys?«

Die Leute wandten den Blick ab und drehten ihr die Schultern zu. Auch Del war da; er starrte sie an, und das Kinn mit den weißen Stoppeln arbeitete. »Ich komme mit«, sagte er.

»Du trägst die Verantwortung«, sagte Altair und wich seinem Blick aus. »Komm schon, Ali.«

Sie ging zur Tür hinaus auf die Veranda – und blickte zurück zu Ali, der hinter ihr hertorkelte und sich den Bauch hielt. Sie sah einen Ring von Gesichtern, die sie beide anstarrten, Kanalfahrer auf der Veranda und auf den Booten. »Megarys!« rief Altair. »Die Megarys halfen denen, die das hier getan haben! Möchte jemand in meinem Boot mit dorthin kommen? Wir müssen einen Mann dort herausholen!«

Niemand stand auf und meldete sich freiwillig.

»Na ja, verflucht«, sagte sie. »Dann könnten einige von euch wenigstens nach Westen ausschwärmen und in einige andere Richtungen, um die Kanäle abzusperren, damit sie kein Boot durchbekommen.«

»Das mache ich!« schrie Mintaka Fahd und winkte mit ihrem Halstuch. »Beim Ruhm des Herrn, das mache ich!«

»Wer ist denn der Kerl?« Es war der alte Jess Gray, der vom Zentrum der Bootsversammlung heraufschrie. »Wen haben sie sich geholt?«

»Sein Name ist Mondragon!« *Das* ist für dich, Boregy,

und deine ganzen Geheimnisse! »Er ist auf der Flucht vor den Teufeln oben in Nev Hettek in die Stadt gekommen. Megary hat mit Nev Hettek Geschäfte gemacht und bekam jetzt fremde Hilfe; Nev Hetteks Gold hat ihnen geholfen, dieses Gift zu kaufen, und es waren Nev Hettek und die Megarys, die Mondragon weggebracht haben. Ihr braucht nicht an ihm interessiert zu sein, wohl aber an dem, was die Megarys heute nacht angestellt haben!«

»Wenn du die Kanäle blockiert haben willst, Jones, dann werden sie blockiert!«

»Gut!« Sie schwang sich von der Veranda auf die Leiter. Ali folgte ihr und fiel fast von den Sprossen. Altair stieg in den Mittelgang des Newell-Skips, gefolgt von Ali, der vor Schmerz murrte und so stolperte, daß das Boot schaukelte. Die Newell-Kinder kauerten mit offenen Mündern und geweiteten Augen da, während Altair ihren blutenden Schatten durch den Mittelgang führte.

Nach diesem Skip kamen die der Lewis und der Delacroix, dann ihr eigener. Ali bemühte sich nach Luft schnappend darum, mit ihr Schritt zu halten. Sie hörte weitere dumpfe Schritte durch Bootsmittelgänge, und dahinter noch welche, diesmal leichtere. Ein Mann stieg neben Ali in den Mittelgang ihres Skips, eine bloße Schattengestalt vor dem Licht, ein großer Mann mit zerlumpter Jacke.

»Ich helfe dir«, sagte er, und die Stimme war irgendwie vertraut. Dann erinnerte sie sich wieder an die Jacke und die Schräglage des lädierten Hutes.

Mary Gentrys Mann. Rahman Diaz. Mary, die ihr Baby verloren hatte. Ein Sohn war ihr geblieben, und ihr Mann kam nun freiwillig. Rahman machte Altair Angst, ängstigte sie mit dem ganzen Karma dieser Geschichte.

»Verdammt«, sagte sie. Und noch eine Gestalt kletterte bei ihr an Bord, ein Schatten mit spindeldürren

Gliedern und stacheligem Haar, das im Wind wehte. »Wer ist da? Wer ist da? Tommy? Verdammt, verschwinde von hier!«

»Ich komme mit«, beharrte Tommy mit seiner hohen Jünglingsstimme. »Ich habe keine Angst.«

»Du hast keine Angst!« Sie eilte an ihrer Truppe vorbei zum Halbdeck. »Hast keine Angst! Verflucht! Rahman, zieh die Leine ein!«

Rahman ging zur Bugleine. Ali schleppte sich gebückt zum Decksrand und setzte sich dort hin, einen Arm auf dem Deck, während er sich mit dem anderen den Bauch hielt. »Jones, Jones, ich schwöre dir, ich hatte nie das Zeug, jemanden umzubringen, Jones!«

»Ja, sicher.« Sie fuhr die Stange aus, während Rahman den Bootshaken aus dem Mittelgang hob und Tommy nervös herumzappelte. »Kommst du mit oder bleibst du?« schrie sie ihm fragend zu. »Verschwinde vom Bug, verdammt; du könntest wenigstens als Ballast fungieren!«

»Jones«, sagte Ali, »Jones, das Haus dort ist ein Irrgarten; sie haben eine Unmenge Türen ...«

»Und das willst du mir jetzt erzählen?« Sie schob den Skip mit der Stange an Dels Skip vorbei. »Paß auf ihn auf, Mira!«

Mira hob verloren die Hand und winkte, und das war alles.

Mintaka Fahd winkte mit dem Schal. »Hooo!« schrie sie hinter ihnen her. »Hooo, dort!«

Hooo-oo! setzten ein Dutzend Münder dazu.

Altair verzichtete darauf, nach Mary Gentrys Gesicht Ausschau zu halten.

»Du mußt dich nach Süden halten«, stammelte Ali; Blut kam mit den Worten heraus. »Jones, sie benutzen keine großen Boote; sie bringen ihre Fracht durch das Kaitor hinaus ...«

»Rahman, yey!« Sie überließ das Staken Rahman, zog die Stange ein und hockte sich an Ort und Stelle hin, die

Zehen auf dem Deck gespannt. Ihr Schatten fiel auf Alis Gesicht, schirmte es vor Moghis Laternen ab. »Möchtest du die Wahrheit erzählen, du verdammter Fleischhausierer? *Wo?*«

»Es stimmt, es stimmt! Das Kaitor. Sie bringen alle dort hinaus.«

»Du verdammter Kriecher, wie soll ich dir das glauben?«

»Ich lüge nicht, das tue ich nicht, Jones, das schwöre ich dir! Das Kaitor ist es! Sie haben diese Flußschmuggler, sie kommen direkt zum Toten Kai herauf, Jones, ich habe gehört, wie sie davon erzählten! Moghi hat mir einmal diese arme alte Sau übergeben, um ihn in den Hafen zu werfen ... Er hat mich angefleht, er hat mich angefleht, Jones, er wollte nicht im Wasser enden! Ich bin kein Killer. Ich habe ihn verkauft. Er war der erste. Ist das nicht besser? Sie *wollten* es, Jones, sie wollten es ... Ich habe nie jemanden in den Hafen geworfen. Die Megarys töten sie auch nicht. Sie ...«

»... verkaufen sie nur. Du hast die Moral eines Schmarotzers, Ali! Wieviel hast du für den einzelnen bekommen?«

»Sie wollten es verraten! Sie wollten alles verraten, wenn ich es nicht tue, Jones; es sollte nicht so ablaufen ...«

»Da wette ich.« Sie stand auf und erblickte Tommys bleiches Gesicht und seine runden Augen.

Ein Komplice? Oder konnte sie ihm glauben?

Sie fuhr wieder die Stange aus und trieb das Boot an. »Zunächst fahren wir zu Megary. Sehen es uns einmal an. Überzeugen uns davon, womit wir es zu tun haben.«

»Jones!« protestierte Ali.

»Du hältst den Mund.«

Rahman stakte nur und sagte kein Wort.

9

Mit Rahman an der anderen Stange war es leichte Arbeit, den Skip zu führen. Es herrschte keine Panik mehr, nur noch die rhythmische Bewegung des Wassers, genauso wie bei jeder nächtlichen Fahrt durch das untere Merovingen. Altair stakte sicher und ruhig, überließ Rahman den größten Teil der eigentlichen Arbeit.

Der Mann ist heute nacht noch nicht von einem Ende der Stadt zum anderen gefahren. Himmel, wieviel Zeit haben wir noch? Kurz nach Einbruch der Dunkelheit war ich bei Jobe; Mitternacht war vorbei, als ich von Boregy zurückkam, verflucht sei sein Herz!

Nun, dann haben wir noch drei, vier Stunden bis zur Dämmerung. Noch knapp zwei Stunden, bis die Flut den Booten die Durchfahrt durch diese Tore ermöglicht.

Falls sie die Stadt noch heute nacht verlassen wollen.

Sie sind dazu gezwungen. Verdammt zu viele Leute sind hinter Mondragon her. Das Schwert wird Wind von dieser Versammlung vor Moghis Haus bekommen – sie werden es merken, wenn sie die Kanäle, bei ihrem Versuch, irgendwohin zu kommen, blockiert finden. Und was hat Megary mit der ganzen Geschichte zu tun? Sie haben dort *Angst,* das ist es! Megary hat sich Schwierigkeiten eingehandelt, hat von seinen auswärtigen Freunden ganz schön den Arm verdreht bekommen ...

Das Schwert steckt dahinter. Sonst niemand. Ich muß Mondragon befreien, ich muß bereit sein, wenn unsere Leute die Kanäle absperren. Muß dann bereit sein, etwas zu tun, muß es mir bis dahin überlegt haben!

Ich muß ihn dort herausholen, bevor sie merken, daß sie in der Falle sitzen.

Muß ihn aus Merovingen hinausbringen.

Muß ihm ein Schiff besorgen, das übers Meer hinausfährt.

Muß ihn von hier wegbringen. Für immer.

Darf ihn nie wiedersehen.

Was kann ich denn sonst machen?

Sie setzte die Stange heftig ein, bis ihr die Arme noch stärker weh taten und ihr Inneres weniger.

Du bist dumm, Jones. Das Morgen ist noch nicht in Reichweite, meinst du nicht? Sieht nicht gut aus, wie?

Also denk nicht weiter darüber nach.

Mama, Mama, bist du in dieser Nacht nicht da? Ich mache es dir nicht zum Vorwurf. Eine schöne Bescherung ist das, was ich da angerichtet habe. Kein Wunder, daß du nicht allzu stolz auf mich bist.

Der Weg bog in den alten Großen Kanal ab, und die Schatten bedrängten sie noch stärker unter dem Labyrinth von Brücken, das die frühere Durchfahrt zum alten Hafen überdachte.

Irgendwo hinter ihnen waren Boote in Bewegung. Die Skips und Stangenboote, die hier am Ufer lagen, waren gering an Zahl und weit verstreut, bloße Schatten entlang der Umgrenzungen von Gebäuden. Alte Leute. Die Uninteressierten. Die Isolierten.

Es waren diejenigen, deren Verwicklung in dunkle Machenschaften zu weit ging, als daß sie noch mit ehrlichen Kanalfahrern Umgang haben konnten.

Und genau diese ehrlichen Kanalfahrer dort hinten bei Moghi beeilten sich so sehr, wie es ihrer Art entsprach, und sie versuchten erst einmal zu klären, welches Boot wo in Position gehen sollte. Altair konnte sich denken, wie lange das dauern würde. Und dann würden die Kanäle und Fluttore abgesperrt sein. In etwa einer Stunde, wenn sich ausreichend Leute organisiert und ihre Stellungen bezogen hatten. Wenn sie genug dickköpfige Wasserratten, die nie bei Moghi gewesen waren, dazu überredet hatten, sich an einer Blockade von Megary zu beteiligen, und wenn geklärt war, wer die Stellen absperrte, wo mit Schießereien zu rechnen war.

Noch mehr Gerede und noch mehr Verzögerung.

»Nach Factory abbiegen«, wies Altair Rahman an und schwang den Bug dazu herum. Der Strudel in der Einbuchtung des alten Großen Kanals zerrte am Skip; eine Windböe packte ihn zusätzlich. Er schwenkte herum, aber die lange Erfahrung nutzte diese Drehung für die Abbiegung, und Altairs Stange war unten in dem Augenblick, als es darauf ankam. Rahman übernahm dann wieder das Staken, ohne ein Wort zu verlieren, und er hatte ihr auch nicht einen einzigen Ratschlag erteilt, seit er an Bord gekommen war.

Rahman redet so gut wie nie. Er hat auch vor all den Jahren nichts gesagt, als ich sein und Marys Baby vom Grund des Det heraufbrachte, nachdem er selbst mit leeren Händen wieder aufgetaucht war.

Da wußte er schon genau, daß das Baby so gut wie tot war, selbst als es noch gelebt hatte. Mama wußte es, und er wußte es, er, der dort stand und kein Wort des Dankes äußerte. Auch jetzt spricht er nicht. Weiß er etwas, wovon ich keine Ahnung habe?

Mein Gott, er ist ein Revenantist! Ich habe ihm Karma auferlegt, als ich das Baby lebendig heraufbrachte! Ich habe der Seele dieses toten Kindes Karma auferlegt, ihnen allen, Rahman und Mary und Javi, und Rahman will nicht, daß ich umgebracht werde, bevor er diese Schuld bezahlt hat; er muß die Seelen seiner Familie retten vor dem, was ich getan habe, als ich das Baby rettete, oder sie können von dieser Welt nicht frei werden, bis sie alle zusammen mit mir hier wiedergeboren werden und mich voll bezahlen. Es sind Gedanken an sein nächstes Leben, die ihn bewegen. Bei Gott und meinen Vorfahren, ich habe einen Selbstmörder dabei!

Tommy – ist einfach nur dumm, was immer ihn auch dazu bewegte mitzukommen. Und ich *weiß,* warum ich Ali dabei habe.

Ein Selbstmörder, ein Dummkopf und ein Scheißverräter.

Sie fuhren an der Mendez-Insel vorbei und an Fünf, wo Ungeziefer an den schmalen Simsen entlanghastete und angesichts des vorbeifahrenden Skips quiekte und piepste. Eine Katze aalte sich im Sternenlicht um eine Ecke von Mendez, ein tiefer Schatten, genau wie die Opfer, auf die sie aus war.

»Hey, da haben wir ja ein Markierungszeichen«, flüsterte Altair, als sie den aufrechten Pfosten an der verfallenden Ecke von Ulger ausmachte. »Hin.«

»Yey«, stimmte Rahman zu. »Obacht Haken.« Der Bug schwang unter seinem kräftigen Stoß herum.

»Obacht vorne.« Altair schwang die Stange an Alis Kopf vorbei in den Mittelgang und hockte sich an Ort und Stelle hin, überließ es ihrem Hakenmann, an ihr vorbei den Ring zu greifen, der dem Markierungszeichen am nächsten lag. Sie las den morschen alten Pfosten ab, spähte durch die Dunkelheit zu den Seilbändern daran, während sie den Behelfsknoten um den Ring knüpfte. »Scheißstelle«, meinte sie, als sie sah, wie verrottet und salzverkrustet das oberste Seil war. »Die Höhe hat sich hier verändert, und sie haben dieses Ding seit zehn Jahren nicht entsprechend eingestellt.«

»Kommt schnell herein«, meinte Rahman. »Die Flut steigt; der Seewind bläst entsprechend.«

»Das werden die Schmuggler auch wissen«, sagte Altair, setzte sich hin und kaute auf den Fingerknöcheln. Der Wind war böig. Dann donnerte etwas, donnerte und rumpelte gewaltig. Eine Explosion? Einen Augenblick lang hörte es sich an wie eine Täuschung des Windes. Trotzdem blickte Altair instinktiv zum Himmel, und es rumpelte erneut. »O Gott, das ist *Donner!*«

»Hört sich an, als käme da etwas herunter«, stellte Rahman fest, der jetzt neben ihr kauerte.

Noch war nichts zu erkennen. Die Sterne leuchteten immer noch klar über den schwarzen Formen der Gezeitenwasserinseln. Altair stellte sich einen Sturm vom Meer vor, eine heranrollende schwarze Wand, blitzesschwanger, so, wie derartige Stürme gewöhnlich auftraten. Vorher die Ruhe und dann der Wind, der Wind ...

Erneut rumpelte der Donner, fern und doch erschreckend nah.

»Sie werden es auch hören! O Gott, dieses ankommende Boot ... Sie sehen es doch auch, und sie werden früher kommen ...«

»Oder auslaufen.«

»Darauf möchte ich nicht wetten. O Gott, *wir* sind es, die Probleme bekommen! Das Meer stürzt sich auf uns, und dort hinten bei Moghi sind sie immer noch nicht organisiert ... ich *weiß,* daß sie es nicht sind ...«

»Sie hören auch den Donner«, meinte Tommy. »Sie hören ihn auch, Jones.«

»Ebenso die verfluchten Sklavenhändler. Sie werden früh aufbrechen, solange es noch dunkel ist. Gott weiß, wer nun alles unterwegs sein wird. Wir müssen los, wir haben keine Zeit, um hier herumzuhängen.«

Rahman grunzte, zuckte mit den mächtigen Schultern und spuckte ins Wasser. »Yey.«

Karma.

Selbstmord. Wieder grollte der Donner.

»Verdammt ...« Sie richtete den Blick auf den krausköpfigen Schattenhaufen vor ihr. Sie verlagerte die Stange in ihren Händen und stieß ihn an, damit er zu ihr hinaufblickte. »Ali, welchen Ausgang nehmen sie? Megary-Einschnitt?«

»Ich weiß es nicht.«

Sie stieß ihn heftig an. »Ali, ich dachte, du wärst hilfreicher.«

»Ich lüge nicht!«

»Nun, du hilfst mir auch nicht.«

»Da ist diese Landestelle im Süden. Neben dem Einschnitt.«

»Ich kenne sie.«

»Eine alte Frachttür, eine kleine Schräge.« Alis Atem ging zischend und stockte. Irgendwo klapperte ein Balken im Wind. »Ich fahre Moghis Boot immer direkt auf die Schräge. Ich klopfe an die Tür. Sie kommen heraus und nehmen – nehmen die Lieferung an.«

»*So* funktioniert das also!«

»Jones.« Er richtete sich auf, lehnte sich auf den Decksrand. »Mein Gott, Jones, auf diese Weise kommst du nicht hinein! Das *kannst* du nicht; sie bringen uns alle um!«

»Sie würden uns nicht umbringen, sondern flußaufwärts verkaufen, nicht wahr? Rahman, ich muß unserem Freund hier ein paar Fragen stellen. Füllst du den Tank auf? Ich habe einen vollen Kanister unten im Mittelgang.«

»Ich helfe dabei«, meldete sich Tommy mit einem Flüstern, das schon zu stimmhaft war.

»Sprich leiser«, forderte Altair. »Du mußt lernen, leiser zu sprechen.« Retribution hatte ihr das auch auf diesen Gezeitenwasserkanälen gesagt, hatte ihr beigebracht, leiser zu sein, sie am Ohr gepackt, wenn sie es vergaß ...

... Hast mich in die dunklen Wege eingewiesen, Mama. Ich dachte, jedermann würde sich dort auskennen.

»Jetzt zu uns, Ali«, sagte sie mit ihrer sanftesten, leisesten Stimme. Der Wind seufzte über dem Kanal und spielte mit den Haaren, die vorne unter Altairs Mütze hervorschauten. »Ich habe schon Menschen getötet, Ali. Es stimmt. Es macht mir keine Angst. Nur für den Fall, daß du daran denkst zu schreien.« Ruhige Bewegungen waren links von ihr im Mittelgang zu spüren, wo Rahman den Kraftstoffkanister gefunden hatte. Er stellte ihn auf das Deck und kletterte trotz seiner Größe leichtfüßig wie eine Katze hinterher. »Ali«, sagte Altair, »verstehst du mich? Verstehst du mich gut?«

»Ich verstehe dich«, antwortete Ali. Er legte die Stirn auf das Deck und hielt sich mit einem Arm den Bauch. »Jones, es ist das Kaitor; ich schwöre bei meiner Mutter, daß es das Kaitor ist. Ich lüge nicht; wir können dort nicht hinein. Sie haben Türen und Riegel ...«

»Du warst schon drin, wie?«

Das Weiße in Alis Augen leuchtete, als er zu ihr aufblickte. »Nein, nie!«

»Du lügst, Ali. Du wolltest mich doch nicht anlügen. Deine Mama sammelt einen Haufen Karma, nicht wahr?«

»Einmal, einmal war ich drin.«

»Immer weiter, immer tiefer, nicht? Um Leute von den Brücken zu verkaufen ...«

»Im Winter, im Winter ... Jones, sie liegen dann herum und frieren. Die Megarys geben ihnen zu essen und warme Betten ...«

»Wie meinem Partner.«

»Das war etwas anderes.«

»Ich will dir was erzählen, Ali: Du erinnerst dich doch noch an die kleine Szene auf Moghis Veranda. Nun erfordert es eine ganze Menge, um die Branche aufzustören, aber jetzt sind sie aufgestört. Und du standest dort mit mir in der Öffentlichkeit als ich das mit den Megarys sagte. Weißt du, wozu dich das macht?«

»Zu einem toten Mann.«

»Auf drei verschiedene Arten. Durch mich oder Moghi oder die Megarys. Oder durch so ziemlich jeden Kanalfahrer in der Stadt. Gegenwärtig sind eine Menge Leute nicht gerade gut auf dich zu sprechen.«

»Ich habe dich nicht angelogen.«

»Du hast eine Möglichkeit, deine Schuld mir gegenüber abzutragen. *Vielleicht* kann ich die Sache mit Moghi klären. Begreifst du, was ich meine? Weißt du, was diese Megarys mit dir machen würden? Ist dir das klar, Ali?«

»Ja.« Sein Atem pfiff durch klappernde Zähne. »Aber ich kenne den Rest nicht. Ich schwöre dir, daß ich es nicht weiß. So weit bin ich nie gegangen.«

»Weißt du, was du für mich tun sollst, Ali?«

»O Gott, Jones, das kann ich nicht, das mache ich nicht!«

»Du kannst richtig gut lügen, Ali. Das weiß ich.« Der Geruch von Treibstoff drang bis zu ihr. Sie hörte Rahman und Tommy, die ruhig an der Arbeit waren, hörte das Gurgeln und Gluckern der Flüssigkeit auf ihrem Weg in den Tank. »Rahman, spare etwas auf. Ich habe noch eine Flasche unten im Unterschlupf. Füllst du sie für mich? Stecke einen alten Lumpen hinein.«

»Hast du Streichhölzer?« fragte Rahman sachlich.

»Jede Menge.«

»Jones«, sagte Ali, fast ein Flüstern. »Woran denkst du eigentlich?«

»Nur an etwas, was mir meine Mutter beigebracht hat.«

»Was meint sie damit?« wollte Tommy wissen. »Was meint sie damit?« Aber niemand gab ihm eine Antwort. Rahman senkte sich auf ein Knie und griff nach der Flasche und dem Lumpen.

Noch mehr Treibstoffgestank, vom launischen Wind davongetragen.

»Habe zwei Flaschen«, meldete Rahman.

»Noch besser, wenn es auch nicht allzuviel ist.« Sie saß da und kaute nachdenklich auf einer Schwiele an der Hand.

Bist du sicher, daß er dort ist, Jones? Nein, das bist du nicht. Du hast es eigentlich nicht mit den Megarys zu tun, wie du weißt, sondern mit dem Schwert Gottes ...

Und das sind reiche Leute ...

Diese Stadt ist revenantistisch. Und wie können Auswärtige besser in die Stadt kommen und wieder heraus als mit Megary-Booten?

Himmel, sie haben die Polizei gekauft; sie verkaufen Leichen an die Ärzte der Akademie, und niemand stellt ihnen je Fragen. Kein Gedanke, daß ihre Boote durchsucht werden.

Himmel, *Fragen,* hat Boregy gesagt. Sie wollen ihm Fragen stellen. Was machen sie mit ihm?

»Wo halten sie ihn gefangen?« fragte sie Ali. »Im obersten Stock oder unten?«

»Unten, ich glaube, unten.«

Verdammt, alles verbarrikadiert! Unmöglich, dort einzubrechen; bestimmt haben sie gut Vorsorge getroffen, daß dort niemand ausbrechen kann.

Beim Ruhm Gottes! Also konnte niemand *aus*brechen. Genausowenig wie *ein*brechen. Wer sonst in der Stadt brauchte sich nie Sorgen über Einbrecher zu machen?

»Wie sieht das Erdgeschoß aus? Wie ist es angeordnet?«

»Sie haben ...« Ali zeichnete neben einem ihrer Füße ein Muster auf das Deck, fuhr mit zitterndem Finger über die abgenutzte Farbe. »Die Halle habe ich gesehen. Du gehst durch die Südtür hinein. Dann siehst du diese Gänge, die links und rechts abgehen, und diese Treppe ...«

»Wohin führt sie?«

»Ich weiß nicht – nach oben. Sie haben so eine Art Lagerhaus. Ich denke, sie haben diese große Anlage hier drüben, wo sie die reguläre Ware, die legale Ware unterbringen; das ist hier. Über den oberen Stock weiß ich nichts; Megarys leben dort. Vielleicht haben sie noch andere Sachen, von denen ich nichts weiß. Sie haben aber nur zwei Stockwerke.«

»Tust du mir einen Gefallen?«

»Jones ...« Ali klapperte deutlich vernehmbar mit den Zähnen. »Ich habe Schmerzen, verdammt, ich kann nicht ...«

»Hey, du bist schließlich noch am Leben, nicht wahr? Du liegst nicht auf dem Hafengrund. Unten im Bauch des alten Det hättest du keine Schmerzen. Soll ich Moghi erzählen, daß du mich wieder angefallen hast?«

»Nein.« Die Zähne klapperten. »Nein.«

»Wirst du das für mich tun, was ich will?«

»Ich ... In Ordnung, in Ordnung ...«

»Rahman, dann fahren wir noch ein Stück. Bist du bereit?«

»Yey«, stimmte er zu. Der Treibstoffdeckel war zu. Alle losen Sachen waren verstaut. Rahman hockte entspannt auf dem Deck, und Tommy war in den Mittelgang hinuntergestiegen. Rahman stand wieder auf, als Altair das Seil einholte und sich aufrichtete, die Stange in der Hand.

Sie stieß das Boot vorsichtig vom Sims ab. Rahman schob von seiner Seite her, und der Skip nahm ruhig Fahrt auf, entfernte sich von der Ulger-Ecke und kehrte in den schmalen Mittelweg von Factory zurück.

Calder und Ulger glitten im fahlen Sternenlicht langsam in voller Länge vorbei. Brücken waren im Bereich des Gezeitenwassers selten. Die meisten Inseln besaßen nur zwei Stockwerke, und die alten Erdgeschosse waren aufgefüllt und größtenteils gesunken. Calder besaß überhaupt keinen Sims mehr, sondern nur noch einen Balkon, der sich um das obere Stockwerk zog, und die letzte Brücke von Ulger war nur noch ein altersschwacher, niedriger Bogen, unter dem kaum noch ein Skip mit aufrecht stehendem Stangenführer hindurchpaßte.

Rahman, der es auch sah, grunzte.

»Ein wenig Backbord hier«, sagte Altair zu ihm, als sie unter die Brücke fuhren. »Hin. Hin cinte.«

»Yey.« Er schob das Boot zum hohen Mittelteil der Brücke und wich einer herabhängenden Planke aus, die nicht mehr viel Kopfraum freiließ. Keine Pfeiler. Es war eine Behelfsbrücke zwischen zwei Eingängen, die jeweils im ersten Stock lagen, nun aufgegeben, nachdem Flut und Fäulnis das Kanalufer von Calder verschlungen hatten.

»Verdammt, die Stadt sollte das Ding entfernen.« Altairs Kopf war klar, vollkommen klar. Sie roch den Treibstoff, dessen Geruch über dem des Kanals gerade noch auszumachen war. »Wo hast du die Flaschen hingetan?«

»In den Unterschlupf.«

»Backbord, ya-hin.«

Factory hatte hier eine Einbuchtung und machte dann eine Biegung nach Westen; mit einem Schub weg vom Westkanal wandte sich das Boot nach Norden. Ein einzelner Skip mit einer zerlumpten Überdachung lag in der Einbuchtung. Ein Schwall von Gestank wurde vom Wind herübergetragen, als sie vorbeifuhren.

Muggin. O Gott, es ist der alte Muggin – Himmel, Engel, gebt, daß er weiterschläft!

Was *macht* er eigentlich, um diesen verdammten Skip weiter zu betreiben?

Megary? Das könnte er nicht. Dazu hat der alte Trottel nicht mehr genug Verstand. Könnte die Brückenleute gar nicht einfangen.

»Muggin, ne«, flüsterte Rahman.

»Yey«, bestätigte Altair, ebenfalls flüsternd. »Steuerb'd, hin.«

Der Bug schwang leicht herum. Der Wind packte sie, als sie wieder in den Westkanal kamen, und Altair warf einen Blick nach oben und blinzelte bestürzt angesichts des Schattens in der Schwärze, etwa ein Drittel des Weges zum Himmel hinauf. Keine Sterne, nur dieses Flakkern von Blitzen, das wie rauchverhülltes goldenes Schimmern wirkte. Altair senkte den Blick zur Megary-Insel herab, zu einer öden, nur spärlich besetzten Wand aus alten Steinen und Planken. Sie waren diesen grimmigen, verbarrikadierten Fenstern jetzt ausgesetzt. Aber sie waren ja nur ein Skip, der Geschäfte zu besorgen hatte, mit nicht mehr Leuten an Bord, als eine Familie stellen konnte, normaler Verkehr, der in dieser Nacht vorbeizog. Es konnte gut sein, daß sie das einzige auf dem Kanal waren, das alltäglich wirkte, da Boote in dieser Nacht auf dem Gezeitenwasser nur spärlich anzutreffen waren.

Probleme verbreiten einen unverkennbaren Gestank. Die Heimatlosen treiben sich hier nicht herum, die ehrlichen Boote halten nicht an, und niemand sonst läßt sich blicken. Gewöhnlich sieht man hier sechs oder sieben klapprige Skips, aber heute nichts.

Sie riechen es; überall auf dem Gezeitenwasser riechen sie es.

Himmel, ob sie uns aus den Fenstern heraus beobachten?

Auch Megary besaß keinen Ufersims. Und weiter oben war nichts zu sehen als verrammelte Fenster, geschlossene Läden, am oberen Stockwerk zum Kanalufer hin. Altair konnte sich aus der ganzen Erfahrung ihres Lebens nicht daran erinnern, wie das obere Stockwerk dieses Gebäudes an den anderen Seiten aussah.

An der nördlichen Ecke von Megary gab sie Anweisung zum Abbiegen aus dem Westkanal heraus, eine aus vielen Nächten vertraute Abbiegung, eine Abkürzung auf der Rückfahrt von Hafiz, das weiter unten auf diesem Weg lag. Aber noch nie zuvor hatte sie *hinaufgeblickt*.

An der Nordseite lag die vordere Anlegestelle. Die Tür dort wirkte massiv. Die Läden der Fenster zu beiden Seiten waren geschlossen. Nicht die geringste Spur von Licht drang aus dem Inneren heraus. Die Fenster des oberen Stocks, ebenfalls verschlossen, besaßen verwitterte Läden, die Licht nicht hätten verbergen können.

Vielleicht sind die Fenster von innen geschwärzt?

Himmel! Angenommen – angenommen, sie haben ihn bereits weggebracht, angenommen, sie haben den Sturm schon durch die oberen Fenster *gesehen* und Mondragon daraufhin an einen anderen Ort gebracht, wo ich ihn nicht mehr finde ...

Angenommen, sie haben ihn gar nicht hierhergebracht ...

»Ya-hin.« Sie holte tief Luft und verbrauchte sie ganz

für einen Stoß, der den Skip dicht an die Insel heran und um die Biegung herum führte, dorthin, wo Hafiz' Südecke im Gezeitenwasserkanal zu erkennen war. Altair blickte angestrengt nach oben, um die wenigen Fenster an Megarys schmalem Ende auszumachen. Sie waren so dunkel wie alle anderen.

Die Ecke von Megary bog am Süddeich ab. Der Bug von Altairs Skip zeigte im Moment zu dem kurzen Kanal, der zum Sumpftor führte, und dieses war nicht mehr als ein dunkles Loch, in dem bedrohlich die Blitze flackerten. Dort draußen lag der Tote Hafen. Die Geisterflotte.

Der Sturm schlich sich so still heran, wie es für die Meeresstürme typisch war, trieb die Flut dabei vor sich her zu den erdbebenstarren Fluttoren.

Altairs Boot drehte sich weiter, wandte den Bug zur abgestützten Stelle des Deichs, zu der schmalen Biegung zwischen Megary und Amparo.

Und Megary hatte auf dieser Seite einen Balkon vor dem ersten Stock, beim Ruhm Gottes, einen großen, schönen Balkon ohne Treppe. Nicht eine einzige verdammte Brücke zu irgendwem. Aus dem Norden hatte einmal eine von Rostov nach Megary geführt, aber sie war bei einer Fehde abgebrochen worden. Die Südbrücke nach Amparol war in einem Erdbeben eingestürzt und von niemandem wieder aufgebaut worden. Amparo war mit Calder verbunden. Rostov hatte den Sklavenhändlern den Rücken zugewandt.

Aber hier hing dieser Balkon, links von dem Durchlaß für die Boote, und in diesem Durchlaß hatten zwei Boote festgemacht, ein heruntergekommener Skip und ein glänzendes Vergnügungsboot.

Mein Gott, das stammt aus der Oberstadt. Wie ein Wunschbild. Sieh sich nur mal einer die leuchtende Farbe an!

»Ssst. Ho.« Sie bremste mit der Stange ab. Rahman folgte auf seiner Bootsseite ihrem Beispiel, und die Bewegung des Skips hörte auf, während Altair tiefer in den Durchlaß hineinspähte. »Ich muß da rein.«

»Yey«, versetzte Rahman, streckte den Haken aus und packte damit den Bug des alten Skip. Altair legte die Stange weg, ohne zu klappern, tastete in ihrem Gürtel nach Haken und Messer, sprang dann federnd wie eine Katze in den Mittelgang und öffnete den Deckel des Streichholzbehälters neben dem Unterschlupf, steckte sich ein paar Streichhölzer in die Tasche und blickte zu Ali hinüber, der in der Nähe kauerte.

»Denk an das, was ich gesagt habe.«

»Jones, wir werden umkommen.«

»Vor allem wird es dann deine Schuld sein, *verstanden?*«

»Ich hab' begriffen, ich hab' begriffen.« Alis Zähne klapperten wieder. Er hielt beide Arme an den Bauch gepreßt. Altair blickte hinauf in Rahmans finsteres Gesicht und in Tommys geweitete Augen.

»Rahman«, flüsterte sie, »dieser Motor erfordert drei Anläufe, ganz leicht zu Anfang, und du mußt den Starter mit der Hand gezogen halten. Hier.« Sie reichte ihm die Streichhölzer, bückte sich und holte eine Handvoll Metallgegenstände aus einem zweiten Behälter, Muttern, Bolzen und Schrauben. Sie hielt einen hoch und steckte sich den Rest in die Hosentasche. »Wenn ich einen werfe und du das Platschen hörst, schickst du Ali zu dieser Tür. Du sorgst dafür, daß diese Frachttür geöffnet wird, verstanden? Nimm eine von den Flaschen. Wirf sie hinein und renne wie der Teufel hier herunter, wo du die andere auf diese Boote wirfst.«

»Yey.« Rahmans düstere Augen flackerten im Schatten auf, und sie konnte fast erkennen, wie sich dahinter die Gedanken bewegten. Er stellte Berechnungen an, während sie sich aufrichtete und der Wind im Durchlaß pfiff.

Verdammt, tue *niemals* einem Revenantisten einen Gefallen. Er wird ihn mit Argwohn betrachten und dich dafür hassen. Dieser Mann *will* sterben. Will Mary und seine Kinder von der Schuld befreien. Verdammt, er haßt mich!

Sie ging zu dem Hängebehälter neben dem Motor, holte den Revolver heraus und steckte ein paar zusätzliche Patronen ein. Sie hielt die Waffe ans Licht und prüfte die Kammern, und als sie wieder aufblickte, zeigte Rahman einen anderen Gesichtsausdruck.

Dieses Gör plant keine kleine Sache, Mann! Dieses Gör ist nicht so dumm, wie du gedacht hast. Dieses Gör ist die Tochter seiner Mutter. Denk einmal *darüber* nach, Rahman Diaz!

Sie richtete sich aus der knienden Haltung auf, nahm die Mütze ab und reichte sie Tommy. »Paß auf sie auf. Wenn du sie verlierst, zieh ich dir die Haut ab.«

»Yeah«, antwortete Tommy verschreckt.

Sie steckte ein Brecheisen in den Gürtel und blickte hinauf zur Unterseite des Balkons und zu den Holzversteifungen, die in dem Durchlaß kreuz und quer verliefen.

Ein baufälliger Bootsschuppen bildete den inneren Abschluß des Durchlasses, neben der Tür am Anlegeplatz. Die Fenster rings um den Durchlaß waren alle verriegelt und die Läden geschlossen, kein Licht war zu sehen.

Altair stieg auf den alten Skip hinüber, hielt dabei ein wachsames Auge auf den Unterschlupf gerichtet; dort regte sich jedoch nichts. Dann stieg sie weiter auf das gepflegte Deck des Prachtbootes und auf den Ufersims des Durchlasses.

Die Tür war verschlossen. Natürlich war sie verschlossen. Altair blickte zu dem Schuppen hinüber und zu den vielen alten Brettern, die dort alle aufgestapelt lagen.

Sie legte den Revolver ab und packte eine Planke, lehnte sie an das Dach des Bootsschuppens, testete den Winkel und blickte wieder hinauf, dorthin, wo die Versteifungen Megarys oberes Stockwerk, stützten. Direkt oberhalb des Schuppens.

Das Dach wird knarren, wird quietschen, genau in dem Moment, in dem ich den Fuß daraufsetze.

Aber, mein Gott, ist es nicht hübsch, die Strebe zum Beispiel, die zu dieser Wand führt, das ist gutes schwarzes Bauholz von flußaufwärts, und die Wände des Durchlasses erst, alles gemauert, massiv wie eine Oberstadtbrücke.

Wenn ich mir nur beim Hinaufklettern nicht meinen dummen Hals breche.

Sie hob den Revolver wieder auf, schätzte ihre Neigung und den Griff ihrer nackten Füße auf der Maserung der nach oben führenden Planke ab. Holte tief Luft.

Nicht anders als ein Bootsdeck bei Unwetter, nicht wahr? Und viel ruhiger.

Frage ich mich nun, warum dieses Dach so verrottet ist? Und wo sind wohl die Dachpfeiler?

Sie lief über die Planke und erreichte das Dach, und eine Schindel löste sich und fiel hinunter. Altair sank auf dem nachgiebigen Dach auf die Knie, entdeckte eine verrottete Stelle und legte sich flach hin, wagte nicht, sich zu bewegen, solange das schreckliche Geräusch des zerbrochenen Brettes noch im Durchlaß widerhallte. Sie zitterte krampfartig und spürte einen akuten Schmerz im Oberschenkel, rang nach Luft, als sie sich wieder aufrichtete.

Ich habe den Revolver nicht verloren, verdammt, ich habe den Revolver nicht verloren, und ich habe nichts fallengelassen!

Habe ich mich geschnitten? War das ein Nagel?

Sie zog das Bein von der zerbrochenen Planke weg und lag ausgebreitet wie ein Seestern da, als eine Windböe klappernd an einem losen Brett zerrte und der Donner grollte. Der Schmerz machte sie fast blind und ließ dann langsam wieder nach. Sie kroch weiter hinauf zum Dachbalken.

Wenn er nachgibt, bin ich erledigt, tot oder noch schlimmeres.

O Gott, mein Gott, wenn ich mich doch nur aufrichten und nach diesem Balken dort greifen könnte!

Sie blickte zurück zu ihrem Skip, der in der Dunkelheit ruhig dalag, wie irgendein Skip, der zur Nacht festgemacht war. Wieder zog sie sich ein Stück weiter die Schindeln hinauf. Eine weitere Schindel löste sich, rutschte hinunter und schlug klatschend auf dem Wasser auf.

Himmel, *nein,* Rahman, das war kein Signal, geh nicht zu der Tür!

Klettere, du Dummkopf, du mußt dich beeilen!

Ihr Atem ging schwer. Sie kroch aufwärts und spürte, wie das ganze Gebäude protestierte.

Bleib nicht eine Sekunde länger mit deinem Gewicht auf diesem Dachbalken als nötig; und was willst du mit dem verdammten *Revolver* machen, Altair?

Die Stimme ihrer Mutter. Retribution hockte auf den Balken, in jener großen schwarzen Gabel, mit der sie den wackligen Oberbau von Megary gesondert stützten.

Meine Eingeweide wegpusten, Mama.

Sie stopfte sich den Pullover in die Hose und zog den Gürtel so fest, daß es weh tat, zog den Kragen auseinander und steckte den Revolver vorne hinein. Dann erhob sie sich auf die Knie, kletterte zu dem Balken und umklammerte ihn mit beiden Armen, während der Schuppen unter ihren Füßen zitterte.

Sie schwang sich hinauf, hing mit Armen und Beinen an dem Balken, kletterte daran entlang, spürte dabei, wie die Waffe von ihrem Bauch herunterrutschte und vom Rücken des Pullovers aufgefangen wurde. Verflucht, oh, verflucht! Der Revolver schwang in seiner neuen Position hin und her.

Wie komme ich dort nur hinauf?

Besser, wenn du es einfach *schaffst,* Altair!

Danke, Mama, danke.

Mit einer Ferse und einem Knie zog sie sich höher. Der Revolver rutschte an ihrem Rücken entlang. Der verstauchte Finger verschoß Feuer, und ihr schwand für einen Moment die Sicht. Sie sog tief die Luft ein, als sie wieder in der alten Position baumelte.

Es klappt nicht. O Gott, ich kann mich nicht länger festhalten, mir versagen die Arme!

Sie kroch näher zum Balkon. Stieß sich den Kopf an den Brettern, dort, wo noch nachträglich dünnere Stützen angenagelt worden waren.

Sie griff mit einer Hand nach dem Stützbrett, das sich solide anfühlte. Sie riskierte die lahme Hand, hakte den Ellbogen um das Brett, holte wieder Luft und ließ mit den Füßen den großen Balken los.

Sie hing mit ihrem ganzen Gewicht an den gespannten Armen, die sie sich dabei fast ausrenkte. Sie zog und zog und bekam schließlich auch den anderen Ellbogen um eine Stütze. Dann wieder höher. Sie umklammerte einen neuen Halt mit dem rechten Unterarm und bekam ein Knie auf ein Brett, während der Revolver am Rücken ihres Pullovers zog und sich das verdammte Brecheisen an einem Brett verhakte.

Ein erneuter Schub nach oben. Ein Nagel quietschte. Altair bekam den zweiten Fuß auf eine Stütze, hakte das linke Bein wieder über den großen Balken und kletterte und zog sich weiter, während ihre zitternde Körpermitte freien Raum überspannte.

Und eine Kaskade von Gegenständen stürzte aus ihrer Hosentasche und platschte unten ins Wasser.

O *verdammt,* verdammt, nein, Rahman, das war es auch noch nicht, unternimm bloß noch nichts ...

Sie hing keuchend in der Luft. Ein letzter hastiger Wechsel der Hand- und Ellbogengriffe von einer kleinen Stütze zur nächsten, und in ihrer neuen Position war der Kopf nun höher als die Füße; ein Fuß tat ihr schrecklich weh, der in das V zweier Stützbretter geklemmt war.

Sie stützte sich darauf, griff nach der Eckstütze des Balkons und fand neuen Halt. Das ganze Geländer bebte, als sie es berührte. Vorsichtig stellte sie den Fuß seitlich auf den Rand des Balkons, noch vor dem Geländer, und sie benutzte letzteres, um das Gleichgewicht zu behalten, als sie sich im rechten Winkel darauf lehnte, und dann fand sie mit der heilen Hand einen neuen Griff an der Kette, mit deren Hilfe der Balkon an der eigentlichen Mauer des Hauses verankert war.

O Gott!

Ihre Knie zitterten noch schlimmer als das Geländer. Die Beine versagten fast den Dienst. Dann schwang sie ein Bein über das Geländer und stellte es auf festen Boden, klammerte sich mit den fast schon kraftlosen Armen an die Kette und zog das andere Bein ebenfalls über das wacklige Geländer. Durch eine Reihe von Fensterläden war vom Balkon aus Licht zu sehen; unter einer Tür hervor fiel ein Lichtschein auf verwitterte Bretter. Der ganze Balkon sah unstabil und verformt aus, war zum Kanal hin geneigt und wurde von Ketten gehalten, die am Dachüberhang befestigt waren. Der Wind pfiff um die Ecke. Und die Wolkenwand stand jetzt über dem Dach von Amparo, näher und bedrohlich wirkend durch die herauszuckenden Blitze.

Altair lehnte sich an der Ecke über das Geländer und konnte noch ein Ende des Skips sehen. Er war also noch da. Sie schnappte nach Luft und fischte den Revolver unter dem Pullover wieder nach vorn, riß den Pullover mit voller Kraft aus der Hose und holte die Waffe hervor. Ihre Hände bebten vor Erschöpfung; sie benötigte beide, um den Revolver zu halten. Ihre Gedanken drehten sich in wilder Panik im Kreis.

Die Tür, du Dummkopf! Probiere die Tür!

Sie schlich über den klapprigen Balkon zur Wand, den Revolver mit beiden Händen umklammert, tapste zur Tür und legte ein Ohr an das Holz. Die Farbe blätterte bereits ab. Altair vernahm Männerstimmen und dann ein ganz anderes Geräusch. Es verwandelte sich in ein Stöhnen, das ihr eiskalt unter die Haut ging.

Verdammt, verdammt! Ihr Herz verkrampfte sich. Ihre Hände bebten, als sie den Revolver in die rechte nahm und mit der anderen ganz vorsichtig die Klinke probierte.

Abgeschlossen.

Aber sie sind da! Sie sind da drin, das Schwert und alles, mit dem Luxusboot gekommen, das da unten liegt. *Das* ist keines von denen, wie sie die Megarys haben. Du hast jetzt eine Chance. *Denk nach,* Jones. Bring dein Gehirn zum Arbeiten und hör auf zu zittern. Wer außer dir soll ihn denn retten?

Sie machte einen, zwei vorsichtige Schritte den Balkon entlang, der Megarys oberstes Stockwerk umgürtete.

Quietsch.

Ihr Puls beruhigte sich wieder, und sie machte den nächsten Schritt, dichter an der Mauer, wo die Bretter unter ihren Füßen sicherer waren, bis zum ersten Fenster, wo ein Spalt zwischen den geschlossenen Läden Licht herausließ.

Drinnen waren Männer, Gestalten, die sich in dem schmalen Blickfeld bewegten, das ihr der Spalt ermöglichte. Jemand ging direkt am Fenster vorbei, und sie duckte sich und hielt den Atem an.

Da erklang unterhalb des Balkons eine schrille Stimme auf dem Kanal. *»Wer seid ihr? Wer seid ihr?«*

Mein Gott, das ist Muggin!

Schritte waren drinnen in dem Raum zu hören. »Kümmere dich nicht darum«, sagte jemand mit einer Oberstadtstimme. »Zeig kein Licht.«

»Es ist nur irgendein Kanalfahrer-Krawall ...« Das war ein anderer. Altairs Herz klopfte heftig gegen die Rippen.

Von unten: *»Was schnüffelt ihr hier herum? Ihr führt sicher nichts Gutes im Schild! Ich hab dich gesehen, Ali! Dich auch, Tommy, mein Junge! Wo habt ihr diesen Skip her?«*

Weitere Schritte. Irgendwo an der rechten Seite des Raumes ging eine Tür auf und wieder zu.

O Gott, wenn sie herauskommen ...! Wo ist eigentlich das Ende der Wand? Oh, wenn ich doch erst Löcher in die Boote geschlagen und die Tanks entleert hätte!

Sie sah sich wild nach einem Versteck um. Es war keines zu sehen. Selbst die Tür ging nach innen auf. Sie umklammerte den Revolver und richtete ihn mit zitternden Händen auf die Tür.

Unten war es jetzt ruhig. Nur das Wasser plätscherte.

Es blieb ruhig.

Es ist schiefgegangen, alles ist schiefgegangen, Rahman wird jetzt nicht versuchen, die Hintertür aufzubekommen, und ich bekomme keine Hilfe. Ich hätte die Boote erledigen sollen! O Gott, vielleicht kann Rahman etwas tun! Vielleicht denkt *er* wenigstens an das Erforderliche.

Was kann er schon machen? Er ist mit Muggin beschäftigt.

Wasser plätscherte. Das leise Geräusch einer Bootsstange, mit der jemand stakte, drang durch das Donnern des Windes und loser Schindeln.

»Na ja, es tut mir leid!« trieb Muggins Stimme herauf.

Altair horchte an einem Fensterladen. Die Stimmen dahinter klangen jetzt schwächer.

»... finden es heraus. Megary wird sich darum kümmern ... Hafen ... bekommen hier nichts mehr heraus ...«

Von den Wolken her rollte der Donner, war wieder näher gekommen.

Wo ist er denn nur, verdammt? Ist Mondragon überhaupt da drin? Ich traue mich nicht nachzusehen, denn der Mann sieht wahrscheinlich durch diesen Spalt nach draußen, und wenn ich vor das Fenster trete, stehe ich Auge in Auge mit ihm.

»... vergiß es«, sagte jemand. »Der Sturm kommt ... Draußen ... die Flut ...«

»... durch den Hafen ...«

Eine weitere Stimme.

»... verdammt ...«

Auf einmal ein Schrei, der schnell erstickt wurde. Ein Stöhnen.

Altair spannte die Hand um den Revolver.

»Yo!« kam ein Ruf von weit unten. Eine Faust hämmerte an eine ferne Tür. *»Ich bin's, Ali, verdammt! Laß mich rein! Ich habe Neuigkeiten ...«*

»Was ist das?« kam es von innen.

»Verflucht! Was treiben die eigentlich da draußen?« Diese Stimme kam aus der Nähe der Tür.

»Du gehst besser hinunter und siehst nach.«

Eine Tür ging auf und schlug wieder zu. Das Hämmern an der Frachttür ging weiter.

Beim Ruhm Gottes, Rahman hilft mir, so gut er kann!

Altair duckte sich unter das erste Fenster und huschte zum nächsten, richtete sich dort langsam auf und zog mit der linken Hand das Messer. Sie konnte die Klinke ausmachen, ein Schatten quer über dem Spalt, legte ein Auge an den Spalt, um sicherzugehen. Es war ein großer Raum mit verputzten Wänden und einer Tür, der spärlich möbliert war. Drei Männer gingen darin umher. Altair verlagerte ihre Haltung, erblickte eine Mauer und ...

Mondragon, der auf dem Boden zusammengesackt war und sich nicht bewegte. Einer der anderen trat ihm in den Bauch, und er krümmte sich stärker zusammen, um sich zu schützen, den blonden Kopf zwischen den gefesselten Armen geborgen.

Altair schluckte schwer. Holte mehrmals tief Luft, als bereite sie sich darauf vor, tief zu tauchen. *Denk nach. Denk nach, Jones! Setz dein Blut in Bewegung!* Ihre Hand schwitzte am Griff des Revolvers, und ihr Auge durchforschte weiterhin den Raum, kalt jetzt, schnell und umfassend, während oben in den Wolken der Donner rollte.

Ein Mann neben diesen Fensterläden. Und ein glänzendes Messingschloß und ein Riegel an der geschlossenen Tür.

Sie schob das dünne Messer in den Schlitz zwischen den Läden, hob es an, bekam das Holz mit der Messerspitze zu fassen und zog es nach außen.

Zur Hölle mit ihnen!

Sie warf den Laden vor der schmutzigen Scheibe des geschlossenen Fensters auf und eröffnete das Feuer, und beim zweiten Schuß ging der erste Mann zu Boden. Der zweite rannte zur Tür, und der dritte, bekleidet wie ein Oberstädter, wollte hinter einer Couch Deckung suchen.

Sie schoß ihn nieder, feuerte auf den zweiten und lehnte sich durch das zersplitterte Fenster, um auf den vierten zu zielen. Erwischte ihn an der Schulter. Der Schuß warf ihn herum, und sie feuerte wieder. Mann Nummer zwei bekam die Tür auf und konnte durch sie entkommen, während Altair die Glasreste aus dem Fenster fegte und ein Bein hinüberlegte, zusammenzuckte, als sie sich schnitt, und dann mit beiden Beinen hinübersprang. Sie stolperte, fing sich wieder und lief los.

Sie sprang gegen die Tür, drückte sie ins Schloß und legte den Riegel vor.

»Jones!« schrie Mondragon.

Sie wirbelte herum, erblickte den Mann hinter der Couch auf den Knien und schoß ihn nieder.

Waren das fünf Kugeln? Nein, Scheiße, *sechs!* Sie wühlte verzweifelt in ihren Taschen.

Nichts. Keine einzige Patrone mehr. Sie warf sich neben Mondragon auf die Knie, während er sich mühsam aufrichtete und an die Mauer lehnte. Sein weißes Gesicht war mit Schweißperlen bedeckt und mit Blut aus einem Schnitt auf der Stirn. Das Haar klebte ihm an den Schläfen, und das Blut breitete sich im Schweiß aus. »Jones«, sagte er. Schritte kamen die Treppe heraufgepoltert. Mondragon packte mit den gefesselten Händen

den Halsring und ruckte heftig dort, wo er mit der Mauer verbunden war. »Jones – *schieß die verdammte Kette ab!*«

»Ich hab keine Patronen mehr!« Sie ließ Revolver und Messer fallen und zerrte an dem Brecheisen in ihrem Gürtel, während schon Schläge die Tür erschütterten. »Ich hab noch das hier.«

»O verflucht, gib es mir, verschwinde durch das Fenster ...«

»*Schieß das Schloß auf!*« schrie draußen jemand.

»Jones, verschwinde von hier! Du kannst mir nicht helfen!«

»Ich will verdammt sein, wenn das stimmt.« Sie bekam das Brecheisen endlich aus dem Gürtel und rammte den Haken unter den Rand der Kettenhalterung, während Schüsse von der massiven Tür abprallten.

»Mein Gott!« sagte Mondragon und drehte sich auf den Knien um, damit er selbst das Brecheisen packen konnte, setzte seine ganze Kraft ein, daß seine Adern hervorstanden und das Gesicht dunkel wurde.

Bolzen lösten sich quietschend aus dem Mörtel, erst einer, dann zwei. Dann lockerten sich auch die übrigen zwei. Wieder erschütterten Schläge die Tür. Weitere Schüsse krachten betäubend los. Altair unterstützte Mondragon mit ihrem ganzen Gewicht, und die Halterung flog heraus, komplett mit Nägeln und allem.

»Komm schon!« Sie hob den Revolver auf und steckte das Messer in die Scheide zurück. »Um Gottes willen, *steh auf!*« Sie zerrte an ihm. Er rappelte sich auf und schwankte, blieb aber stehen. »*Komm!*«

Er war hinter ihr, als sie die Tür erreichte. Sie fummelte verzweifelt an Klinke und Schloß herum. Hinter ihnen gab die innere Tür nach. Unter dem fortwährenden Rammen zersplitterte das Holz langsam.

Die Tür, mit der Altair beschäftigt war, klemmte im Rahmen. Sie ruckte an ihr und konnte sie öffnen.

»Spring!« schrie sie Mondragon zu, während sie selbst schon zum Geländer lief.

Und sie wollte hinüberspringen, aber das ganze Geländer zerbrach und gab nach, und sie stürzte hindurch.

Sie schrie erschreckt auf, als sie in der Dunkelheit durch die Luft stürzte. Sie versuchte, sich für den Aufschlag zu fassen, und schlug dann irgendwo mit dem Hinterteil zuerst im Wasser auf, das ihr dabei in die Nase drang. Sie wurde fast bewußtlos, als neben ihr ein weiterer heftiger Aufprall im Wasser erfolgte.

Sie erwischen uns im Wasser, sie haben Schußwaffen dort oben ...

Schwimmt er? Die Kette könnte ihn umgehauen, ihm den Hals gebrochen haben. O Gott, Mondragon ...

Sie geriet mit dem Rücken auf den Kanalgrund, richtete sich auf und stieß sich mit den Füßen von dem schmierigen Grund in Richtung Oberfläche ab. Sie stieß mit dem Kopf hindurch ... atmete faulige Luft ein, spuckte Detwasser aus und starrte wild auf die Seite eines Skips, eines Skips mit zerlumpter Überdachung, der dort vor ihr in den Wellen schaukelte. Mondragon stieß durch die Oberfläche und ging wieder unter. Ein Haken erschien in den Händen einer abgerissenen Gestalt auf dem Deck des Skips und packte ihn am Pullover, zog ihn hoch an die Luft.

»Verdammt!« würgte Altair und spuckte Wasser.

»Beinahe hättet ihr mein Boot getroffen!« schimpfte der alte Muggin mit seiner rauhen Stimme. »Ihr blöden Dummköpfe!«

Ein Motor hustete in der Dunkelheit. Hustete erneut. Ein drittes Mal. Sprang an. Und Feuer flammte über dem Wasser auf, sprang von den Mauern, von Muggins zerlumpter Bootsüberdachung, verwandelte Muggins Gesichtszüge in dämonische Glanzlichter.

Altair trat Wasser und drehte sich um, als ein Skip mit Motorantrieb auf sie zusteuerte, und im Bug stand Tommy und hielt nach ihnen Ausschau.

Explosionen erfolgten. Schüsse erzeugten kleine Fontänen auf dem von Feuer beleuchteten Wasser.

»Jones!« Es war Tommy, der da schrie und mit einer Hand heftig winkte, während der Bug des Skips auf Altairs Kopf zuschwenkte. Sie strampelte verzweifelt, um ihm zu entgehen, zog sich an der Seite von Muggins Boot hinauf, konnte sich am Rand festhalten, während ihr eigener Skip dicht heranfuhr und der Motor gedrosselt wurde. »Mondragon ... verdammt, laß ihn los, Muggin!«

Muggin senkte Haken und Mondragon, und Mondragon schlug verzweifelt mit den gefesselten Händen um sich, drehte sich um und bekam Altairs Skip mit einer schnellen Wendung zu fassen. Altair warf ihren triefenden Revolver an Bord und zog sich am Rand ihres Skips hoch. »Hilf *ihm!*« schrie sie Tommy an, der von dem erneut untergehenden Mondragon abgelassen hatte. »Verdammt, hilf *ihm* ... er gerät unter den Scheißbug!« Sie tauchte unter, zog sich dann hoch und bekam mit letzter Kraft die Arme über den Bootsrand, als sich der Skip wieder in Bewegung setzte. Ein Schuß krachte in den Mittelgang. Ein weiterer peitschte hinter ihnen im Wasser auf. Tommy zog Mondragon an Bord, und Rahman gab voll Gas.

»Tom-m-my!« schrie Altair gellend, die sich mit beiden Armen am Bootsrand festhielt. Das Wasser zog immer stärker an ihren Beinen. Der Bootsrand drückte schmerzhaft in die Arme, und die Kraft ihrer Muskeln versagte fast. *»Tommy, verdammt!«*

Ein Schatten ragte vor ihr auf. Jemand packte sie am Rücken des Pullovers, zog, packte sie am Hosenboden und zog sie über den Bootsrand an Bord, wo sie in einem Gewirr ihrer und seiner Glieder landete.

Sie kletterte über ihn hinweg, hörte, wie er vor Schmerz aufstöhnte, erwischte im Feuerschein einen kurzen Eindruck von Alis schwitzendem Gesicht, während der Skip um die Westecke von Amparo raste. *»Die*

Boote!« rief sie Ali zu, als sie um die Biegung fuhren. »Die Boote, verdammt ... *Kehrt noch einmal um!«* Und in der Zeit, als der Skip geschützt hinter Amparo dahinraste, keuchte sie: »Mondragon!« Und sie hastete über die Latten des Mittelganges, wo er auf dem Gesicht lag. »Mondragon ...«

Er bewegte sich, richtete sich auf die Hände auf, und Altair krabbelte nach achtern zur Brandbombe. Auf der anderen Seite von Amparo sprang ein weiterer Motor an, dessen Getöse vom Deich zurückgeworfen wurde; dann erwachte noch einer zum Leben.

»Rahman!« Sie blickte zu Rahman hinauf, der an der Ruderpinne hockte und sie mit äußerster Kraft festhielt. »Sie schneiden uns den Weg ab!«

»Yey!« brüllte Rahman zurück. Der Gashebel war bereits voll hineingeschoben.

»Nimm mir die verdammte Kette ab!« forderte Mondragon. »Nimm mir die Kette ab ...«

»Die Axt.« Ihr Verstand arbeitete wieder. Sie ließ die Bombe erst einmal liegen und suchte die Axt am Rand des Mittelganges, packte sie und kletterte dann über die Latten zu Mondragon, der bereits die gefesselten Hände an beiden Seiten des Bootsrandes hielt. Ali nahm Altair die Axt aus der Hand und schlug mit solcher Kraft durch die Kettenglieder, daß die Axt hinterher im Holz steckenblieb.

Die Mauern und Fensterläden von Amparo wichen plötzlich dem Westkanal und gaben den Blick auf ein Luxusboot frei, das mit dröhnendem Motor breitseitig auf den Skip zuhielt.

»Deck!« schrie Altair und landete selbst zwischen Mondragon und Ali, als Schüsse über die Seite pfiffen. Rahman gab einen kurzen, erstickten Laut von sich, und die Ruderpinne schwang herum. »Rahman? *Rahman!«*

»Deck!« schrie Rahman mit heiserer Stimme, und der hohe Wall des Süddeiches lag jetzt vor ihnen und damit

auch das Fluttor und der Alte Hafen unter den zuckenden Blitzen.

»Scheiße, sie geht auf Grund!«

»Die Seebrise!« schrie Rahman gellend und gab damit bekannt, worauf er setzte, und Altair drückte das Gesicht auf die Latten und wartete auf den Stoß, der den Skip zerstörte.

Der Deich warf das Dröhnen des Motors zurück, und dann verzog sich der Lärm über einer freien Fläche.

Altair hob den Kopf und sah, daß sie den Hafen erreicht hatten, und im Augenblick eines Blitzes erkannte sie den Toten Kai und vor sich die Wellen des seichten Gewässers.

Die Untiefen der Geisterflotte. Sie erhob sich auf die Knie und sah, daß Rahman am Ruder zusammengesunken war und sich der Skip heftig drehte.

»Jones!« schrie Mondragon, als sie auf das Deck hinaufkroch. Sie sah sich um, zog das Ruder unter Rahmans erschlafftem Arm hervor und schwenkte es, als vor ihr eine schwarze Wand aufragte, die dort nicht hätte sein dürfen. Altair steuerte zwischen einem hochbordigen Fischerboot und seinem Ankerkabel hindurch; Schüsse krachten am Heck ihres Bootes und zersplitterten dort das Holz. Das Motorengeräusch war immer noch hinter ihnen zu hören. Licht flammte auf. Weitere Schüsse krachten. Altair duckte sich so tief hinter den Motorkasten, wie es ging, drehte den Skip heftig herum, zu den Untiefen hin, schwenkte dann wieder von ihnen ab, dort, wo der Geruch toten Unkrautes und die treibenden Flöße sie vor dem stetig seichteren Wasser warnten.

Ein größerer Motor sprang an.

»Es ist der Fischer!« schrie Ali. »Das ist das Sklavenboot! Weg hier, nichts wie weg hier!«

»Ich versuche es ja! Tommy, stopf einen Fetzen in das verdammte Leck – es hemmt unsere Fahrt!« Neben ihr bewegte sich Rahman und versuchte, ihr zu helfen, sackte aber wieder in sich zusammen. Ein Floß lag vor ihnen, gespickt mit bereitgehaltenen Haken. Wilde Schreie tönten durch die Nacht.

Die Verrückten, die *Verrückten!*

Rahman regte sich wieder und kroch an die Seite des Decks, in Intervallen von Blitzen beleuchtet. »Zurück von da!« schrie Altair, als hinter ihnen Schüsse krachten. An Backbord lag der Tote Kai. Altair versuchte, den Gashebel vielleicht noch ein winziges Stück weiter einzudrücken, schwenkte das Ruder herum und sah jetzt, was Rahman vorhatte. Auch Ali hatte es gesehen und kroch hinauf. Die letzte Flasche. Durch den Wind und den Fäulnisgestank roch Altair den Treibstoff.

»Runter mit euch!« schrie sie ihnen zu. »Runter in den Mittelgang ...«

Da ging dem Motor der Treibstoff aus. Er hustete und erstarb.

»Was ist passiert?« schrie Tommy gellend. »Was ist passiert?«

Sie glitten noch weiter, vom Wind geschüttelt, von den Wellen umhergeworfen. Altair erhob sich auf die Knie und versuchte, den Motor wieder zu starten, drehte die Kurbel herum. Ein trockenes Husten. Und noch einmal.

O Gott!

»Gebt mir den Revolver!« schrie sie. »Tommy! *Meinen Revolver! Im Mittelgang!*«

Die Patronen im Kasten. Sie warf den Deckel hoch und kramte die schwere kleine Schachtel zwischen den Lumpen hervor, warf einen Blick auf die schnell näher kommenden Boote, auf die Verrückten, die von einer Seite herankamen, auf den großen Schatten des Fischerbootes, der von hinten aufschloß.

Es war Mondragon, der ihr den Revolver brachte, der mit nachschleifender Kette rasselnd auf das Halbdeck kroch. »Dein Schwert ist im Unterschlupf«, sagte Altair. »Ich habe es mitgebracht ...«

Er schob ihr den Revolver zu und kletterte rückwärts wieder in den Mittelgang. Altair klappte die Trommel heraus und lud sie präzise, obwohl ihr die Hände zitterten, während der Skip jede Sekunde etwas von seinem Vorsprung verlor. Sie hielt den Bug zu den Wellen gewandt, wollte noch möglichst weit kommen. Es kamen keine Schüsse mehr von hinten. Die anderen *wußten*, daß ihre Beute langsamer wurde, und wußten auch, daß der Motor tot sein mußte.

Altair ließ die Trommel wieder einschnappen, sah ein hakengespicktes, von den Blitzen beleuchtetes Floß an Backbord herankommen. Zerlumpte Gestalten trieben es mit etwa zwanzig Stangen an, näherten sich verbissen, drehten das Floß beim Fahren langsam, wie bei den Flößern typisch. Und die Motoren der leichteren Boote hinter Altairs Skip wurden jetzt vom schweren Dröhnen des großen Fischerbootes verschluckt, das immer stärker aufholte.

Es kam näher und näher, bis es achtern das Blickfeld ausfüllte und seine Fahrt für das Einholmanöver drosselte.

»Rahman!« schrie Altair.

»Ich hab sie!« brüllte Ali zurück. Funken trieben im Wind hoch; ein Fetzen fing Feuer, und funkensprühend segelte es über den hohen Bug des Angreifers.

Sofort stand das Deck des Sklavenschiffes in Brand. Männer schrien und fluchten. Einer wurde für Altair sichtbar, und sie feuerte. Er fiel rückwärts um. Aber immer mehr tauchten auf, während das große Boot seitlich an den Skip heranglitt und der Motor erstarb. Männer standen mit Bootshaken bereit. Altair erschoß wieder einen, während der sich drehende Skip mit dem Bug gegen den Fischer stieß und Männer an Bord sprangen. »Mondragon ... *verdammt noch mal!*«

Das Schwert blitzte im Feuerschein auf; eine dunkelgekleidete, blonde Gestalt schwang es gegen die Angreifer und trieb sie auf ihr eigenes Schiff zurück. Einer schlug mit einem Haken nach ihm, und Altair schoß ihn vom Boot hinunter. Rahman schrie etwas, und Altair feuerte daraufhin auf das Luxusboot, das sich aus einer anderen Richtung näherte, während die Enterer weiter angriffen und Mondragon sie an einer Seite weiter mit dem Schwert entmutigte und Ali an der anderen Seite mit der Axt. Tommy holte den Bootshaken aus seinem Gestell und erwischte Ali beinahe damit am Rücken.

»Obacht achtern!« schrie Rahman. Altair folgte seinem Blick nach oben und schoß einen sich vor dem Feuer abzeichnenden Gewehrschützen vom Bug des Fischerbootes. Ein Donnern wurde in ihren Ohren stärker, wie das von Motoren, wie das eines großen Motors, größer selbst als der des Fischers.

Ein Schiffsbug kam aus dem Feuerschein und der blitzdurchzuckten Dunkelheit zum Vorschein und zermahlte das Luxusboot zu Splittern, fuhr es mitsamt seiner Besatzung nieder. Und plötzlich hatten es die letzten Angreifer auf Altairs Skip eilig, auf ihr eigenes Boot zurückzukommen und es zu starten. Schüsse von dem Neuankömmling warfen sie ins Wasser.

Das große Schiff fuhr wie eine unbewegliche Wand vorbei und bremste durch Motorkraft ab, wühlte dabei die See zu kurzem Wellenschlag auf. Schüsse krachten, und Kugeln pfiffen über den Skip hinweg, auf den brennenden Fischer und die Verrückten gezielt. Ein Geheul ertönte auf dem Floß. Und auf ganzer Länge des Schiffes tauchten Männer an der Seite auf und richteten Gewehre auf Altair und ihre Gefährten.

Ali erstarrte. Tommy senkte die Stange. Nur Mondragon hielt das Schwert noch für einen Moment erhoben, senkte es dann ganz langsam und ließ es fallen.«

Altair legte den Revolver vorsichtig in den Kasten zurück, verdeckte das, was sie tat, mit einem Knie. Sie senkte den Deckel, alles nur verstohlene Bewegungen, während Rahman, auf einen Arm gestützt, finster zu

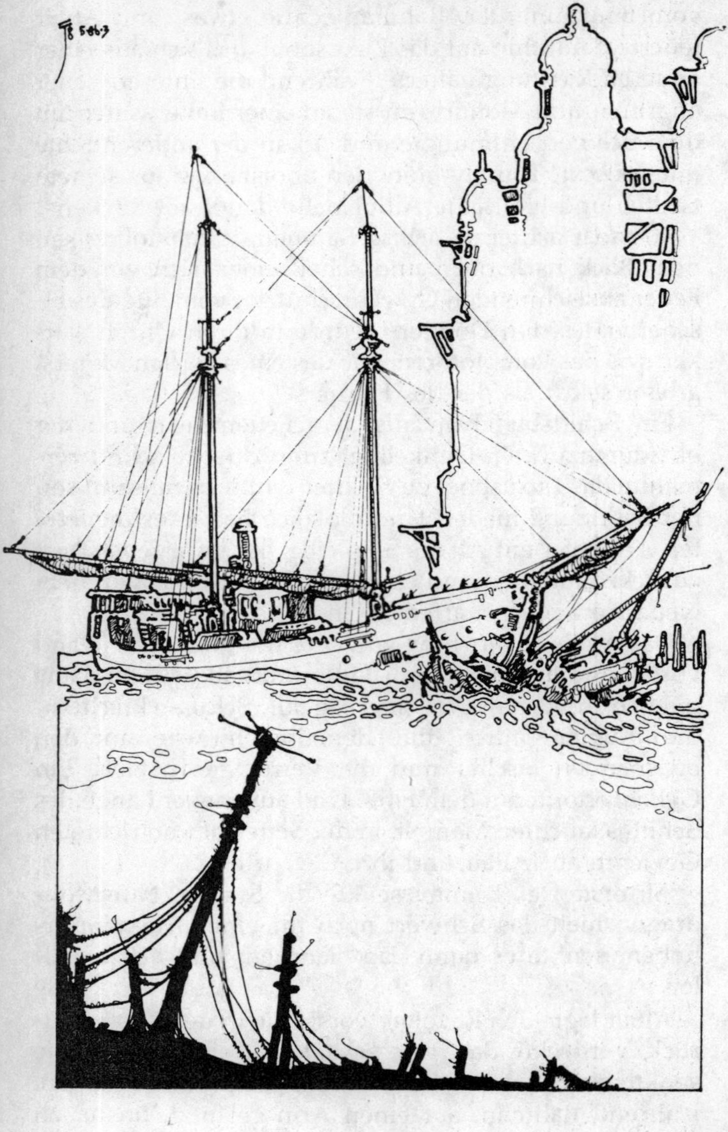

den Gewehren hinaufblickte. Das Fischerboot brannte immer noch.

»Fangt ein Seil auf!« rief jemand zu ihnen herunter. »Kanalfahrer, fangt ein Seil auf!«

»Zum Teufel!« Altair stand auf und schrie es zu den Gesichtern und den Gewehren hinauf. »Zum Teufel! Wenn ihr uns abschleppen wollt, dann sagt auch, wohin!«

Ein blasses Gesicht tauchte zwischen den anderen am Schiffsrand auf. Der Feuerschein schimmerte auf dem Kragen des Mannes, rot wie Blut oder Rubine. »Wir haben noch andere Möglichkeiten!« rief das weiße Gesicht. »Und keine davon ist für euch bekömmlich!«

»Die Branche wird dazu etwas zu sagen haben!«

»Holt sie«, sagte Weißgesicht und deutete mit seinem langen Arm nach unten. Edelsteine blitzten am Ärmelaufschlag. Und er drehte sich um und verschwand von der Reling, ließ nur die Gewehre und die Crew zurück, die den Skip entern sollte.

»Verdammt, ich nehme das Seil!« schrie Altair. *»Ich nehme das Seil!«*

Das Deck war eine große, glatte Fläche aus hellem Holz mit Messingbeschlägen und einem hohen Achterdeck. Altair nahm die Umgebung benommen starrend in Augenschein, während sie neben Mondragon stand, sah dann nach links, als sie Rahman an Bord hievten, an eine Planke gebunden und in Decken gehüllt.

Wollen sie ihn retten oder was?

Tommy und Ali kamen als letzte und aus eigener Kraft. Die Crew führte Ali weg, einen Mann nach einer Seite, und dann Tommy, der sich verspätet in Panik zur Wehr setzte. Es bekam ihm nicht gut. Es waren große Männer. Und Tommy gab nicht viel her.

Schußwaffen waren auf sie gerichtet. Rahman wurde weggetragen, weiterhin an seine Planke gebunden, und verschwand so unter Deck.

Altair zitterte, hatte den Wunsch, sich an Mondragon zu lehnen, sich an ihm festzuhalten. Aber er hielt auf Abstand. Sie konnte sich denken, warum. Es war so ziemlich das einzige, was er für sie tun konnte.

Ein Mann durchsuchte ihn nach Waffen. Mondragon duldete es, stand schwankend auf den Beinen. Derselbe Mann durchsuchte dann Altair, und sie sah, wie Mondragons Gesicht hart wurde. Sie blickte an der Schulter des Mannes vorbei, blickte zu Mondragon, schloß die Augen und öffnete sie wieder.

Mach keine Dummheiten, Mondragon. Bitte.

»Wem gehört dieses Schiff?« fragte sie mit heiserer Stimme. »Wem?«

Aber niemand antwortete ihr.

Und das Fischerboot brannte weiter, ein geschwärztes Skelett, das im Wasser versank, um sich zur Geisterflotte zu gesellen. Mitsamt seiner ganzen Besatzung.

10

Der Weg unter Deck war ein schwindelerregender Alptraum, führte über ein Gewirr von Stufen, dann nach vorne zu einem dunklen Loch von einer Kabine, die nach den riesigen Seilrollen roch, welche sie halb ausfüllten, alles schön ordentlich, ganz zu dem großen Schiff passend. Elektrische Lampen erleuchteten den Korridor auf ganzer Länge, und ein Mann schaltete auch in dem Seillager ein elektrisches Licht ein, das den ganzen Raum erhellte.

Altair ging zuerst hinein, gefolgt von Mondragon, und hinter ihnen wurde die Tür zugeschlagen und verschlossen. Das Licht blieb an, als sich draußen die Schritte entfernten. Elektrisches Licht im Rumpf eines Schiffes. Weißgesicht und seine Edelsteine und sein Geglitzer über der Reling, als er mit dem Arm nach ihnen stach, den Befehl erteilte, sie an Bord zu holen.

Der große, eisenbeschlagene Bug, der ein Boot völlig zertrümmerte. Ohne selbst viel davon zu spüren, genauso, wie er auch ihren, Altairs, Skip hätte überfahren können, wenn Weißgesicht nicht die Absicht gehabt hätte, Mondragon in die Hand zu bekommen. Die anderen hatte er eben als Zugabe genommen.

Altair setzte sich auf die nächstgelegene Seilrolle, denn ihre Beine ließen sie nun im Stich, und sie senkte den Kopf zwischen die Knie, damit er aufhörte, sich zu drehen. Die Arme wurden fast schlaff. In der Hand spürte sie einen Schmerz wie dumpfes Pochen. Die Füße – schmerzten, das war alles. Und der Bauch tat weh. Sie hörte eine Kette rasseln und an etwas stoßen, und sie blickte auf und sah, daß sich Mondragon in ähnlicher Haltung auf eine andere Seilrolle gesetzt hatte, und die nachschleifende Halskette war dabei gegen die Planken gestoßen. Mondragon sah Altair an.

Sie nieste, eine heftige, hilflose Explosion. »Scheiße«,

sagte sie mit piepsender Stimme. »Du und das Wasser!«

Er sah sie nur an.

»Wer sind diese Leute?« wollte sie wissen.

»Ich weiß es nicht«, sagte er.

»Vom Schwert?«

»Ich weiß es nicht.« Seine Stimme erzeugte nur noch ein heiseres Flüstern. Er tippte sich ans Ohr und deutete stumm auf die Wände und die Decke.

Lauscher?

Hörte sie jemand ab?

Dann erhob sich ein langsames Rumpeln im Schiff, anders als das Rollen am Horizont. Das Deck wurde ruhiger, hob und senkte sich nicht mehr.

»Sie werden es herausfinden«, meinte Altair, dachte dabei an die kleinen Skips draußen im Neuen Hafen, die Skips und die Nachbarn, die ihnen geholfen hätten, wenn es soweit gekommen wäre, wenn nicht ein Schuß den Treibstofftank getroffen hätte.

Skips konnte dieses Monster problemlos überfahren.

Es würde sie aufs Meer hinausbringen.

Oder flußaufwärts.

Vielleicht wollen sie mein Boot, um es zu durchsuchen. Vielleicht wollen sie es auch nur versenken.

Sie hätten es schon längst tun können, so leicht, wie man spuckte. Es geht um etwas anderes. Sie wollen es durchsuchen. Mein Gott, was machen sie mit Rahman? Und mit Tommy und Ali? Ihnen Fragen stellen, wo Rahman doch schon halb tot ist?

Die arme Mary! Es tut mir so leid, Mary Gentry, ich habe dir immer nur Schmerz gebracht.

Traurig beobachtete sie Mondragon. Traurig blickte er zurück.

»Jones«, brachte er mit knarrender Stimme hervor, »warum konntest du nicht von mir lassen?«

»Ich weiß nicht.« Sie zuckte die Achseln, und die Kehle tat ihr weh. »Dummheit, schätze ich.«

Er schnitt eine schmerzhafte Grimasse. »Verdammt«, sagte er, legte den Kopf in die Hände und fuhr mit ihnen darüber bis zum Nacken. So blieb er, und Altair starrte ihn an, während das Schiff dahindonnerte und das charakteristische Brausen eines großen Hilfsmotors im Einsatz erzeugte.

Dann drehte das Schiff, und Mondragon hob das Gesicht, als könnte er sehen, wohin es nun ging. Altair hatte eine recht gute Vorstellung davon. Sie umrundeten das Ende des Toten Kais und nahmen Kurs auf die Rimmon-Brücken, was auch der Weg war, auf dem dieses Monster überhaupt in den Hafen gelangt war. Im mittleren Bereich waren die Brücken hoch genug, um auch einem so großen Schiff die Durchfahrt zu ermöglichen, trotz Sturmflut und allem.

»Alles in Ordnung mit dir?« erkundigte sie sich endlich bei Mondragon.

Er blinzelte und wandte ihr den Blick zu. »Sicher«, sagte er. Er hob die Kette an und legte sie sich über die Schulter, die Hälfte an einer Seite, die Hälfte an der anderen, um das Halsband von dem Gewicht zu entlasten. Er betastete die wundgeriebene Stelle am Hals.

»Es blutet«, stellte Altair fest.

»Dachte ich mir.« Er besah sich die Finger und wischte sie am Knie ab. Seine Augen wirkten erschöpft. Der Mund war an einer Seite geschwollen, wo sie ihn geschlagen hatten. In seinem Haar trocknete Blut. »Wie, zum Teufel, bist du nur dorthingekommen?«

Sie zuckte die Achseln. »Über einen Schuppen.«

»Über einen Schuppen!«

»Außen.« Sie deutete vage nach oben. »Ich habe dich durch die ganze verdammte Stadt verfolgt.«

»Wie hast du mich gefunden?«

»Jemand hat geredet.«

Er blinzelte, wirkte verloren.

»Eigentlich hätte es besser funktionieren sollen«, meinte sie.

»Verdammt, wir hätten es beinahe geschafft!«

»Sogar mit dem getroffenen Tank!« Für einen Moment fühlte sie sich besser. Dann wurde ihr wieder das Motorengeräusch bewußt, das weiterhin gleich stark blieb.

Wir halten nicht bei Rimmon, wie?

Sie erhob sich zitternd und sah dann, wie Mondragon sich anspannte und die Hände ausstreckte, als wolle er sie festhalten. Sie ging hinüber und setzte sich zu ihm, benutzte ihn als Kissen, und er legte einen Arm um ihre Mitte und den Kopf an ihren. Die Kette klirrte. Das Metall an seinem Handgelenk schimmerte im Licht, dort, wo es auf Altairs Bauch lag, und verschwamm dann mit dem ganzen übrigen blendenden Licht.

Sie zog die Nase hoch und wischte sie ab. Lehnte sich an seinen warmen Körper, und er schlang auch den anderen Arm um sie.

Sie waren jetzt direkt unter den Rimmon-Brücken. Altair hörte das Motorengeräusch, den fernen Donner, hörte den Widerhall von den Brücken.

Dann wurde der Motor langsamer, und ihr Herz daraufhin immer schneller.

»Wir wenden jetzt in Richtung Meer«, meinte Mondragon schließlich, als die Bewegung spürbar wurde.

Aber der Lauf des Motors verlangsamte sich weiter, und das Schiff stampfte im Wind. »Rimmon«, flüsterte Altair und blickte auf, sah nur Balken und Seile und ein blendendes Licht, drehte sich dann um und betrachtete Mondragon voller Panik. »Es fährt nicht zum Meer; sie werden im Sturm keinen Skip ins Schlepptau nehmen. Hier befinden sich die Rimmon-Schlippen, und von hier kommt dieses Schiff. Es ist eine Rimmon-Jacht!«

»Das heißt, es gehört irgendeiner Familie?«

»Es gehört Weißgesicht und wem auch immer. Hast du Freunde auf der Rimmon-Insel?«

»Nein«, entgegnete er.

Womit das klar war.

Auf dem ganzen Schiff herrschte Geschäftigkeit. Rufe waren zu hören und ein Kommen und Gehen, noch lange, nachdem die Maschine es an einen Rimmon-Liegeplatz gefahren hatte. Donner rollte über ihnen. Das Schiff unterlag der typischen Bewegung eines Wasserfahrzeugs am Dock. Es dauerte noch eine ganze Weile, bis auch unter Deck Schritte umhergingen.

»Die Brücken der Rimmon-Insel«, erkundigte sich Mondragon, »sind die bewacht?«

»Ich glaube nicht.« Ein Funke des Interesses sprang von ihm zu ihr über. Ihr Puls beschleunigte sich. »Wir verhalten uns schön brav. Vielleicht werden sie dann sorglos.«

»Wir brechen aus, wenn wir können«, sagte Mondragon. »Kennst du diese Gegend?«

»Besser als du.«

Er blickte ihr in die Augen. Draußen kam jemand die Treppe herunter in den Korridor. Mehr als nur einer, alle mit schweren Stiefeln. »In Ordnung, du gibst das Stichwort.«

Altair spürte ihre Schmerzen, spürte jeden blauen Fleck, jeden Schlag, den sie abbekommen hatte. Sie stand auf, und auch die Beine taten weh, und die Knie zitterten schmerzhaft.

Du kannst nicht laufen, Jones.

Du kannst nicht mehr laufen, Jones.

»Ich bin nicht der, der aus dem Gefängnis eines Gouverneurs geflohen ist«, zischte sie. »*Du* gibst das Signal.«

»Wer hat davon erzählt?« Er stand auf und packte sie an den Armen. »Wer hat dir das erzählt?«

»Es war doch so, oben in Nev Hettek, nicht wahr?«

»Mit wem hast du gesprochen?«

Die Schritte hielten vor der Tür an.

»Boregy – Vega Boregy«, zischte sie. »Er hat mich hinausgeworfen, als ich dort war.«

»O Gott!«

Das Schloß klapperte. Altair sank das Herz angesichts von Mondragons Blick, der zeigte, daß seine letzte Hoffnung zerstört war. »Ich hab was Falsches gemacht, wie?«

Verzweiflung klang in ihrer Stimme. Sie suchte in seinen Augen nach irgendeiner Hoffnung.

Er starrte sie nur an, als hätte sie ihm ins Herz geschossen.

Die Tür ging auf. Altair blickte dorthin, in der Hoffnung, weniger Waffen zu sehen, als sie dann tatsächlich zählte.

Vier. Mein Gott, sie würden uns in Fetzen blasen!

»Man erzählt«, sagte einer, ein Mann in dunklem Pullover und regenbespritzter Lederjacke, gleich gekleidet wie die anderen, »daß du eine Menge Tricks beherrschst, Hetteker. Vom Schwert Gottes, wie?«

»Ihr habt die Waffen«, sagte Mondragon und hob eine leere Hand.

»Man erzählt«, fuhr der Mann fort, »daß du vielleicht einfach weglaufen könntest, in der Hoffnung, daß wir dich erschießen. Also haben wir uns gedacht, daß wir in einem solchen Fall einfach ihre Beine wegschießen. In dem Augenblick, indem du Anstalten machst wegzulaufen. Du bist wertvoll für uns. Sie nicht. Also geh hinüber an die Wand und spreize Arme und Beine.«

»Ich verstehe.« Mondragon berührte Altair leicht am Arm, ging zur Wand und nahm die Haltung an, die sie verlangt hatten. Ein Mann trat vor Altair und zielte mit einem Revolver auf ihren Bauch.

Soll ich etwas machen, ihm eine Chance geben? Oh, verdammt!

Sie taxierte die Haltung der Waffe und warf sich dagegen.

Ein Schlag explodierte auf ihrem Schädel. Sie wurde rücklings zu Boden geworfen, einen Revolverlauf im Gesicht, und ein Mann zerrte Mondragon zurück an die Wand, ohne daß es zum Kampf kam. Mondragon lehnte den Kopf an das Holz und duldete es, daß sie ihm die Hände auf den Rücken fesselten.

Verdammt!

Sie starrte zu der Waffe und dem Mann hinauf.

Sie bringen mich sowieso um. Ich bedeute ihnen nichts, bin für sie nicht einmal einen Penny wert. O Mondragon, sie haben dich erwischt, und sie werden jetzt dort ein Loch machen, wo mein Kopf ist.

»Hoch«, sagte der Mann mit dem Revolver. Ihre Beine und Arme bewegten sich mechanisch. Sie war halb oben, als der Mann sie am Pullover packte und zur Tür schleuderte.

Ein anderer packte sie am Arm und zerrte sie hindurch.

Dann durch den Korridor mit seinen elektrischen Lampen. Die Treppe hinauf und hinaus in die graue Morgendämmerung, den Wind und den Sprühregen.

Sie blickte zurück, blinzelte, weil sie nicht deutlich sah, zuckte zusammen, weil ihr das Haar in die Augen stach. Zwei Männer hatten Mondragon zwischen sich. Sein blasses Gesicht und helles Haar schimmerten unnatürlich weiß im Licht des Sturmes, und das Gesicht war das eines Fremden, wie sie es schon in der unteren Halle von Gallandry gesehen hatte, völlig finster im Lampenschein.

Es war das Gesicht des Engels von der Brücke, des hereingebrochenen Jüngsten Tages, bleich und furchtbar.

Nein. Ist es nicht. Er ist kein Engel. Das Schwert Gottes. Er hat *kein* spezielles Karma, ebensowenig wie ich. Er denkt an die Vergeltung, daran, am Leben zu bleiben; er ist noch nicht fertig mit ihnen, und sie wissen es, haben sogar jetzt *Angst* vor ihm.

Ein Mann zog an ihrem Ellbogen. Sie blinzelte in dem Nebel und ging folgsam in die Richtung, in die sie gezogen wurde, zur Seite des Schiffes, zur Gangway und zur Rampe, die hinunter auf den Kai führte.

Sie ging mit, und der Griff des Mannes machte ihren Arm taub. Sie blickte auf, als die Gebäude und die Umgebung deutlicher erkennbar wurden; Takazawa lag vor ihnen, überwiegend aus Holz, mit verrückt hochragenden Türmen. Aber dann drehte der Mann sie um, zu einem Gebäude im Süden: grimmiger brauner Stein, verbarrikadierte Fenster, weithin ausgebreitete Flügel sowie Terrassen und Stützpfeiler, immer dort hinzugefügt, wo Erdbeben die Wände aufgerissen hatten.

Nikolaev. Das reichste Haus auf der Rimmon-Insel. *Daher* kam Weißgesicht also! Einer von denen. Mit Beziehungen sowohl zur Akademie als auch dem Signeury.

Altair warf einen Blick zurück zu Mondragon, verlor ihn aber sofort wieder aus den Augen, als der Mann sie erneut vorwärts zerrte.

Den Pier hinab, gefolgt von Mondragon und seinen Wachen. Mehrere Schichten rissiger Steinstufen hinauf, die in das wenige Grundgestein von Merovingen geschlagen waren. Hinauf schließlich zu einer Tür, die nur ein Erdbeben aus ihren Pflöcken hätte reißen können, massives Holz, eingefaßt in Eisen und mit Messing beschlagen.

Sie wurde für sie geöffnet – jemand hatte sie kommen sehen. Sie stand weit offen und verschluckte sie, entriß sie dem Sprühregen, dem Wind und der Kälte. Altair fand sich in einem Haus wieder, das so weiträumig und gepflegt war wie Boregy. Weitere Wachen standen bereit, weitere Richtungsanweisungen wurden erteilt. *Sie,* besagten die Befehle, *kommt in das Ostzimmer.*

»Ich will nicht!« schrie sie, und das *nicht* kam in wahnsinniger Wiederholung als Echo von der Decke zurück. Altair blickte wild zu Mondragon zurück, der ihr mit den Augen den Wink gab weiterzugehen. Donner krachte und rollte über der Halle. Der Regen rauschte draußen herab und wurde vom Wind hereingepeitscht, bespritzte den sauberen Boden, und Männer stemmten die Tür wieder zu. Der, der sie am Arm hielt, riß sie erneut mit.

»Zum Teufel mit dir!« schrie sie.

»... mit dir«, entgegnete die Halle. Der Lärm tobte wie das Jüngste Gericht, als der Mann Altair einen Seitengang entlangschleppte.

Will er zudringlich werden? Ich bringe ihn um! Ich bringe ihn noch um, bevor sie es mit mir machen.

Eine Treppe ging es hinauf und dann durch einen weiteren Korridor zu einem Zimmer, wo noch mehr Männer von der Seite her zu ihnen stießen. Sie öffneten eine Tür, und der Mann, der sie am Arm hielt, schob sie unsanft hinein, und sie stolperte auf einen prächtigen Teppich, sah polierte Möbel und ein einzelnes Fenster, hinter dessen rautenförmigen Scheiben der Regen wie aus Kübeln gegossen herabströmte.

Und sie erblickte Eisenstangen davor.

Hinter ihr schlug die Tür zu, und das Schloß klickte.

Sie ging in dem Zimmer auf und ab, auf und ab, denn sie war zu müde und hatte zu viele Schmerzen, als daß sie sich hätte hinlegen können.

Ich bringe sie um, dachte sie. Falls ich je wieder hier herauskomme, komme ich eines Nachts zurück und erledige sie. Ich brenne dieses ganze tolle Haus nieder und die Rimmon-Insel dazu.

Sicher wissen sie das selbst. Also werde ich nicht mehr hier herauskommen, nicht wahr?

O Mama, deine Tochter hat einen Weg eingeschlagen, den sie nicht mehr verlassen kann. Es tut mir leid.

Aber das war schon etwas, nicht wahr, wie wir es dem verdammten Sklavenhändler gegeben haben und dem ganzen Schwert Gottes!

Retribution Jones tauchte auf, mit gekreuzten Beinen auf dem Bett sitzend. Schob die Mütze auf dem dunklen Haar nach hinten und sah nach links und rechts.

Na, Altair, das ist schon ein Haus, wie?

Verdammt, Mama, was soll ich nur machen?

Sie hörte auf, hin und her zu laufen. Der Geist verschwand vor ihrem inneren Auge und hinterließ nicht einmal eine Spur auf dem Bett.

Altair staubte sich eine Hand am Bein ab. Das Bein stach, und sie sah den Riß in der Hose.

Also *war* es ein Nagel!

Dann tat es weh. Schmerzte auf dieselbe Weise wie alles andere, dumpf und wie von ferne. Sie ging wieder umher, zum Fenster und zurück. Nichts war dort draußen zu sehen außer dem grauen Meer, den Wolken und den Regenspritzern auf der Scheibe. Dann ging sie ins Bad. Eine Marmorwanne und eine Messingkommode. Prächtiger noch als das Bad der Gallandrys. Flaschen standen auf dem Marmorrand. Parfüms. Das brachte Altair auf den Gedanken an Schubladen und daran, daß vielleicht jemand etwas Nützliches in diesem blankgeputzten Gefängnis vergessen hatte. Sie probierte sämtliche Laden und nahm auch den Wäscheschrank in Augenschein.

Fand nichts außer Handtüchern, Laken und einem Ständer voller Männerkleider. Seidensachen. Wolle. Ein paar Pullover.

Sie wankte zum Bett zurück, hielt sich an einem Bettpfosten fest und starrte auf den bestickten Überwurf und die schönen weichen Kissen. Sie legte den Arm um den Pfosten, während sie schwankend dastand

Verdammt, nein. Ich bin *schmutzig*.

Und sie wischte sich bei diesem Gedanken mit dem Ärmel die laufende Nase ab. Der Ärmel schmeckte nach Salz und Hafenwasser.

Er würde es nicht tun – und ich will verdammt sein, wenn ich es tue!

Blöde Oberstadt-Snobs!

Sie stolperte ins Bad, stellte sämtliche Flaschen auf den breiten Rand der Marmorwanne und stieg trocken hinein. Drehte die Hähne auf, verstöpselte den Abfluß und duckte den Kopf unter das kalte Wasser, stellte fest, daß es warm wurde. Ihre durch die Kälte verspannten Muskeln lockerten sich und wurden schlaff und zittrig. Sie blieb für einen Moment so, um warm zu werden, und fuhr sich mit den Händen durch das Haar. Zuckte zusammen, als die Finger auf die Beule an der Seite des Kopfes stießen. Dann betastete sie den Hinterkopf, wo die alte Beule bereits schrumpfte, und als sie sich erinnerte, wie sie sie erhalten hatte, holte sie tief Luft, tat es erneut und duckte den Kopf unter das fließende Wasser, um sich das Salz aus den Augen zu spülen und den Schmerz aus dem Hals.

Flaschen, verdammt. *Glas.*

Sie stieg hastig aus der Wanne, während das Wasser weiter lief, goß Parfüm aus einer relativ großen Flasche in den Abfluß und wickelte die leere Flasche in ein dikkes Handtuch.

Zerschlug sie auf dem Rand der Badewanne.

Sie verbrauchte zwei Flaschen, bis sie ein gutes Stück hatte, einen stabilen Glassplitter. Den Rest faltete sie in das Handtuch, zog die Schublade des Wäscheschranks auf und versteckte das kleine Bündel dahinter.

Dann zog sie sich wieder an, ihre salzstarrende Hose und einen blauen Männerpullover aus dem Schrank. Und sie steckte den großen Splitter vorsichtig in den Gürtel, ließ ein Stück wie einen Griff hervorstehen, den Rest schräg in der vorderen Mulde ihrer Hüfte geborgen. Sie zog den Pullover darüber und setzte sich vorsichtig auf das Bett. Der Splitter bewegte sich, folgte aber leicht und sicher ihrem Körper. Sie stieß einen Seufzer aus und legte sich hin, in ihren Kleidern, schloß die Augen und versank taumelnd im Dunkeln.

... sie werden nicht hier einbrechen, bei den Vorfahren, und mich nirgendwo völlig nackt hinschleppen ...

... werde ihnen keine Ideen geben, die sie nicht schon haben. Sie wollen mich, das ist fein, ich mache mit, dulde alles, bis ich eine Gelegenheit finde ...

Wohin haben sie ihn gebracht? Behandeln sie ihn so wie mich? Mein Gott, ich hoffe es, ich hoffe es ...

Das Gefängnis eines Reichen, das ist es hier. Ein reicher Mann verdirbt es mit dem Signeury, und sie geben ihn in die Verwahrung irgendeiner Familie.

Und sie bringen ihn mit diesem langen schwarzen Boot ins Justitiarium, und er sieht das Licht des Tages nie wieder.

Ein reicher Mann wird nicht auf der Brücke gehängt. Für ihn haben sie andere Methoden. Sie wollen vermeiden, daß Leute wie ich reiche Männer an den Galgen baumeln sehen ...

Sie schneiden ihnen die Köpfe ab, nicht wahr?

Nachdem sie erfahren haben, was sie wissen wollten.

Das Schloß klapperte. Sie erwachte und wurde sich in Panik dessen bewußt, daß ein Mann das Zimmer betreten hatte. Sie hob den Kopf, dachte gar nicht mehr an den Splitter, bis sie beim Aufstehen spürte, wie die Spitze oberhalb der Taille über die Haut glitt und sich der Splitter dann wieder gerade richtete. Der Regen spülte über das Fenster. Der Donner entfernte sich rollend. Der Mann stand im Zimmer. Hinter ihm warteten draußen noch weitere.

»Holt sie heraus«, sagte der im Zimmer.

Zwei Männer kamen herein, um das zu tun. Altair hob die Hände. »Hey, ich komme ja, ich komme ja!«

Dann komme ich dorthin, wo es Türen gibt. Finde heraus, wo Mondragon steckt. Mann, faß mich bloß nicht an!

»Wald, laß sie!«

Der Mann bei ihr trat zurück. Sie schlängelte sich an ihm vorbei und ging hinaus auf den Flur. »Wo ...?« wollte sie gerade fragen, aber der Mann, der hier die Befehle erteilte, deutete nur den Gang hinunter und ging los. Sie folgte ihm, barfuß zwischen den Stiefelschritten der Männer, und dachte an diesen ungeschützten Rükken vor sich.

Und an die drei bewaffneten Männer hinter sich.

Eine andere Gruppe kam ihnen entgegen, die gegenüberliegende Seite einer großen Treppe herunter. Sie erkannte die Nikolaev-Männer, zwischen denen der hohe blonde Kopf deutlich auffiel. Die anderen kamen immer näher. Mondragon hatte die Hände frei, und sie hatten ihm auch die Kette vom Hals entfernt. Er trug ein weißes Hemd. Er erblickte sie. Sie ging einfach weiter, fügsam und ruhig, hin zu dieser Treppe, wo sich die beiden Gruppen begegneten. Und ging dann neben Mondragon die breiten Marmorstufen hinunter.

Er sah sie einmal kurz an. Mehr nicht.

Er will nicht, daß ich rede. Ich werde es auch nicht. Ich sage kein Wort.

Sie fing seinen Blick ein zweites Mal auf, auf halbem Weg nach unten, und kniff ihre Lider leicht zusammen, eine Geste der Augen.

Ich bin nicht hilflos, Mondragon.

Seine Augen flackerten auf. Vielleicht hatte er es verstanden. Er wandte den Blick von ihr ab, richtete ihn nach vorn in eine steinerne Halle, so groß, daß sie Echos erzeugte, erhellt durch ein Oberlicht. Der Regen prasselte wie Donner darauf und wurde noch lauter, als sie unter dem Überhang hervorkamen. Verklang wieder, als ihre Wächter sie weiterführten. Echos drangen auch aus einer kleinen Seitenhalle, an der sie vorbeikamen, Echos der harten Stiefelschritte, die in diesen gewaltigen Räumlichkeiten sehr laut klangen.

Kalte Geräusche. Harte Geräusche. Wasser und Stein.

Ich habe mir ein Messer besorgt, Mondragon. Ich weiß nicht, ob es uns gelingt, hier herauszukommen, aber wenn sie uns in dieses schwarze Boot stecken, dann heißt es, über Bord zu gehen und so weit zu schwimmen, wie wir können.

Die Stadt hat so viele Löcher wie Brücken. Ich kenne sie alle.

Ich habe Angst, verdammt noch mal. Ich mag diese höflichen Leute nicht. Ich mag sie nicht und nicht ihre Art, hierhin und dorthin zu deuten und die Getränke zu vergiften, die sie einem reichen.

Nahe der Vorderseite führte ein Korridor von der großen Halle weg; sie wandten sich dorthin, und ein Mann klopfte an eine Tür, öffnete sie erst einen Spalt weit und dann ganz, damit sie eintreten konnten.

Der Raum war mittelgroß nach den Maßstäben der reichen Leute, ganz mit Holz verkleidet und in elektrisches Licht getaucht, das einen an Feuer erinnernden, warmen goldenen Schein verbreitete. Altair blieb an Mondragons Seite abrupt stehen, als sie Weißgesicht vor einem echten Kamin erblickte. Er trug ein schwarzes Hemd und glitzernde Rubine um den hohen Kragen. Er saß seitlich auf einem Stuhl und hatte ein Bein über eine Armlehne gelegt. Er hielt ein Papier in der Hand, vornehm und frisch und neu. Er legte es auf den kleinen Tisch neben sich, auf dem auch ein Brandyglas stand. Dann ließ er sich dazu herab, Mondragon und Altair zur Kenntnis zu nehmen.

»Ser Mondragon«, sagte er und lehnte sich zurück, ohne das Bein von der Lehne zu nehmen. Er verschränkte die Hände auf dem Bauch. »Ich freue mich, Sie in einem geziemenderen Aufzug zu sehen.«

Mondragon sagte nichts.

»Setzen Sie sich, Ser.« Ein Wink mit der Hand. »Bringt einen Stuhl für die junge Frau.« Er hob das Brandyglas und bot es ihnen mit hochgezogenen Brauen an, während ein Mann einen Stuhl brachte. »Möchten Sie etwas? Nein? Ich bin sicher, M'Sera ist mit Brandy vertraut. Was seinen Transport angeht.«

Sie starrte ihn an. Schmuggel war das, worauf er anspielte.

Himmel, brauchen sie eine *Anklage* gegen mich?

»Ich habe sie gemietet«, sagte Mondragon. »Sie hat mich nur befördert.«

»Ein Skip, Ser, transportiert *Fracht.* Was haben Sie transportiert?« Er hob das Glas mit der bernsteinfarbenen Flüssigkeit. »Brandyfässer vom Gezeitenwasser? Ich denke, das ist das Fachgebiet der M'Sera. Sind Sie sicher, daß Sie kein Glas möchten?«

Mondragon zuckte die Achseln. Weißgesicht schnippte mit den Fingern, und Gläser wurden bereitgestellt. Ein Klirren drang von einem Tisch an der Seite des Zimmers herüber, dann kam ein Mann mit einem Tablett, auf dem zwei Brandygläser standen. Mondragon nahm seines. Altair hob ihres von der Spitzenserviette und blickte hinauf in das ausdruckslose Gesicht des Servierers ... Mein Gott, was *ist* er bloß – irgendein aufgezogener Mechanismus?

Und sie wandte den Blick wieder zu Weißgesicht und seiner so überaus ruhigen Stimme, die so ganz merovingisch war, so ganz Oberstadt. Nicht einmal typisch Rimmon-Insel. So oberstädtisch, wie es nur möglich war, und ganz zweifelsohne revenantistisch, dieses Haus.

»Ich muß Sie beglückwünschen«, meinte Weißgesicht. »In einer einzigen Nacht haben Sie sowohl die Sklavenhändler *als* auch das Schwert Gottes in völlige Verwirrung gestürzt. Die gesamte Polizei hat das nicht einmal in einem Jahr bewirkt. Welches Unternehmen schlagen Sie für das Wochenende vor?«

Mondragon hob sein Glas und deutete damit auf Altair. »Lassen Sie sie gehen. Sicher wollen Sie mir Fragen stellen. Sie muß nicht unbedingt in irgend etwas eingeweiht werden, was ich weiß.«

»Ah, Sie schlagen also vor, daß Sie uns Antworten geben.«

»Ich erzähle Ihnen alles, was Sie wissen wollen, aber geben Sie ihr einfach das Boot zurück und lassen Sie sie gehen.«

Weißgesicht schürzte seine bärtigen Lippen. »Nun, wie weit denken Sie, daß Sie kommen würden, M'Sera?«

»Ich weiß nicht, aber ich würde es gerne ausprobieren.«

»Was ausprobieren? Einen weiteren Angriff mit Brandbomben, diesmal auf meine Gastgeber in Nikolaev?«

Das traf ins Schwarze. Altair rührte sich nicht und machte ein ausdrucksloses Gesicht. Sie stellte das Glas auf den Tisch zwischen sich und Mondragon. Keinen Schluck von dem Brandy; ich kann jetzt keinen Alkohol brauchen, wo mein Verstand schon wie Brei ist. Zum Teufel mit dir, Weißgesicht!

Ich habe ein Glasmesser in der Tasche, Weißgesicht! Bevor sie mich aufhalten können, hätte ich wenigstens dich in dein nächstes Leben geschickt!

Vielleicht kommen wir hier heraus. Schaffen es auch bis zu den Rimmon-Gassen und den Brücken.

Vorbei an dieser verdammten schweren Tür dort draußen. Und vorbei an einem halben Hundert Gorillas. Sicher.

»Kanalfahrerin«, sagte Weißgesicht, »wie *sind* Sie denn in diese Sache hineingeraten?«

»Sie hat mich aus dem Großen Kanal gefischt«, berichtete Mondragon. »Eine Fahrt. Nur eine Fahrt.«

»Stimmt das, M'Sera?«

»Er würde nie lügen!«

Weißgesicht kräuselte die Lippen zu einem zynischen Lächeln. Er hob das Glas wieder und trank, und das Lächeln wirkte auch jetzt noch nicht besser. »Ihnen steht eine Karriere bei der Regierung bevor, M'Sera. Was wissen Sie über diesen Mann?«

»Nur das, was er sagte.«

Ein tiefes, langes Schweigen.

»Ich sagte, daß ich Ihre Fragen beantworte«, warf Mondragon ein.

»Das werden Sie. Ja.« Wieder ein Schluck von dem Brandy. Weißgesicht stellte das Glas weg und drehte sich auf seinem Stuhl, um beide Füße auf den Boden zu stellen. »Wissen Sie, mit wem Sie es zu tun haben, Mondragon?«

»Es spielt keine Rolle. Ich weiß, wer Sie nicht sind.«

»Sie winden sich aalglatt von einem Punkt zum anderen. Sie besitzen wirklich keinerlei Loyalität. Ein cleverer Mann, der ohne irgendwelche Gewissensbisse die Seiten wechselt, wann immer der Wind dreht. Gegebenenfalls stündlich. Sie sind die Art Mann, die jeder fürchten sollte – bei Ihren Talenten.«

»Ich sagte Ihnen schon, daß ich Ihnen alles sagen werde, was Sie wissen wollen. Wollen Sie obendrein meine Person? Ich bin einverstanden. Ich habe meinen Preis bereits genannt.«

Weißgesicht stützte die Ellbogen auf die Armlehne und legte die Fingerspitzen aneinander. »Die M'Sera.«

Donner rollte draußen. Altair zuckte zusammen und klammerte die Hände um die Armlehnen. »Wenn Sie wollen, daß ich ruhig bleibe, lassen Sie *ihn* frei.«

»Sei still, Jones!«

»Nein, nein.« Weißgesicht hob eine elegante Hand, ohne den Ellbogen von der Armlehne zu nehmen. »M'Sera Jones begreift das Problem außerordentlich gut. Sie rechnet nicht damit, lebendig zu dem Boot zu kommen ...«

Stimmt, Weißgesicht, stimmt.

». . . und sie möchte, daß Sie das wissen. Ein schmales Blatt, aber sie spielt es mit verheerendem Einsatz. Und nimmt mir und Ihnen das Spiel aus der Hand. Sie haben Zeit herausgeschunden in der Hoffnung, daß ich der M'Sera nicht zu viele Informationen gebe. Ihr Blatt ist bereits das schwächste in diesem Spiel. Zwar haben Sie das As, aber Sie sind andererseits schon zu anfällig.«

Mondragon machte eine hilflose Geste mit der Hand auf der Lehne. »Sie sehen mich in einer schlechten Position. Ich zweifle nicht daran, daß Sie jetzt Ihre Überredungskunst einsetzen können. Aber das garantiert Ihnen auch nicht die Wahrheit – habe ich recht?«

»Ah, nun, gut gespielt. Bedrohe ich jetzt die M'Sera?« Sein Blick wanderte zu Altair. »Aber er würde bei der Hälfte dessen lügen, was er mir erzählt, nicht wahr?«

»Er ist kein Dummkopf!«

»Ich sage Ihnen, M'Sera, Sie haben wirklich ein Talent für die Ratsversammlung. Tatsächlich windet er sich immer noch von einer Richtung in die andere. Aber die Windungen werden stetig enger, nicht wahr? Ich könnte mich relativ leicht Ihres Verhaltens versichern – ich muß dazu nicht mehr tun, als ihn bei guter Gesundheit zu halten. Und es Ihnen vielleicht erlauben, ihn gelegentlich zu besuchen.«

O Gott, das bedeutet wieder Gefangenschaft, ein Gefängnis für ihn, genau wie bei den anderen ...

Sie warf einen Blick auf Mondragon, der seinerseits zu ihr hinsah. Sie konnte den Ausdruck seiner Augen lesen – Angst, stille, tiefe Angst.

»Akzeptabel«, sagte Mondragon, als er sich wieder Weißgesicht zuwandte.

»Aber dann – würden Sie sparsam mit den Dingen herausrücken, die ich wissen will. Um Ihrer beider Leben zu retten. Und die M'Sera bliebe – eine drohende Explosion mit kurzer Zündschnur. Andere Parteien würden sie ausfindig machen, und zwar sehr rasch. Unbequem und gefährlich für Sie, M'Sera.«

»Ich bleibe bei ihm.« Sie blickte zu Mondragon und sah, wie in ihm etwas zerbrach, etwas Wesentliches.

»Er wird uns beide umbringen«, sagte Mondragon offen zu ihr. »Sobald er fertig ist.«

»Wird er nicht. Du und ich, wir würden uns bei ihm verdingen. Ich wette, diese extrafeinen Gorillas sind nicht allzu nützlich. Brauchen Sie jemanden, der die Kanäle kennt, jemanden, der jedes Loch und jede Nische in den Inseln kennt? *Ich* bin so jemand. Und es steht gar nicht zur Debatte, daß irgendeine verdammte Sekte ihn und mich erwischt. Das ist ganz unmöglich! Ich würde sie erledigen!«

Weißgesicht betrachtete sie mit lebhaft flackernden Augen. Dann bedeckten sich diese Augen amüsiert. »Nun, dort, Mondragon, *dort* schlägt das wahre dunkle Herz Merovingens, in dieser scharfäugigen M'Sera, die uns zweifelsohne mit diesem vorzüglichen Brandy versorgte. Man kann die Unterstadt nicht achtlos behandeln. Ihre Geduld ist begrenzt, und sie hat das letzte Nacht demonstriert. Ich bin sicher, daß sie bereits in diesem Augenblick Nachforschungen nach dem Verbleib der M'Sera anstellt. Eine ehrliche Frau. Sie würde mit mir ein Geschäft abschließen. Aber wie halte ich *Sie* im Zaum, Ser?«

Mondragon sagte nichts.

»So. Sehen Sie, M'Sera, er weiß, daß ich mir über seinen Charakter im klaren bin. Daß er einer Überredung nie widerstehen wird, es sei denn, es bedeutete ihm etwas. Falls er einen Schwur leistete und es heute ehrlich meinte, würden die morgigen Umstände ihn veranlassen, meinen Feinden einen Eid zu schwören, und das mit ebenso ausgeprägter Leidenschaft, will heißen, gar keiner. Ich denke, daß er einmal ein großer Idealist gewesen sein muß. Und aus dessen Asche erstand natürlich ein vollständiger Amoralist. Nev Hettek hat ihn hinter Schloß und Riegel gesetzt – und Sie sehen ja, welchen Erfolg sie damit hatten. Man könnte ihn kaufen – nicht wahr, Mondragon?«

Mondragon zuckte die Achseln. »Für ein ausreichendes Angebot.«

»Er wird mit Ihnen verhandeln«, meinte Altair. Ihr Herz klopfte immer heftiger, und ihre Hände schwitzten. »Mondragon, um Gottes willen ...«

»Sprechen wir über Geld«, schlug Weißgesicht vor. »Sprechen wir über meine Mittel. Sie sagten, daß Sie mich nicht kennen. Kennen Sie mich, M'Sera? Nein?

Nun, ich sollte mich gekränkt fühlen. Aber ich bezweifle wiederum auch, daß Sie das Gesicht meines Vaters erkennen würden.«

Vater. Oberstadt. Altair blinzelte und schüttelte verzweifelt den Kopf. Boregy? Wieder ein Boregy?

In einem revenantistischen Haus?

»Kalugin«, stellte sich Weißgesicht vor. »Pavel Anastasi Kalugin.«

Mein Gott! Der Sohn des Gouverneurs. Der Gouverneur. Das Signeury. »Mondragon, er ist ...«

»Kalugin«, sagte Mondragon leise und wie von ferne. »Dann ist das hier offiziell?«

»Kaum.« Kalugin legte ein Bein über das andere und eine Hand auf den Knöchel. »Sagen Sie es ihm, M'Sera.«

»Er ...« Himmel, was soll ich nun sagen und was nicht? »Er ist Sohn Nummer drei. Wohnt oben auf dem Felsen. Sein Bruder und seine Schwester wohnen im Signeury.«

»Sie sind zu diplomatisch, M'Sera. Was M'Sera meint, ist folgendes: Mein Vater und ich stehen nicht gut miteinander. Eine sehr alte Geschichte, nicht wahr? Bruder Mikhail ist so zugänglich für Papas Anweisungen; Bruder Mikhail ist an nichts interessiert außer an seinen Uhren und seinen kleinen Erfindungen. Er würde ohne eine Direktive von Papa und einen Ratsherrn, der ihn führt, nicht einmal die Toilette finden. Der arme Mikhail wird auch nicht die erste Woche überstehen, wenn er die Nachfolge antritt, und natürlich wird der Rat ihn wählen. Tatiana ist die nächste Wahl. Schwesterchen steht so gut mit Papa und ist so praktisch. Ganz wie ihre Mutter, sagt Papa, was sicherlich zutrifft. Tatiana weiß, wo die Leichen im Signeury vergraben sind, und Bruder Mikhail wird schon sehr bald zu ihnen gehören.« Kalugin streckte die Hand zur Seite aus, hob das Brandyglas auf und nahm einen Schluck. »Nicht, daß ich keine Parteigänger hätte. Es ist ein Patt, wie Sie sehen. Ich sehe eine gewisse Gefahr in Nev Hettek, und *ich* begünstige die Miliz. Ein solcher Rat ist nicht populär. Und hier sind Sie, verstehen Sie?«

Altair blickte von einem zum anderen. Kalugin lächelte. Mondragons Gesicht war reglos und kalt wie das des Engels.

»Langsam begreife ich.«

Altair kaute auf der Lippe und schmeckte Blut. »Was will er, Mondragon? Nichts Gutes, stimmt's, Mondragon?«

Mondragon stellte sein Brandyglas auf den Tisch neben sich. »Wovon er spricht, ist ein öffentliches Geständnis, ein Verfahren. Eine öffentliche Rechtfertigung für ihn. Er bekommt einen Anlaß geliefert, die öffentliche Meinung neigt sich ihm zu, und er gewinnt Macht für die Miliz und seine eigenen Parteigänger. Für mich bleibt die Axt, denke ich – ist das nicht die hiesige Methode? Aber damit sind wir wieder am Anfang. Sie können Jones nicht am Leben lassen, damit sie Gelegenheit findet, Ihnen zu widersprechen. Das weiß ich. Wir alle wissen es. Nun weiß ich nicht, wie lange ich durchhalten könnte, wenn Sie Ihre Überredungskunst anweden, aber Sie wissen es wiederum auch nicht. Sie könnten sich auf nichts, was ich sage, wirklich verlassen.«

Kalugins Augen flackerten. Er schürzte amüsiert die Lippen und dehnte sie dann zu einem trägen Lächeln. »Die letzte Karte liegt auf dem Tisch, nicht wahr?«

»Sie wissen gar nicht, wieviele ich habe.«

Das Lächeln wurde kälter.

O Gott, er wird mit mir anfangen, das wird er! Was mache ich nur? Wenn ich ihn umbringe, ist das mit Sicherheit auch Mondragons Tod.

Wenn auch ein schneller.

»Nein«, meinte Kalugin. »Das weiß ich wirklich nicht. Aber Sie verraten mir da etwas, was sehr interessant ist. Es erforderte die M'Sera, um es herauszufinden, nicht wahr? Sie fand eine kleine ungeschützte Stelle, und da sind Sie nun, ein großartiger Amoralist vor den Trümmern seiner selbst. Sie *sind* zur Loyalität fähig. Tiefempfundener Loyalität. Alles, was ich nun tun muß, ist, sie am Leben zu halten. Alles, was Sie glauben müssen, ist, daß ich das auch tue, solange es in meiner Macht steht.«

»Ihr Wort darauf?« fragte Mondragon, sehr sanft und sehr falsch.

Himmel, Mondragon, du weißt doch ebensogut wie ich, daß das wie ein Schneeball in der Hölle wäre, oder nicht?

Kalugin schürzte die Lippen. »Sie zweifeln daran?«

»Natürlich nicht.«

»Natürlich nicht. Aber ich möchte Ihre Leichtgläubigkeit doch nicht so weit in Anspruch nehmen.«

»Haben Sie einen Vorschlag?«

»Gott, Sie haben wirklich keine Nerven.«

»Nicht, wenn ich Ihnen nicht glaube, M'Ser.«

Kalugin hob eine Hand und gab den umstehenden Männern einen Wink. »M'Sera benötigt neue Kleider. Etwas – fürs Haus. M'Ser ist in etwas besserer Verfassung, aber nicht sehr.« Er winkte noch einmal und legte sich die Hand dann auf den Bauch. »Sehen Sie, Sie sind jetzt meine Gäste. Eine augenblickliche Veränderung. So leicht ist das.«

Was führt er im Schild, Mondragon?

Er hat seine Tricks, das weiß ich. In der ganzen Stadt erzählt man sich Geschichten über diesen Anastasi Kalugin.

»Freunde von mir sind auch hier«, stellte Altair fest. »Leben sie noch? Der eine Mann hat Familie, hat eine Frau und ein Kind ...« Sei *still,* Jones, du Dummkopf! Du sprichst hier mit dem Teufel persönlich!

»Sie sind in bester Fürsorge«, sagte Kalugin. »Mein eigener Arzt kümmert sich darum. Mit dem einen Mann stand es heute morgen eine Zeitlang unsicher, nicht wahr, Iosef? Aber es geht ihm jetzt wieder recht gut? Ja.

Sehen Sie? Nur das Beste für alle. Ich darf wohl behaupten, daß der Junge wieder gehen kann, sobald es aufhört zu regnen. Die beiden anderen auch, sobald sie willens und in der Lage sind. Kein Dank, M'Sera?«

»Danke.«

Kalugin lachte lautlos. Mit einer Hand drehte er spielerisch das Brandyglas an seinem Stiel, ohne es anzuheben. Ein Mann kam und füllte es aus der Karaffe, die neben ihm stand, und Kalugin sah überhaupt nicht hin. »M'Sera ging vergangene Nacht zu Boregy und bat um Ihre Rettung. Sie wandte sich an Vega Boregy, suchte sich unter allen Leuten ausgerechnet ihn aus. Sein Vetter war jüngst ermordet worden, sein alternder Onkel fällt immer wieder ins Koma – zweifellos haben sie dem alten Mann nichts über den armen Espoir erzählt. Und Vega kehrt aus seinem Exil in Rajwade zurück und nimmt innerhalb weniger Stunden und in aller Stille den ganzen Haushalt in die Hand. Vega ist ein Parteigänger von *mir,* M'Sera. Eine Tatsache, die er nicht öffentlich verbreitet hat, aber eine, die ihn seinem Onkel entfremdete. Und Ihre Nachrichten beeindruckten ihn dermaßen, daß er sofort jemanden hierher zu mir nach Nikolaev schickte. Zwischenzeitlich trieben sich ungewöhnlich viele Kanalfahrer bereits im Hafen herum – was immer ein schlechtes Zeichen ist. Ich sandte selbstverständlich eine Nachricht an das Signeury, denn es schadet nie, die Form zu wahren. Ich wagte nicht zu träumen, daß die M'Sera Erfolg haben würde. Aber dieses Sklavenschiff kommt und geht – Verzeihung, *kam und ging* mit gewisser Regelmäßigkeit. Das Signeury war schon immer darüber im Bilde, aber die Sache war es nie wert, sich darum zu kümmern.«

Zur Hölle mit dir, Kalugin!

»Also warteten Sie im Hafen«, folgerte Mondragon.

»Ich wartete. Sie sehen, daß nicht viel an mir vorbeiläuft.«

»Sie haben erreicht, was Sie wollten.«

»Ich bin sehr froh darüber. Ich habe vor, meine beiden Geschwister zu überleben. Ich möchte, daß Sie diese Tatsache richtig einschätzen. Ich werde Sie ziehen lassen, Sie beide. Ihr Skip, M'Sera, ist an der Nikolaev-Jacht festgemacht, so, daß es jeder sehen kann. Es ist kein Geheimnis, daß ich Gast bei Nikolaev bin. Ihre drei Gefährten werden herumtratschen. Und sollte dieser Stadt völlig jede Vorstellungskraft abgehen, dann werden meine Agenten bestimmte vage Gerüchte verbreiten, die Ihre Beziehung zu mir und das Schicksal jeder Gegenpartei angehen, die daran denkt, Hand an Sie zu legen. Verstehen Sie? Wenn Sie meinen Interessen dienen, werden Sie feststellen, daß mein Arm sehr weit reicht, um Sie zu beschützen. Sollten Sie meine Interessen in irgendeinem besonderen Fall verraten oder mir bei einem unserer Gespräche falsche Informationen geben, werden Sie eine ähnliche Feststellung machen. Stellt Sie das zufrieden, M'Sera? Werden Sie davon Abstand nehmen, mit Brandbomben gegen Kalugin vorzugehen?«

Altair zitterte. Ballte die Fäuste und holte tief Luft. O Gott. Lebendig! Lebendig hier *herauskommen!* Mondragon, was stimmt davon? Was ist gelogen von dem, was dieser Teufel gesagt hat?

»Ich brauche nicht zu warten, bis der Regen aufgehört hat, M'Ser.«

»Wie, Sie wollen nicht bleiben und eine Zeitlang Mondragons zweifelsohne sehr unterhaltsame Gegenwart genießen?«

»Sie sagten, Sie würden ihn gehen lassen!«

»Oh, aber *nachdem* er mir alles erzählt hat, was ich hören möchte. Nachdem er mit mir zusammengesessen hat, meine Karten durchgegangen ist und mir geholfen hat, meine Listen zu erstellen, M'Sera.«

»Wir sind wieder am Anfang«, meinte Mondragon. »Sie lassen sie ziehen, und ich bleibe hier und weiß nicht, wieweit ich mich auf Ihr Wort verlassen kann.«

»Oh, aber sie könnte ja bleiben! Und doch würden Sie sich weiter fagen, ob Sie lebendig von hier weggehen werden. In dieser kleinen Sache müssen Sie mir schon vertrauen.«

Mondragon griff nach dem Brandy und trank ihn aus. Setzte das leere Glas wieder ab. »Ein Kompromiß. Sie soll täglich eine Nachricht hinterlassen, und zwar bei Moghi auf der Veranda. Ihre Agenten werden eine von mir überbringen.«

»Kompliziert. Aufwendig.«

»Es bringt sie hier heraus.«

»Es räumt ihr die Möglichkeit ein, unterzutauchen, sobald Sie ihr Anlaß geben, einen Treuebruch zu argwöhnen. Natürlich tut es das. Ich zweifle nicht, daß Sie sich noch weitere kleine Ärgernisse ausdenken. Zum Beispiel, ihr alles zu erzählen.«

»Ich bin froh, daß Sie es waren, der das vorbrachte. Ich möchte nicht, daß Sie glauben, ich hätte es getan.«

Kalugin saß einen Moment lang ausdruckslos da und zuckte dann einmal heftig mit einer Braue. »Sehr leichtsinnig, Mondragon!«

»Ich meine es sehr ernst.«

»Da bin ich sicher. Ich zweifle aber daran, daß Sie ihr alles hätten erzählen können. Ich bin sicher, daß M'Seras Befähigung zur Staatskunst ihre Grenzen hat, und ihre Fähigkeit, mit Karten umzugehen, wahrscheinlich noch engere. Nein, M'Sera. Ist Ihr Boot fahrtüchtig?«

»Der Tank hat ein Loch. Der Boden auch. Auf die Weise haben Sie uns ja erwischt!«

»Jones.«

»Ich glaube der M'Sera. Ein Loch im Tank und ein Loch im Boden. Ich glaube nicht, daß das große Probleme sind. Ein paar meiner Leute begleiten Sie hinunter. Ich bin sicher, daß Rimmon für eine Reparatur dieser Größenordnung ausgerüstet ist. Sie sagten, Sie müßten nicht unbedingt auf das Wetter warten?«

»Ich habe es mir anders überlegt. Ich kann warten.

Ich kann eine ganze Woche warten, vielleicht sogar zwei Wochen.«

»Sie haben doch wohl nicht vor, die Angelegenheit zu komplizieren. Nein, M'Sera. Ich bin sehr darauf bedacht, mich der ungeteilten Aufmerksamkeit unseres Freundes zu versichern. Ihr Motor wird wieder laufen, und Sie erhalten die Vorräte, die Sie benötigen. Ebenso Geld, wenn Sie möchten. Sie *stehen* jetzt in meinen Diensten.«

Den Teufel tue ich. Den Teufel tue ich, wenn du ihm ein Haar krümmst! Dann nehme ich deine Eingeweide auf den Haken!

»M'Sera, verstehen Sie, wie unsere Übereinkunft funktioniert? Jeden Morgen, unbedingt jeden Morgen, hinterlassen Sie eine Nachricht in der Ventani-Kneipe. Jeden Morgen wird sie jemand abholen. Können Sie schreiben, M'Sera?«

»Ich kann schreiben, aber ich habe nichts, worauf ich schreiben könnte.«

»Eine Frage der Versorgung. Ganz einfach. Alle Dinge dieser Art sind sehr einfach. Meine Leute kümmern sich um die Einzelheiten. Sie müssen nur fragen. Aber Sie müssen jetzt gehen, M'Sera; zu meinem großen Bedauern und ohne irgendein privates Wort zwischen Ihnen beiden. Dieser Mann würde etwas Abwegiges unternehmen, dessen bin ich mir sicher, und ich möchte nicht, daß Sie dessen Last zu tragen haben. Sagen Sie einfach öffentlich auf Wiedersehen, gehen Sie und sammeln Sie Ihre Habseligkeiten ein.«

Sie blickte zu Mondragon hinüber. Er nickte und machte eine heimliche Bewegung mit den Augen. Also stimmte es. Geh. Geh hinaus. Ihre Augen stachen plötzlich und drohten, überzufließen. Sie stemmte sich hoch.

Verdammt, ich kann nicht gut *gehen!* Ich kann nicht gehen, meine Beine machen nicht mehr mit.

Mondragon streckte die Hand aus. Nahm ihre und

drückte sie. Sie entdeckte wieder Kraft in den eigenen Fingern und erwiderte den Druck, bis er losließ. Die Finger glitten auseinander.

Sie ging ein paar Schritte weit und blickte zurück auf Mondragons Rücken und Kalugins weißes Gesicht über dem rubinroten Kragen und dem schwarzen Hemd. Sie faßte sich an die Hüfte, zog den Pullover zur Seite und warf das weg, was sie hervorzog.

Die Glasklinge landete ein gutes Stück seitlich von Kalugins Stuhl auf dem Teppich und zerbrach in zwei Hälften, während schon rings um die Wände des Zimmers herum die Revolver aus den Halftern gezogen wurden. Mondragon sprang auf und erstarrte dann, wie alle anderen auch.

»Das«, sagte sie, jetzt von Hitze erfüllt, wo vorher alles kalt gewesen war, »war nur für den Fall gedacht.«

Sie drehte sich um und ging hinaus. »Setzen Sie sich«, hörte sie Kalugins Stimme hinter sich, hörte auch, wie Revolver zurück in ihre Halfter gesteckt wurden und mehrere Männer ihr folgten.

Sie können mir nichts tun. Noch nicht. Sie brauchen schließlich noch diese Briefe, nicht wahr?

Moghi machte an diesem Morgen ein niedergeschlagenes Gesicht. Er stand heute persönlich zur Frühstückszeit hinter dem Tresen, Kinn und Backen in griesgrämige Falten gelegt, während er die Gläser polierte. Ali hörte auf zu fegen – er zeigte noch die letzten Spuren von seinem blauen Auge –, machte dann aber damit weiter, als Altair zu ihm hinsah.

Sie ging zum Tresen, den Brief des Morgens in der Hand, mit Garn zugeknotet, und es schien heute eine ungewöhnliche Stille in der Kneipe zu herrschen, auch bei den Kunden, Stangenbootleute und Ventani-Stammgäste zum größten Teil, die hier frühstückten. Sie kannten Altair. Jeder im unteren Merovingen kannte Altair Jones und wußte, daß sie geheimnisvolle

Briefe mit einem Oberstädter austauschte, der jeden Morgen bei Moghi auftauchte.

»Er ist nicht da«, sagte Moghi und polierte dabei an einem Glas herum, das zu verkratzt war, als daß die Mühe noch etwas genützt hätte. »Ist noch nicht gekommen.«

»Wie spät ist es?«

»Weiß nicht; ungefähr die richtige Zeit.«

Sie stand einen Augenblick nur da. Legte dann den Brief auf die Theke. Ihre Hand zitterte dabei. »Na ja, leg den zu dem anderen. Er kann sie beide mitnehmen. Er verspätet sich nur, mehr wird es nicht sein.«

»Klar«, meinte Moghi. »Nimm ein Ei. Auf Kosten des Hauses.«

Großzügigkeit! Bei Moghi! Er hielt die Sache also für schlimm.

»Danke, danke.« Sie ging durch die hintere Tür in die Küche. »Tee und ein Ei«, sagte sie, und Jep warf ihr einen Blick zu. »Nein«, sagte sie, »er ist noch nicht da.«

»Uch.« Jep holte ein graugesprenkeltes Ei aus dem Kasten, betrachtete es intensiv und holte noch ein zweites hervor. Zerschlug beide auf dem Grill und legte noch eine Scheibe Brot dazu.

Sie beugte sich herüber und nahm den Teller entgegen, als alles fertig war. Sie trug den Teller und eine Tasse Tee mit hinaus in den Kneipenraum und setzte sich, um zu essen.

Verspätet. Das ist alles; er verspätet sich nur. Da sind irgendwelche Verwicklungen, oder ein verdammter Mietling läßt sich Zeit.

Iß dein Frühstück, Jones, du Dummkopf, es kostet dich ja nichts!

Sie schob das Ei auf dem Teller herum und aß es mit zu großen Bissen und zwang Brot und Tee hinterher.

Sie wartete. Der Junge kam und füllte den Tee nach, und sie trank ihn aus.

Dummköpfe, was starrt ihr mich so an?

Sie schob schließlich den Stuhl scharrend auf dem Holzfußboden zurück. Ging zum Tresen und genoß Moghis Aufmerksamkeit bereits wieder, bevor sie dort ankam. »Ich mache einen Spaziergang«, sagte sie. »Bin bald wieder da.«

»Hm«, machte Moghi und arrangierte weiter seine Gläser.

Sie ging zur Tür hinaus ins volle Tageslicht, zog die Mütze fest nach unten und blickte hinaus auf das morgengraue Wasser des Großen Kanals zwischen dem hochragenden Bogen der Fischmarktbrücke und dem schlichteren grauen Holz der Hängebrücke. Skips waren dort versammelt, an der gegenüberliegenden Seite des Fischmarktes; zwei Stangenbootführer kamen hinter Altairs Rücken aus Moghis Taverne und stiegen die Leiter zu den Booten hinunter, die an Moghis Veranda festgemacht hatten, einer Versammlung, die wie ein Schwarm schwarzer Fische wirkte. Altairs eigenes, größeres Boot lag dahinter vertäut.

»Hey!« rief sie von der Veranda herunter. »Kommt ihr hinaus, oder soll ich mit meinem Skip dort wegfahren?«

»Ney, wir haben Platz genug!«

Es war eng. Die Stangenboote setzten sich in Fahrt, erst eines und dann das andere. Weitere Bootsleute kamen nun aus der Taverne und unterhielten sich über die Geschäfte des Tages.

Verdammt. Ich hatte gar nicht vor, so lange hier zu liegen.

»Ich fahr das Boot weg«, murmelte sie vor sich hin, stieg die Leiter hinunter, überquerte ein halbes Dutzend eng gepackte Stangenboote, ging der Länge nach über ein weiteres und trat dann auf den Bug ihres Skips, löste dort den Behelfsknoten. Die Boote glitten jetzt vom Ufer weg, ließen sich dabei Zeit. Altair hielt den Skip mit der Stange an Ort und Stelle, fuhr dann in eine Lücke hinein, die sich an der Ecke der Veranda bildete, legte die Stange in ihre Halterung, packte schnell das Bugtau und machte das Boot fest, während schon die letzten Stangenboote hinausfuhren und sich weiter oben die Geräusche von Holzschuhen entfernten, wo Uferanwohner auf dem Weg zu ihren Läden waren.

Altair zog sich zum Heck zurück und setzte sich dort auf den Rand des Halbdecks, holte den Tonsandstein aus seinem Aufbewahrungsort zu ihren Füßen, zog ihr Messer, das mit der dünnen Klinge, und machte sich daran, es zu wetzen, da sie es tags zuvor an einem Stück Seil benutzt hatte.

Scheißzeitgefühl, das die Oberstädter haben!

Ich gebe ihm noch eine Stunde.

Dann muß ich mir etwas überlegen. Ich muß nach Rimmon fahren, das ist es!

Nein. Ich finde heraus, wo Kalugin *steckt!* Er ist aalglatt. Er könnte bei Nikolaev sein. Könnte wieder in Kalugin sein. Ich werde keine Dummheit machen, sondern ganz langsam und ruhig vorgehen.

Ich mache ihnen ein kleines Geschenk, wie ich es diesem Sklavenschiff gemacht habe! Dann kommen sie herausgerannt. Und ich warte dort, mit dem hier.

Die Klinge verschwamm vor ihren Augen.

Ich gebe ihm noch eine Stunde, dann muß ich irgendwohin fahren, wo sie mich nicht so leicht finden.

Wasser tropfte auf den Stahl. Sie fuhr sich mit dem Rücken der Messerhand über die Augen und polierte dann weiter.

Schritte von Lederschuhen stiegen auf die Veranda, näherten sich deren Rand und blieben stehen. Altair blickte hinauf zu den verschwommenen Umrissen eines Mannes in Oberstadtkleidern, der dort oben stand. Sie blinzelte und sah, wie die Sonnenstrahlen nun auf sein Haar fielen und es zum Leuchten brachten.

Mein Gott!

Mein Gott! Sie steckte das Messer in die Scheide, ließ den Stein fallen und stand im Mittelgang auf, starrte hinauf zu dem eleganten Mann auf der Veranda, dem

Mann, der jetzt das Geländer der Leiter packte, hinunterstieg und auf die Latten ihres Mittelganges trat.

Mit ihm schien alles in Ordnung zu sein. Er stand da, als wüßte er nicht mehr, wie man auf einem Skip das Gleichgewicht behält. Er trug ein schönes Schwert an der Seite. Hübsche Kleider.

Dann verstehst du dich jetzt gut mit Kalugin, Mondragon?

»Jones ...«

Wieder ganz die alte, attraktive Erscheinung. Du bist wendig wie ein Aal, das ist mal sicher! Einer Frau bricht das Herz deinetwegen, und du kommst zurück und duftest wie ein Oberstädter und siehst auch ganz unbeschädigt aus.

»Hast du noch Platz für einen Fahrgast?«

»Hey, ich bin unbeladen! Hast du ein besonderes Ziel im Auge, so wie du angezogen bist?«

»Jones, verdammt!«

Sie schob die Mütze nach hinten und brachte sie dann wieder in die alte Position, wischte sich die Finger am Pullover ab. »Sieht so aus, als wäre alles klar mit dir.«

»Bei mir ist alles in Ordnung.«

»Verläßt du die Stadt?«

»Nein, ich ...« Er deutete vage zur Oberstadt hinauf, eine Bewegung der Hand unter dem Spitzenaufschlag des Ärmels. »Ich wohne jetzt bei Boregy. Bis ich etwas anderes finde. Bin gestern abend spät dorthin umgezogen. Eben hat mich Boregys Boot dort unten an der Ecke abgesetzt ...« Er unterbrach sich. »Ich bin spät dran, nicht wahr?«

»Zum Teufel, nicht sehr.« Auf ihren Wimpern prikkelte Feuchtigkeit, als sie blinzelte. Törichter Mann! Kann er feststellen, daß ich geweint habe? Hat er mich vielleicht sogar dabei beobachtet? »Du siehst echt gut aus.«

»Du auch.« Er trat dicht an sie heran, nach Parfüm duftend, völlig sauber, die Brust unter phantastischen

Spitzen, eine Wolljacke darüber, und Altair wich zurück und nahm ihre durch die Wetzarbeit geschwärzten Hände aus dem Weg, als sie mit einem Bein an das Halbdeck stieß. »Jones, laß uns irgendwohin fahren.«

Sie starrte ihn an. »Du stehst jetzt im Sold von Kalugin, nicht wahr?«

Sein Mund wirkte etwas gespannt. »Ich habe jetzt einen Gönner. Das ist doch für einen Fremden die Möglichkeit, in dieser Stadt zu leben, oder nicht?«

»Verdammt, verläßt du dich wirklich darauf, daß ...«

»Es ist sehr wahrscheinlich, daß er eines Tages Gouverneur wird. Ich kenne Leute seines Schlages. Sie sind oft die Sieger.«

»Yey, das stimmt.«

»Ich habe keine Wahl, Jones.«

Sie atmete mehrmals hintereinander in kurzen, schnellen Zügen. »Hm.« Sie wischte sich erneut die Hände ab. »Na, das ist wieder eine andere Sache, wie?«

»Soll ich losmachen?«

Sie blinzelte und warf verwirrt die Hand hoch. »Scheiße, nein, Oberstädter machen doch nicht die Arbeit.« Sie schob sich an ihm vorbei, tappte auf ihren nackten Füßen nach vorn und löste mit einem Ruck den Knoten. Blickte dann nach oben zu Ali, der am Rand der Veranda stand. Zu Jep hinter ihm. »Verdammt, sucht ihr vielleicht etwas, worüber ihr klatschen könnt?« Sie winkte ihnen zu, daß sie verschwinden sollten. »Sagt Moghi, daß ich ihn habe!«

»Wo fährst du hin, Jones?« brüllte Moghi nach draußen.

»Weiß ich nicht. Obacht achtern!« Sie nahm die Stange aus der Halterung und stieß ab. »Wir wissen es, wenn wir da sind.« Die Stange nach unten. Der Bug schwenkte in den Schatten des Fischmarktes und zeigte nun den Großen Kanal hinauf.

»Und rühr bloß nicht die Briefe an, Moghi! Ich weiß, wie ich die Knoten gemacht habe!«

ANHANG

INHALT

Kurze Geschichte von Merovin 350
Zeittafel 356
Die Religionen Merovins 360
Jahreszeiten und Zeitrechnung 363
Der Engel von Merovingen 366
Säuberung und Wiederaufbau 367
Das Erdbeben 370
Merovinische Namen 372
Merovin und Geld 376
Produktion und Handel 378
Kleidung und Mode 380
Uniformen und Blacklegs 387
Waffen 389
Staatswesen 390
Merovinische Boote 393
Kanalfahrer-Slang 396
Merovinisches Meeresleben 398
Merovinische Musik 401
Index der Inseln und Bauten nach Regionen 403
Karten 406

Über die Union, die Allianz und Merovin: Eine kurze Geschichte von Merovin

Die Geschichte von Merovin ist die Geschichte eines Fehlers. Seit der historischen Frühzeit der Allianz und der Union (2530 A.D.) besteht eine Proklamation, die allgemein unter der Bezeichnung Gehenna-Doktrin bekannt ist: Sie erklärt es zur Politik, kein terranisches genetisches Material in irgendeine verträgliche fremde Ökologie einzuführen; auch, daß die Menschheit keinen planetarischen Kontakt zu irgendeiner fremden Art aufnehmen soll und daß sie nicht auf irgendeinem Planeten landen soll, sofern sie nicht von einer dominierenden intelligenten Art dazu eingeladen wird. Der praktische Sinn dieser Entscheidung ist der: Die Menschheit hält sich an den Weltraum und überläßt die Welten ihrer freien Entwicklung, ohne daß eine Vermischung stattfindet, weder in die eine noch in die andere Richtung. Auch soll die Menschheit nur Kontakt mit solchen Lebensformen aufnehmen, die den Raumflug entwickelt haben. Die Theorie, die dahinter steht, lautet, daß eine solche Lebensform es erstens vermieden hat, sich selbst mit fortgeschrittenen Machtsystemen in die Luft zu sprengen, und zweitens genug über ihre eigene planetare Ökologie gelernt hat, um Schutzmaßnahmen gegen eine Kontamination von kritischem Ausmaß zu entwickeln.

Die Gehenna-Doktrin führte die Menschheit in das sechsundzwanzigste Jahrhundert. Im siebenundzwanzigsten erfuhr sie eine Erosion. Die Menschheit breitete sich nicht in einer zusammenhängenden Sphäre von der Erde her aus, sondern von Tau Ceti aus in die allgemeine Richtung von Wega und Sirius, in schmalen Spuren – das waren die Routen, die Schiffe benutzen konnten, hin zu Sternen, die die Menschen benutzen konnten; und da es keine Zentralisierung gab, gab es auch keine zentrale Herrschaft.

Von den beiden menschlichen Supermächten entsprach die Allianz (dem Zentrum des Menschenraumes näher) eher einem zusammenhängenden Territorium, und sie besaß tatsächlich sogar eine zusammenhängende Regierungsform. Die Union breitete sich in verschiedenen Spuren aus, die einem Netz von Korridoren mit wenigen Verbindungsgängen ähnelten. Die Union erkannte bereits frühzeitig, daß sie nie eine zusammenhängende, kompakte Staatsform werden würde, daß sie vielmehr dazu verurteilt war, sich ungeordnet auszubreiten. Sie hatte bei ihren Bürgern bestimmte erzieherische Maßnahmen getroffen (die Allianz bezeichnete es als Gehirnwäsche), um eine grundlegende Konformität sicherzustellen, und sie zuckte dann doch nur die Achseln, als die Richtungen der Kolonisation über die Grenzen ihrer Reichweite und ihres Verständnisses hinausgingen. Die Union forderte Frieden von ihren Mitgliedern; und sie verstieß gegen die Gehenna-Doktrin nicht im Rahmen einer kollektiven Politik (die besaß sie nicht), sondern lediglich lokal. Effektiv wendete die Union die Gehenna-Doktrin mehr gegenüber der Menschheit an als bei Fremdkontakten. Sie kümmerte sich nur wenig darum, was innerhalb eines örtlichen Bereiches geschah, abseits auf einer isolierten Sternroute oder auf einer bestimmten Welt – solange das, was diesen Bereich verließ und in den Raum eines anderen Bereiches vorstieß, seine Nachbarn sich selbst überließ und sich generell an die Gesetze der Union hielt.

Merovingen ist ein Beispiel für die Art Unfall, zu der die Union neigte; eine unsichere Kolonie, 2608 gegründet von jemandem, der weit entfernt war von der Hauptstadt der Union auf Cyteen – auf einem erdähnlichen Planeten eines Sterns der G-Klasse, viel zu attraktiv in gewisser ökonomischer Hinsicht, als daß man der Verlockung hätte widerstehen können. Es war eine Periode allgemeiner Expansion, und im Vertrauen auf eine neue Wissenschaft waren Planeten nicht länger ausgenommen.

Die Expedition wurde in allen Stadien sehr eilig durchgeführt, denn man befürchtete, daß höhere Stellen in der Superregierung der Union aufmerksam wurden (neigte man zu der Ansicht, daß die Regierung für alles Interesse zeigte, was zu lange dauerte und zuviel örtliche Unruhe erzeugte). Diese Eile hatte vorhersehbare Konsequenzen: hastig erstellte geologische Gutachten; übereilte klimatologische Studien; Einwände von Beamten vor Ort erstickt durch Vorgesetzte, deren Vorgesetzte durch nicht eingehaltene Pläne erzürnt werden konnten. Eine übereilte Zoneninspektion.

Und eine sehr illegale Vertuschung dessen, was die Kolonialbeamten als natürliche Formation zu bezeichnen versuchten – Bruchmuster. Ein Geologe protestierte und wurde mundtot gemacht. Archäologen wurden überhaupt nicht konsultiert; man konnte klar erkennen, daß die Gebilde, was immer sie auch darstellten, tief vergraben und völlig verlassen waren und keine Auswirkung für die Kolonie hatten. Jemand hatte vor langer Zeit diese Welt kolonisiert und wieder aufgegeben. Das war die Meinung, die hinter den am stärksten abgesicherten Türen der Inspektionsmission vertreten wurde. Und die Redewendung, die aus diesen Türen herauskam, lautete *Basaltformation.* Eine Abhörung der nahegelegenen Sterne ließ auf keine Bewohner und keine Aktivität schließen. Auf dem Planeten fand man auch niemanden. Es war alles ganz sicher. Das Volk und die höheren Ränge mußten ja nichts erfahren, bis – nun ja – später. *Nachdem* die Kolonie stand.

Es lief alles ganz glatt – wie ein Sturz von einer Klippe. Die Kolonisten gingen von Bord, bauten und bauten, die Getreide gediehen, die Kolonie erlangte den zweiten Industriegrad, die Raumstation wurde um mehrere Sektionen erweitert, der Umfang des Shuttle-Hafens wurde vergrößert, die Gründer wurden reich, und bei den Gesellschaften daheim herrschte Lächeln und Zufriedenheit.

Dann tauchten die früheren Besitzer wieder auf.

Sharr war die Bezeichnung, die sie sich selbst gaben. Sie traten im Jahr 2652 mit den Menschen in Verbindung; sie duldeten keinen Kontakt aus der anderen Richtung, und sie verwendeten ihre (ganz ausgezeichnete) Beherrschung der Menschensprache dazu, ein Ultimatum zu übergeben. Die Kolonie sollte von Merovin entfernt werden. Oder sie wollten das selbst besorgen.

Das war nur eine Störung, die ernsthafte Probleme versprach. Die Zentralregierung konnte darin verwikkelt werden. Die Gesellschaften beeilten sich, sich aus der Sache zurückzuziehen, was von vornherein jede mögliche Verteidigung gefährdete. Und während der ganzen überstürzten Folge von Ereignissen, die dazu führten, daß Cyteen Kriegsschiffe entsandte, hatte irgendein unterer Funktionär, über dessen Kopf bereits das Messer schwebte, einige Mikrofiches gestohlen und die ganze Geschichte gegenüber interessierten Cyteen-Beamten ausgeplaudert. Weitere Köpfe rollten – bildlich gesprochen. Und die Regierung auf Cyteen erkannte, daß das gesamte Kolonisierungsunternehmen aus einer monumentalen Folge von Vertuschungen bestand, was wiederum bedeutete, daß man sich auf *keine* Unterlagen verlassen konnte.

Nun war der Koloß, den die Unions-Zentralregierung darstellte, in Krisenzeiten zu erstaunlicher Beweglichkeit fähig. Etwa um diese Zeit konzentrierte sich die Aufmerksamkeit der Union auf eine andere Entdekkung, in dieser Periode der Prosperität, die den Regul/Mri-Kriegen unmittelbar voranging. Die Union wünschte sich aus einer Zwangslage zu befreien, damit ihre Beziehungen mit der Allianz nicht Schaden nähmen. So unterrichtete sie die Sharr einfach, daß die Kolonie nicht autorisiert war, und sie erweckte die Gehenna-Doktrin wieder zum Leben, um den Sharrh zu versichern, daß es zu keinem Kontakt kommen würde, wenn sie keinen wünschten. Ende der Durchsage. Kein Sharrh sollte in den Menschenraum kommen, keine Menschen in den Sharrh-Raum. Es war ein Kontakt mit Fremdenhassern und einer fremden Regierung mit unbekannten Parametern und Erfordernissen, und die Devise lautete: Abbruch der Beziehungen. Abbruch der Beziehungen; Entflechtung; Demontage.

Menschenkriegsschiffe trafen zusammen mit Transportern ein, entfernten aus der Raumstation und aus den Städten des Planeten alle Dokumente, die für die Sharrh nützlich sein konnten, und man befahl den Kolonisten, Shuttles zu besteigen, die sie in den Menschenraum transportieren sollten.

Die Kolonisten stürmten zum Raumhafen, und bei den ersten paar Ladungen war es schwieriger, die Mitfahrwilligen zu bändigen, als sie zum Kommen zu überreden.

Dann zeigte es sich, daß manche Kolonisten andere Vorstellungen hatten. Truppen landeten, um sie zusammenzutreiben. Städte wurden angezündet. Kolonisten, in deren Köpfen der Gedanke der Unabhängigkeit spukte, gingen in die Berge und schossen zurück.

Das war das Ende. Die Politik der Union lautete anders; es ging nicht darum, das Leben von Soldaten aufs Spiel zu setzen, um Menschen zu beschützen, die auf sie schossen. Die Union beorderte im Jahre 2655 ihre Truppen vom Planeten zurück, zog ihre Schiffe aus dieser Region zurück, packte zusammen und ging. Eine abschließende Nachricht wurde an die Sharrh gesandt, daß die Menschheit einen friedlichen Kontakt akzeptieren würde, sie aber auch davon ausgehen wollte, daß die Herstellung eines solchen Kontaktes Sache der Sharrh war – falls die Sharrh Wert darauf legten.

Die Union schlug buchstäblich die Tür zu diesem Korridor zu und kümmerte sich weiter um ihre eigenen Angelegenheiten, umging fortan diese Region sorgfältig, aber nicht, ohne ihr ein lauschendes Ohr zuzuwenden. Das Territorium der Sharrh war kleiner als das der Union. Die Union konnte unter Umständen einen Krieg gewinnen. Aber es lag kein Profit darin, ihn zu führen. Wenn die Union eine Lektion gelernt hatte, dann die, daß ihre Mitglieder dazu neigten, in internen Aufruhr auszubrechen, sobald die Zentralregierung in einer anderen Gegend durch ein längerfristiges Problem gebunden war; und die Union ging Konflikten einfach aus dem Weg, sofern sie nicht in die Enge getrieben oder ihre Autorität in Frage gestellt wurde. Sie entschied, diesen Zwischenfall nicht als Herausforderung ihrer Autorität zu betrachten, sondern als Gelegenheit, ein paar Gesellschaften zu bestrafen, die ihre Grenzen überschritten hatten. Die Schuld wurde ihnen zugeteilt. Und die Union, die zentrale Körperschaft des Polypen, der die Union war, wuchs einfach ein wenig und kontrollierte diesen Zugangskorridor nun etwas strenger.

Merovins Probleme begannen jedoch leider erst.

Zeittafel

Zu beachten ist, daß einige Daten als allgemeiner Verweis und Zeitrahmen genannt werden; auf Merovin bezogene Daten sind mit einem Sternchen versehen.

A.D.	*örtlich*	*Ereignis*
2600*		Aushöhlung der Gehenna-Doktrin.
2608*		Merovin-Kolonie gegründet.
2623		Erster Allianz/Union-Kontakt mit Majat von A Hydri II (Cerdin). Besatzung gefressen.
2652*		Sharrh fordern Entfernung der Kolonie von Merovin.
2653*		Union/Sharrh-Abkommen tritt Merovin ab.
2654*		Unionssoldaten holen Kolonisten ab.
2655*		Exodus von Merovin abgeschlossen.
2657*		Die Säuberung von Merovin.
2658*	1 NS	Sharrh ziehen sich zurück; andernorts trifft der erste Gehennaner, der seine Welt verläßt, auf Fargone ein.
2659*	2 NS	Kleineres Erdbeben im Det-Tal, Merovingen.
2672*	14	Calendree von Nev Hettek organisiert Det-Tal-Milizen: Beginn des Wiederaufbaus.
2679*	21	Merovingen trotzt Nev Hettek.
2680*	22	Merovingen, unterstützt von weiteren Milizen, weist Nev-Hettek-Herrschaft zurück.
2690*	32	Großes Beben im Det-Tal.
2691*	33	Überschwemmung in Merovingen.
2695*	37	Überschwemmung in Merovingen.

A.D.	örtlich	Ereignis
2698*	40	Überschwemmung in Merovingen.
2699*	41	Überschwemmung in Merovingen.
2700*	42	Überschwemmung in Merovingen; Engel von Merovingen gefunden.
2701*	43	Erster Kontakt der Allianz mit den Regul und Mri; Deichbruch in Merovingen.
2702*	44	Überschwemmung in Merovingen.
2703*	45	Beginn der Mri-Kriege; im allgemeinen kämpft die Allianz die ganze Zeit hindurch allein, da der Angriff an einer Seite der Allianz erfolgt, wo die Union nicht mitbetroffen ist. Obendrein befürchtet die Allianz, schon immer mißtrauisch gegenüber der Union, einen Angriff von deren Seite auf ihre Flanke. Die Allianz-Sicherheitsorganisation (ALSich), 300 Jahre vorher von Signy Mallory gegründet, erweist sich als zu mächtig im Vergleich zu der von Damon Konstantin entworfenen Verfassung. Die Allianz wird an der Heimatfront zu einem Polizeistaat, repressiv und mißtrauisch. Obwohl man in der Union besorgt ist, kann man nicht durch Allianz-Raum hindurch eingreifen, bis sich die Kriegssituation verschlechtert.
2710*	52	Adventistenaufstände auf Merovin: Nev Hettek interveniert in Merovingen, und der ursprüngliche Engel geht verloren.
2712*	54	Der Engel von Merovingen wird auf

A.D.	*örtlich*	*Ereignis*
		der Brücke aufgestellt; Nev Hettek aus Merovingen vertrieben.
2720*	62	Merovingens Hafen bei großem Erdbeben zerstört; Fluttore aufgestoßen; Boote sinken. Wundersamerweise bleibt der Engel stehen. Eine Sandbank bildet sich über den zerstörten Booten und vervollständigt die Verwüstung.
2721*	63	Bau des Hafens in Merovingen begonnen.
2722*	64	Allianz-Regierungssitz von Pell nach Haven verlegt, damit die Regierung näher an die Front kommt und die Reaktionszeiten verkürzt werden. Pell sinkt zu einem regionalen Hauptquartier herab, bleibt aber das kulturelle, wenn auch nicht das administrative Zentrum der Allianz.
2724*	66	Der Faisal-Aufstand beendet den Wiederaufbau.
2730	72	Fall Havens an die Mri; endlich bittet die Allianz doch noch bei der Union um Hilfe. Im Unionsrat wird über das Hilfsersuchen debattiert, während Haven fällt, und die Unionsstreitkräfte werden, als sie dann doch eintreffen, von den Allianzkräften mit Mißtrauen und Wut empfangen, da man nicht begreift, welche Widerstände an der Heimatfront bestanden haben. Es war stets ALSich-Politik, das Heimatterritorium von Pell aus

A.D.	örtlich	Ereignis
		dem Krieg herauszuhalten; jetzt jedoch kommt es zu starken wirtschaftlichen Schwierigkeiten, und der Verlust von Menschenleben kann nicht länger verheimlicht werden.
2743	85	Ende der Mri-Kriege; Haven wieder eingenommen.
2748	90	Innere Krise bei den Regul als Folge des Kontaktes mit den Menschen; Regul werden völlig xenophobisch.
2749	91	Revolution in der Allianz, als die AL-Sich in ihren Befugnissen beschnitten und die Konstantin-Verfassung wiederhergestellt wird. Die Union wahrt in dieser Zeit kluges Schweigen.
2779*	121	Erdbeben in den Chattalen.
2805*	147	Leichtes Beben im Det-Tal.
2907*	249	Starke Überschwemmung in Merovingen.
3141	483	Massaker an den Meth-marens im Bereich der Hydri-Sterne.
3187	529	In einem kleineren Aufstand, begrenzt auf eine schmale Reihe von Sternen, fallen die Hanan von der Allianz ab. Der Kampf wird ein Jahrtausend lang dauern. Die Union ist nicht verwickelt.
3241*	583	Altair Jones auf Merovin geboren.
3243*	585	Leichtes Beben in Merovingen
3253*	595	Retribution Jones stirbt bei Überschwemmung.

Die Religionen Merovins

Die Sharristen

Die Sharristen glauben, daß, wenn die Menschen den Sharrh ähnlicher werden können, sich die Sharrh erweichen lassen und Merovin die Rückkehr in den Weltraum gestatten. Natürlich geht man davon aus, daß die Sharrh die Menschen auf diesem Planeten gar nicht belästigen, von der Tatsache abgesehen, daß auch einige Sharrh zu finden sind, die als Piraten auftreten und nicht die geringsten Skrupel haben, ihre Anbeter als Werkzeuge zu benutzen.

Man sollte festhalten, daß Menschen, die dem Sharristenkult anhängen, ganz unterschiedlichen Konfessionen folgen. Einige dieser Konfessionen besitzen überhaupt keine religiösen Aspekte, während andere ausgeprägte metaphysische Glaubensvorstellungen hegen. Sie glauben daran, daß sie körperlich Sharrh *werden* oder als Sharrh wiedergeboren werden können, indem sie sich bemühen, ihnen immer ähnlicher zu werden.

Die Adventisten

Die Adventisten erwarten, daß die Menschheit mit überlegenen Waffen zurückkehrt, die Sharrh besiegt und Merovin gewaltsam wieder in die Gemeinschaft der Menschen zurückholt. Die Adventisten haben aggressive Ansichten und sind häufig in verbotene Technologien und Intrigen verwickelt. Sie geben ihren Kindern Tech-Namen oder Sternennamen, oder auch Namen wie Hope (Hoffnung) und Retribution (Vergeltung). Man kann daran ihre Philosophie erkennen. Die Adventisten, welche eher mystische Neigungen haben, hoffen, den Tag der Ankunft durch Gebete zu beschleunigen, und sie glauben an einen Gott der Vergeltung. Sie glauben auch im allgemeinen an Karma, aber sie betrachten es als kollektives Karma aller Merovaner, das gereinigt werden muß, um die Vergeltung zu ermöglichen. Ein Subkult, die Immateriellen Adventisten, oft unter der Bezeichnung ›Prediger‹ bekannt, glaubt, daß die Vergeltung eher metaphysischen Charakter haben wird, und erwartet, daß sich das Leben der Menschen erst verbessert, wenn die Menschen genug Reinheit entwickelt haben, um für die vergangenen Sünden der Habgier und Verderbtheit zu büßen. Ein weiterer Subkult, das Schwert Gottes, bildet seine Angehörigen in der Kriegskunst aus und widmet seine Energien dem Erlangen zeitlicher Macht, der Beseitigung sharristischen Einflusses und der Vorbereitung auf den Krieg. In dem Glauben, daß Gott die Welt vor der Vergeltung noch einer zweiten Säuberung unterwerfen wird, erwarten sie Belohnung nur für die Menschen, die sich an der Vernichtung der Sharrh bis hin zu deren Ursprungswelt beteiligen. Diesen beiden Subkulten sind wieder verschiedene andere Kulte untergeordnet, die sich in irgendeinem Punkt der Dogmatik unterscheiden; aber diese beiden bilden die Extreme des adventistischen Denkens.

Viele Regierungen haben Gesetze erlassen, die die Adventisten einschränken, aber in Soghon und Nev Hettek genießt dieser Glaube offizielle Anerkennung.

Die Revenantisten

Diese Religion glaubt an die Wiedergeburt und daran, daß Merovin ein Ort der Prüfung für die Seelen ist oder auch der Strafe (die Konfessionen unterscheiden sich in diesem Punkt). Nach revenantistischem Glauben ist es möglich, durch Reinheit eine Wiedergeburt weiter oben auf der gesellschaftlichen Skala zu erringen und letztendlich auf einer anderen von Menschen besiedelten Welt, bewirkt durch einen allmählichen Erwerb von Karma und einem Nachlassen der Bindungen an Merovin.

Der Revenantismus ist die formalste der merovinischen Religionen und auch die am weitesten verbreitete. Sie ist die Religion der Mehrheit in Merovingen und Canbera.

Die Revenantisten haben komplizierte Rituale und Zeremonien, die sich besonders um Geburt, Tod und Mündigkeit drehen.

Die Kirche Gottes

Dieser Kult nimmt für sich in Anspruch, den alten menschlichen Methoden der Anbetung zu folgen, die auf Offenbarung und auf Dokumenten beruhen, welche vor der Säuberung gerettet wurden. Überwiegend ist diese Kirche im Wold beheimatet, aber sie unterhält auch einen religiösen Sitz in Gothhead und ist ebenfalls unter den Falkenaern stark verbreitet. Sie glaubt an ein künftiges Leben für alle Arten, die Sharrh ebenso wie die Menschen.

Die Anhänger der Neuen Welt

Dieser Kult ist ein Seitenzweig der Kirche Gottes, der behauptet, der wahre Glaube sei verlorengegangen und Gott müsse neu gesucht und entdeckt werden, ohne daß man sich auf Dokumente oder Kultgegenstände beziehe. Die Anhänger der Neuen Welt sind in drei Konfessionen unterteilt: die Scholiasten, die meinen, der Ansatz müsse intellektuell sein; die Ekstatiker, die nach Offenbarung suchen; und die Revisionisten, die beide Theorien anzuwenden versuchen. Diese Religion ist in Megar vorherrschend.

Die Janisten

Sie sind Gefolgsleute von Althea Jane Morgoth, im allgemeinen Polytheisten, die Magie und Heilungsrituale vollziehen. Jane Morgoth war eine Bäuerin vom Oberen Liger, die eine große Anhängerschaft von ihren Kräften überzeugte und die Ligurischen Aufstände anführte, bis sie 432 verhaftet und hingerichtet wurde. Ihre Anhänger glauben, daß sie danach zu einem Geist mit zwei

Aspekten wurde: einem, der Gläubige heilt, und einem, der die Ungläubigen straft. Dieser Glaube wurde ermutigt durch den Tod von dreien der Richter Jane Morgoths im selben Jahr, und man sagt, daß kein Mitglied der Jury das Jahrzehnt überlebte. Lästerer behaupten, das läge an Morden von seiten der Anhänger des Kultes, sowie in drei Fällen an Herzversagen, das auf Belästigungen zurückgeführt werden könne.

Die Janisten sind im bäuerlichen Liger vorherrschend, aber auch in Suttani und auf den Inseln des Feuers nicht unbekannt.

Jahreszeiten und Zeitrechnung

Auf Merovin beruht die Vorstellung von der Zeit auf der Praxis des siebenundzwanzigsten Jahrhunderts, die zurückgeht auf die militärische Zeitrechnung der alten Erde, die jedoch durch die Zwänge der Säuberung modifiziert wurde.

Das Ergebnis sind ein Vierundzwanzig-Stunden-Tag und ein Jahr mit zwölf Monaten.

Die Monate sind (hervorgegangen aus einem numerischen Ursprung und modifiziert durch Geschichte und landwirtschaftliche Praxis): Prime; Deuce; Planting; Greening; Quartin; Quinte; Sexte; Septe; Harvest; Falling; Fallow.

Die Monate umfassen jeweils achtundzwanzig Tage, außer Fallow, der neunundzwanzig hat. Obendrein gibt es den Tag der Wende, der als Schalttag zum Ausgleich der Unregelmäßigkeit des Jahres dient. Dieser ›Tag‹ kann in Wirklichkeit länger als ein Tag sein. Er wird vom Astronomen von Merovingen angesetzt und vom dortigen Gouverneur angeordnet, ebenso von allen anderen Gouverneuren. In der Praxis ist jedoch schon im voraus bekannt, daß eine solche Verordnung zu erwarten ist, und so findet das Ereignis buchstäblich gleichzeitig statt, trotz der Langsamkeit der Kommunikationswege, denn es gibt mehr als einen Astronomen auf der Welt. Dieser Tag wird unterschiedlich gefeiert. Für die Revenantisten ist er eine Zeit der Meditation. Die Adventisten betrachten ihn als einen nicht in der Historie verzeichneten Tag, an dem Taten mit einer dauerhaften Konsequenz verboten sind; in adventistischen Städten wird er wie Karneval gefeiert. In Merovingen sagen die Adventisten, daß der Engel an diesem Tag schläft; für die Revenantisten ist das Häresie.

Die Wochen haben einheitlich sieben Tage, außer der letzten Woche des Fallow, die acht hat. Die Wochentage heißen: Sotag; Motag; Dietag; Miwoch; Donntag; Freitag; Sammestag. Die Ursprünge dieser Namen sind vergessen.

Der Tag hat nach der bürgerlichen Uhr vierundzwanzig Stunden; aber populär ist die Rechnung (sie geht zurück auf die Säuberung und den Wiederaufbau, als die Zeit ohne den Vorzug exakt gehender Uhren gezählt wurde), nach der der Tag aus ungefähr sechs Stunden am Morgen besteht und dann bis etwa zur achtzehnten Stunde geht, bis zum Einbruch der Dunkelheit, wonach eine Vielzahl regionaler Zeitbeschreibungen Gültigkeit gewinnt. Ein Merovinger, der nicht offiziell spricht, wird die dunklen Stunden als Wachen bezeichnen, von denen sechs bis zur Morgendämmerung gehen – da zum Beispiel der Hochpunkt der ersten Wache der Beginn völliger Dunkelheit ist; vom Tiefpunkt der fünften Wache an dauert es noch zwei Stunden bis zur Morgendämmerung; der Tiefpunkt der sechsten ist die erste Wahrnehmung des Sonnenaufgangs.

Die am weitesten verbreiteten Feiertage sind der 24. Harvest, der Tag, an dem die Säuberung begann, und der 10. Prime, das allgemein akzeptierte Datum ihres Endes. Der 24. Harvest ist für alle Religonen ein Tag der Trauer und des ernsten Nachdenkens. Der 10. Prime ist ein Tag des Feierns, manchmal der Unzüchtigkeit. Der

24. Harvest ist ein besonders kritischer Tag für die Polizei in Städten mit großem adventistischen Bevölkerungsanteil, da die *Melancholie,* wie die Merovaner das nennen, in Unmäßigkeit ausarten kann, die ihrerseits zu Halluzinationen oder zu religiös inspirierten und völlig kaltblütigen Entscheidungen von Gruppen oder einzelnen führen kann, direkt gegen wirkliche oder eingebildete Feinde vorzugehen. Berühmt wurde ein Zwischenfall, bei dem eine Gruppe von zwanzig Adventisten aus Soghon aufbrach, um die Sharrh-Ruinen bei Kevogi zu zerstören. Diese Gruppe kämpfte sich den Weg durch drei Kompanien Milizsoldaten aus Soghon und Merovingen frei, die ausgerückt waren, um sie aufzuhalten. Der Zwischenfall forderte 152 Menschenleben, bevor der letzte der Adventisten überwältigt wurde. Ihr einziger Überlebender war ein zweiundzwanzig Jahre alter Mann namens Tom Caney, der beim letzten Angriff verwundet und später in Merovingen gehängt wurde. Der Vorfall wird generell als die Faisal-Rebellion bezeichnet, nach dem Namen des Hauptanstifters.

Weitere Feiertage werden von bestimmten religiösen Gruppen begangen, an geheimen Orten, da sie nicht zulässig sind; darüber hinaus werden Gedenkfeiern für lokale Ereignisse abgehalten, so zum Beispiel das Fest des Engels vom 20. bis zum 25. Fallow in Merovingen, das eine Vielzahl religiöser Bräuche an einem allgemein anerkannten Datum vereinigt. Der generelle Tenor dieses Festes ist Reinigung und Absolution im Gedenken an göttliche Intervention; jedoch differieren die Interpretationen der einzelnen Sekten stark. Die Praxis fast aller Sekten umfaßt dabei das Verteilen von Geschenken sowie die Wiederherstellung zerbrochener Freundschaften und verstrichener Gelübde vor dem Jahresende. In Merovingen glaubt man, daß dieses Fest eines der Vor-Säuberung ist und daß es deshalb der eine Festtag ist, der zwischen dem 24. Harvest und dem 10. Prime seinen Platz gefunden hat. Im Det-Tal erzählt man sogar eine Legende, nach der eine Gruppe hungernder Menschen am dunkelsten Tag des Winters, als die Sharrh talauf und talab nach Menschen jagten, sich entschlossen, in einer Höhle tief in den Bergen dieses alte Fest zu feiern, noch während im Tal der Angriff lief. Und sie machten sich gegenseitig Geschenke, die zu einem Wunder führten – da jeder von ihnen Dinge versteckt gehabt hatte, die nun, zum Vorschein gebracht, der ganzen Gruppe zum Überleben verhalfen. Die Geschichte ist vielleicht apokryph; aber das Fest wird von allen Sekten gefeiert, im ganzen Det-Tal in irgendeiner Form, auch über Sektengrenzen hinweg. Und die Praxis und die Legende wurden von den Falkenaern aufgegriffen, die eisern darauf beharren, daß dieses Wunder auf den Falken-Inseln geschah.

Der Engel von Merovingen

Der Engel, eine Kopie des vorherigen, der der Säuberung vorausging, wurde im Jahr 55 nach der Säuberung an seiner gegenwärtigen Position im Rahmen einer bürgerlichen Zeremonie aufgestellt, und zwar genau am 25. Fallow. Das Original, um 22 N.S. in den Ruinen Merovingens entdeckt, verschwand, als es vom Gouverneur von Nev Hettek bei der Intervention während der Adventistenaufstände von 53 N.S. gestohlen wurde. Der Kahn, der es transportierte, sank im Det; manche glauben, als Folge adventistischer Sabotage; andere sagen, daß die Barke im Sturm von einem Blitz getroffen wurde, der gottgesandt war.

Legenden behaupten vieles über den Engel, bei dem es sich um eine vergoldete Figur von doppelter Lebensgröße handelt, um eine geflügelte Gestalt in wehenden Gewändern, die ein Schwert entweder gerade zieht oder in die Scheide steckt. Die Adventisten sagen, der Name des Engels sei Retribution und daß er das

Schwert gerade ziehe. Einige behaupten, das Schwert würde bei jeder Handlung von Menschen, die den Jüngsten Tag entweder beschleunigt oder verzögert, ein winziges bißchen gezogen oder hineingeschoben. Dieser Vorgang erfolgt natürlich unmeßbar angesichts der Zahl von Menschen auf der Welt, aber einige Adventisten beharren darauf, daß eine meßbare Bewegung festzustellen sei.

Die Revenantisten behaupten, der Engel hieße Michael und stehe gerade im Begriff, das Schwert in die Scheide zu stecken, das das Erdbeben verursachte.

Die Kirche Gottes pflichtet dieser Namensgebung bei und meint, der Engel sei ein göttlicher Zeuge der Angelegenheiten des Menschen und er werde die Welt weiterhin vor den Sharrh beschützen, bis die Kirche in ihrer früheren Reinheit wiederhergestellt sei.

Die Janisten und die Anhänger der Neuen Welt bauen den Engel in ihre eigenen Glaubensvorstellungen ein, indem sie ihn als ein dem göttlichen Zorn entsprungenes Wesen betrachten, das die Menschheit gegen die Sharrh verteidigt. Die Janisten nennen ihn den Wächter, und die Anhänger der Neuen Welt einfach den Engel. Nachbildungen von ihm werden in Suttani, auf den Falken-Inseln, im Goth und in Kasparl verehrt.

Säuberung und Wiederaufbau

Es wird ein Ereignis überliefert, welches man als Kleine Säuberung bezeichnet. Es war die absichtliche Zerstörung von Gebäuden und die Entfernung gefährlicher Informationen vom Planeten durch menschliche Streitkräfte. Sie lief ab angesichts des Vorrückens der Sharrh und gemäß dem Abkommen zwischen Sharrh und Menschen. Die Zerstörungen dienten auch dazu, die Kapitulation der letzten Widerstandsnester zu erzwingen.

Sie stellte tatsächlich in gewissem Ausmaß weitere

Unterwerfung von Betroffenen sicher. Darüber hinaus und ganz zufällig sicherte sie das Überleben der Menschen, indem sie die Kolonisten in die Berge trieb, wo sie der Verhaftung zu entgehen hofften. Sie verhärtete auch die Einstellung der entschlossensten Widerständler, des harten Kerns, der (nach wiederholtem Verrat durch die Behörden) davon überzeugt war, die ganze fremde Bedrohung wäre entweder von den Gesellschaften oder der Regierung ausgeheckt worden, um den Kolonisten das Land wegzunehmen.

Aber am 24. Harvest des Jahres 2657 der alten Zeitrechnung (immer noch für religiöse Zwecke und auf offiziellen Dokumenten in Gebrauch) kamen die Sharrh herab, um die letzten Überreste menschlicher Besiedlung auf Merovin zu vernichten.

Der erste Schlag beseitigte die Raumstation, die zu diesem Zeitpunkt nur noch ein ausgeplünderter, leerer Hulk war. Auch die größeren Städte wurden Opfer c-fraktioneller Schläge, zum Glück für die Ökologie und die Überlebenden nicht von Atomwaffen. Die folgenden Angriffe erfolgten aus kurzer Entfernung durch Strahlfeuer, und letzten Endes mit Sprengbomben und Luft-Boden-Raketen oder mit Gewehren, als Sharrh-Jäger Siedlung um Siedlung nach Überlebenden absuchten, und vielleicht auch, obwohl die Sharrh-Motive stets unklar blieben, nach Aufzeichnungen.

Die Menschen verloren ständig an Boden und widmeten schließlich den größten Teil ihrer Kraft nicht mehr Angriffen, sondern der Flucht. Dies blieb so durch den ganzen Langen Winter von 2657/58, in dessen Verlauf die Menschen unter den Unbilden der Witterung und unter Hunger litten.

Zu einem Zeitpunkt, der allgemein als der 10. Prime angenommen wird, stellten die Sharrh den Beschuß der Berge ein und zogen ihre Patrouillen zurück. Danach verließen sie den Planeten.

Aber erst im Frühling wagten sich die Menschen wieder hinaus auf ihr früheres Land. Manche dieser Menschen waren richtige Widerstandskämpfer, andere jedoch nur raubgierige Halunken, die sich ebenso bereitwillig auf andere Menschen stürzten wie auf Sharrh. Und für die nächsten Jahre blieb das der Zustand im Det-Tal, in Megar und am Kasparfluß.

Schließlich entstanden Orte wie Kasparl, unabhängige Handelsposten, die auf Ruinen gegründet worden waren; und Orte wie Merovingen, Soghon und Nev Hettek, wo sich Bauern und Händler neu niederließen; und die kühnen Falkenaer, die ihre Inseln kahlschlugen, um Boote von einer ganz anderen Art zu bauen, als sie zur Zeit der Kolonie gehabt hatten; Fischer waren sie jedoch schon von der Gründung der Kolonie an gewesen.

Diese Periode wird als Zeit des Wiederaufbaus bezeichnet. Sie dauerte fünfzig Jahre, bis die Menschen auf Merovin wieder das Gefühl hatten, daß ihre Existenz dauerhaft war. Es waren rauhe Jahre, in denen eine Reihe lokal berüchtigter Banditen und Führer und Möchtegernführer aufstiegen und fielen und nur wenig Erbe hinterließen. In der Gegend um Susain wurde der Bandit Sager berühmt, dessen Bande sich in das verstohlene Wüstenvolk verwandelte, dessen Angehörige überwiegend vom Handel und von kleinen Diebstählen im Busch um Susain lebten. Währenddessen marschierte im Det-Tal die Miliz von Nev Hettek im Jahr 2672 nach Süden, sammelte unterwegs die örtlichen Milizen durch Überredung und Drohung auf, bis sie das Meer und Merovingen erreichte. Sie benutzte den Det als Schnellstraße für Nachschub und Kommunikation, die sich dem Zugriff von Banditen entzog. Diese Milizaktion wurde allgemein mit Erleichterung begrüßt, und die Siedlungen des Det-Tales erlebten dadurch den ersten Neubeginn von Handel und Kultur während der Wiederaufbauzeit. Nev Hettek unterbreitete anschließend den Vorschlag, Hauptstadt des ganzen Tales zu werden, aber Merovingen lehnte es ab, sich seiner Autorität zu beugen. Der merovingische Widerstand ermutigte die übrigen Milizen, sich wieder an ihre jeweilige regionale Loyalität zu erinnern – der Faktor, der mehr als alle anderen dazu beitrug, den Traum Nev Hetteks, die Welthauptstadt zu werden, zeitlich zu begrenzen.

Das Erdbeben

Zu den Katastrophen, die mit der Säuberung in Verbindung gebracht werden, gehört das Große Erdbeben. Auf Merovin sind die Meinungen geteilt, ob die Sharrh nun den Schichtenbruch des Det-Tales aktivierten oder ob das Unheil vielmehr eine Naturkatastrophe von sensationell unglücklichem Verlauf war. Wie dem auch sei, man weiß von Erdbeben seit dem Jahr nach der Säuberung, und sie ließen bis 2662 wieder nach.

Dann jedoch verursachte 2690 ein sehr starkes Erdbeben schwere Schäden auf der ganzen Länge des Det, von Nev Hettek bis Merovingen. Für Merovingen waren die Auswirkungen weniger katastrophal, in dieser reichsten unter den Nach-Säuberungs-Städten, errichtet auf den Ruinen der Vorfahren. In Merovingen kam es zu Gezeitenstörungen und zu einer Überschwemmung, während Nev Hettek ausgedehnten Schaden nahm und Rogon vollständig eingeebnet und verlassen wurde.

Die hartnäckigen Überlebenden bauten neu; aber die Natur behielt sich für die Einwohner Merovingens eine besonders grausame Wendung der Dinge vor. Weniger geplagt von den Nachbeben als Nev Hettek und ganz gewiß weniger als das unglückliche Soghon, schickten sie Hilfe nach Norden, Hilfe für Soghon und die Überlebenden aus Rogon, und das, während sie noch selbst unter der Überschwemmung litten.

Aber die Gegend blieb noch für Jahre danach das Opfer seismischer Hebungen; und es kam zu Überschwemmungen in Merovingen, im Sommer 2691, in 2695, 2696, 2698 und 2700, im allgemeinen nur eine Überflutung der Straßen, aber 2696 und 2700 stiegen die Fluten hoch genug, um ausgedehnte Schäden anzurichten. Die frühen Überschwemmungen führte man auf leichte Senkungen und für die Jahreszeit unangemessene Regenfälle zurück, tatsächlich Erscheinungen, die während der Sharrh-Angriffe und danach beobachtet wurden. Man stellte die Theorie auf, daß das beim Beben auftretende Feuer den Boden denudierte und die Zurückhaltung des Wassers auf höherem Gelände verhinderte. Geringfügiger Deichbau und Sandsackbefestigungen lösten das Problem in den meisten Jahren.

Und es kam zu einem merkwürdigen Zwischenfall, nämlich der Freilegung des Engels von Merovingen durch das Flutwasser. Er war vergessenen (manche sagen, wunderbaren) Ursprungs und wurde bei der Reinigung des ursprünglichen Gouverneurssitzes von Geröll ans Tageslicht gespült. Die verzweifelten Bürger ergriffen ihn als Zeichen der Hoffnung, und er trug zum Entschluß der Merovinger bei, auf dem Standort ihrer Stadt durchzuhalten.

Aber 2701 brachen die Deiche, und das Flutwasser blieb den Winter über, in den meisten Bezirken allerdings flach genug, um es zu durchwaten. Die verzweifelten Merovinger füllten ihre Keller mit Schutt und bauten Brücken, und sie überlebten, so gut es eben ging.

So wurde Merovingen zu einer Stadt der Brücken, aber das volle Ausmaß des Unheils wurde erst 2702 sichtbar, als die Überschwemmung noch zunahm. Die Merovinger hielten sich bedeckt, zurückgehalten durch die Furcht vor Nev Hettek und die ungastlichen Bedingungen zu beiden Seiten ihres Hafens.

Die Zustände verschlechterten sich allmählich, doch vorübergehend schienen sie sich dann bis 2710 zu stabilisieren, als Nev Hettek in das überschwemmte Merovingen eindrang und es doch nicht halten konnte.

Die Natur jedoch war noch nicht fertig mit Merovingen, denn 2720 vereinigten sich ein Erdbeben und ein darauf folgender Sturm zu dem Unternehmen, die Konturen des Hafens zu verändern, der bereits an Versandung litt und zahlreiche Mängel aufwies. Viele im Hafen liegende Schiffe wurden von ihren Vertäuungen gerissen, gegeneinandergeworfen und zerstört. Sie wurden zum Fundament einer Sandbank, die dem Hafen in den folgenden Jahren den Rest gab. Ein neuer, tieferer Ankerplatz wurde auf der anderen Seite der Rimmon-Insel angelegt. Der Bau massiver Deiche und das letztendliche Nachlassen der Senkungsrate halfen dabei, sowohl die Stadt als auch den Hafen zu stabilisieren.

Bis heute erzählt man Legenden, daß sich während der schlimmsten Stürme die Ertrunkenen aus dem Hafen erheben und die in den Untiefen des Toten Hafens vergrabenen Schiffe bemannen, denen manchmal auch nachgesagt wird, daß sie während besonders schwerer Stürme hervorkommen und losfahren. Laut weitergehendem Aberglauben rekrutieren die Toten Seeleute für ihre Reihen; alle, die auf See sterben, sollen zu gesunkenen Schiffen gehen, und wenn eines Tages der letzte Mensch Merovin verläßt, soll ihm die Geisterflotte folgen.

Der Tote Hafen ist bis heute die Zuflucht der Verlorenen und Verzweifelten, der Ausgestoßenen aller Städte an den Ufern des Det.

Merovinische Namen

Merovinische Namen reflektieren im allgemeinen die Häufigkeit von Namen in den Raumgebieten, aus denen die Kolonisten kamen. Diese Gegend war selbst eine Grenzregion und besaß, wie die meisten Grenzen, eine ziemlich polyglotte und polyethnische Bevölkerung.

Viele ursprüngliche Ortsnamen ehren einen Entdekker, zum Beispiel der Name Merovin selbst; oder sie entsprangen den Launen von Kartenzeichnern oder Kolonisten; oder sie sind historische Hinweise auf geographische Besonderheiten anderer Welten; oder sie waren letztlich Sharrh-Namen, erst dann vergeben, als das anfängliche knappe Kommuniqué bestimmte Stellen als Beweis für die Ansprüche der Sharrh identifizierte.

Während des Wiederaufbaus wirkten zwei Kräfte innerhalb der Sprache: Erstens der Zusammenbruch der formalen Erziehung sowie die Tatsache, daß ein paar Gruppen zweisprachig waren und das Bodenäquivalent der Schiffssprache benutzten. In einigen kleinen, abgelegenen Gegenden dominierten sogar diese Familiensprachen, die aus terranischen Ursprüngen stammen. Zweitens entdeckte man im letzten Teil der Wiederaufbauzeit, daß viel verlorengegangen war, und man unternahm bewußte Anstrengungen, sowohl in der Namensgebung als auch der Sprache die ursprünglichen Formen wiederherzustellen und sich daran zu halten.

Beim normalen Tempo linguistischer Veränderungen in einer Gesellschaft ohne Telekommunikation, Tiefenstudium oder auch nur eine minimale Befähigung zum Lesen oder Schreiben bei einem großen Teil der Bevölkerung hätten sechshundert Jahre des Lebens auf Merovin dazu führen können, Merovin in einen Flickenteppich regionaler Dialekte zu verwandeln, die so voneinander abwichen, daß durchschnittliche Bürger aus weit auseinanderliegenden Gebieten sich gegenseitig nicht mehr verstanden hätten. Aber diese Tendenz der Sprache, sich rapide zu verändern, fand ihr Gegengewicht: das tiefe Interesse der Merov,iner an der Wiederherstellung des Kontaktes mit der übrigen Menschheit oder an der Bewahrung ihrer Kultur angesichts dieser Veränderungen, welche die Merovin,er des Wiederaufbaus in ihrer eigenen Zeit beschleunigt erlebten.

Der Einfluß der Religion auf diese Bewahrung war extrem, aber unterschiedlich. In ihrem Glauben daran, daß die Menschheit kommen und sie retten wird, meinen die Adventisten, daß es einen stichhaltigen Grund dafür gibt, die ursprüngliche Sprache zu bewahren. Damit wären sie nämlich in die Lage versetzt, Instruktionen ihrer Retter zu verstehen, die, worauf sie vertrauen, ebenfalls eine unveränderte Sprache besitzen werden. Dementsprechend bewahren die Adventisten eine Erinnerung an das Tiefenstudium. Die Revenantisten glauben nicht an eine Intervention, sondern sind der Ansicht, daß die Bewahrung der Wege der Vorfahren verdienstvoll ist und daß eine Art kollektives Karma oder Sympathie für den Rest der Menschheit die Wahrscheinlichkeit der Wiedergeburt auf einem anderen Planeten erhöht.

In der Praxis sprechen die Priester und die wohlhabenden Religionsanhänger eine gebildete, konservative Sprache mit Formen, die sechshundert Jahre vorher aktuell waren, während selbst in Kreisen der Gebildeten aus höheren Klassen ein Dialekt geläufig ist, der sich viel schneller wandelt, mit neuen Worten, die eine mehr konservative Sprechweise würzen und wieder verschwinden, sobald sie außer Mode kommen. Also kommt es zu Veränderungen, wenn auch nur langsam. Die Handwerkszünfte andererseits haben spezielle Fachsprachen entwickelt, um Arbeit und Geschäfte mit Hilfsmitteln zu behandeln, die den Vorfahren nur im Prinzip bekannt waren. Und die Analphabeten (oder diejenigen, welche es in funktioneller Hinsicht sind, da einige von ihnen aus religiösen Motiven schreiben lernen, aber nicht mit großem Geschick lesen können) verfügen über einen Dialekt, der die Verbindung zum Hauptstrom der Sprache nur durch die Notwendigkeit behält, mit den oberen Klassen Kontakt zu pflegen. Aber ebenso wirksam ist in der Gemeinschaft der Analphabeten die Neigung entfremdeter Bevölkerungsteile, einen Jargon oder Kauderwelsch zu entwickeln, der dem besonderen Zweck dient, unerwünschte Zuhörer auszuschließen. Und in weiteren Gruppen, bei denen terranische Sprachen das Problem noch komplizieren, kann man von neuentwickelten Sprachen reden. Ein Beispiel dafür sind die Falkeninseln, wo aus der ursprünglichen neoterranischen Sprache und der Entstehung einer gänzlich neuen Technik für den Bau hölzerner Schiffe eine Sprache entwickelt wurde, die kein Außenstehender mehr verstehen kann.

In gleicher Weise kann ein Kanalfahrer aus Merovingen oder ein Bauer vom oberen Det absichtlich in einen so extremen Akzent verfallen, daß ein Außenstehender nur noch wenige Worte mitbekommt und obendrein deren kontextuale Bedeutungen mißverstehen könnte.

Personen- und Familiennamen haben den Veränderungen generell weit besser widerstanden als die Ortsnamen. Dieses Bindeglied zu den persönlichen Vorfahren ist etwas, was nur wenige Meroviner aufzugeben bereit sind, besonders, was den Nachnamen angeht. Beim Personennamen ist man aufgrund religiöser Einflüsse flexibler, aber selbst viele Sharristen haben Hemmungen, auf die Vorzüge eines Vorfahrennamens zu verzichten; manche Namen bringen soziale oder finanzielle Vorteile mit sich, indem sie Bindungen an wohlhabende Familien oder Helden des Wiederaufbaus herstellen, oder Privilegien mit sich bringen, die fest an bestimmte Namen gebunden sind. In Nev Hettek bringt der Name Schuler das Recht mit sich, den ersten Stand in der Hauptreihe auf der Herbstmesse zu bekommen. Und in Merovingen verfügen die Ebers über das Recht, direkt beim Gouverneur Eingaben zu machen, ohne durch die Gerichte zu gehen.

Merovin und Geld

Im allgemeinen folgt man auf Merovin dem Goldstandard. Jede Bank oder Stadt kann ihre eigenen Münzen prägen.

Merovingen und die anderen Städte am Det haben ein grundlegendes Standardgeldsystem, obwohl die Münzen im Aufdruck differieren.

Es folgen Beispiele mit ihren volkstümlichen Bezeichnungen und dem Wert in Unzen; hinzugefügt ist ein Vergleich mit dem Münzsystem des späten zwanzigsten Jahrhunderts, wobei Gold mit $ 425 und Silber mit $ 8 berechnet ist.

MEROVINGEN

Goldmünzen

Sol (Dek)	1,60 Unzen	$ 680
Demi (Dem)	0,70 Unzen	$ 297
Dece (Zehner)	0,35 Unzen	$ 148,75
Gramm (Stück)	0,035 Unzen	$ 14,87

Silbermünzen

Zweieck (Silber)	1,60 Unzen	$ 12,80
Halber	0,70 Unzen	$ 5,60
Dece Silber (Silberbut)	0,35 Unzen	$ 2,80
Gramm Silber (Libby)	0,035 Unzen	$ 0,28

Bronzemünzen

(Bronze und Kupfer werden als Teile eines Silberzweiecks betrachtet, und ihr Wert fluktuiert mit dem des Zweiecks.)

Penny	0,10 Zweiecke	$ 1,28
Halbpenny (Pennybut)	0,05 Zweiecke	$ 0,64
Cent	0,01 Zweiecke	$ 0,128

Kupfermünzen

Kupfer (Münze)	0,10 Cent	$ 0,0128

DIE CHATTALEN

Goldmünzen

Credit (Cred)	1,60 Unzen	$ 12,80
Demis (Demi)	0,80 Unzen	$ 6,40
Dekas (Dek)	0,16 Unzen	$ 1,28

Silbermünzen

Standard (Scheibe)	0,35 Unzen	$ 2,80
Silberpenny (Skimmer)	0,035 Unzen	$ 0,28

Kupfermünzen

Penny (Flor)	0,10 Standards	$ 0,28
Halbpenny (Halber)	0,05 Standards	$ 0,14
Cent	0,01 Standards	$ 0,028

Man kann sich eine gewisse Vorstellung vom tatsächlichen Wert dieser Währungen machen, wenn man den Wert einer Unze Gold oder Silber auf dem gegenwärtigen Markt kennt. Aber dort, wo große Schwankungen im Lebensstandard bestehen oder wo es große Unterschiede in der technischen Entwicklung oder eine weite Kluft zwischen Reich und Arm gibt, ist der Preis für ein Haupterzeugnis, zum Beispiel einen Tagesvorrat Brot, ein guter Maßstab.

In Merovingen erhält man für zwei Cents einen Laib Brot oder einen passablen Fisch, aber man würde zwei oder drei Zweiecke für ein Pfund importiertes Fleisch aufwenden müssen. Und während ein Pullover (ein besserer Maßstab als ein Paar Schuhe, da Schuhe dort Luxus sind) am Kanal für ein Halb-Zweieck zu haben sein kann, könnte genau derselbe Pullover in einem Oberstadtladen für acht Zweiecke über die Ladentheke gehen; und ein Seidenschal (importierter Stoff) könnte bis zu einer Gold-Dece kosten, oder auch nur vier Silber-Zweiecke. Zwischen Luxus und Notwendigkeit besteht in Merovingen ein riesiger Unterschied.

Jede Stadt prägt ihre eigenen Münzen in Gold, Silber und unedlen Metallen. Auch Papiergeld ist in Gebrauch, da Kaufleute und Bankiers Akkreditive austauschen, die Banknoten sehr ähnlich sind – übertragbar mit den entsprechenden Siegeln und Unterschriften –, um die tatsächliche Versendung von Gold und anderen Werten von Stadt zu Stadt zu verhindern und damit auch das dazugehörige Verlustrisiko. Aber ein schlauer Dieb mit einem guten Hehler kann Akkreditive erfolgreich stehlen und verkaufen, denn die Korruption reicht wirklich bis weit nach oben. Der gewöhnliche Dieb, sofern nicht in guter Position, erhält nicht den genauen Nennwert: Dies ist das Hauptabschreckungsmittel gegen den Diebstahl solcher Papiere, aber es hindert diejenigen, die hoch genug gestellt sind, *nicht* daran, sie vermittels kooperativer Agenturen illegal zu ›waschen‹.

Produktion und Handel

Auf Merovin findet man einige Zentren der Schwerindustrie, die meist weit von den Bevölkerungszentren entfernt sind. Einige wenige Industrien wie Eisen- und Stahlhüttenwerke, die wenigen Raffinieren und die kleine Kunststoffindustrie sind gut organisiert; sie beschäftigen auf Dauer ausgebildetes Personal, aber man hält die Arbeit dort für gefährlich, und weniger Leute, als man sich vorstellen könnte, sind scharf darauf, an Orten zu arbeiten, die man für die Hauptangriffsziele einer möglichen weiteren Säuberung hält. Städte sind im allgemeinen nicht bereit, solche Industriezentren in ihrer Nähe zu dulden, so daß diese sehr isoliert sind, was die Zahl der Arbeitssuchenden noch weiter senkt.

In Merovingen findet man, um ein Beispiel zu nennen, Kaufleute, Heimarbeiter und Kleinbetriebe wie Goldschmieden; man findet Dienstleistungsbetriebe wie Tavernen, eine kleine Eisengießerei, winzige Brauereien und Brennereien sowie Importeure und Exporteure. Man findet Leute, die die Frachten über die Kanäle transportieren. Man findet Bankiers und reiche Grundbesitzer, auch Spätankömmlinge und Opfer von Katastrophen, wie Überschwemmungen, und politischen Aufständen. Und in dieser Wirtschaft leben viele Durchreisende und Arme von der Hand in den Mund, in der Tradition ihrer raumfahrenden Vorfahren, denen die Vorzüge des Recyclings wohlbekannt waren. Alles Gebrauchte wird immer wieder sortiert und verwendet, bis letzten Endes nur wenig wirklich weggeworfen wird.

Merovingen exportiert Fisch, Salz und das, was übers Meer hereinkommt; obendrein Illustrationen, Schiffe, Spitzen und Lederarbeiten, einige Drogen und Medikamente sowie viele Heimarbeitsprodukte; einige Waffen; feine Schmiedearbeiten, Dünger.

Die Stadt importiert Ölprodukte, manche Drogen, Textilien, Getreide, Fleisch, Leder, unbearbeitetes Metall.

Dieses System ist repräsentativ für den Handel im Det-Tal und weitgehend auch für andere Gegenden, abgesehen lediglich von ein paar Anpassungen aufgrund örtlicher reicher Vorkommen (Nev Hettek zum Beispiel liegt im Getreidegürtel für das ganze Det-Tal und besitzt Weidevieh, aber es importiert Fisch und fördert etwas Öl).

Die Tropen produzieren andere Dinge, die dann in Merovingen auftauchen, darunter Rohstoffe und exotische Luxuswaren, und sie erhalten zum Austausch Öl, das den Chattalen völlig fehlt.

Kleidung und Mode

Da sich die Technik auf Merovin vom Standard der Mitte des siebenundzwanzigsten Jahrhunderts aus zurückentwickelt hat, ist sie ein Mischmasch aus Modernem und Notbehelfen. Merovin hat viel von dem vergessen, was es einst wußte; bestimmte Gegenden auf dem Globus erinnern sich noch an Dinge, die in anderen vergessen sind; und sie erinnern sich deshalb noch, weil eine bestimmte Gruppe noch präsent ist, die das Wissen besitzt, oder weil noch Aufzeichnungen existieren oder noch Industrien vorherrschen, die woanders nicht mehr in Gebrauch sind – ein Beispiel für das letzte ist die Ölindustrie in einigen Gegenden der Welt.

Die Technologie Merovins wurde auf einen früheren Standard reduziert und ist noch zusätzlich durch ein künstliches Handicap belastet, denn fortgeschrittene Technologie wird mit Stirnrunzeln betrachtet.

Die Tendenzen bei Möbeln, Kleidung und sogar in der industriellen Produktion gehen ins Barocke: Ausschmückung um der Ausschmückung willen, wenn auch begründet auf dem Fundament eines klassischen Zeitalters (des siebenundzwanzigsten Jahrhunderts), das von strenger Einfachheit war und hochtechnisiert. So liegt die genannte Tendenz zum Barocken in vieler Hinsicht mit dem klassischen Ideal im Konflikt, und das Ergebnis ist eine Verbindung der pragmatischen Einfachheit des siebenundzwanzigsten Jahrhunderts – zum Beispiel der Idee, daß Kleidung und Möbel vor allem bequem sein sollten – mit der Neigung merovinischer Handwerker, das auszuschmücken und zu komplizieren, was sie herstellen. Bei einigen größeren Städten kann man von modischen Zentren sprechen, besonders bei den Det-Städten, wo der Fluß den gewöhnlichen Bürgern eine größere Beweglichkeit ermöglicht, als sie sonst haben (im Gegensatz zu Kaufleuten). Hier findet mehr Verkehr von einem Ort zum anderen statt, und es existiert eine beträchtliche soziale Spaltung. Im Det-Tal und auch in den tropischen Chattalen (wenn hier auch andersgeartet) besitzt man eine gewisse Vorstellung vom Modischen, einschließlich des ganzen Aufwandes, der mit einem ständigen Wechsel der Mode einhergeht.

All diesen Vorstellungen liegt das beständige klassische Ideal zugrunde, das zur gepflegten, schlichten Bequemlichkeit des siebenundzwanzigsten Jahrhunderts zurückblickt, welches sich auf moderne Stoffe stützte und keine ausgeprägten Geschlechtsunterschiede machte. Wie auch immer sich die örtliche Bekleidung entwickelt hat, sie besitzt überall einen weltweit gemeinsamen Ursprung. Da sich der Wohlstand der kolonialen Zeiten im Denken des Volkes als Inbegriff menschlicher Entwicklung niederschlug, ging die Tendenz dahin, die grundlegenden Kleidungsstücke zu bewahren und Ausstaffierung und Ausschmückung hinzuzufügen.

Im unteren Merovingen beeinflussen bestimmte ökonomische Faktoren den Kleidungsstil. Auf Merovin wird auch terrestrisches Vieh gehalten, zusammen mit den Menschen importiert, aber der Begriff umfaßt auch eingeborene Tiere bis hinab zu solchen, die in Größe und Gewohnheiten (allerdings nicht im Geschmack) Schweinen entsprechen. Man verfügt jedoch nicht über Kühltechniken, abgesehen von Annehmlichkeiten wie tiefen Bodenkellern oder Kühlhäusern über Quellen, und Eis ist im Süden ein sehr seltener Artikel. Das meiste Fleisch wird geräuchert, getrocknet oder durch Einpökeln oder Eindosen konserviert. Eine Stadt wie Merovingen mit ihren reichhaltigen Fischgründen importiert nur wenig Fleisch, außer für die Gaumen der Reichen; ein paar kleine Städte im Norden versorgen Merovingen mit dem bißchen Fleisch, das es überhaupt erhält. Die Tatsache, daß sowohl Nev Hettek als auch Soghon viehzüchtende Gebiete sind, die einen Großteil des eigenen Bedarfs decken, sowie die Kühlungsprobleme und Merovingens Stützung auf lokales Rindfleisch führen paradoxerweise zur Entmutigung jeden Versuches, im Norden Merovingens eine größere Fleischindustrie aufzuziehen. Gäbe es allgemein Kühlmöglichkeiten, sähe die Lage anders aus. Wie die Dinge liegen, gelangt als einziges tierisches Produkt Leder in größeren Mengen den Fluß herab nach Merovingen; aber auch hier zwingen die Knappheit, relativ hohe Preise und die sehr vordergründigen Realitäten einer Stadt auf Kanälen dazu, daß die meisten Merovinger, die an den Kanalseiten wohnen, in Holzpantinen zur Arbeit gehen, selbst wenn sie ein Paar Lederschuhe für den Fall aufbewahren, daß sie woanders hingehen; andererseits wären sie barfuß eher auf den geräuschvollen Brücken und Balkonen des oberen Merovingen akzeptiert als in Holzschuhen. Kanalfahrer wiederum gehen stets barfuß, es sei denn bei kältestem Wetter, schon deswegen, weil Schuhwerk häufiger durchnäßt ist als trocken. Bei den extremsten Witterungsverhältnissen taucht eine erstaunliche Vielfalt von Schuhwerk auf, von Lederstiefeln bis hin zu Segeltuch mit Tausohlen. Das einzige Lederprodukt, das im allgemeinen jeder Kanalfahrer besitzt, ist ein Gürtel. Mittelstädter tragen dagegen praktische, schwere Lederartikel, von denen man erwartet, daß sie jahrelang halten. Und nur die sehr Reichen bleiben dabei, daß sie den Wohlstand der Flickschuster aufrechterhalten. Aber es leben nicht genug Reiche in Merovingen, um bei den vielen Schwierigkeiten eine umfangreiche Fleisch- und Lederindustrie im Norden zu ermutigen – was alles als ein sehr kleines Beispiel für die Verwicklungen von Wirtschaft, Handel und merovingischem Lebensstil dienen kann.

Ein großer Teil des Wissens über Textilien überstand die Säuberung. Es existiert keine kunststoffverarbeitende Industrie, und bei der Fülle am Ort verfügbarer Naturfasern und natürlicher Materialien sowie der allgemeinen Technikangst gibt es keinen Anstoß, eine große Plastikindustrie zu entwickeln. Im Det-Tal zum Beispiel findet man etwas Wollindustrie, deren Produkte zum größten Teil in den kälteren Norden gehen; man kultiviert in großem Umfang eine einheimische flachsähnliche Pflanze, aus der ein sehr haltbares Leinen oder baumwollähnliches Material gewonnen wird; und bei einer Gelegenheit verbrannten aufgebrachte revenantistische Bauern einen Kahn aus Nev Hettek. Er fuhr für eine Raffinerie, die mit Tafelplastik experimentierte, das die Bauern als Bedrohung ihrer Existenz und als Provokation gegen die Sharrh auffaßten.

Weben ist auf Merovin eine sehr fortgeschrittene Kunst, und es sind auch einige elektrische Webstühle in Gebrauch; Jacquardwebstühle und Kordsamt sind auch aufzufinden. Man stellt unter anderem ein sehr zähes, aus Segeltuch gewonnenes Gewebe her, das Chambray genannt wird. Chambray, in vielen Farben erhältlich (überwiegend Indigo, Braun und Schwarz), ist bei den arbeitenden Schichten allgemein gebräuchlich. Es ist als Faser zäher und elastischer als Baumwolle, widersteht der Abnutzung und hält in erstaunlichem Ausmaß jeder Beanspruchung stand. Dieselbe Leinenfaser wird weithin auch zum Stricken benutzt, wenn sie dafür auch anders präpariert ist. Aus den Chattalen wird Seide von hoher Qualität importiert. Es gibt Filz und Pelze, und obendrein (auch importiert) eine dünne, aus Gemüsen gewonnene Faser, die sehr feiner, ausgekämmter Baumwolle ähnelt und die in den Ländern am Sundance-Meer nur selten zu sehen ist. Zur Abdichtung gegen Wasser verwendet man allgemein Öl und Wachs, obwohl im Wold eine Gummi-Industrie im Entstehen ist. Sie erlitt bereits mehrere Rückschläge, ähnlich dem Zwischenfall mit den Det-Tal-Bauern.

Die im Det-Tal fast überall vorherrschende Kleidermode besteht aus einer haltbaren Hose und einem Pullover, egal, ob jemand eine merovingische Kanalratte ist, ein Oberstädter aus den höchsten Rängen der Gesellschaft oder ein Bürger des industrialisierten Nev Hettek. Aber während man in den nördlichen Ländern für alle Jahreszeiten kniehohe Stiefel bevorzugt, trägt der merovingische Stangenbootführer in der Regel Halbschuhe; seine Hosenbeine reichen nicht tiefer als bis zur Wadenmitte, und er trägt schwarze oder braune Strümpfe, die gegen gelegentliches Naßwerden oder Schmutz unempfindlich sind. Der Skipführer geht barfuß; Kanalanwohner ziehen sich weitgehend ähnlich an, abgesehen von Strümpfen und Pantinen oder hin und wieder auch Lederschuhen; Oberstadtbewohner pflegen einen Hauch von modischem Gefühl, und sie tragen zu diesem Zweck feine kniehohe Stiefel, Schals, Pullover, deren Schnitt die bestickten Stehkrägen sichtbar läßt, oder auch gebauschte Seidenärmel, alles stets in bestimmten Farbzusammenstellungen, üblicherweise dunkel, die kennzeichnend sind für salopp gewordene Angehörige der Gesellschaft – und nicht selten ergänzt durch einen sehr auf Nützlichkeit ausgerichteten Schwertgürtel oder ein Gürtelmesser. Ein nach Bandana-Art gebundenes Kopftuch ist nicht unpassend für Merovingen, wo jahreszeitlich bedingte Nebel übel mit sorgfältiger Haartracht umspringen; und es ist nicht unüblich, noch einen Hut daraufzusetzen, gewöhnlich mit schwungvoller Krempe, die im strengen Klima ebenfalls einem praktischen Zweck dient. Hüte sind eine praktische Entwicklung, in der sich viele Aspekte lokalen Charakters manifestieren; ein paar sind von traditioneller Form, wie die Kanalfahrermütze; aber in den Reihen der Gesellschaft tobt sich die Eitelkeit oft zügellos aus.

Eine bestimmte Unterscheidung der Geschlechter, die aus der klassischen Zeit herrührt, ist bis heute im Det-Tal und in den meisten anderen Gegenden erhalten geblieben: Frauen, besonders der oberen Klassen, aber generell aller Klassen, verwenden Kosmetika. In manchen

Gemeinschaften, besonders solchen, die von bestimmten revenantistischen Sekten beherrscht werden, ist das nicht der Fall. In den Chattalen ist der Gebrauch von Kosmetika sowohl bei Männern als auch bei Frauen üblich. Der Schmuckstil reicht vom kunstvoll Gearbeiteten (Chattalen und Suttani-Region) bis hin zum modisch Zurückhaltenden (Merovingen). In Merovingen sind Fingerringe buchstäblich universell in Gebrauch. Ein einzelner Ohrring ist für beide Geschlechter nicht ungewöhnlich. Als Halsband für formelle Gelegenheiten dient ein den Hals umfassender Kragen, der manchmal über dem eigentlichen Hemdkragen getragen wird (beide Geschlechter), aber bei der wirklichen Elite wird der Schmuck richtig an den Kragen genäht – so daß man gezwungen ist, sehr viel Schmuck zu besitzen, um eine Garderobe zu halten. Manch ein Aspirant für die oberen Gesellschaftsschichten mag seinen oder ihren Diener in der ständigen Übertragung und Neuanordnung von Schmuck für eine Vielzahl von Hemden in Anspruch nehmen.

Die übliche Bekleidung des merovingischen Oberstädters besteht aus Stiefeln und engsitzender Hose, meist (aber nicht immer) von dunkler Farbe; sowie einem Hemd aus weißem Leinen oder weißer Seide (oder in manchen Jahren von fast jeder Farbe), gewöhnlich hüftlang und gegürtet, mit gebauschten Ärmeln, über den Aufschlägen und um den hohen, halsumspannenden Kragen mit Blütenmustern bestickt; modifiziert sieht auch das Arbeiterhemd so aus, aber es besteht aus haltbarerem Stoff.

Formeller wirken zwei andere Hemdsorten, beide dazu gedacht, daß sie umgeschlagen werden, eines der Konvention folgend mit weiten Ärmeln und einem Kragen, der bis zum dritten Knopf geöffnet bleibt – oft mit einer hellen Schärpe getragen, die irgendwo um den Körper gewickelt wird. Solche Hemden gibt es häufig in hellen Farben oder Mustern. Ein zweiter Typ, mit konservativeren, aber immer noch großzügig geschnittenen Ärmeln, dient als Unterkleidung für Pullover; oder, falls aus Seide gemacht, besitzt er häufig Spitzenaufschläge und auch Spitzen an der Vorderseite, die die Knöpfe verbergen. (Es ist ein eigenartiger Umstand, daß die Merovinger nur sehr wenig von den Spitzen tragen, für die ihre Handwerker berühmt sind, obwohl sie in der Mode von Nev Hettek eine zentrale Rolle spielen – in Merovingen benutzt man die Spitzen nur für Tischtücher und Vorhänge, abgesehen von ein paar besonders guten Kleidern.) Dieses elegantere Hemd wird von der Gesellschaft in den Jahreszeiten getragen, in denen eine Jacke erforderlich ist; und das bedeutet in Merovingen eine maßgeschneiderte, taillenlange Jacke mit leicht wattierten Schultern. Schließlich ist noch eine Art Gehrock selbst für die formellsten Gelegenheiten geeignet. Den Tag über ist alles modische Schuhwerk akzeptabel, aber abends müssen die Hosen lang sein und das Schuhwerk aus Pumps bestehen, die gegenwärtig eine gemäßigte Absatzhöhe haben.

All dies hält die Bekleidungsindustrie von Merovingen sehr beschäftigt. Die Mode kann eines Abends den leichtesten Wandel erfahren, bedingt durch den Schneider des Gouverneurs, der natürlich bedacht ist, solche Veränderungen geringfügig zu halten, dafür aber häufig vorzunehmen, und dessen Kunde im Fall des gegenwärtigen Gouverneurs elegant ist, aber nicht mehr der Jüngste, so daß seine Gestalt zunehmend der Schmeichelei bedarf. So verlaufen die Zyklen des Stils in Merovingen, vom Gewagten und Experimentellen bis hin zum Konservativen und mehr Verbergenden in Zeiten, die diktiert werden von einem alternden Haupttrendsetter und schließlich dessen Nachfolger.

Ein zusätzliches Kleidungsstück ist der Poncho, wie ihn die Kanalfahrer und die Ärmsten der Armen tragen, oft aus einer Decke oder Ölkleidung hergestellt, die schon jahrelang in Gebrauch war. Bessere Stücke bestehen aus imprägnierter Wolle oder aus Segeltuch und haben daher wasserabstoßende Eigenschaften.

Eine Vielzahl von Umhängen ist bei den mittleren und oberen Klassen gebräuchlich. Die Stoffe reichen von der nützlichen imprägnierten Wolle bis hin zu sehr feinen Wollqualitäten, die leicht und fließend sind.

Die Kleidung ist ein recht brauchbares Kennzeichen der sozialen Klasse, und bei den arbeitenden Klassen auch ein Hinweis auf den Beruf. Uniformen gibt es nur wenige; die bemerkenswerte Ausnahme ist die Uniform der örtlichen Polizei oder Miliz (siehe: Uniformen und Blacklegs).

Uniformen und Blacklegs

Die Uniform der Polizei oder Miliz (in vielen Städten sind die Begriffe austauschbar) in Merovingen, Nev Hettek und traditionell im ganzen Det-Tal besteht aus einer braunen, taillenlangen Jacke über einem schwarzen Hemd, brauner Hose bis zum Knie, schwarzen Strümpfen und schwarzen, tief geschnittenen Schuhen – daher der Name Blacklegs (Schwarzbeine).

Ursprünglich war das die Miliz, die während der Säuberung für Guerilla-Aktionen und Nahrungsbeschaffung sorgte. Die Uniform (und die Traditionen und Bestimmungen, auf deren Basis moderne Polizeiabteilungen organisiert sind) bildete sich während des Wiederaufbaus heraus, als es zu Konflikten zwischen Menschen kam und sich die Notwendigkeit ergab, Bürger gegen das Banditentum zu schützen. Die Uniform beruht auf dem, was allgemein in den Bergen getragen wird – eine knielange Hose wird im taufeuchten Gras nicht so leicht naß; und Stiefel oder auch nur Socken und Schuhe waren in jenen schweren Zeiten reiner Luxus. Die Kniesocken und die Gleichförmigkeit der Farben kamen auf, als Calandree von Nev Hettek die erste offizielle Miliz/Polizeimacht organisierte und den Det hinabmarschierte, um die Region von Banditen zu befreien und lokale Verteidigungsbereiche zu gründen.

Die Miliz war nicht gut ausgerüstet. Die schwarzen Socken waren einfach billiger als Stiefelleder, und die braune Uniform tauchte damals in allen Schattierungen und Stoffen auf; die Bewaffnung bestand aus dem, was der/die einzelne Milizangehörige selbst mitbringen konnte. Der Eintritt in die Miliz war damals eine Möglichkeit, regelmäßig essen zu können, und das ist bis heute so: Die Blacklegs erfreuen sich guter Besoldung und kaufen sich nach wie vor ihre Uniformen und Waffen selbst, die jetzt vom Gesetz bestimmt werden, außer in den kleinen Städten, wo die Miliz unter Umständen nur aus einer Handvoll Leute besteht und es weit weniger formell zugeht; oder in den Dörfern, die vielleicht nur einen einzigen Beamten haben, der mit dem lokalen Charakter mehr durch die Kraft seiner Persönlichkeit zurechtkommt als durch Waffengewalt und dessen Uniform eine Frage seines oder ihres persönlichen Ermessens ist.

Die Ausrüstung der modernen Polizei wird durch Dienstvorschriften geregelt: Üblicherweise wird im Streifendienst ein Rapier, ein Knüppel und ein Paar Handschellen mitgeführt. Gewehre sind vorhanden, werden aber nur zu bestimmten Gelegenheiten gezeigt: bei öffentlichen Hinrichtungen, Staatsbegräbnissen und in unruhigen Zeiten. Gewehre haben ein gewisses zeremonielles, mystisches Flair an sich, das zum Teil an der Angst vor der Schußwaffe liegt und zum Teil an der Angst vor den Sharrh und das sogar noch mehr der Furcht vor religiöser Gewalttätigkeit zuzuschreiben ist. Die Tatsache, daß die Polizei bewaffnet auftritt, ist die öffentliche und ernste Mahnung an die Vollmacht des letzten Mittels.

Waffen

In Merovingen unterliegt das Tragen von Waffen keinen Einschränkungen, und dasselbe gilt für die meisten anderen Siedlungen und Städte auf ganz Merovin: Es waren bewaffnete Massen, die die Städte gründeten, und ein großer Teil besonders der Bevölkerung des Det-Tales ist adventistisch und glaubt mit religiöser Leidenschaft daran, daß er am Jüngsten Tag vielleicht zu den Waffen greifen muß (siehe: Religionen), so daß er sich einer Entwaffnung mit Waffengewalt widersetzen würde. Dasselbe könnte für einige Janisten zutreffen. Man wird wirklich nicht viele Bürger auf Merovin finden, die ihrer Entwaffnung zuzustimmen bereit wären, unabhängig von ihrer Religion, da manche nervös sind wegen der Sharrh, manche wegen der Diebe, manche wegen des Gesetzes, manche wegen Fanatikern, und viele andere sind einfach nicht bereit, einen Vorteil für ihre Überlebenschance aufzugeben für den Fall, daß es zu einer zweiten Säuberung käme.

Auf Merovin sind Handfeuerwaffen in Gebrauch, überwiegend Revolver; einige altmodische Vorderlader aus der Zeit der Säuberung; einige Gewehre; hier und da auch Sprengstoffe. Man besitzt Schwerter, größtenteils im Stil des terrestrischen Degens, Rapiers oder gelegentlich einer Machete; ebenso Messer jeder Art, vom Stilett bis zum Kurzschwert, je nach Ort und Gelegenheit. Die Fechtkunst kennt den einhändigen und zweihändigen Kampf (in manchen Städten mit Rapier und Main-gauche, deren eifrige Anhänger viel auf Reisen sind). Die Gründe für die Neuerfindung des Schwertes als Waffe sind dieselben wie für andere Niedertechnologie-Entscheidungen: Leichtigkeit der Herstellung, leise im Gebrauch und die verbreitete Angst der Bevölkerung, unabhängig vom Glauben, davor, daß die Sharrh intervenieren könnten, falls das technische Niveau zu ehrgeizig werden sollte. Schwerter und Dolche werden weithin akzeptiert, weil sie ›nichtprovokative‹ Waffen sind, bezogen auf die Sharrh.

Man munkelt auch von Alten Waffen, aber Gerüchte dieser Art haben sich nie als stichhaltig erwiesen.

Zu erwähnen sind auch Gifte, Garrotten und verschiedene Kampfkünste, besonders unter Adventisten und Janisten, vor allem bei den Anhängern des Schwertes Gottes.

Die Fluß-, Kanal- und Meeresfahrzeuge Merovins verfügen über eine Ansammlung von Geräten und Utensilien, die leicht zum Zwecke von Verstümmelungen verwendet werden können: Faß- und Bootshaken sind besonders tödlich; dazu kommen auch Messer, Splißeisen und Belegnägel, Hackmesser und gelegentlich Feuerwaffen, und hier und da auch federgetriebene Granatwerfer, die als Ersatz für Kanonen fungieren. Als ›Granaten‹ kommt dabei alles in Frage, von Brandbomben bis hin zu echten Sprengkörpern mit einer Vielzahl unterschiedlicher Zünder.

Staatswesen

Der Gouverneur wohnt im Signeury (ursprüngliche Schreibweise: Signeurie), bei dem es sich um eine große, befestigte Insel im Großen Kanal handelt. Seine Position wird manchmal vererbt, oft usurpiert, oft errungen durch politische Machenschaften, Morde, Staatsstreiche oder andere Arten von Aufruhr; ein Weg in dieses Amt bestand früher in der Bestechung des Siegelbewahrers, der einmal ein Testament fälschte.

Urteile werden innerhalb des Justitiariums vollstreckt, und fallweise auf der Hängebrücke, die nicht nach ihrer Bauweise benannt ist. Die Blacklegs sind die Beamten des Signeury und seine Polizei; sie tragen Schußwaffen (siehe: Waffen). Das Gericht befindet sich im Signeury, und Exekutionen finden im Justitiarium statt, von seltenen Ausnahmen abgesehen.

Über allem steht der Gouverneur; ihm direkt verantwortlich sind der Siegelbewahrer und der Astronom.

In erster Linie durch den Siegelbewahrer dem Gouverneur verantwortlich sind die Vorstände der Häuser und der Chefjustitiar, der dem Justitiarium vorsteht. Gleiches gilt für die Vorstände der Handelsvereinigungen; aber der Hafenmeister ist unabhängig davon direkt dem Gouverneur und dem Astronomen verantwortlich.

Unter dem Justitiar stehen der Exekutor, der das Gefängnis leitet; der Ratsjustitiar, parlamentarischer und Rechtsberater der Ratsversammlung; und der Justitiaranwalt, der die Funktion des Generalstaatsanwaltes ausübt. Der Justitiar steht auch dem Chefdokumentator des Rates vor, und er leitet natürlich alle Funktionen innerhalb des Justitiariums.

Der Priester der Revenantistischen Akademie ist eine religiöse Gestalt, die keinem der Obengenannten verantwortlich ist, sie aber in ihren Ämtern und durch die Dienste der Akademie unterstützt; unter diesen sind hervorzuheben: die Bewahrung der Reliquien und Dokumente, die Beratung in Fragen des Priesterrechts und die Untersuchung von Fällen von Provokation. Direkt unter dem Priester steht der Anwalt der Akademie, der rechtliche Zweig; und der Bibliothekar, der die Rolle des Archivars ausübt. Alle Unternehmungen innerhalb der Akademie unterliegen priesterlicher Autorität.

Der Milizkommandant ist dem Gouverneur und dem Rat verantwortlich, und er befehligt die Miliz, deren Angehörige allgemein Blacklegs genannt werden. Er oder sie ist deshalb gleichzeitig Militär- und Polizeibefehlshaber und besitzt in Krisenzeiten einige unabhängige Funktionen. Unter dem Milizkommandanten stehen der Hauptfeldzeugmeister, verantwortlich für Bewaffnung und Quartiermeisterei, und der Arbeitsleiter, der erster ziviler und militärischer Ingenieur ist (der Arbeitsleiter ist auch Verbindungsstelle zum Hafenmeister und zum Astronomen). Letztlich ist noch der Milizanwalt zu nennen, der die Militärjustiz leitet.

Dem legislativen Zweig steht der Oberste Ratsherr vor, der aus den Reihen des Rates stammt, welcher wiederum zusammengesetzt ist aus den Vorständen der Häuser und Zünfte und sonstiger Interessengruppen, die auf einen Sitz gewählt worden sind.

Sowohl Gouverneur als auch der Rat können den Milizkommandanten anrufen, der dem Gouverneur oder dem Rat verantwortlich ist, nicht aber dem Obersten Ratsherrn.

Vorstände von Häusern können den Gouverneur anrufen und haben Sitze im Rat.

Der Oberste Ratsherr wird alle zwei Jahre vom Rat und aus dessen eigenen Reihen gewählt.

Der Milizkommandant wird vom Rat ernannt und alle fünf Jahre bestätigt, obwohl es gewöhnlich *de facto* eine Ernennung fürs Leben ist.

Der Gouverneur sucht sich selbst seinen Nachfolger aus, aber dieser muß die Zustimmung des Rates, des Milizkommandanten und des Astronomen besitzen. Der Gouverneur bleibt sein Leben lang im Amt, oder bis er zurücktritt oder durch ein Impeachment aus dem Amt entfernt wird. Letzteres muß vom Rat ausgehen und erfordert eine 80 % Mehrheit im Rat und in den Reihen der Milizangehörigen.

Offizielle Dokumente sind nur mit dem Siegel rechtswirksam; der Siegelbewahrer ist *de facto* Vizegouverneur und vertritt den Gouverneur in vielen Funktionen.

Merovinische Boote

Ozeanschiffe

Die Ozeanfrachter sind im allgemeinen Segelschiffe mit Dieselmotoren, die sie nur selten benutzen. Die am stärksten befahrenen Routen folgen den Küsten und führen an den Chattalen oder den Siedlungen von Canbera und Savajen entlang; einige führen am Kap der Stürme vorbei zum Wold; und Schiffe vieler verschiedener Typen befahren die Innere See des Wold. Die Falkenaer sind die wagemutigsten Seefahrer von Merovin, und ihre Schiffe transportieren viel Fracht sowie die meisten Passagiere, die willens sind, sich einer Seereise auszusetzen. Die felsigen Inseln der Falkenaer sind ein günstig gelegener Hafen für diese Seeleute und der Brennpunkt ihrer Loyalität. Falkenaer-Besatzungen werden auf ihren Schiffen geboren und bekommen unter Umständen in ihrem ganzen Leben die Falken-Inseln nicht zu Gesicht, denen jedoch alle Falkenaer standhaft die Treue halten.

Die Praesi aus dem Süd-Wold und die Jakkinin von Sirene werden auch zu den Seefahrern gezählt; aber die Praesi verdienen sich ihren Lebensunterhalt durch Fischerei, und nach ihren monatelangen Fahrten kehren sie zu ihren Heimathäfen zurück.

Das Sundance südlich von den Chattalen wird nur wenig befahren, abgesehen von Küstenfahrzeugen. Im südlichen Sundance drohen Wirbelwinde und Taifune.

Flußboote

Die Boote, die auf dem Det verkehren, reichen in der Bauart von kleinen Kähnen mit stumpfem Bug und etwa fünfzehn Fuß Länge, von Ortsansässigen verwendet, bis zu großen Passagier-Paketbooten, von denen die *Obligation* und die *Sundancer* die berühmtesten sind: bei drei Decks, hohlem Rumpf, Schraubenantrieb, etwa 250 Fuß Länge und 30 Fuß Breite bieten sie sowohl

Kabinenraum als auch Deckspassagen. Die unglückliche *Det-Star* war noch größer, 300 Fuß lang und 50 breit, und sie fuhr sowohl unter Segeln als auch mit Motorantrieb.

Die meisten Det-Frachten werden auf Motorkähnen transportiert, von denen viele auch Passagiere aufnehmen.

Die Feluken des Goth-Flusses von Nevander sind ähnlich, verwenden aber Dreieckssegel.

Die kleineren Wasserwege im Wold und in Megon werden von ähnlich gebauten, aber kleineren Booten befahren.

Die Boote von Merovingen

Einige Det-Flußboote können auch jenseits der Hafeneinfahrt verkehren; die meisten Frachten werden jedoch auf kleine Kanalboote umgeladen, die im Entwurf zu unterschiedlich sind, um hier alle beschrieben zu werden, aber folgende Typen sind bemerkenswert:

Der Skip: ein Boot mit flachem Boden und stumpfem Bug, fünf mal zwölf Fuß, mit sehr kleinem Innenbordmotor.

Die Unterkunft bildet häufig eine Anordnung aus Persenning und Planen mit ein paar Stangen und Halteseilen; es ist jedoch unpraktisch, sie aufgebaut zu haben, während man die Stange gebraucht, da man dabei viel hin und her gehen muß.

Der Boden besteht zum Zweck des Wasserabflusses aus Latten; im hinteren Teil liegt ein Kabäuschen vor dem Motoruntersatz und unter einer Art erhöhten Halbdecks, auf dem der Stangenführer gehen kann. Üblicherweise benutzt man diesen engen Raum als Unterkunft. Der Raum (von Kanalfahrern als Unterschlupf bezeichnet) mißt fünf Fuß im Quadrat mit 1,2 Fuß Motorenwand an der Rückseite und etwa 1,5 Fuß Kopfraum. Also stehen etwa sechs Fuß Frachtraum auf den Latten zur Verfügung, wenn man bis zum Bug rechnet und die

Decksoberfläche einbezieht. Ein Großteil der Ausrüstung ist an den Seiten der Kabine verstaut, was nur noch wenig Zwischenraum läßt.

Das Deck besitzt eine niedrige Umrandung, die verhindert, daß Sachen über Bord gehen, und die Stange, mit dem Bootshaken etwa zwölf Fuß lang, liegt in einem Spezialgestell entlang der Umrandung. Andere größere Gegenstände werden im Freien verstaut und bei Bedarf verlagert. Seile und das Tauwerk sind vorne an den Seiten des Mittelganges oder unten im Mittelgang untergebracht, je nachdem, wo sie gebraucht werden.

Der Bug des Skips ist nicht wirklich eckig, sondern eher stumpf abgerundet. Diese Art Boot ist die häufigste in Merovingen.

Der Kanaler: ein gondelähnliches Boot ohne Motor, lang und schmal und gewöhnlich zu mieten, das Taxi von Merovingen.

Das Katzenboot: ein Katamaran, auf die Bucht begrenzt und im allgemeinen durch Paddel oder Segel angetrieben, für kleine Fischerei und Hafenfrachten.

Das Langboot: ein gondelähnliches Boot mit zehn Rudern, das für offizielle Gelegenheiten und Begräbnisse Verwendung findet.

Das Küstenboot: ein Fischerboot mit hohen Seiten und großer Breite in der Relation zur Länge. Es befährt den Rand des Sundance.

Das Luxusboot: eine Motorbarkasse für die Reichen, im allgemeinen nur im Bereich der Oberstadt in Gebrauch.

Die Jacht: ein großes Schiff mit Motor und Segeln, in erster Linie für die Reichsten, das Frachten auf dem Fluß oder entlang der Küste befördert.

Kanalfahrer-Slang

Die Vorfahren Merovins waren keine Raumfahrer, sondern Stationsbewohner und Personal der Gründungsgesellschaften, von denen einige auf dem Planeten beheimatet waren. Die ursprünglichen Meroviner waren vielsprachig und unterlagen einem gewissen Einfluß der Raumfahrerkultur, mit der sie zu tun hatten.

Ereignisse griffen ineinander, um die linguistische Konformität zu zerbrechen: die Säuberung und das Fehlen formaler Erziehung.

Andere Faktoren wirkten dem Zusammenbruch entgegen: die Religionen.

Und es wurde erforderlich, neuen Berufen und neuen Umwelten gerecht zu werden, woraus ein neuer Wortschatz entstand.

Das alte Französisch, Italienisch, Türkisch, Englisch, Russisch, Hindi, Deutsch sowie die slawisch beeinflußte Unions-Standard-Stationssprache von Fargone gehörten zu den vorherrschenden Einflüssen.

Hinzu kamen die verkürzte Grammatik und der musikalische Fluß der Schiffssprache.

Die merovinischen Sprachen variieren beträchtlich, besonders die Branchensprachen, die Sprachen der Berufe, die absichtlich versuchen, Außenseiter auszuschließen.

Ein Beispiel dafür ist der Jargon der merovingischen Kanalfahrer, der, wie viele ungeschriebene Sprachen, in hohem Maße vom Zusammenhang abhängig ist: Ein Wort kann ein Dutzend Implikationen besitzen, je nach Situation und Tonfall.

Obacht!	Ausschau halten!
Obacht hey!	Unglück! Alarm!
Obacht Backbord!	Paß auf, linke Bootsseite.
Obacht Steuerb'd!	Paß auf, rechte Bootsseite.

Obacht Deck!	(manchmal nur *Deck!*) Hinwerfen.
Skup!	Etwas geht über Bord. (Kann mit Richtung kombiniert sein, wie achtern, backb'd, steuerb'd.)
Bug backbord, steuerb'd!	Nach links, rechts wenden.
Hin	Stange auf den Boden legen.
Ya-hin	Du legst die Stange hin.
Hey-hin	Ich lege die Stange hin.
Hup	Hebe die Stange vom Boden auf.
Yoss	Kurs halten.
Sie nimmt Wasser	Wir haben Wassereinbruch/Loch.
Doppelstange	Zwei Leute staken (Steuerbordstaker gibt Tempo an und beginnt Ruf.)
Vertäuung	1. Jedes Festmachen an Ufer oder Boot. 2. Ein Metallring zum Festmachen.
Nachtvertäuung	Festmachen vorne und seitlich, um Stabilität zu gewährleisten.
Vollvertäuung	Selbe Verfahrensweise wie nachts.
Hilfsvertäuung	Schnelles Anbinden an einer Stelle.
Hof!	Weg! Zurück!
Haw!	Stop! Halten!
Schief angehen	Einwände erheben, blockieren, widersetzen.
Ne (Neh)	1. Jetzt. 2. Warte.
Ney (Nay)	Nein.
Yey	(Drückt Zustimmung aus; bestätigt Befehl oder Bitte.)
Yey und haw	(lit. Ja und halt.) Gib yey und

	haw. Sag jemandem, was er tun soll.
Weiß nicht	(lit. weiß nichts über Signal Kollisionswarnung.) Variiert.
Hin von ney	Entsprechend Anwendung: 1. Von einem Kanalfahrer: Er ist dumm. 2. Von einer Landratte: Er hat keine Ahnung.

Merovinisches Meeresleben

Die merovinischen Ozeane bedecken einen großen Teil der Planetenoberfläche und wimmeln vor Leben, sowohl ortsfestem als auch freischwimmendem. Manche der Kreaturen sind legendär, wie der vielarmige Kraken, der angeblich in den Tiefen des Sundance lebt. Andere sind einfach nur selten, wie die Seeanemone, die geleeartige vielfarbige Schleier über gut drei Meter Oberfläche ausbreitet.

Bestimmte Gegenden wie die Falken-Inseln, die Wold-See und das Schwarze Meer unterhalten eine große Fischereiindustrie.

Die Det-Mündung stützt sich stark auf Fische, aber exportiert nicht viel in Form von Fischprodukten. In Merovingen kennt man folgende, von merovingischen Küstenfahrzeugen gefangene Fische:

Der Weißschwanz: ein schlanker, silbriger Fisch mit einem beachtlichen weißen Band, das an der obersten Schwanzflosse hängt. Er ist delikat im Geschmack, selten und teuer. Wiegt in Einzelfällen bis zu fünf Kilo.

Der Silberbit: ein Fisch, der sich verschwenderisch vermehrt; verbreitetes Nahrungsmittel von reichem, öligem Aroma. Etwa eine Handspanne lang und mit Schleppnetzen in großer Zahl gefangen.

Die Segelflosse: ein grüner bis silbriger Fisch mit knorpelähnlichem Skelett, zwei bis drei Meter lang, mit dem Haken gefangen. Das Fleisch ist schmackhaft, enthält aber ein Toxin, das Vorsicht bei der Zubereitung erfordert.

Der Meeresaal: wie der Name schon sagt, ein aalähnliches Geschöpf mit beeindruckenden Zähnen, Braun bis Schwarz in der Farbe, eßbar, aber schwierig zu fangen. Maximale Größe zwei Meter, maximales Gewicht dreizehn Kilo.

Der Wal: ein großes Säugetier mit schlankem Körper, katzenähnlichem Gesicht und zahlreichen Zähnen. Die Farbe ist im allgemeinen Tintenschwarz. Die Jagd auf diese Kreatur ist verboten. Der Wal lebt hauptsächlich in antarktischen Gewässern, wagt sich aber in manchen Jahreszeiten bis zum Äquator. Er ernährt sich von anderen Meeressäugetieren und Fischen, und es ist bekannt, daß er auch Menschen angreift. Die maximale Größe, über die je berichtet wurde, beträgt hundert Meter. Gewicht unbekannt.

Der Hai: ein schneller, primitiver Fisch, der, wie man weiß, in Schwärmen umherzieht. Bis zu fünfzehn Meter lang, aber die meisten Vertreter reichen von zwei bis fünf Metern. Er ist ein bekanntes Risiko für Fischer. Der Hai greift alles an, was kleiner ist als er. Die Farben reichen von Grün bis Schwarz. Das Fleisch ist schmackhaft, wenn man es stark würzt.

Es gibt auch Mündungsfische, die sich frei zwischen Salz- und Süßwasser bewegen. Der Det beherbergt eine Vielfalt solcher Fische, was vielleicht an der komplexen Natur seiner Mündung liegt, die ruhige, fast stagnierende Untiefen ebenso aufweist wie tiefe Häfen.

Zu erwähnen sind:

Der Süßwasseraal: braun bis schwarz und etwa einen Meter oder weniger lang. Er gedeiht selbst im schlechtesten Wasser. Ein Hauptnahrungsmittel der Armen.

Die Messerflosse: ein gefräßiger, stachliger Fisch mit nadelspitzen Zähnen, der vorsichtigen Umgang erfordert. Das maximale Gewicht beträgt fünf Kilo. Er zappelt lebhaft an der Schnur und zerstört Netze. Ein guter Nahrungsfisch mit weißem, delikatem Fleisch.

Der Gelbbauch: ein leichtes Toxin in den Flossen und ein schmerzhafter Biß machen auch den Umgang mit diesem Fisch schwierig. Manchmal mit Netzen gefangen, wiegt er maximal zehn Kilo und liefert ein mildes und angenehmes Fleisch.

Der Stichling: knochig und mit einer stattlichen Anordnung stachliger Flossen, die flach anliegen, bis man diesen Fisch anfaßt. Er ist ein fetter, zahnloser Grundfresser von etwa drei bis sechs Kilo Gewicht, ein ausgezeichneter Nahrungsfisch, wenn man ihn richtig in Filets schneidet.

Der Fettkopf: ein großer Grundfresser mit auffallender Vorwölbung über den Augen, zahnlos, aber gefräßig und allesfressend. Er kann bis zu dreißig Kilo wiegen und strebt nach den ersten fünf Lebensjahren ins Meer hinaus, wo er ein Gewicht von über hundert Kilo erreicht.

Der Rotflosser: benannt nach seinem schönen rot-orangefarbenen Schwanz und den Rückenflossen, ist dieser kleine Fisch (maximal etwa zwei Handspannen lang) ein exzellenter, aber unangenehmer Nahrungsfisch, dessen Biß berüchtigt ist für seine Schmerzhaftigkeit.

Der Todesengel: als der schönste unter den Mündungsfischen, mit nachgezogenen schwarzen Flossen auf einem gelben und silbrigen Körper, ist der Todesengel passend benannt. Die drei Bannerstacheln und der Bauchstachel enthalten ein Toxin, so tödlich und dauerhaft, daß der getrocknete Stachel eines Todesengels noch Wochen später ein Opfer töten kann, sofern der Giftbeutel an der Bauchseite des Stachels noch intakt ist. Falls die Stacheln und die inneren Drüsen entfernt werden, ist der Todesengel, ein plattenförmiger Fisch von etwa einem Kilo Gewicht, köstlich und leicht berauschend, wenn auch überreichlicher Genuß zu toxischen Reaktionen führen kann. Bei manchen empfindlichen Personen tritt diese Reaktion viel früher ein als bei den meisten, und in Merovingen wurde ein Todesfall nach dem Verzehr des Fleisches aufgezeichnet.

Merovinische Musik

Auf Merovin stammt die Musik aus denselben Wurzeln wie die Sprache, Wurzeln, die sowohl ethisch als auch populär sind. Die Musik ist auch von Raumfahrer-Shantys beeinflußt, die die lebendige Geschichte eines Schiffes darstellen.

Einige Lieder überstanden die Säuberung; andere sind Heldenballaden aus der Zeit der Säuberung und des Wiederaufbaus; sie erzählen Geschichten über den Widerstand und den Wiederaufbau.

Man singt auch Liebeslieder und besitzt eine reichhaltige und vielgestaltige lithurgische Musik; dazu kommen Märsche und Arbeitslieder, Arbeitsshantys der Seefahrer und populäre Liedchen, die ganz der Mode folgen und von denen viele versteckt politisch sind.

Die wichtigsten Instrumente sind:

Das Horn: ein mit den Lippen moduliertes Blechinstrument in zunehmend komplexen Formen und Tonlagen.

Die Trommel: Trommler sorgen für eine populäre Straßenunterhaltung. Sie künden auch von Hinrichtungen und feierlichen Anlässen.

Die Gitarre: ein Saiteninstrument mit langem Hals.

Die Sither: eine Abwandlung der Gitarre, aber viel größer, mit Baßsaiten und einem runden Resonanzkörper. Dieses Instrument ist merovinischen Ursprungs, die Folge ausgiebiger Modifikationen eines irdischen Instrumentes. Gebräuchlich in den Chattalen und bekannt im Norden und in Nevander, dient es oft der Begleitung von Trommeln und Glockenspielen.

Die Harfe: ein Instrument mit vertikal verlaufenden Saiten. Es ist antiken Ursprungs und wird auf Merovin als Imitation nach überlieferten Beschreibungen gefertigt.

Glockenspiele: alle Arten von Glocken.

Index der Inseln und Bauten nach Regionen

Der Fels (Elite-Wohngegend

1. Der Fels
2. Exeter
3. Rodrigues
4. Navale
5. Columbo
6. McAllister
7. Basargin
8. Kalugin (Verwandte des Gouverneurs)
9. Tremaine
10. Dundee
11. Kuzmin
12. Rajwade
13. Kuminski
14. Ito

An der Lagune

15. Krobo
16. Lindsey
17. Cromwell
18. Vance
19. Smith
20. Cham
21. Spraker
22. Yucel
23. Deems
24. Ortega
25. Bois
26. Mansur

Regierungszentrum

27. Sporn (Miliz)
28. Justitiarium
29. Akademie (Revenant.)
30. Signeury

Die zehn Inseln (Elite-Residenzen)

31. Carswell
32. Kistna
33. Elgin
34. Narain
35. Zorya
36. Eshkol
37. Romney
38. Rosenblum
39. Boregy
40. Dorjan

Das Südufer (zweiter Rang der Elite)	*Die Wohnsitze* (größtenteils Reiche oder Regierung)
41. White	51. North
42. Eber	52. Spellbridge
43. Chavez	53. Kass
44. Bucher	54. Borg
45. St. John	55. Bent
46. Malvino (Adventist)	56. French
47. Mendelev	57. Cantry
48. Sofia	58. Porfirio
49. Kamat	59. Wex
50. Tyler	

West End (Obere Mittelklasse)	*Hafenviertel* (Mittelklasse)
60. Novgorod	78. Golden
61. Ciro	79. Pauley
62. Bolado	80. Eick
63. diNero	81. Torrence
64. Mars	82. Yesudian
65. Ventura	83. Capone
66. Gallandry (Adventist)	84. Deva
67. Martel	85. Bruder
68. Salazar	86. Mohan
69. Williams	87. Deniz
70. Pardee	88. Hendricks
71. Calliste	89. Racawski
72. Spiller	90. Hofmeyr
73. Yan	91. Petri
74. Ventani	92. Rohan

75. Turk
76. Princeton
77. Duham

93. Herschell
94. Bierbauer
95. Godwin
96. Arden
97. Aswad

Das Watt (Slum)

98. Hafiz (Brauerei)
99. Rostov
100. Ravi
101. Greely
102. Megary (Sklavenhändler)
103. Ulger
104. Mendez
105. Amparo
106. Calder
107. Fife
108. Salvatore

Hütten-Bezirk

109. Spellman
110. Hütte
111. Vaitan
112. Sarojin
113. Nayab
114. Petrescu
115. Hagen

Eastside
(Untere Mittelklasse)

116. Fischmarkt
117. Masud
118. Knowles
119. Gossan (Adventist)
120. Bogar
121. Mantovan (reicher Adventist)
122. Salem
123. Delaree

Rimmon-Insel
(Kaufmannselite)

124. Khan
125. Raza
126. Takezawa
127. Yakunin
128. Balaci
129. Martushev
130. Nikolaev

FALKEN INSELN
CANBERA
JACCA
MUR
WÜSTE
SUSAIN
KASPARL
ÄOLISCHER OZEAN
DEJA
ÄQUATOR
SUNDANCE
NEVANDER
WÜSTE
GOTH
CHAD
SCHWARZES MEER

81
55
56
57
59
80
60
84
61
62
63
83
64
87
66
85
67
72
88
79
96
78
89
96
97
98
92
93
90
91
SÜDDEICH
94
95
MARSCHTOR
MARSCH
FLUTZONE

Bucht der Winde
Nebelberge
Nev Hettek
Megon
Soghon
Megar
Kevogi
Nex
Det
Merovingen
Suvajen
Liger
Edelsteinwüste
Suttani
Tyre
Feuerinseln
Sundance
Chattalen
Äquator
Wold
Regenwald
Schwarzes Meer
Meer von Wold
Praesi
Südwold

SANDBANK
DET
37
36
35
OSTDEICH
40
43
39
42
47
46
41
45
NAHAR
50
48
49
112
44
110
111
117
118
114
115
109

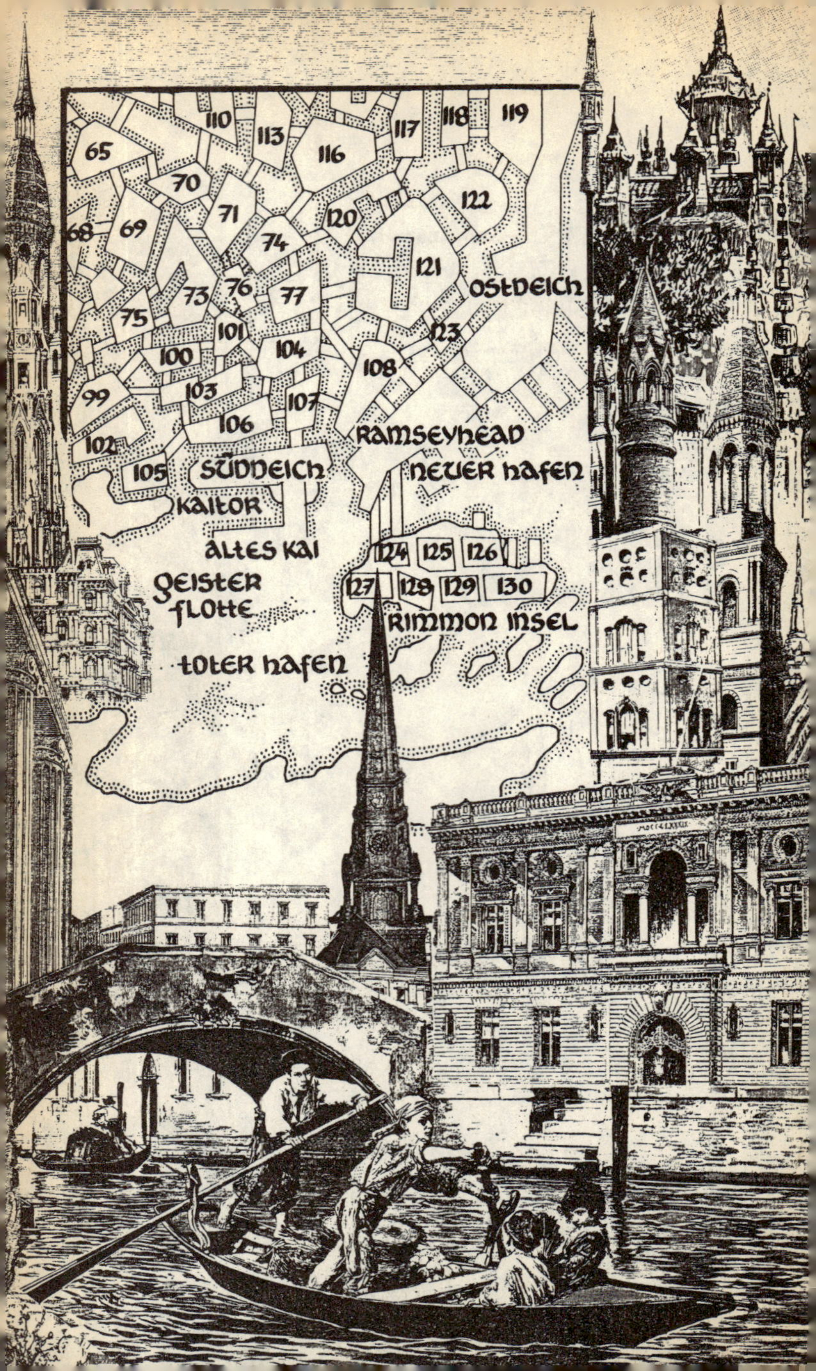
65
110
113
116
117
118
119
70
71
122
68
69
120
74
121
76
77
OSTDEICH
73
75
101
123
100
104
108
99
103
107
106
RAMSEYHEAD
102
105
SÜDDEICH
NEUER HAFEN
KAITOR
ALTES KAI
124
125
126
GEISTER FLOTTE
127
128
129
130
RIMMON INSEL
TOTER HAFEN

greve
nördl. sandbank
det
sandbank
lagune
neuer hafen
flutzone
geisterflotte
merovingen

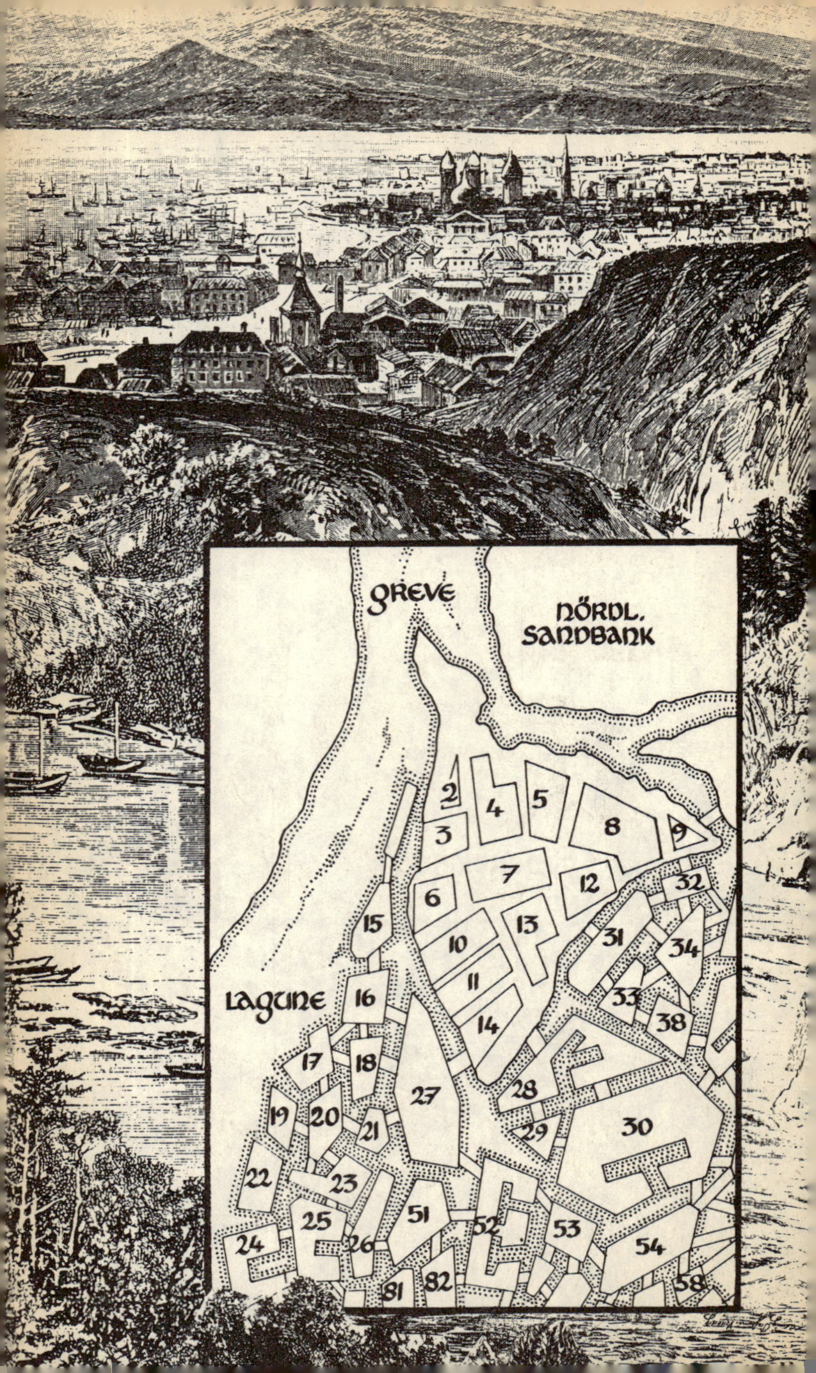

GREVE
NÖRDL. SANDBANK
LAGUNE
2
3
4
5
6
7
8
9
10
11
12
13
14
15
16
17
18
19
20
21
22
23
24
25
26
27
28
29
30
31
32
33
34
38
51
52
53
54
58
81
82

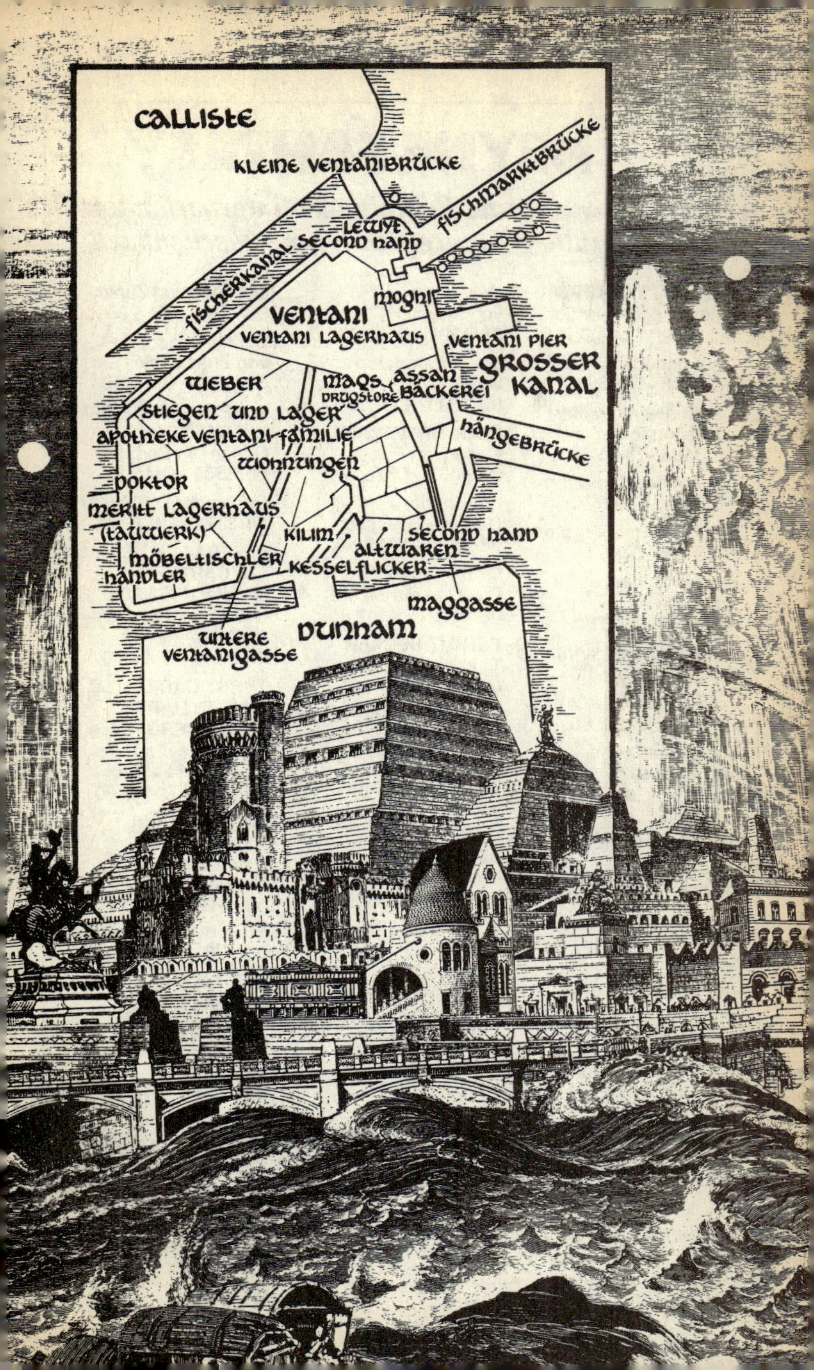
CALLISTE
KLEINE VENTANIBRÜCKE
FISCHMARKTBRÜCKE
LEWYT
SECOND HAND
FISCHERKANAL
MOGHI
VENTANI
VENTANI LAGERHAUS
VENTANI PIER
GROSSER KANAL
WEBER
MAQS DRUGSTORE
ASSAN BÄCKEREI
STIEGEN UND LAGER
APOTHEKE
VENTANI-FAMILIE
HÄNGEBRÜCKE
WOHNUNGEN
DOKTOR
MERITT LAGERHAUS (TAUWERK)
KILIM
SECOND HAND
ALTWAREN
MÖBELTISCHLER
HÄNDLER
KESSELFLICKER
MAGGASSE
DUNNAM
UNTERE VENTANIGASSE